如果，工人阶级有底色的话，
那一定是红色，
那是融入了老一辈革命基因的，
如铁水般炽热的红色！

——安岗

共和国钢铁脊梁
——庆祝新中国成立 70 周年主题出版工程

钢 铁 红 流

（下部）

安 岗 著

北 京

冶 金 工 业 出 版 社

2023

图书在版编目（CIP）数据

钢铁红流. 下部／安岗著 . —北京：冶金工业出版社，2022.6
（2023.5 重印）
共和国钢铁脊梁·庆祝新中国成立 70 周年主题出版工程
ISBN 978-7-5024-9198-7

Ⅰ . ①钢…　Ⅱ . ①安…　Ⅲ . ①长篇小说—中国—当代
Ⅳ . ①I247.5

中国版本图书馆 CIP 数据核字（2022）第 110250 号

钢铁红流　下部

出版发行	冶金工业出版社		**电　话**	（010）64027926
地　址	北京市东城区嵩祝院北巷 39 号		**邮　编**	100009
网　址	www. mip1953. com		**电子信箱**	service@ mip1953. com

责任编辑　夏小雪　美术编辑　彭子赫　版式设计　孙跃红　郑小利
责任校对　葛新霞　责任印制　禹　蕊
北京捷迅佳彩印刷有限公司印刷
2022 年 6 月第 1 版，2023 年 5 月第 2 次印刷
710mm×1000mm　1/16；28.25 印张；321 千字；439 页
定价 58.00 元

投稿电话　（010）64027932　投稿信箱　tougao@cnmip. com. cn
营销中心电话　（010）64044283
冶金工业出版社天猫旗舰店　yjgycbs. tmall. com
（本书如有印装质量问题，本社营销中心负责退换）

序

　　鞍钢是新中国历史上第一个恢复生产的特大型钢铁联合企业，曾为新中国的经济建设立下了不可磨灭的卓越功勋，同时也为国家培养出一批又一批冶金工业的管理和技术人才，被誉为"共和国钢铁工业长子"和"新中国钢铁工业摇篮"。从某种意义上来说，弄懂了鞍钢的历史也就弄懂了中国钢铁工业的历史。然而，这个过程中到底发生了哪些不为人知的故事，从何种角度，以何种方式才能将其展示给世人始终是一个难题。

　　拨开历史的迷雾，我们发现在新中国的历史上，在鞍钢的发展进程中曾有过这样一个绝无仅有的现象——自从1948年解放鞍山接收鞍钢直至1954年全国第一个五年计划期间，国家先后委派550余名地县级以上干部进入鞍钢支援建设，日后他们被统称为鞍钢"五百罗汉"。这个特殊的群体历经接收鞍钢、保厂护厂、抢运物资、恢复生产、支援抗美援朝以及三大工程建设、支援全国建设直至"鞍钢宪法"诞生等重要历史节点。而诸如曹凤岐、孙照森、孟泰、王崇伦、雷锋等无数工人阶级的楷模和代表也都是在他们的帮助下逐步成长起来的。而后，这些经过工业战线历练的杰出干部们又奔赴大江南北，支援全国的建设，成为了新中国钢铁工业的中坚力量。可以说，鞍钢"五百罗汉"的共同经历见证了新中国钢铁工业从无到有、从弱到强的发展历程。

本书作者以史实为基础，酝酿三年有余，采访了数十位健在的鞍钢"五百罗汉"，查阅了大量书籍资料，包括历年《鞍钢志》《鞍山志》，国家领导人回忆录、相关文献、内部资料，以及160余位鞍钢"五百罗汉"的回忆录、档案和口述材料等，力求历史事件及时间真实可靠，有据可查。

工业题材文学的创作向来具有难度，范围广、门类杂、专业性强、受众面窄，可读性、史料性和专业性之间的关系难以权衡，因此一直以来鲜有人触及，但这不影响其特殊的作用和地位。就本书而言，以鞍钢"五百罗汉"及工人阶级的奋斗史为主线，通过历史事件以及鲜为人知的鲜活故事展示了从1948年新中国成立前夕到改革开放之初，鞍钢和新中国钢铁工业艰苦卓绝而又气势恢宏的发展史，展现了在中国共产党领导下，工人阶级所迸发出的伟大生命力和创造力，突出了工人阶级在新中国经济建设和发展中所起到的决定性作用。本书在对新中国第一代钢铁人的缅怀、对那段厚重历史回顾的同时，也激励着我们当代青年人"不忘初心，牢记使命"，为实现伟大的"中国梦"砥砺前行。

在此，我还要提出几点感谢：感谢鞍钢集团公司党委宣传部、鞍山钢铁党委宣传部、鞍钢集团博物馆、鞍钢日报社、鞍钢炼铁总厂等部门和单位，是他们的全力支持和指导，使我获得了最为全面的关于鞍钢历史的文献和资料；感谢原鞍山钢铁党委宣传部部长聂振勇，鞍钢集团博物馆馆长车千里，鞍钢日报社张雷，鞍山钢铁党委宣传部吴峥、张健、李宇、王帅，鞍钢集团党委组织部韩喜鹏，鞍山市委宣传部杨子荨，鞍钢退休干部智春山、杨伟平、钟翔飞和鞍钢"五百罗汉"本人及子女等人，是他们的启发和帮助使我对鞍钢历史有了更为全面和生动的认识；感谢鞍钢集团博物馆靳秋瀛，她为本书提供了许多重要资料和线索，并义务担当起初稿的史料和文字校对工作；诚挚感谢冶金工业出版社总编辑任静波及本书责任编辑夏小雪的付出；同时，要感谢所有为本书创作出版予以全力支持的领导和同志们，您们的支持和鼓励，永远是我投身创作的最大动力，也正是由于以上多方的共同努力才使得这部小说最终呈现在读者面前。

由于本人年纪尚轻、阅历尚浅、驾驭文字的水平能力有限，在创作过程中难免会有许多不当之处，敬请大家批评指正。

最后，永远缅怀以鞍钢"五百罗汉"为代表的新中国第一代建设者，永远感谢培养我哺育我成长的伟大沃土——鞍钢！

安 岗

2020 年 9 月于鞍钢博物馆

目 录

引　子

广袤无垠的大地上银装素裹，一片苍茫，几只雪白的兔子小心翼翼地钻出了雪窝，提着鼻子闻来闻去寻找食物，可还没走出多远就听见远处传来了一阵隆隆声，继而一个巨大的黑色"怪物"吐着白烟飞快跑来，吓得它们赶忙又钻回了洞。

吓跑兔子的"怪物"可不是什么凶残的野兽，而是一列由钢铁组成的火车。这列火车拖着长长的烟尾从莫斯科出发，一路向东穿过辽阔的松树林、跨过了乌拉尔山脉、穿越了西伯利亚冻土带，行驶九千多公里直至进入中国东北。

这列横跨亚欧的专列上载着一批特殊的乘客，他们在一段时间里频繁辗转于中国和苏联两国，参与双方谈判，为的是能让刚刚成立不久的新中国尽早走上工业化的道路。

此时，车窗旁坐着一人，他面容消瘦，目光迥异，戴着一副大眼镜，手里翻着一份合同看得入神，内心压不住的兴奋之情都写在了脸上——这个人不是别人，正是老军工王立群。

"老王，这合同你都看了一路了，看不够是不？"同行的另一位来自东北局的老军工车千里过来调侃道。

"呦，老车啊，快来坐！"王立群扶了扶眼镜，给车千里腾了个地方兴奋道，"我手里的东西多重要你还不清楚？这可是苏联援建宁钢的合同书，关系到未来中国钢铁工业的发展，你说看着它我能不高兴嘛！"

"是啊，钢铁是工业之母，率先发起对宁钢的大规模建设，对国家整个工业体系的发展都具有重大意义！"车千里感叹道。

"是啊，再过不久苏联就要派第一批专家到宁钢了，这无疑是对宁钢技术力量的巨大扩充，可我担心的是……"说到这里王立群又面露忧色。

"担心什么？"

"担心我们宁钢自身的领导力量和技术力量不足，难以应对即将到来的大规模建设！"

"力量不足？"车千里一愣神，"老王，李达前些天干了件大事你不会还不知道呢吧？"

"什么大事？"

"合着你还真不知道啊？老李厉害了，一封电报打到中央去了，说宁钢人手不够，请求动员全国有关方面的力量帮助。你看看，他老李胃口多大，一张嘴就要全国的支持，结果你猜怎么着？"车千里卖了个关子佯装严肃道。

"怎么着？"听到此处王立群替李达捏了把汗。

"结果上级十分重视老李的意见，还提出要大力组织实行！你们宁钢今后啊，是要人有人，要物有物啦！"此话一出，王立群揪着的心瞬间放了下来，继而大笑道："这个老李啊，真有他的！"

一阵开怀大笑后王立群望着窗外陷入沉思，内心久久不能平静，在他看来，积贫积弱，千疮百孔的旧中国一去不复返，一个工业化的新中国即将到来。想到这里，他不免心生急切，恨不得一下子就能回到宁钢，殊不知就在同一时刻，来自全国各地，五湖四海的，数以万计的工程师、学生、技术人员和工人师傅们都已经背上了行囊，意气风发奔赴宁钢。

第一章
— 三 大 工 程 —

一

三月的一个傍晚，斜阳的余晖照射在西湖平静的水面上，静谧美好。湖上几只打渔的小船还没歇，渔夫扬起手猛地一挥，天女散花般地撒出了渔网，激起一阵金色的波光。

湖畔开始热闹起来，人们纷纷出来散步，有坠入爱河的青年，有扶老携幼的夫妇，还有一群群你追我赶的孩童。人群之中有两个人衣着体面，身高相仿，都穿着洁白的衬衫，都穿着黑色毛料西裤，都戴着手表，好像亲兄弟一般，唯一不同的是这两人一个戴眼镜，一个不戴。

这两个人并不是亲兄弟，而是多年的挚友，他们一个叫李敬国，一个叫岳青峡，同在浙江省委工作。李敬国是省委财务处办公室主任，岳青峡是省委秘书处办公室主任。两人平时工作都穿统一的制服，生活上也是一切从简，身上的这身体面的衣服是最近李敬国家里从菲律宾给邮寄过来的，衣服兜里还夹着一摞美元，但并没有附上信件，只写了二人的名字。李敬国知道父母如今还在为自己的不辞而别生着气呢，而岳青峡就更觉得愧对这两位长辈了。

实际上，李敬国是个华侨，祖籍福建，打祖父那辈李家就举家迁往菲律宾经商，生意越做越大，到了父辈时已经掌握了菲律宾最大的几家商行和一家海运公司。李家家教严格，父亲李世言一直想把儿子培养成接班人，其虽大富大贵但不曾娇生惯养。李敬国上中学时开始有了社会交往，用钱多了起来，父亲就让他到自家商行做工赚钱，从当跑腿伙计这样最底层的工作开始，衣着打扮，待遇薪水和普通伙计并无两样。就是在这个时期，李敬国认识了比自己年长两岁的店员岳青峡。岳青峡也是福建人，中学时加入了"民族解放先锋队"，积极主张抗日，后来上了学校的黑名单。1938 年，18 岁的岳青峡由于叛徒出卖被迫逃亡，带着两块大洋乘着一艘渔船到了菲律宾，在李家找到了店员的工作当营生，又几经辗转联系上了这里的党组织。而后组织上安排他暂时蛰伏在此，伺机发展华人党员。

李敬国虽然能讲一口流利的闽南话，但却未曾回过福建老家。国内的抗日战争他虽有了解，但也仅限于从报纸上获得。可自打结识了岳青峡后，他彻底发生了改变，开始为民族命运担忧，视岳青峡为领路人，与他无话不谈。岳青峡觉得这个做店员的阔少爷为人正直，爱国情怀浓烈，是个可以发展的对象，于是拿来不少进步书刊给他看。李敬国如饥似渴地吸取着给养，觉得自己生平第一次和祖国那么亲近，也第一次体会到山河破碎的痛楚。"国家遭列强侵占，民族危亡，独我家中富甲一方又如何?"

而后，通过岳青峡的介绍，李敬国接洽上了南洋中学的地下党组织，成为了一名中共党员，并把自己当店员所攒下的积蓄都捐给了党组织，还偷了家父一块金表变卖了。父亲发现后以为是儿子学坏了，因此李敬国还挨了一顿打。

1942年太平洋战争爆发后，日军击败了驻守在菲律宾的美国军队，占领了首都马尼拉，血腥屠杀平民百姓。李敬国和岳青峡拿起武器在当地投身于抗日斗争，而后岳青峡担任华侨游击支队队长，李敬国担任政治指导员。1946年，国内战争已打响，岳青峡和李敬国商议应该回到祖国参与到解放战争中，但这也仅仅是一个提议，即使是挚友加战友，岳青峡也十分清楚这一去必然要经历艰难险阻，生死未卜，李敬国那显赫家世怎能轻易舍弃？他家中也不可能同意，所以让他回家好好考虑考虑，商量商量。可岳青峡万万没想到，第二天李敬国的父母亲自把儿子送到了他的住处，只见李敬国西装笔挺，光鲜亮丽，他父母也是一脸喜气。岳青峡心里犯了嘀咕，心想就算是铁齿铜牙恐怕也不能一晚上就说通父母吧？原来李敬国和家里撒了个大谎，说自己浪子回头，决心要继承家业，但在这之前想和好友岳青峡先去香港转一转，增长见识，顺便寻找商机。这可让父亲高兴坏了，这些年两人一直闹矛盾打冷战，就是因为这儿子"不务正业"，成天要闹革命，还说什么要解放全人类，商人就是商人，挣钱是本分，所以听到这话他二话没说，当即同意，让妻子连夜给儿子收拾了应用之物，又带上了一大笔钱。

在去往港口的路上，李世言心情颇好，如数家珍一般向儿子介绍当下自家在各地的商号和产业，描绘着家族的宏伟未来，可李敬国自觉愧对父母，低头不语。临行前，李敬国递上一封信便上了游轮，父亲微笑着挥手告别，而后迫不及待地撕开信封，没读几行便气得满脸通红，一翻白眼气晕过去了。李敬国跪在甲板上泪流满面，给岸上的父母重重地磕了一个头。

到了香港后，李敬国和岳青峡接洽上了中共党组织，而后几年间二人在组织安排下辗转多地，新中国成立后双双进入浙江省委工作。直到最近，稳定下来的李敬国才第一次给家中去了信报平安，同时寄去了一张当年在广东当县长时候穿着旧军装的照片。而后，这封信如石沉大海般不见回信，李敬国慌了神，四处找人询问，好在李家在菲律宾有名号，打听到消息并不难。据说，李敬国父母都还在，只不过他走了之后父亲身体每况愈下，早没了当年的精气神儿，母亲身体还不错，妹妹已经结婚，如今生意基本都交给妹夫打理。又过了几个月，李敬国收到了一个包裹，里面装的是两套衣服和两打钱，衣服上一个写着"我儿李敬国"，一个写着"拐我儿者岳青峡"。

经历了多年的艰苦生活，李敬国早已吃惯粗茶淡饭，生活简朴，没了大少爷的做派，看到这么好的衣服突然有些不适应，想送人或是卖掉。岳青峡万没想到自己也收到了李家的衣服，心里不是滋味，心想可怜天下父母心。他劝李敬国千万不能卖衣服，"忤逆"父母这么多年也该听一回话了，要是觉得自己穿太突兀，他陪着一块穿就是了。于是在西湖畔，偶尔就会看到这两个穿着时髦的"富家子弟"。

然而，此时的李敬国并无思乡之心，他要面对的是人生的另一次重大抉择。就在这几天，宁钢公司人事处处长林仲恩一行来到浙江省委，按照上级指示开始在浙江省挑选干部到宁钢支援建设。据说，省委已经根据要求草拟出200人的名单供选择，名单尚处于保密状态，外人不得而知。此事已经引起了不小的震动和议论，大家伙分成了两派，一派人积极响应国家号召，热情十分高涨；另一派则唯恐此事落到自己头上，道理明摆着，自古以来有言"上有天堂，下有苏杭"，更何况这省委就在西湖边上，条件可谓十分优越，在这待久了的人谁愿意去"苦寒之地"搞工业，不用想也知道无非是一些傻大黑粗的机械设备和乌烟瘴气的工作环境，这还是抛开了未来的发展不说。李敬国和岳青峡刚好就属于两派，李敬国是执意要去宁钢，也想让老友岳青峡一同去。岳青峡坚决要留在省委，而且劝李敬国也留下，可双方谁也劝不动谁。

"敬国，这件事我们可谈了不止一遍了，你可要彻底想清楚！"岳青峡问。

"我早就考虑好了，你再怎么劝我都没用！"李敬国坚定地回答。

"那里的环境和这里比起来可一个天上一个地下，那可是东北啊！再有，我可听说有的县团级干部到了那就给安排了一个车间主任，这和降职也没多大区别，这个你有没有考虑过？"

"青峡，要是考虑这些的话当初我留在菲律宾才是最好不过的了，何必要回国受苦呢？抛去物质，人要为理想和信念而活嘛！"李敬国淡然一笑，继续说道，"反倒是你呀青峡，是不是被西湖的美景迷恋住了，放不开手脚了？"

"好好好，你这公子哥高尚，我是凡夫俗子比不了行了吧，但你不能说凡是要留在省委的都是退步吧，这也得有人工作吧！"

"那你就留下来好了，我自己去！"

"你……好好好，咱退一万步说，你去宁钢行，可让罗映雪怎么办，当初我把她让给你可不是叫她跟你去受苦的！"岳青峡突然来了脾气。

"这……"李敬国没了话，实际上这也是他最头疼的问题。罗映雪是他的未婚妻，也是一名共产党员。三人早就分别认识，国内战争时在广东相遇，此后就职工作在一起，感情深厚。李敬国和岳青峡都倾心于罗映雪，罗映雪对二人也都有好感，无奈难以抉择。一直以来，岳青峡以哥哥自居，处处照顾李敬国，又因带他放弃万贯家产离家出走而愧疚，所以最终选择退出，成全了他们二人。如今，两人走到了一起，只等完婚，可不成想李敬国"闹"了这么一出。

"说话啊，怎么不说了？难不成你还没告诉映雪？"

"呃……还没告诉……"

"什么，你做这么大决定竟然还没告诉她，难不成又要来个不辞而别，你是不是搞这个搞习惯了？"

"我会和映雪谈的，我当然想她和我一起去，但……"

"但什么？"

"我不能让她去跟我受苦，不能！我和映雪有名无实，我走了的话你照顾她就是了，就当是我把她还给你了！"

"你个王八蛋！"岳青峡听闻这话气得两眼直冒火，抢起胳膊上去就是一巴掌。

这一巴掌打得重，直接打飞了李敬国的眼镜；这一巴掌打得重，打得李敬国瞬间流了泪；这一巴掌打得重，惊得路边的行人投来目光；这一巴掌打得重，打得岳青峡也跟着心疼。

李敬国沉默了许久，而后默默捡起摔碎的眼镜，起身走了。

二

宁钢公司人事处处长林仲恩仔细翻看着浙江省委送来的人事档案，他是受宁钢公司的委托在全国各地区甄选干部的负责人，从开始到现在也有四五个月的时间了。说到选择的标准那可是不低，地委级和县团级干部是起平线，没达到这个标准的不予考虑。而且中央也明确表了态，对于这次干部选派，各地区、各省份一定要毫无保留地全力支持，一定要选派精兵强将上阵，而且还要经过宁钢公司方面的筛选，综合各方面条件考虑，择优录取。之前，林仲恩一直在北方各地开展工作，前后挑选了一百多名干部，过程十分顺利。但是到了南方，特别是浙江这样各方面条件都相对较好的地区，他心里就有些不托底了。

此时，他桌子上的 200 份人事档案被分成了两摞，高的一摞是被划掉的 130 人，矮的一摞是选中的 70 人，而对于他所选中的 70 人到底最终能不能都愿意去宁钢还需要进行沟通。此时，他手中正看的是计划外的第 201 份档案，是昨天晚上一个叫李敬国的干部自己送来的，他说自己一定要去宁钢，希望组织上能着重考虑。

"嚯，竟然是个菲律宾华侨，家里还是个富商，浙江省委卧虎藏龙嘛！"林仲恩自言自语。他想这南方同志都不见得能适应东北，更何况是个在菲律宾长大的富家公子。可转念一想，他态度诚恳，身上有那么一股劲儿，又能下这么大的决心，必定是个意志坚定，能干事业的党员干部。"要真想干革命干事业还分什么南方人北方人啊，当初进东北就有不少南方同志嘛，我自己不也是福建人嘛，现在不也喝起了酸菜汤嘛！"

思来想去，林仲恩决定把档案留下，让李敬国成为第 71 人。

这时，办公室的门被敲响，一人推门进了屋。林仲恩一看认识这同志，是省委秘书处的岳青峡，这些日子二人没少接触。

"岳青峡同志是你啊，快坐快坐！"林仲恩起身说道。

"林仲恩同志，我今天来找你是有事情想商量！"岳青峡开门见山。

"说说！"

"昨天，是有一个叫李敬国的同志主动找你要求去宁钢吧？"

"是啊，我刚看完他的资料，觉得还是很适合的！"林仲恩说着拍了拍矮的一摞档案，"条件符合又是主动要求的，理应给予优先考虑，我选出这70人里就有不少是之前主动找我要求的！"

"李敬国这事情我知道，去宁钢我不反对，可他有些难处组织上也得考虑考虑！"

"什么难处？"

"他有个未婚妻，前些日子还打算结婚，可自打来选拔干部后李敬国就不再提这个事了，据我所知，他要去宁钢的事还是背着未婚妻的。"

"还有这种事？他未婚妻叫什么，在什么单位工作？"

"叫罗映雪，就在我们秘书处工作！"

"是这样啊，那李敬国同志这么做可不妥，我要同意他去宁钢岂不是棒打鸳鸯？"林仲恩瞬间犯了难，"可因此拒绝了李敬国同志也不妥，毕竟这是他个人意愿！"

"我有个办法不知道能不能行？"

"什么办法？"

岳青峡凑了过去，把自己的办法告诉了林仲恩。

"这个能行？"林仲恩有些怀疑。

"能行，我已经和罗映雪通过气了，就是李敬国他自己心里过不去坎儿，要是组织上直接安排，他就没话说了！"

"好，那就这么办！"

当天下午，李敬国被找来谈话，办公室里坐着林仲恩和省委人事处的同志。

"李敬国同志，你的情况我也做了了解，通过和省委人事处的同志商量后，我们觉得你不太适合去宁钢工作。"林仲恩直截了当地说。

"为什么，我各项条件都够啊！"李敬国有些意外。

"其实倒也不是你不适合，而是有同志来找过我说你其他方面不具备条件！"

"什么其他方面，谁找的？"

"是省委秘书处的一个叫罗映雪的女同志，她说如果我们让你去了宁钢就等于帮你毁了婚约，这可是大问题。再说，你也很不对嘛，都已经是新社会了，男女平等，结婚不结婚怎么就能你自己说了算呢，背着人家就要走？这种独断专行，奉行个人主义的态度我觉得也不适合到宁钢！"林仲恩佯装严厉。

"这……映雪找您说这个了？哎……"李敬国闻听先是面红耳赤，一阵愤怒，可片刻之后又安静下来，耷拉着脑袋，心生歉意。

"你自己说说，有没有办法解决这个问题，不然我们是不会同意你去的！"

"这……"李敬国语塞，心乱如麻，可又不能说自己不愿意让罗映雪跟着去受苦，只好坐在椅子上一声不吭。

"罗映雪同志倒是提出了个办法！"等得心焦的林仲恩开始引导李敬国。

"什么办法？"

"先结婚！"

"先结婚？那可不行，那我去了宁钢她不就等于守活寡啦！"

"这话说的，怎么感觉去了宁钢就是要英勇就义似的？"

"我不是那个意思，我是说相隔千里，这一去都不知道什么时候回来，结了婚也是苦了映雪！"

"她可以和你一起去宁钢工作啊！"

"她去宁钢？不行不行，他一个女人家的，去东北，还去搞工业，岂不是更受苦？我不能害她！"

"那你还要去？"

"我是男的嘛，男女有别，我能受得了，她受不了！"

"女的怎么了，你能做的事我哪一件没做过？也就是你这不辞而别的举动我做不出来！"这时候一名女同志推门进来，原来是在外偷听多时的罗映雪。

"映雪，你……"李敬国吃了一惊。

"你什么你，我告诉你，如果不是岳青峡和林仲恩同志劝我，我就要和你一刀两断了，还要和我不辞而别？怎么着，就你能支援宁钢啊，大家都想支援宁钢，我怎么就不能去？我还就告诉你了，宁钢我还非去不可了，这个婚我也结定了！"罗映雪说着把自己的档案袋往林仲恩桌上一拍。

林仲恩打开一看笑道："原来祖籍是四川，我说怎么这么泼辣，哈哈！"

"可是罗映雪不符合要求啊，她只是个科长。"省委人事处同志说。

"就当是随行家属嘛，到了宁钢视情况安排工作也是可以的，特事特办，总不能拆散了人家小两口嘛！"

"这怎么能行？"李敬国有点发懵。

"这怎么不能行？"这时又一个同志推门进屋，大家一看立刻站了起来，原来是省委副书记林远同志。"这件事情仲恩和我打过招呼了，我觉得是一件好事嘛，工作要做，可也得尽量做得圆满嘛！这样，组织上也希望你俩尽早完婚，好能全心全意投入到新工作中！"

"我……"

"你什么你，这事情我做主啦，我亲自给你们主持婚礼！"林远同志说。

李敬国仍说不出话来，事情的发展完全出乎了他的意料，刚刚进门前他还百感交集，患得患失，在事业和爱情之间挣扎着，可转眼间峰回路转，一切问题都得到了解决，这难道不是最好的结果吗？想到这里，李敬国突然"哈哈"大笑起来，一把将罗映雪搂在怀里。

就如同戏剧中有先后登场的顺序一样，第三个人进了屋，这第三个人正是这场戏的"导演"岳青峡。他一脸欢喜看着李敬国和罗映雪二人，那眼神犹如慈父看到子女。实际上自打他带着李敬国漂洋过海回国的那天起，他就在心里暗自发了誓，无论如何一定要照顾好这个好同志，好弟弟。如今看到二人重归于好，林远副书记还要亲自给他们主持婚礼，一切圆满了，他悬着的心也放下了。可就在刚刚，他又做出了一个决定，他也要陪着李敬国去工业战线奋斗，也要去宁钢支援建设。

在一片喜气洋洋中，岳青峡走到了林仲恩身边，双手递上了自己的档案袋。

谈话后的第三天，李敬国和罗映雪在省委副书记林远的主持下举办了简单而热闹的婚礼，新房是临时安排的双人宿舍，省长特批了两床大红缎子面棉被，举办婚礼的地方就是省委食堂，大家伙都来了，宣传部的同志还帮着简单布置了一下。二人穿着的都是平时的工作服，唯一不同的是胸前都戴上了大红花。二拜高堂时岳青峡被大伙拥上前去，他只比李敬国大两岁，也没敢坐在位置上，但被两人那么一拜热泪立刻涌了出来，紧接着掏出了红包一人一个。大家伙逗他说还故意推辞，这不早都准备好了就等着一对新人来拜嘛。

小两口结婚后的第三天是全体被选派干部出发的日子。两人收拾好了行李，背上了那两床大红被子，和岳青峡一起来到火车站，其他干部们大包小包的陆陆续续也都抵达了。林仲恩已在此等了一阵子了，东南地区选派干部的过程远比他想象的要顺利得多，就拿这被选中的干部来说没有一个人拒绝前往，反而都表了态要克服一切困难支援宁钢，没被选上的干部里面还有不少来找他谈话表示希望重新考虑。为此，林仲恩还自我检讨了一番，说自己未免有些过于消极狭隘，低估了共产党员们建设新中国的觉悟和决心。"李敬国就是个很好的例子嘛，人家一个华侨公子哥都要来咱们宁钢，而且还带上了一个媳妇、一个哥哥！"林仲恩心想。

汽笛一声长鸣，北上的列车缓缓驶出了杭州火车站。"此一行，远隔千山万水，不知何日何时归。此一去，管它艰难险阻，定为国建功立业！"李敬国在日记里写下了这句话。李敬国这个热衷于骑士文学，崇尚个人英雄主义的青年在心里把这次远行描绘得颇为孤独和悲壮，他觉得自己应该在危难之时再次不顾一切，舍身为国。他确实把自己描绘得过于孤独和悲壮了，实际上，这次北上并不是冷冷清清，反而是热闹非凡。这次北上并不凄凉反而是充满希望，因为就在此时此刻，来自全国其他地区的一百多名党员干部也在奔赴宁钢的路上，有的甚至已经开始了工作。不仅如此，在中央的号召下，全国各地都行动了起来，积极加入支援宁钢建设的大潮中。从中南、华东地区招聘的500余名工程技术人员已经先行抵达；首批来自北大、清华、燕京、南开、天大等 10 所高等院校的 300 多名毕业生已经在去往东北的路上；各地高校分配的 2000 多名大专毕业生整装待发。为了充实基建施工队伍，各部队抽调工程兵的工作也在紧锣密鼓地进行中。从大江南北来支援宁钢建设的工人队伍更达到了数万之众。短时间里，大批党员干部、工程技术人员、学生、军人、工人和群众从全国各地向宁钢涌来，还有那援建的苏联专家，还有那昼夜不停地通过列车甚至是飞机直接空运到宁山的苏联设备，各方的力量汇聚到一起，犹如一股炽热的钢铁红流奔向祖国的东北，新中国历史上第一次大规模工业建设就此拉开了序幕。

三

宁山火车站从来都没有这么热闹过，载着支援大军的专列一列接着一列，有的时候都排起了长队，大家伙等不及就提前下车，拎着大包小包沿着铁路往前走。站台上，迎接的队伍分成了好几波儿，由大莲领着，敲锣打鼓戴红花，要是赶上了苏联专家的专列来，大家伙还会用俄语说"欢迎"。

炼铁厂和炼钢厂这对儿"冤家"也派来了迎接的队伍，说是迎接，其实是"抢人"。炼钢厂三个预热炉改造好了，产量一下子翻了一倍，又创了新纪录，马德成也被市委找去作报告了，尚世杰心里不服气，心想无论如何还得扳回一城，怎么也得让烧结矿冶炼达到80%，撑死他炼钢厂，无奈没炼钢厂那样兵多将广，去公司要了几回人可都被打发回来，他也知道宁钢太缺人才了，根本无人可给。直到全国开始大规模支援宁钢后尚世杰来了精神，他发现刚来的大学生或是技术工人都暂时没安排具体工作，因为公司在分配的同时也要争取和尊重本人的意见，他眼睛一转划出了道道，心想既然这样那不如就先下手为强，打个提前量。而后他又听说，二赖子的媳妇大莲被调到了市宣传部，这段时间专门负责在火车站搞迎接，于是他就让二赖子打头阵也弄了个迎接队伍，让他多跟媳妇学学，有事好商量，见读书模样的人下了车就热情迎接，还派了一辆卡车等候在火车站门口，让二赖子想尽一切办法把他们弄上车，先来炼铁厂看看再说。还别说，这个方法挺管用，新来的也分不清哪里是哪里，见有人来接待就跟着上车，到炼铁厂一看那高耸的高炉兴奋得发抖，心想这才叫工厂，这才是工业。而后，这些人又被请到食堂，白菜豆腐炖肉片，雪花大馒头可着劲儿地吃，一边吃一边还有宣传干事说快板，唱二人转，尚世杰也没少亲自来做动员。人本来就有先入为主的习惯，更何况炼铁厂这么气派，领导和同志们都和蔼可亲，所以不少人都主动要求去炼铁厂，连公司人事处的同志都有点发懵，不知是咋回事。

炼铁厂占得了先机，进来了不少人才，炼钢厂这边却门庭冷落，没人选。马德成不干了，找人一打听才知道，原来尚世杰那老小子又使了阴谋诡计，他气不过，找李达谈话，李达笑着说人家一没强迫，二没欺骗，主动热情招呼来客也没犯错啊，找他也没用。马德成一想也是，只怪那小子太狡猾，于是自己也选出了十来个能拉会弹的工人，抽出了一辆最新的卡车，让人事科长带队也去了火车站，叫他们能弄出多大动静就弄出多大，不惜一切代价和炼铁厂抢人。这下好了，火车站更热闹了，两边敲锣打鼓互相比着来，后来二赖子还特意找来个唢呐手，就是要压过他们一头，可那边又找来了唱二人转的，谁也不让着谁。有时候两支队伍比得兴起也忘了抢人，干脆斗起了锣鼓，引得大家伙围得里三层外三层，不停拍手叫好。

从苏联归国的王立群在省城又待了一周，参加了几场东北局和东北重工业部召开的会议，而后才动身回宁钢。他和两个警卫带回来几个大皮箱，里面装的是在苏联马格尼托哥尔斯克钢厂参观期间收集的一些图纸和资料。王立群这人一向心思细腻，处处留意，这是他在延安多年养成的习惯，他始终觉得无论苏联老大哥支援多少人多少物但终究得有个头儿，唯独这技术、这图纸、这资料学来就是学来了，心里踏实，所以无论他到了哪儿都注意收集这些东西，每次回来都要拎上几大箱子。

火车站里熙熙攘攘，人头攒动。王立群下了火车发现不远处有两伙人敲锣打鼓扭了起来，热闹得很，过去仔细一看发现竟是二赖子拉着大莲唱了起来，虽然五音不全，可唱得卖力，边唱还边发着传单拉拢人。王立群觉得新鲜，也挤在人群中看热闹，朝旁人一打听才知道原来是炼铁厂和炼钢厂在抢人。

"这'哼哈二将'斗法都斗到这里了！"王立群心想。

片刻后警卫员挤进人群，说没见到来接的车。王立群一摆手说算了，宁钢如今迎来送往这么忙，没车也正常。于是他让警卫员找一辆马车把箱子运回宁钢，自己要伸展伸展筋骨直接走回去。

警卫员找了马车，王立群再次叮嘱要把资料直接交给王之玺，让他妥善保存。而后他刚想动身走就听到了身后有汽车鸣笛，回头一看是宁钢的吉普车，经理李达探出头向他招手。

"老王，好久不见啊，又从苏联老大哥那划拉图纸啦？"李达打趣道。

"是啊，我这苦日子过怕啦，看到东西就想弄回来！"王立群回答。

"怎么样，大列巴还吃得惯嘛，要不要叫食堂给来盘饺子？"

"那当然好了，我做梦都盼着这口儿呢！"

"现在公司没几辆车能挪动得开，我刚去市里开完会就奔这来接你，赶紧上车！"

"这么热闹坐车多没意思，你老李的屁股可别光长椅子上，来，下来咱们溜达溜达！"

"溜达溜达？"

"对，溜达溜达！"

"好，那就溜达溜达！"李达说着下了车。

宁山火车站往北过了三孔桥就是宁钢，也就二里多地，下了火车的人或是步行，或是坐车都要沿着这条路走，因此行进的队伍拉成了长趟，络绎不绝。李达走一路，咧着嘴笑了一路，心里不免有些沾沾自喜，虽然支援宁钢建设早在上级的计划之中，但能这么快就下发动员令还真要归功于他那封写给上级的告急信。

"老王啊，你这段时间一直都在苏联，这边的情况不了解，现在我们宁钢的队伍可扩充了不少，为了'三大工程'的建设，光是基建队伍预计就能增到五万多人，近段时间都能陆续到齐！"

"曬，这么多人？好事啊，好事！"

"不光是这呢，林仲恩在各地抽调干部的任务也很顺利，已经到了几十名同志，更多的还在后头呢，清一色都是地委和县团级以上干部，预计得有三百多人！"

"上级支持咱们宁钢的力度和决心可谓是空前啊，加上我们现有的二百名干部，那就是五百人啊，一个企业能聚集五百名的县级干部，而且还都是经过甄选的，就算是在苏联也没出现过这种情况，这批红色的干部将极大地加强宁钢的领导啊！"

"谁说不是呢，别说是你了，上级领导听说了都觉得了不起，还打趣说这五百个人可就是宁钢的'五百罗汉'啊！"

"呦呵，那这么说你我都成了'罗汉'啦？"

"哈哈，可不是，咱们都成'罗汉'啦！"

"这个比喻有意思，很巧妙，都是为老百姓造福嘛！可佛家罗汉是神仙，是在天上的'罗汉'，依靠着香火。咱们这个罗汉可不一样了，咱们是共产党员，是宁钢的'罗汉'，靠的是工人和群众！"

"对，说得太对了，咱们的'罗汉'是从工人和农民的队伍里走出来的，咱们没有香火也不需要香火，咱们得依靠信仰，依靠着人民！"

"有了中央的大力支持，有了苏联老大哥的援助，有了'宁钢五百罗汉'，也有了建设大军，再搞不出点名堂我们可就要丢大人了！老李，咱们都凑把手，众人拾柴火焰高啊！"

"老王，苏联方面的设计图纸已经到了不少，'三大工程'开工在即，咱们要想这火烧得再旺点还欠个东风啊！"

"什么东风？"

"我合计着，宁钢得进行一次大的变动才行。我们目前是建设生产不分家，以前的工作都是围绕着恢复生产开展的，是一盘棋好协调，可如今以'三大工程'为主的工程建设成了首要任务，且基建队伍的规模即将超过生产，所以还是按照以往的套路都在一口锅里吃饭，恐怕效率会大大降低！依我看，公司应该把建设系统彻底独立出去！"

"嗯，你说的对！"李达的一句话提醒了王立群，实际上这也是他曾考虑过的问题，可他聚焦的点一直在如何安排合适的领导，如何协调工作的开展，却从没大胆地考虑过直接将建设系统独立出去。目前来看，把宁钢分为生产系统和建设系统是最好的办法，互不干涉，各管一摊，避免了很多不必要的交集和重复工作。王立群不禁对李达又多了一份敬意，觉得这人看似大开大合，实际上心思缜密且目光长远。

"这也只是个初步的想法，我这一直等你回来呢，这几天我们几个得开会好好研究研究！"

说话间二人已经进了宁钢，大白楼前围满了新来的人，大家伙都迫不及待地想看看宁钢这个标志性建筑。一个戴着眼镜的知识分子穿得工整，端着照相机，朝前面摆着手，操着南方口音说道："这两位同志让一让哈，人家这是要拍照的啦！"可他万万没想到，挡着他的正是宁钢公司经理李达和副经理王立群。二人微笑着赶忙给让开了位置，而后快门"咔"的一响，三个衣着干练，满脸欢喜的年轻人在白楼前留了一张照片，照片里李达还咧着大嘴偷了个影儿。

不久后，市委召开了一次会议，参会人员为市委及宁钢主要领导，会议由市委书记杨秋盛主持，市委常委、宁钢经理李达作具体阐述，主要议题就是关于宁钢建设系统的改革。

宁钢的建设队伍由来已久，早在恢复生产时期，修造部就承担起了宁钢的修复任务，可谓是新中国第一支专业的工业基建队伍。公司成立后，修造部扩大改组为"宁钢基本建设处"。1951年初，由于恢复生产建设的任务日趋繁重，公司撤销了宁钢基本建设处，改组成立了"宁钢基本建设"。如今，面对"三大工程"建设任务，公司提议再次调整基建体制，将"宁钢基本建设"改组为"宁钢基本建设系统"，形成在宁钢统一领导下，与宁钢生产并列的独立系统。这一提议在会上得到肯定，顺利通过表决，并上报至东北重工业部。很快，重工业部也通过了审议，同意由新上任的公司副经理赵克西主抓宁钢基建系统。

四

近一段时间，陆续抵达宁钢的苏联专家已有一百多名，这些金发碧眼、身材高大、衣着时髦的专家们成了宁钢里一道靓丽的风景线，无论是男的女的遇到了都得多看上两眼。这些苏联专家人也特好，脸上总挂着笑容，看到了工人师傅们也会上前热情地说上一句："达瓦里氏！"工人们就纳闷了，"打娃累死，他们不都自己来的嘛，打谁家的娃累着了，那孩子得打成啥样？看来这苏联人脾气也不好！"后来听人一说才知道，这"打娃累死"就是"同志"的意思。

这天，公司在大白楼的机关食堂为苏联专家开了一个简单而又隆重的迎接晚会，会场里扯上了"热烈欢迎苏联专家"的横幅。为了这个宴会大家伙可费了点心思，东北特色的菜肴是必须要有的，但为了兼顾苏联专家的口味也得上一些他们的菜肴，公司特意从哈尔滨请了一名西餐厨师，可不成想火车坏在了半路，人连同食材都赶不过来了。这下可愁坏了食堂，这里的厨师没有去过苏联的，也没吃过洋餐，这可咋办？后来一个在哈尔滨待过的老师傅说苏联人也不咋吃青菜，就吃什么大列巴面包和牛排，还爱喝那个谁家的白酒。谁家的白酒？大伙让老师傅好好想想，可他拍着脑门说啥也想不起来，嘴里嘟囔着应该是一个外国师傅家产的酒。后来，一个爱看苏联小说的小青年问老师傅是不是伏特加酒。老师傅一拍大腿说对，就是伏特家的白酒。大家伙哈哈大笑。在东北，伏特加白酒还相对好弄，菜可咋整？食堂的师傅们不会烤面包，市里面糕点房的师傅也没烤过什么大列巴，听说那个大列巴就是裂开的面包，于是糕点师傅就把老式面包加大了火，烤裂了，成了"大列巴"。至于煎牛排，食堂大师傅给揽下来了，拍着胸脯说厨师没有不会做排骨的，猪排骨牛排骨不都一样嘛。有个小师傅抖机灵，说这苏联专家说不定都是回民，要不然咋就非吃牛肉不可呢。大师傅认真起来，还特意找个回民师傅做牛排。于是，宴会当天，机关食堂的师傅们洋洋得意地端上了热热乎乎地裂着口子的老式面包和油炸牛排骨。大家伙平日里都是吃高粱米大白菜，听说吃西餐提前好几天就盼着，结果菜端上来一看，心想这西餐以前也吃过啊，没啥新鲜的。

来参加晚会的干部阵容十分强大，市里和宁钢的主要领导都出席了，东北局重工业部也派来了代表。杨秋盛、贺寿云和李达分别讲了话，表示对苏联专家的欢迎。苏联专家代表维奇托莫夫也讲了话，表示对中方的感谢，并代表全体专家表了态，要竭尽全力支援宁钢建设，最后还用中文喊出了"伟大的斯大林同志万岁，伟大的毛泽东同志万岁，伟大的苏中友谊万岁！"顿时，食堂里响起雷鸣般的掌声。而后，一个专家还捧着手风琴拉起了《喀秋莎》，欢快的节奏引得众人不禁跟着拍手打起节拍。

晚会气氛十分热烈，每一个人的脸上都挂着兴奋的笑容，可唯独一人拉着个脸闷闷不乐——这个人就是炼铁厂厂长尚世杰。尚世杰太有理由不高兴了，因为就在昨天公司经理李达找他谈话，安排他带领一个二十人的宁钢干部团前往苏联学习深造，并表示学习归来另有重用。事发突然，尚世杰当时就懵了，心里老大不痛快，问李达为啥不早点通知，他这敲锣打鼓地在火车站跟马德成抢人呢，好不容易占了便宜划拉了不少人，这咋说走就走了，还一下支到苏联了，他那人不就白抢了吗。这话说的李达哭笑不得，心想这个尚世杰真是带兵打游击打魔怔了，不管到哪就是抢，不管到哪都得和马德成争个高下。李达劝他眼界不要这么窄，来了的人都是宁钢的你跟谁抢，不就是为了跟马德成抢嘛，这不是尽搞窝里斗嘛。到了苏联多跟人家好好学学，学点真本事回来为宁钢出更大的力，不比窝里斗好？这话说得在理，尚世杰没法反驳，可无论是嘴上还是心里都一百个不乐意，因为他还有另一个隐情——冷亦水。

话说这些日子炼铁厂创新也一个接着一个，冷亦水也没少往尚世杰那跑，帮助解决了不少实际问题，俩人的交往自然也就多了起来。尚世杰只要得空，早上一准到冷亦水家帮忙烧水，然后一同上班，时间长了俩人的关系亲近了不少，尚世杰高兴，心想自己就要爱情事业双丰收了。可让他万万没想到的是半路杀出个程咬金，他发现冷亦水和炼钢厂的苏联专家马林科夫越走越近，冷亦水还没少在自己面前提到他，一会儿人家有修养了，一会儿人家有文化了，一会儿又是什么战斗英雄啦，似乎满眼里看到的都是马林科夫的好。"这是啥玩意啊，杀出来个程咬金也就罢了，可还是个苏联程咬金！"尚世杰心里气不过，于是特意请他的死对头马德成喝了一顿酒，猛一顿套近乎，说了无数肝胆相照的话，待酒过三巡，情绪最高涨的时候说明了形势，还具体安排了任务。马德成是性情中人，酒喝得尽兴又被架上去了，最后拍着胸脯说："老尚，你放心，兄弟定帮你严防死守，伺机帮你打一场漂亮的歼……歼灭战！"说完就趴在桌上睡着了。

马德成口号喊得倒是响亮，可实际效果不大，也没见冷亦水和马林科夫疏远，特别是此时，俩人就紧挨着坐在离尚世杰不远处，有说有笑的，肩膀都要靠在一起了，这还了得。尚世杰越想越来气，旁边的马德成倒是吃得不亦乐乎，他一把抢过来马德成的筷子拍在桌子上，低声呵斥道："吃吃吃，就知道吃，当初夸下的海口呢，还帮我打一场漂亮的歼灭战，我看你小子是被策反了，反过来要歼灭我吧！我那半瓶茅台都喝狗肚子里了是不？"

马德成被说得一愣，也有点不好意思了，咧着嘴说道："老尚，这话咋说的，咋还翻旧账呢！"

"咱俩的旧账多了去了，我可告诉你离他远点，别看你俩都姓'马'，可他是外国马，会炝蹶子，不是你兄弟，我才是你兄弟，你胳膊肘可不能往外拐！"

"哎呀，我知道啊，咱俩一起死人堆里爬出来的，我哪能偏向他啊！可实际情况你也看到了，人家平日里也没过多接触，都是工作上的事，我咋管。再说了一个是市里领导，一个是苏联专家，哪个轮到我来说来管，我凭啥管啊，换个妇女主任来都比我强！"

"你……你管不了你别喊口号啊，你别喝我酒啊！"

"这……老尚，这事儿啊你还真就得想开了，你过段日子就要动身去苏联了，得个一年半载才能回来吧？你说你走了我咋帮你看着，就算看住了我给谁留着啊？"

"好啊你个马大炮，以为你是真傻，原来一直和我装傻，想的比我都远是不？我可告诉你了，我本打算走之前把我手里的那些大学生技术员分给你点，平均平均，现在没那事儿了，就算让他们烂在我炼铁厂也不让去你那！"

"别介，别介，咋还来劲儿了？"一听这话马德成着了急，他下手晚，招的人少就指望着这事儿呢，无奈老尚之前一直没松口，"咱想想办法，想想办法！"

"就你这两面三刀的货能有啥办法，有也是害我的！"

"老尚，要不咱今天就出口气，整整他！"

"咋整？"

"你看，这饭也吃了，歌也唱了，再有一会准要跳舞了，马林科夫就在冷亦水旁边，为啥啊，肯定算计好了要找她跳舞，趁着现在都互相敬酒呢，咱俩去灌一灌他，直接灌趴下让他出出丑！"

"行，这个场合让他出丑领导也不能埋怨咱，走！"

马德成刚起来就又坐下了，心想马林科夫平日里没少帮自己，前些日子还把产量计划修改为 200 万吨，自己因此还受到了表扬，这么做有点损。

"咋地，咋不动了，打退堂鼓了？"

"不是，要不咱……"

"是不是不想要我的人了？"

"要要要！"

"那就别废话，快点走！"

"哎！"马德成一拍大腿站了起来，"喝茅台啊，挑好的喝，别喝伏特加，那酒劲儿太大！"

"哼哈二将"一前一后端着酒拿着酒瓶径直奔向马林科夫。此时，冷亦水和马林科夫聊得正热闹，见那老哥俩来敬酒很高兴，但转念一想这两个死对头，从来都是一个向东一个向西，要是在一起肯定没好事，于是用脚尖点了一下马林科夫，使了个眼色，马林科夫心领神会。

"哟呵，马林科夫同志，聊着呐，咱们平日里工作太忙没时间聚一聚，产量的事儿我还要好好谢谢你呢，今天咱一起补上！"马德成率先发起了"攻势"，"这样，按照咱们中国的规矩，我连干三杯，你陪三杯，但为了照顾你，你喝伏特加就行，咱中国的茅台劲儿大，三杯下肚怕你受不了！"

"茅台比伏特加劲儿大？这两人就是来找事儿的！"冷亦水心想。

马德成说着就自酌自饮，连干了三杯。马林科夫为人豪爽，不甘落后，干了三杯伏特加，而后马德成一使眼色，尚世杰紧跟着发动了第二轮"攻势"。

"马林科夫同志，虽然咱俩不工作在一起，但是我也要敬你，谢谢苏联专家对我们宁钢的支持，也谢谢你对我们冷亦水同志无微不至地照顾！"尚世杰说着用手拍了拍冷亦水的肩膀，阴阳怪气的。冷亦水差点没笑出来，心想他这到底是唱的哪一出。

尚世杰追求冷亦水的事情大家伙都知道，来敬酒的意图自然很明显了，马林科夫一眼就看出来这是在和自己宣示主权呢，可爱情面前没有先后，他可不能示弱。于是他直接把胳膊搭在了冷亦水肩膀上，冷亦水一激灵，要挣脱，可只感觉马林科夫那只大手使劲儿一捏，好像在和她说："等等，帮我个忙！"冷亦水一想，反正大家今天高兴，她倒是要看看尚世杰有啥反应。

马林科夫这么一搂可弄懵了尚世杰，心想都说你们老外开放，可这是在中国也得按照咱的规矩不是，这还成何体统。他想发火还没理由，就这么看着还显得太怂，灵机一动伸出手扯过了马林科夫那只手，不停地握手，嘴里说道："谢谢谢谢，实在感谢苏联同志，太谢谢了，我先干三杯，你还是喝伏特加吧，茅台劲儿大！"

冷亦水彻底笑出声来，心想老尚这人脑子还挺灵。

接下来，在这个桌儿上可真就上演了一场"攻防大战"，尚世杰和马德成二人酒量本来也不差，可不成想马林科夫酒量更好，两人轮着翻儿的敬酒，马林科夫就轮着翻儿地喝。一阵猛攻下来，两人舌头根都见了硬，马林科夫眼神也发了直。尚世杰看着仰着脖子靠着椅子背上睡着了的老马心想，伤敌一万，自损两万，有点赔本儿，可那也得上，最后一轮，彻底歼灭。于是他又端起酒杯敬马林科夫。马林科夫摆着手说自己不能再喝了，一会儿还要找冷亦水跳舞，这可气坏了尚世杰，一拍桌子喊道："老马，灌他！"

老马一激灵惊醒了，而后扶着马林科夫端起杯子要给他生灌下去。

"你俩这是干啥啊，要把人往死里灌啊！"这时一旁观战的冷亦水终于看不下去了，说了公道话。"你是要喝酒还是要害人啊，要喝酒我陪你，要害人我可不让！"冷亦水说着抢过了酒，一饮而尽。

尚世杰无言以对，悻怏怏地自己喝下了一杯。

五

接待晚会开得十分热闹，十分成功。酒过三巡大家兴致高涨，最后苏联同志果真带头跳起了舞，其中有一个哥萨克人，舞得那叫一个精彩。宁钢的领导干部们不会跳舞，更不好意思跳，无奈一个个被拉到了中间，只能跟着鼓掌打节拍，脚底下跟着颠了几下。手风琴越拉越快，哥萨克人越跳越欢，犹如一阵风，一团火，他抖着肩膀，挥舞着手臂，脚步快如闪电，在人群中闪转腾挪，虎虎生风，大家伙看得呆住了，甚至忘记了鼓掌，舍不得眨眼。手风琴一个重音后戛然而止，哥萨克人也一个亮相伫立不动，宴会大厅里的空气似乎瞬间凝固起来。大家伙没了反应，呆若木鸡，足足有十几秒的时间才反应过来，鼓掌叫好，最后晚会就以这样一个欢快的形式结束了。

宴会结束后大家伙意犹未尽，仍谈论着刚刚那精彩的舞蹈和今天可口的"西餐"。可尚世杰和马德成还有那马林科夫却醉得七扭八歪，趴在桌上动弹不得，啥也没看到。不过尚世杰也不在乎看啥舞蹈，至少他阻止了马林科夫的"阴谋"，这就算是巨大的成功。

冷亦水不胜酒力，也上了头，最后食堂的师傅们扶着四个人七扭八歪出了门。门外，尚世杰扶着老马，马林科夫扶着冷亦水，尚世杰觉得不对头，用仅剩下的理智抢过了冷亦水，让马林科夫去扶马德成，嘴里还振振有词："你去扶你兄弟吧，都是老马家的，你不扶谁扶！"

三月的宁山仍是寒冷的，黑夜的天空里稀稀落落飘起了雪花，薄薄地铺在了地上。几个人走过了大白楼，走出了宁钢正门，晃晃悠悠地奔着台町去了，迎着微凉的雪花，数着隔老远才有的路灯，几个人说啊笑啊，快乐的像个孩子一样。他们几个人也凑到了一起，互相依靠着，不知道怎么地，此时的尚世杰竟然被高大的马林科夫搂在了怀里。马德成真是喝多了，一路上吐了好几次，马林科夫笑着替他拍后背，嘴里一个劲儿地嘟囔俄语，大概是在嘲笑他兄弟老马吧。冷亦水靠在路灯下埋怨尚世杰："你啊你，一肚子坏水，本来马林科夫同志还要请我跳舞呢，结果你把老马给卖了，喝成这样了！"

"哪是我卖他啊，他是看到茅台了，你没看别的桌上的都被他……"尚世杰咧着嘴还没等说完就觉得肚里一阵翻江倒海，"哇"

地一口吐了出来。冷亦水赶忙上前照顾。

那边，马德成刚好一点马林科夫又吐了，这边，尚世杰刚好一点冷亦水又吐了，结果四个人在路灯下足足折腾了半个小时，最后都累得席地而坐，一个个话也不说，但脸上都挂着傻呵呵的笑容——他们太累了，累了太久了，今天都失态了，但都很惬意，很快乐。

"冷亦水同志，我很喜欢你，我还特意让朋友从莫斯科带来一条围巾准备送给你！"寂静了许久，马林科夫突然说了话，把尚世杰吓得一激灵，顿时清醒了。

"他奶奶的，这小子搞突然袭击！"尚世杰心想。

马德成也被这句话惊着了，心想这苏联专家可够直接的，当着好几个人的面就敢这么说话？可冷亦水还是微笑着迷迷糊糊的，谁也不知道她听没听到马林科夫的话，三人都直勾勾地盯着她，等着她回话，可她"哇"的一口又吐了出来。

"哎呀，赶紧的赶紧的，亦水不行了，外面冷，待会儿冻着了，赶紧都回去吧！"尚世杰急忙岔开话题，扶起了冷亦水，"我说马林科夫同志啊，马德成也不行了，你要是还行就赶紧送你兄弟回家吧，正好也顺路！"

"我没事，我自己能回去！"马德成不合时宜地来了一句，刚说完就见尚世杰瞪了他一眼，赶忙回过味儿来说道："哎呀，兄弟啊，这一站起来又不行了，你得赶紧送我回去，正好咱俩顺路！"

"我们都住台町，我和冷亦水同志也顺路，我送她吧！"马林科夫不甘心。

"咱俩是兄弟，你不送我谁送我啊，他尚世杰和我有过结，说不定把我送哪去呢，我可不放心！"马德成说着拉着马林科夫就奔前走，马林科夫不甘心，一个劲儿往后挣，喊道："这几天我就把围巾送给你，冷亦水同志！"

"'呸'，你真好意思，大庭广众的这叫耍流氓，这是犯错误，要是在部队老子就敢直接崩了你！"见马林科夫走远了，尚世杰啐了一口出出气。他万没想到对方这么快就发动了攻势，先下了手，也不知道刚刚冷亦水到底听没听到，万一听到了，动了心，过几天自己再走了，这事儿不就彻底黄了嘛。要不自己也赶紧表个白？可那多不好意思啊，没马林科夫那么厚的脸皮，但是再不说也来不及了，这可咋整。尚世杰心乱如麻急得原地打转儿。

"扶我一把，送我回家！"靠着路灯的冷亦水说了话，尚世杰赶忙过去。见冷亦水冻得脸煞白，摘下自己的围巾给冷亦水围上。他那围巾打抗日的时候就戴着，又薄又硬，扎得冷亦水一激灵。冷亦水一把扯下来说道："这个破围巾不好，我等马林科夫同志送我苏联围巾！"

这话说得尚世杰头冒冷汗，心想完了，刚刚的话她都听到了，坏了坏了，再不赶紧反攻那阵地就彻底失守了。尚世杰心里越是着急，嘴却跟打了封条一样一句话也说不出。冷亦水吐完了之后好了不少，不知咋了心里就是高兴，左一句右一句地说个不停，可具体说什么尚世杰一句也没往心里去。眼看着要到冷亦水家门口了，尚世杰心"扑通扑通"的快要跳到嗓子眼儿了，额头冒了虚汗。

"老尚，我要到家了！"冷亦水说着不禁故意放慢了脚步，似乎也在等待着什么，但却又不知道等待什么。

"得说，得说，再不说就是孬种了！"尚世杰下了狠心，双手扶着冷亦水的肩说道："亦水，要不咱俩好吧！"

虽心有所盼，但冷亦水还是吃了一惊，觉得有些突然，或者说她知道会有这么一天，只是还过不去自己心里的坎儿，所以，她只是呆呆地没有任何反应。

"你听到没有亦水，我说咱俩好吧！现在不打仗了，生活也好了，你我还都是单着，咱俩好吧，跟我在一起比那个马林科夫好，不用天天跟着吃大列巴，再说了，他们早晚得回苏联啊！"尚世杰把心里的话一股脑都说了出来，可冷亦水仍是面无表情，又待了半天，眼里突然流出了泪水，转身走了。尚世杰不知冷亦水是何想法，也管不了那么多，鬼使神差一般跟着冷亦水走，跟到了家里。

回了家，冷亦水坐在沙发上一声不吭，眼泪还是"吧嗒吧嗒"往下掉。尚世杰不敢吭声，自己在厨房里烧了一壶水，泡了一壶茶，给冷亦水满上。冷亦水捧着热腾腾的茶水，喝了几口，心情渐渐平复下来，而后又是一阵沉默，沉默得似乎都可以听到自己的心跳。

"老尚，我给你讲个故事吧?"不知过了多久，冷亦水终于打破了平静，把心乱如麻愣着神儿的尚世杰拉了回来。

"好，好，你说，我听着！"

冷亦水微微一笑长出了一口气，开始讲起了故事。

1915年，在海城一个贫民家庭中，一个女娃呱呱坠地，父亲杨殿军为女儿取名杨柳。杨家是个大家族，虽有的穷有的富，但男丁奇缺，谁家要是生个小子准被人高看一眼，要是多生几个被过继到同族家还能跟着沾光，杨殿军也一心想要个小子，可媳妇不争气，一连又生了三个丫头，拖垮了这个本就穷苦的家庭。家中实在过活不下去了，杨殿军也不打算再要了，四个女儿个个乖巧听话，虽心有不甘，但他也渐渐想开了。女儿中他最喜欢的就是大女儿杨柳，最心疼的也是她，几个妹妹陆续出生可苦了老大，好日子一天没过上却要早早帮忙照看妹妹们，还没桌子高的时候她就背上背一个，怀里抱一个。大冬天的妹妹尿了一身，家里大人都出门干活了她也不知道咋办，妹妹们越哭越厉害，她边哄着边跟着哭，哭累了靠着锅台就睡着了，结果父亲回来时看到大女儿棉裤都冻上了冰。

生活艰辛困苦，叫天天不应，叫地地不灵，只能低着头奔前走，只怪生在这乱世。要说东北这地界真是多灾多难，地大物博，地广人稀，本该是个富庶之地，要不大清朝怎么说龙脉在此呢。可就是因为地方好，招来不少人惦记。早年间，老毛子就占了这不少土地，没少祸害人，后来东洋鬼子也惦记上这了。1905 年，小鬼子和老毛子在辽阳地界上打了一仗，小鬼子竟然赢了，而后这东北算是易主了，小鬼子开始在这片黑土地上掘地三尺，掠夺资源。其间，那东北王张作霖也没短了压榨，老百姓生活水深火热，穷困潦倒，饿死病死停尸街头的事情时有发生。

杨殿军就是千千万万贫苦人家的一个，家中六口人，住着两间土坯草房，靠着一亩旱田糊口，农闲时就到城里打个零工，运气好了能给家里置办几斤大米，几瓶灯油。杨殿军心疼大女儿，一次借着去城里干活的机会带着她去逛一逛。海城是个热闹的地方，商贾云集，车水马龙，即使这个年月也不差，只不过处处卖的都是东洋鬼子的东西，什么"洋油""洋蜡""洋布"，连根钉子都叫做"洋钉"。在杨柳看来，也无所谓什么洋不洋的，反正满眼里都是新鲜玩意就是了。父亲把杨柳放在了肩膀上，又买了串糖葫芦，杨柳舍不得吃，只用舌头舔了几口，想留着拿回去给妹妹们。两人一路往前溜达，走到了专门为小鬼子办事的"黑帽子"衙门，只见一个人满脸是血不省人事的被扔了出来，一个留着山羊胡的日本军官凶巴巴地走出来，叽里咕噜地骂了几句，又踹了几脚。

那满脸是血的人不知是死是活，把杨柳吓得哇哇直哭，父亲捂着她的眼睛一路跑回了家。自从那次起，杨柳再也不敢进城了，胆子也越来越小了，只说是怕鬼。父亲知道，孩子说的那个"鬼"指的是"日本鬼"。

那次以后，地里干活时，只要父亲离得远点杨柳就跟上来，说怕有鬼来抓她。父亲抱着女儿坐在地头说，这世上都是人在作怪，哪有什么鬼。人一旦死了，气作清风，肉化泥，所以根本就没有鬼。

"那日本鬼子死了呢？"杨柳问。

"日本鬼啊，他们死了就变成粪啦！"

"哈哈哈哈！日本鬼变成粪啦！"杨柳被父亲逗得捧腹大笑，从那以后无论是中国鬼还是日本鬼她都不怕了。

和父亲在一起的时光总是美好的，但这份美好停滞在她十三岁那年。那一年，杨殿军积劳成疾，咳出了一大口黑血，没过多久就过世了。家里没钱买棺材，只能把炕席扯了下来卷上。杨柳哭得死去活来，要卖自己给父亲买个棺材，后来母亲一咬牙，卖掉了两间土房换了棺材，勉强下葬了丈夫。而后便回了娘家，寄住在弟弟家中。弟弟家中也艰难，弟妹不乐意，总给脸色看，尤其是对杨柳，经常喝斥说都这么大了该嫁人嫁人，留一张嘴白吃饭，眼看着要断粮了。母亲实在挂不住脸，决定让大女儿去奉天的一个老杨家的妹妹家，找点事做自己糊口。

杨柳这个同族的二姑颇具实力，二姑父黄剑秋毕业于北大，担任省税捐局局长，是个爱国人士。他可怜年少的杨柳，没让她出去做工，干脆把她养了起来，供她读书，于是杨柳生平第一次真正拿起了纸笔，学到了文化。可好景不长，1931 年日本关东军炮击了北大营，黄剑秋带着全家逃至北平，而后又参加了"东北民众抗日救国会"，成为了主要领导人之一，和他的侄儿，张学良的爱将黄显声一同主张抗日。杨柳耳濡目染，不久后也加入了抗日的行列。

1933 年，杨柳在北平秘密加入共产党，她的入党介绍人叫做范东水，二人单线联系从事地下工作。杨柳主要负责共产党在北平秘密机关的后勤工作，平日里秘密工作地只有她和另一个女同志照看，范东水同志很少到此，来的话也都是布置一下工作便立刻离开。

那一年，白色恐怖笼罩在北平上空，共产党在北平的秘密工作点都被陆续破坏，范东水早就被特务盯了梢，再次进北平的时候就甩不掉"尾巴"了。而后，组织上经过研究，决定安排杨柳和范东水结婚，以夫妻的身份为掩护转移出北平，日后也以此为掩护接受新的任务。于是，五月的一天，杨柳和范东水在北平最后一处共产党的秘密工作点结了婚，没人道喜，没有宴会，甚至没有红蜡烛，二人互相依偎着，快乐地憧憬着未来革命的胜利。

第二天，两人乔装打扮，穿着整洁的衣服，胸前戴着红花出了门，直奔火车站，准备南下，可就在火车启动前，特务冲进了车厢，逮捕了二人。而后，杨柳在被拷打审讯了近一个月后转移至南京模范监狱，在那一待就是整整五年。自打被抓那天，她就和范东水断了联系，丈夫是死是活她无从知晓。在监狱中的第三年她终于得到了消息，原来丈夫被抓后没几天就死在了北平的监狱中。而后整整一年的时间里，杨柳近乎处于精神崩溃的边缘，整个人如行尸走肉，死气沉沉，在她的意识里，似乎没了希望，没了勇气，没了爱情，没了一切。

"打那个时候起，心灰意冷的杨柳就改了名字。"冷亦水继续讲着这个长长的故事。

"改名叫'冷亦水'是吧？"尚世杰问道，他明知道冷亦水在讲着自己的事。

"对，所以，我是结过婚的女人！"

"我也定过娃娃亲，只不过后来当了兵就没成……我不在乎！"

"可是我在乎！"冷亦水蓦地站了起来，瞪大了双眼看着尚世杰，"我在乎，我忘不掉范东水，只要我还叫做冷亦水这名字一天，我就一天忘不掉范东水，他是我的入党介绍人，是我敬佩和深爱着的人！"

尚世杰呆若木鸡，没了声音。

"对不起，世杰，我不否认对你有好感，但我实在是过不去那个坎儿！"冷亦水说完，似乎精疲力尽一般摊在了沙发上。

尚世杰红了眼圈，沉默了好久，而后一抽鼻子，松了一口气，站起身来给冷亦水又到了一杯热水，转身便走。没走几步又停了下来，似乎挣扎着要转身回来可又像被什么缠住了，转也转不过来。最后他背对着冷亦水说道："亦水，都是大活人，坎儿嘛，你自己不是说过嘛，想迈总能迈过去，过几天我就要去苏联了，一年时间够你迈不？不够我老尚再等你一年，等去呗，有的是时间！"

说完这句话，尚世杰还是下意识地转过身来，嘴角一咧强逼着自己挤出个笑容，说道："你喝多了，早点睡，明早我过来给你烧热水！"

"等等，世杰！"冷亦水叫住了尚世杰，而后进了卧室，翻出了一条围巾，放在他手里，"谢谢你对我的照顾，你那条围巾太旧了，这条送给你！"

尚世杰接过了围巾，一跺脚出了门，冷亦水一屁股坐了下来，倚靠在沙发上默默流泪。

六

尚世杰开始整理自己在厂里的东西了，炼铁方面的资料和工作笔记他都小心翼翼装进了箱子，准备一起带走，曹静初帮他忙左忙右，情绪也很低落。这些天尚世杰整个人消沉了不少，其他人都以为这个厂长是不愿意去苏联，唯独曹静初清楚是因为舍不得冷亦水。不知道为什么，这些天冷亦水都没有在外面的煤气炉上烧水，尚世杰自然也就没法去添水，此前尚世杰每次都是在门前徘徊了几圈才上班。马林科夫要送冷亦水围巾，也不知道送没送呢，不过他已经不用担心了，想必冷亦水同样不会接受马林科夫的，但他还是觉得如果冷亦水果真还是要了围巾那就等于扇了自己嘴巴。实际上，尚世杰早就想送冷亦水一件礼物，远比围巾要珍贵得多，那是一个大金镏子，家里再穷再苦也没人张罗过卖掉它，因为那是母亲留给未来儿媳妇的。尚世杰带兵打仗这么多年，脑袋别在裤腰带上压根儿没想过结婚这码子事儿，如今他就认准冷亦水了，说啥也是冷亦水了，他就想把这大金镏子戴在冷亦水的手上。

尚世杰边想边摸索着里怀兜，那是心脏的位置，是揣着金镏子的位置，当然也是冷亦水的位置。可显然，冷亦水不愿意到这个位置上，金镏子也就没了归宿。

"老尚,开始收拾东西啦?"这时候马德成推门进来。"啊,小曹也在啊!"

曹静初见马厂长来了,微笑一下出了办公室,转身就在门外偷偷听声。

"啊,收拾收拾,没几天就要走了!"尚世杰有气无力地回答,接着又问道,"你咋有时间来我这串门?"

"我哪有时间串门啊,我要去大白楼汇报点工作,这不先到你这了吗,有紧急情况!"马德成说着神秘兮兮地凑到尚世杰旁边,"早上我刚到厂里就看到马林科夫跟在冷亦水屁股后,说是要请她吃饭,顺便送她围巾。结果你猜怎么着?"

马德成故意卖了个关子,显然他不知道那天晚上尚世杰和冷亦水发生的事。

尚世杰没有问"发生了什么",甚至没有任何反应。马德成被泼了冷水,好一会没说出话来。

"你咋不问我'怎么了'呢?我说的是冷亦水,冷亦水!"

"咋了?"尚世杰冷冷地问了一句,完全破坏了马德成的情绪。

"……好吧,我告诉你!冷亦水把他给否啦,说同志之间不用搞这些。可马林科夫穷追不舍,说女士围巾她不要也是浪费了,非给不可。冷亦水没了办法,说那也不用吃饭,要送就在这平炉下,在车间里,让大家伙都看到咱们中苏两国人民相互之间的友谊!"

"嚯,这太极拳打得高啊!"尚世杰心想,但是脸上还是没任何表情。这可让来邀功的马德成窝了火。

"我说老尚,你这一声不吭的是啥反应啊,咋了,难不成那天我和马林科夫走之后你俩闹掰了?"马德成追问,"把你也给否了?"

"否了，尚厂长被否了？太好了！"门外偷听的曹静初一阵欢喜。

尚世杰不知如何回答，掏出烟递给马德成一根，自己也点上了一根，靠在椅子上静静吸着，一旁的马德成就那样看着，等着。

"老马，你帮我个忙吧！"抽完了烟，尚世杰终于开口说了话。

"啊……啊，行，你说！"马德成实在是没见过这样的尚世杰，有些不适应。

"你帮我把这个给冷亦水！"尚世杰说着从棉袄里怀掏出一个小红布口袋。

"这……这不是你娘留给儿媳妇的嘛，她老没了之后你就一直当做命一样戴在身上。"马德成打开看了看，惊讶地问道。

"啥，这都要给啊？"曹静初听得一阵喜一阵忧。

"是啊，留给儿媳妇的，可是她不愿意要！无论如何，我是认准冷亦水了，我这一去就得一年半载，她心里有个坎儿，我合计她如果心里确实有我的话那这坎儿一年怎么也能过，如果她想开了那就戴上，等我回来。如果还是想不开，那就当送她的一个小礼物了，就像马林科夫的围巾一样！"

"这……"

"行啦，你赶紧去汇报工作吧，临走之前咱俩再喝一顿，我那还有最后一瓶茅台！"

门外的曹静初一跺脚，气呼呼地转身走了。

送走了马德成，尚世杰依靠在椅子上发起呆来，浑浑噩噩的感觉真是奇妙，浑身无力，思绪万千，就如同一个打了大败仗的丢盔卸甲的战士。不，其实比那个还要惨。一整天他都是这种状态，本以为回家好好睡上一觉就好了，可不成想，夜晚的痛苦更甚于白天。

　　早上，尚世杰的眼底布满了红血丝，头发乱蓬蓬的也没心梳理，戴上个帽子就出了门。冷亦水家大门锁着，似乎早早就出了门。"是赴约去了吧？"尚世杰心想。

　　心乱如麻，心如刀绞，尚世杰觉得自己可能是得了病了，眼花耳鸣，浑身发冷，上班的工人师傅纷纷打招呼，他也无心理会，冷冷地擦肩而过。

　　"三月了，这天咋还冷得这么邪乎？也可能是我心里冷吧！"尚世杰心想。这天确实冷得出奇，尚世杰的胶鞋鞋底被冻得邦邦硬，走在地上"吱嘎吱嘎"作响，弄得他心烦意乱。不远处烟囱里升腾起的水蒸气都凝结了，好像一块巨大的面团悬挂在空中。"炼钢厂那边为啥有这么大水蒸气？又好像不是水蒸气，是烟！"

　　突然，"轰"一声巨响，又一阵浓烈的白烟从炼钢厂平炉车间的方向升腾起来。

　　"不好，炼钢厂出事了，呀，亦水也在那！"尚世杰猛然回过神来，想起今天冷亦水应该在平炉车间赴马林科夫的约，爆炸声就是从那个方向传出来的。

　　尚世杰拼了命地往炼钢厂跑，到了近前只见车间里火光一片，浓烟四起，不时有工人浑身黢黑从里面跟跄着爬出来。

　　"师傅，看到冷亦水了吗？"尚世杰扶起一个师傅问。

　　"冷大姐在里面，还有……还有马厂长！"

　　闻听此言，尚世杰脑袋里"嗡"的一声，赶忙脱下棉袄，抢过一桶水泼在上面，披着进了火场。滚滚浓烟里，拼命大喊着："亦水，老马，亦水……"

　　"这有人，我在这！"火场里传出马德成的声音。尚世杰顺着声音发现老马被倒塌的管道压住了脚，赶忙用棍子撬开扶了起来。

"老尚，不用管我，我自己能出去，赶紧的，亦水在那边，赶紧过去看看！"马德成一边喊着一边推搡着尚世杰。

尚世杰朝着马德成指的方向跑了过去，隐隐听到阵阵咳嗽声，声音在渐渐减弱。

"亦水，是你吗，亦水！"

尚世杰一路摸过去，发现冷亦水被困在倒塌散落的钢架中，人已经被浓烟熏昏了。

钢架被烧得发红烫手，尚世杰用大衣垫在上面，咬着牙推开了几个，露出条缝，把冷亦水从中拖拽出来，给她披上大衣，扛在肩头往外闯。

"老尚，是你吧？"冷亦水微微睁开眼问道。

"亦水，是我，我是老尚，没事了，马上出去了！"

"老尚，老尚，别管我，救马……"

"老马被我救出去了，你放心！"

"救马林科夫……就在我不远处！"

尚世杰心里一怔，没有回答。

"老尚，听我说，救马林科夫，不能……不能让苏联专家出事，这是政……政治问题……"冷亦水说完又昏了过去。

尚世杰犹如烈火中的猛士一般，扛着冷亦水闯出了火海，赶忙有人上前接应。他把冷亦水放在地上，没来得及多看一眼，又转身进了火海。

爆炸又一次发生，火焰更加剧烈了，眼见着尚世杰冲了进去，大家来不及阻止，能做的只是等待。不知过了多久，火场里传出了咳嗽声，地面上有人影爬出。

"出来啦，出来啦！"有人大喊。

此时的冷亦水也苏醒过来，见有人出来激动地流出了泪水。

大家伙赶忙冲过去接应，却发现爬出来的只有一人——苏联专家马林科夫。

"老马，老尚呢？"马德成瞪大了眼睛问。

"……"

"问你话呢，老尚呢？"冷亦水号啕着问。

"他……哎……"马林科夫低头伏在地上，痛哭起来。

大火被扑灭了，烧塌了部分厂房和钢架，由于着火点距离平炉较远，未造成大面积停产事故，起火原因是煤气管道老化泄漏造成的。尚世杰的尸体在一堆烧弯了的铁架中被找到，已面目全非。当时马林科夫就被压在下面，当尚世杰把他从架子下拉出来时，却被又一个脱落的钢架砸倒在地，当场牺牲。

冷亦水伏在尚世杰的身上，拍打着，扯拽着，哭得晕死过好几次，可都无济于事。而后便坐在原地呆呆的，一动不动。马德成两眼通红，不想劝她更不知道怎么劝，只是默默递给她一个红色的小布袋。

"尚厂长！"突然，又一声凄惨的哀嚎响起，一个人哭着跪在尚世杰旁边，这个人是一直暗暗喜欢着他的曹静初。

军人出身的尚世杰以大无畏的精神，用自己宝贵的生命换来了另外三条生命，更重要的是他保证了苏联专家的安全，这无论如何都是可歌可泣且意义重大的英雄事迹。因此，宁山市委决定授予他烈士称号。

葬礼当天，除了当班生产人员，几乎全部炼钢厂和炼铁厂的同志都来了，市委和公司领导也悉数到齐。大家低声哭泣，久久沉默，三分钟的默哀变成了五分钟，五分钟的默哀又变成了十分钟，而后又变成了二十分钟。二赖子忍不住了，趴在坟头上号啕大哭，紧接着那哭声就在人群里蔓延开来。

冷亦水的泪水已经流干了，她已经不知还能用什么方式来表达对尚世杰的哀思了，只是木讷地站在那里一动不动。马德成不经意发现，此时冷亦水手上多出了一个精美的金镏子——那正是尚世杰老母亲留给未来儿媳妇的东西。

七

一辆吉普车驶出了宁山火车站，一路奔东途经市人民政府，驶进了台町别墅区，继续往前就是东山脚下的一块绿树环抱的清静之地。宁钢基建在此选址修建的东山公寓还未完全竣工，目前修建好的一栋专供援建的苏联专家居住。

到公寓还有百十来米的距离，吉普车开始减慢了速度，缓缓而行，最后不得不提前停下。

"专家同志，路被堵上了，看来您得下车走一段了！"司机转过身说。

吉普车的后排坐着一个苏联专家，叫做维奇托莫夫，他已经是第二次来到中国，来到宁钢了，上一次他是以设计专家的身份指导了一部分工程的勘察工作，这一次则是以援建无缝钢管厂专家的身份再来宁钢。

一路劳累，维奇托莫夫在车上小憩了片刻，没到地方便停下他觉得奇怪，下车探视，发现原来公寓前面的一片空地被当做了临时工地，水泥、沙子、钢筋、木头、推车等材料和工具一股脑地堆在这里，横七竖八，混乱不堪，剩下的一条小路仅能供两人并肩行走。不远处，几个工人师傅把水泥和沙子攒成了一堆儿，中间挖出个凹坑，另一个师傅用水管灌水，而后便开始抢起铁锹搅和水泥，溢出来的水泥汤儿满地都是，连下脚的地方都没有。

"同志，你们为什么要在这里搅拌？"维奇托莫夫上前问道。

"我在这干活，不在这弄在哪弄？"工人师傅反问道。

"混凝土搅拌厂呢，为什么那边不送混凝土过来？"维奇托莫夫追问。

"啥，啥搅拌厂？"师傅们如丈二和尚摸不着头脑。

看到这情况维奇托莫夫猜到了一二，心中焦急，来不及安顿，直接上了车进了宁钢，结果和他预想的一样，混凝土搅拌厂厂房里空荡荡的，里面几台水泥搅拌机落满了灰尘，似乎很久没有开动过——这里荒废了。

当天晚上，维奇托莫夫在东山公寓的食堂里见到了老友斯留沙列夫，二人坐到了一起。斯留沙列夫是苏联著名的冶金设计专家，参与设计了乌拉尔工业区中的诸多重要工程项目，1951年就被派到了宁钢，负责大型轧钢厂的勘察和设计工作。他五十多岁，头发白了不少，面容却还很年轻，身材也魁梧挺拔，只是眼角和眉宇间有不少皱纹。他的脸不像绝大多数欧洲人那样棱角分明，而是比较圆润，显得平静和蔼。实际上，维奇托莫夫的长相与他大体相似，性格也差不多，大家伙都把他们这种容貌称为"设计脸"，把他们的性格称为

"设计性格"，说是长期安静、细心、精准的设计工作磨平了他们的棱角。

阔别半年有余，斯留沙列夫见到老友本该高兴，可他眉头紧锁，不言不语，心事重重。

"斯留沙列夫同志，怎么愁眉不展，遇到什么事情了？"维奇托莫夫问。

"事情太多了，不知道从何说起，但我可以确定地告诉你都是工作上的事情！"斯留沙列夫低声回答。

"虽然我今天刚到，但实际上我也遇到了工作上的难题。"

"你遇到了什么问题？"

"还记得我上次来宁钢的时候亲自设计了一座混凝土搅拌厂吧？厂房刚建起来我就回国了，我本以为工人们能因工业化生产，能因从体力劳动中被解放出来而高兴，工作效率自然也会因此几十倍的提高，可不成想现在厂房和设备都处于荒废的状态，工人们还在用水桶和铁锹那种最传统的方式工作，我真是不理解这到底是为什么？"

"维奇托莫夫同志，这是一个成立没多久的新国家，你要知道在之前它可是一个有着几千年历史的农业国，这些搞基建的工人之前都是些匠人或农民，他们绝大多数人都没感受到工业带来的高效，他们只相信手中的铁锹和水桶，只相信看得见摸得着的东西。"

"多么淳朴的性格啊，用这种方法盖一栋公寓或许能做到，可他们即将面对的却是这个国家有史以来规模最大的工业建设啊，难道也要靠铁锹和水桶？五年计划，这个陈旧落后的思想不改变恐怕就要变成十年或是十五年计划了！"

"维奇托莫夫，你还是庆幸吧，这还都是一些小事，你要清楚我遇到的问题，或者说我们遇到的问题还有比这个严重得多的！"

而后，斯留沙列夫讲起了他这些日子所经历的难题。

"三大工程"处于准备阶段时，宁钢方面提供了原始的勘察数据，这些数据后来被送到苏联，由苏联方面据此进行设计。1951年底，初步设计的120卷图纸由莫斯科运抵宁山。由于无缝钢管厂、大型轧钢厂和炼铁七号高炉都是在原址上进行扩建和重建的，所以要拆卸相当一部分原有不符合标准的建筑和设备。在大型轧钢厂，按照未来的生产要求，需要一座高60米的烟囱，而根据宁钢的测量，原有的烟囱只有40米高，应当拆除重建。一次，斯留沙列夫去工地实地勘察，无意中看到了图纸上标注的那座要拆除的烟囱，凭借着直觉他觉得那座烟囱要远高于40米。于是，这个精细严谨的专家自己对其进行了测量，发现这座烟囱不高不矮刚好60米，完全符合要求，不必拆除。这样一来，不但为宁钢节省了大量的人力物力，更节省了大量的时间。而后，斯留沙列夫把这件事向土建公司汇报，公司十分重视，还特意找来了当时测量那烟囱的技术员。技术员是个叫做沈文霞的小女孩，刚从技校毕业分配到宁钢，她抹着眼泪说自己没经验，算错了数，差点给公司、给国家造成了经济损失，要求严肃处理自己。鉴于沈文霞年纪小，态度诚恳，公司并未对其进行严肃处理，只是要求她一定要从中吸取经验，提高本领。

事故被扼杀在了萌芽之中，犯错之人受到了应有的批评教育，同时也被照顾了情绪，看似一个完美的结果，可在斯留沙列夫看来这却是一个十分严重的问题。

"就像我刚刚说过的那样，这个国家目前还停留在一个农业国阶段，他们毫无工业建设的经验，虽然数以万计的支援大军从全国各地汇集到了这里，可他们绝大多数都是农民、军人和刚毕业的学生，基本都是工业建设的门外汉，不仅仅是思想上，技术上更是如此。所以……"

"所以你担心之前我们得到的初步勘察数据很多都是错误的？"维奇托莫夫吃惊地问。

"我希望是我想多了，不过从我自己这些天的勘察结果来看，担心是对的！"斯留沙列夫回答。

"有多少？"

"还说不清楚，百分之五？或许更多！"

"为什么不和宁钢方面反映？"

"我还没找到合适的时机，而且我想亲自勘测更多，让我的说法更有力一些！不过今天听到了你所说的，我的老朋友，我觉得我们现在已经有足够的说服力了！"

八

一大清早还没到上工的时间，宁钢基建系统土建公司经理办公室门外等待的人就排着长队，他们年龄不一，衣着各异，有的是各个科室来找签字的，有的是外包公司要来谈工程的，有的是对工作不满意来找谈话的……

经理办公室里，季明正往笔记本上记着事：张凤婷，东北工学院建筑系，应另行安排合适岗位。而后又用红铅笔在旁边画了一个重点号。

"好了，小张，你的事我知道了，你先回去吧！"季明温和地说道。

"那谢谢季经理啦，太谢谢了！"小张说着站起身来行了个礼高兴地走了。她刚一走，门口挤着排队的人马上涌进来。

"经理，我们土建三队的人不够啊，按照现在要求的进度，肯定是要延误工期啊，您得给我们多安排点人手……"这个工人一通诉苦，季明耐心倾听，而后又记在了笔记本上，用红铅笔在旁边画上个重点号。

一上午下来，季明接待了不下二十个人，要求解决的问题各式各样。自从他担任了土建公司经理之后，当初那个从鬼子手里缴获来的一直没舍得用的牛皮面笔记本就被写得密密麻麻，他往前这么一翻，发现绝大多数问题都被自己画上了红色重点号，虽然解决了一些但很有限，更多地只能慢慢解决。

屋子里的煤炉不旺，有些阴冷，可季明还是打开了窗户，冷风一下子灌了进来，他还觉得有些沁人心脾，不禁闭着眼睛深吸了一口气。季明五十多岁，可面容要比实际苍老不少。他个子不高，头发稀疏，人很消瘦，是个曾在苏区工作过的老同志，只不过那时候他负责的是后勤，如今却搞起了工业建设。东北重工业部的领导们都很信任季明，谁都知道这是个精打细算的同志，持"家"有道，而且善于用人，非常会搞群众工作。可季明在工作上犯了难，一来是这后勤工作和土建工作根本不搭边，没有经验；二来土建公司在短时间内迅速扩充到了两万多人，而且还在增加，估计未来会占到宁钢总人数的三分之一，这么多的人如何在短时间内给予适当的安排，形成有效的管理？

"照这么下去，这些职工的问题恐怕'二五'都解决不完啊！"季明心想。

实际上，作为这样一个庞大集体的当家人，季明的处境比想象的还要难，远的不说，就眼下工人的吃住问题都还没来得及妥善解决。一个二十多万人口的小城市一下子涌进来五万多的建设大军，这可是始料不及的。宁钢职工宿舍在昼夜不停地建设着，临时性住房也支起来不少，可还是远远满足不了需求。有的宿舍原本最多只能住六个人，可一下子挤进去十个人，进屋连下脚的地儿都没有了。十五宿舍的管理员孙大爷热心肠大嗓门，隔三差五就找一次季明，说宿舍不够用就差睡走廊了，人还呼呼往里进，得赶紧想办法解决。刚刚，孙大爷又来了，说现在已经把宿舍的仓房改成了寝室，就差改厕所了，再不想办法就得睡大街啦。于是，季明又记到了笔记本上画上了重点号。

空气实在太凉，季明打了一个冷战，关上了窗户，回身看看自己摆满了书本和文件的办公桌，从中拿出了一本关于建筑方面的书籍，本想趁着中午清静的时候学一会儿，可心中烦乱，翻了翻就又放在了桌上。专业知识的匮乏是他面临的又一个巨大难题，作为土建公司的经理却对土建一窍不通，这让他心中火急火燎。人家都说没有金刚钻不揽瓷器活儿，可自己这活儿可揽大了。"我一个金刚钻也没有，却揽起了新中国成立以来最大的一次工业建设任务！"

季明这个同志凡事亲力亲为，做到心中有数，思考问题也比他人要更细致入微，很少头脑一热做出决定，但正是因为这样的性格使得他做事又有些优柔寡断，瞻前顾后，有时候不免也会出现消极思想。部分人认为他有些"软"，有些"右"，有些人觉得这是深谋远虑，可季明自认为他只是就事论事，客观公正地看待问题罢了，谈不上什么深谋远虑，更涉及不到什么"右"的问题。

在他看来，宁钢以"三大工程"为主的建设任务面临着巨大的挑战，暂且不从工程的角度去考虑，单是人员就远远不满足条件。中央、东北局和重工业部为了支援宁钢，首先从各地区调来了一大批干部组成了宁钢的领导力量，可这些干部很大一部分是带兵打仗出身，还有一部分和自己一样是从事党政工作的，几乎没接触过工业，到了宁钢干脆就是两眼一抹黑。火车跑得快，全靠车头带，可问题是这车头跑不起来啊。"群众路线，群众路线，要紧紧依靠群众，要善于争取知识分子。"这句话季明背得滚瓜烂熟，可在他看来这仅仅是一个空泛的指导思想，实施起来难度太大，群众不懂，领导干部不懂，知识分子少又一时难以融入工人队伍里，到底要依靠谁，怎么依靠？归结到一起，这个积贫积弱的国家一切都是重新开始的，在没有任何技术储备、人员储备和物资储备的情况下，进行一场如此大规模的工业建设实在是难。这场仗，国家给了两年时间让宁钢打，且必须要打赢，宁钢自己定下了提前完成的目标，可在季明看来，这场仗远比预计的要难打，且需要更长的时间。

"下午再来吧，经理也是人啊，忙了一上午了饭都没吃，就不能让他歇一歇？"门外传来一阵争执声，当初测量烟囱算错了数的技术员沈文霞端着饭进来了，一脸不高兴。

"什么事？"季明问。

"还能有啥事啊，还不是找您来解决实际问题的！"

"那为啥不让进？"

"您还没吃饭呢？"

"我说小沈啊，上次出了差错我看你反省得不错，态度诚恳，可如今又有回头的意思啊！"季明严肃地说。

"我可没回头，我这些日子一直苦读书，长进了不少，不信你可以考考我！"沈文霞反驳。

"可我们提高的不应该仅仅是知识啊，还有我们的意识，你说说是给职工们解决问题重要还是吃饭重要？反过来说，如果因为一顿饭就让大家伙儿说我们高高在上，脱离了群众，这岂不是犯了大错误？"

沈文霞被季经理噎得没了话，翻着白眼在一旁站着，心想这个季经理哪都好，就是爱讲大道理，婆婆妈妈的，爱管闲事，不分大小，只要来找他什么事情都要管，自己好心好意想让他吃口热乎饭到头来弄得自己一身不是。

"怎么，我看你是有想法啊，有想法可以说出来！"

"没想法，季经理说得对，是我思想有问题，我改！"

"这就对了嘛，还不赶快让人家进来！"

沈文霞气呼呼开了门把等待的人让进来。

来访的人是一个三十来岁的小伙子，是个南方人，大学生，毕业之后在南方的一个厂里当技术员，他的妻子也是大学生，跟着丈夫一同来了宁钢。原单位说来到宁钢后他妻子也能安排工作，可这都快三个月了，找了厂里的人事科可迟迟没有动静，妻子闹了情绪，说自己好好一个大学生到了这成了洗衣做饭的老妈子了。

"大学生竟然都没给安排，人事科干什么吃的？"季明心里想着，又拿起了笔记本把这件事写上，并在旁边加了个重点号。

这边刚送走了小伙子，那边电话铃又响了。季明拿着电话先是一愣，说了一声好！而后放下电话拎起皮包就下了楼。

"得，他这饭是吃不上了！"一旁的沈文霞没敢吱声，看着季明急匆匆消失的背影无可奈何。

给季明打电话的是分管基建系统的宁钢副经理赵克西，他说想到几个施工现场走一走，看一看，让季明这个第一大分公司的经理陪着溜达溜达。时间不长，赵克西乘着吉普车到了土建公司，季明开门上了车，发现车里还有两个苏联专家，两个人他都熟悉，一个是分管大型厂的斯留沙列夫，一个是分管无缝厂的维奇托莫夫。

"老领导，耽误您吃饭啦！"季明曾是赵克西在部队时的老领导，对他帮助很大，所以赵克西一直这样称呼季明，"知道你忙得脚打后脑勺，大中午的应该让你休息一会，可这两位专家来找我，就说要带我到处转一转，还让我带上你，这不，我就只能耽误你休息了！"

赵克西对季明说着看了看后面的两位专家。两位专家点了点头，沉默不语，不知道他们葫芦里卖的到底是什么药。

"不瞒你说，这工地我还真有几天没去看了，找我的人从早到晚排着长队，我恨不得能分成两半！"

"职工宿舍建设的进度怎么样了？"

"马不停蹄，昼夜不歇，可人一股脑地涌进来，建得再快也供不上！这些日子我合计着得找外面的私人建筑公司！"

"这倒是个办法，非常时期就得使用非常办法，得调动一切力量。不过，据我所知外面的那些私人公司鱼龙混杂，很多都是伪满时期留下的，得多加甄别！"赵克西提醒。

"是啊，这几天我一直在寻觅合适的人来负责，但还没想好。"

"对了，我记得你们土建公司有一个浙江来的干部叫李敬国，人家是华侨，听说家里是菲律宾有名的富商，见多识广，对付几个小包工头应该不成问题！"

"对啊，你看我这臭脑子，一团浆糊，就在眼皮底下还没看到！"

　　说话间，吉普车已经开到了大型厂工地。大规模施工并未开始，目前主要是进行拆卸和地基加固的工作，尽管如此现在的工地上已杂乱无章，各种建筑材料和施工设备胡乱地堆放，沙子旁边就是钢筋，钢筋里夹杂着模板，模板底下还压着沙子，左一堆儿，右一块儿，估计是运来之后看哪方便就卸在哪。不远处，一个师傅站在老高的设备上四处张望，估计是在找什么东西；几个工人推着手推车在狭窄弯曲的小路里运沙子；一大群工人师傅甩开了膀子抡着铁锹搅拌着水泥，累得满头大汗脱了棉袄，一旁等着拉水泥的拖拉机和推车排了好几辆。这时，一个工人跑过来找搅拌水泥的师傅，似乎催促着什么，没几句话的工夫两人竟吵了起来，其他的师傅也气得摔下铁锹蹲在地上不干了。

　　赵克西和季明看出了端倪，想开门下车询问情况，可被斯留沙列夫和维奇托莫夫叫住，说现在过去也解决不了什么问题，不如再走一走看。而后，吉普车又开到了无缝钢管厂和炼铁厂七号高炉的施工现场，情况与大型厂如出一辙。

　　"乱七八糟，乱七八糟，怎么会这个样子！"季明这个温和的老红军气得猛地拍了一下汽车，此时他已经无心去询问了。

　　赵克西也是沉默不语，靠着汽车抽着烟，这种问题他曾考虑到过，但无论如何也没想到会这么严重。这样杂乱无章的生产秩序，无疑会造成设备和物资的巨大浪费，出现窝工和误工的现象，大规模建设要是真开始了，说不定会直接造成整体的瘫痪。

　　"赵克西同志，不好意思，实际情况您也看到了，我和斯留沙列夫同志今天给您泼了一盆冷水。"维奇托莫夫说。

　　"这盆冷水泼得好，泼得好！我得谢谢你们两位专家才对！"赵克西说。

"今天这一趟，让我深受教育，我记得对于施工现场，斯留沙列夫同志曾给过我们详细的平面施工总图，是我们落实严重不到位才会形成现在这种局面，这完全是我的责任！"季明说。

"不，我负主要责任！"赵克西说。

"两位同志，现在不是揽责任的时候，而是研究如何及时补救，而且，我还有更坏的消息要告诉你！"斯留沙列夫说。

"什么？"

"测量错烟囱高度的事情不是个例，先期宁钢方面的勘察结果还有很多错误，如果不及时更正将造成更多难以估量的损失。"斯留沙列夫说。

"还有一件更糟糕的事情，按照宁钢方面之前给出的测算，无缝钢管厂工程建设需要 60 万个劳动工日，大型轧钢厂需要 100 万个劳动工日，而这几天我和斯留沙列夫等几个同志仔细测算了一下，结果是无缝钢管厂需要 180 万个劳动工日，大型轧钢厂则需要 300 万个劳动工日！"维奇托莫夫严肃地说。

"什么，整整差出了三倍？"听到这个结果赵克西和季明都惊得目瞪口呆。

九

苏联专家斯留沙列夫和维奇托莫夫的建议引起了宁钢方面极大的重视，李达特意为此在基建系统召开了一次处级干部会议。会议的议题很明确，首先，在毫无大规模工业建设经验的前提下，宁钢方面必须严格执行苏联专家的建议，特别是要落实工地的平面施工总图。并且强调，当中苏双方产生不同意见时以苏方意见为准，如有故意违反者公司将严肃处理。其次，在原有基础上，持续扩大夜校和培训班规模，加大对党员干部、管理人员和工人等各个层面人员的培训力度。最后，继续挑选符合各方面条件的干部前往苏联深造学习。

这次会议后，全公司立刻行动起来，各个公司，各个工地，甚至各个班组都组织开会强调和落实上级要求，施工平面图被油印出来贴在了每个单位最为显眼的位置，层层督促落实。各种培训班也都开展起来，而且形式多样，几乎覆盖到了各个层面。夜校在每个周末和工作日的夜间开办，可毕竟还受到时间和地点的限制，于是更为灵活的培训班被发明出来——在车间，在工地，甚至在工作中，随时组织三到五个培训班，老工人带新工人，工程师带技术员，苏联专家则每天早上都用十几分钟的时间为工程师和技术员们就地讲解最为受用的经验和知识。大家伙儿有的蹲着，有的站着，一个个聚精会神，不停往笔记本上记，有时候下了工的工人们也凑热闹探着脖子听。一时间，整个宁钢里掀起了一波学习热潮，工人们都学到了不少实用的知识，随口还能说出两句俄语术语。

这天在宁钢夜校里，苏联专家马林科夫正在讲课，他的学生们级别可都不低，清一色都是那些被称为"宁钢五百罗汉"的党员干部。这一屋子的县级干部，不是这个团的团长就是那个县的县委书记，不是这个处长就是那个委员，以往带兵打仗也好，主持工作也罢，个个都是独当一面的好手，可到了工业战线，遇到这苏联专家，一个个儿都傻了眼，更何况那苏联专家嘴里说的还是半生不熟总出错的汉语。

"同志们，同学们，我们苏联和中国有着十分相似的国情，都幅员辽阔，经历过帝制、资产阶级革命和无产阶级革命，二战后我们苏联的工业也是在废墟中迅速建设起来的。"马林科夫身穿毛呢大衣，头发梳理得一丝不苟，英俊潇洒，言谈举止十分有风度，却还有着军人那种坚毅的目光，讲起话来铿锵有力，"要想迅速追赶西方帝国主义，要想从废墟中迅速建立起强大的社会主义工业体系，就要采取些非常规的方式，这节课我们就讲一下工业建设中'托梁换柱'的方法。"

"'偷梁换柱'？还'借尸还魂'呢，马老师，这都是咱中国的玩意，用不着你们教，咱都懂！"一个干部打趣道。

"是啊，《孙子兵法》和《三十六计》啥的，咱们带兵打仗的都懂，这个恐怕你得跟咱们学！"

"关键是咱学这个有什么用哦，我们来宁钢又不是打仗的！"

几个从军队转业下来的干部来了精神，讨论开了。

"不是好人也教不出什么正经玩意，扯淡！"炼钢厂厂长马德成也在这个班中，他坐在最角落的位置低声咒骂了一句。

话说，自从马林科夫帮马德成顶住了公司压力改成平炉炉顶之后，两人关系就好了不少，马德成不再对这个苏联的"老毛子"有偏见了，张嘴闭嘴就叫人家兄弟，说都是老马家的人不分彼此。马林科夫性格宽容，而且也打心眼里觉得马德成这人敢作敢当，有胆有识，是个好厂长好同志，两人可谓是惺惺相惜。但自从尚世杰出了事之后，这种默契就彻底被打破了，两人的关系陷入了僵局，当然造成这种情况的原因完全在于马德成，他接受不了自己兄弟尚世杰牺牲的事，认为造成这种结果完全是因为那个闲得发春，非要送什么狗屁围巾的马林科夫。他曾因此当众指着鼻子责骂马林科夫害死尚世杰，当时马林科夫一言未发，因为他心中确实有愧。打那以后，马德成彻底和自己这位"同姓"兄弟断了来往，甚至水火不容。为此，李达没少找他谈话，批评他这是栽赃，是无中生有，说非要治治他这脾气，而后还特意把他安排到了马林科夫的班中，拍着桌子警告他，但凡有一点不尊重苏联专家的情况发生就要严肃处理。

"'偷梁换柱'，你确实应该讲讲这个，你最在行了，你把老尚的命给换走了！"马德成继续低声咒骂着。

一旁坐着的李宇捅咕了他一下，低声说道："你小点声，可别被听到了，这要是被公司领导知道了够你喝一壶的！"

"去他奶奶的，我老马怕这个？"马德成一翻白眼回应道。

"几位同志，我说的不是你们中国的兵法'偷梁换柱'，我说的是建筑施工上的一种方法，叫做'托梁换柱'。"讲台上又传出来马林科夫的声音，"宁钢的很多厂房都在当年美国的轰炸中垮塌或受损，要想在原有基础上重建就得全部拆除受损的房梁和基础。另外，未受损的厂房也满足不了日后生产的需求，也得拆除，这样一来太过费时费力。但是我们换种思路来想，如果把原厂房的房顶和梁托起来换上更坚固的柱子，这样一来不但满足了要求，而且会节省大量的人力物力，时间和金钱，这就是所谓的'托梁换柱'。"

"邪门歪道！"马德成心想。

"哎呀，这个方法好啊！下半身不行了就直接换下半身，上半身不用动，挺好挺好，省得折腾了！"一个干部说。

"那要是基础不行了咋办？"终于有一个干部问出了个稍微像样点的问题。

"那就'托柱换基'，道理都是一样的！"马林科夫回答。

而后，马林科夫对"托梁换柱"做了具体讲解，大家伙儿平时闹归闹，可到了真格时候都聚精会神，谁也不想落下，一个个认认真真记着笔记。李宇又捅咕一下马德成，让他赶紧记笔记，马德成一耸哒肩膀不理不睬，台上的马林科夫看到了，表情复杂，不知该如何是好。

马德成还在生闷气，他怨恨马林科夫，可也怨恨自己，后来他才合计过味儿来，老尚早就对冷亦水有意思，话里话外也暗示过自己要帮忙拉拉线，创造点机会，可自己心粗，一心合计着和炼铁厂比，一心合计着提高产量，压根就没往那上面想。"我要真是早点帮老尚，让他俩早点成哪有现在的后果！"马德成每每想到这就不禁后悔地咬着后槽牙拍大腿。

这对老战友看似一对儿冤家，可两人心里都清楚谁也离不开谁。尚世杰嘴皮子比马德成利索，凡事爱咬尖儿，占个先，不然就浑身不得劲儿。早年打仗缴获战利品的时候总是尚世杰划拉得多，马德成没少和他吵，还拔过枪。可自打马德成在山头上救了尚世杰之后，老尚就觉得自己欠他一条命，嘴上还是得占优，这个是"原则"，但实际上却都让着老马，马德成对此心知肚明。当初公司让尚世杰去苏联深造，他说啥也要把名额让给老马，说自己不是那块料，后来得知老马被安排在了第二批里他才作罢。就是这样一个出生入死的好兄弟，日本鬼子和蒋匪兵都拿他没办法，却死在了和平年代，死在了自己的炼钢厂里。

"哎……"马德成趴在桌子上，痛苦地叹了一口气。

"所以，这项工作是十分危险的，我们一定要注意施工中的安全事项，这是对国家财产的保护也是对我们身边同志的保护！"马林科夫继续讲着课。

说者无心，听者有意，心烦意乱的马德成无意中听到最后这段话，火"噌"地一下就蹿了起来，站起身来破口大骂："你还好意思说保护同志安全，没见你保护人，就见你害人了!"

此话一出，教室里瞬间鸦雀无声，众人被惊得目瞪口呆。可马德成还不解气，一下子掀翻了课桌。

"老马，老马!"反应过来的李宇想去劝劝，可马德成又踹了一脚桌子，气冲冲走出了教室。

马德成当众辱骂苏联专家的事私底下传得沸沸扬扬，没几天的工夫公司领导就都听说了。这天，李达把马德成叫到了办公室，拍着桌子劈头盖脸地数落一顿，说他这是顶风作案，公然违反上级命令。

"怎么着，觉得自己有点成绩了，可以叫板了是吧？我告诉你，你马德成可以反对别人，也可以反对我老李，就是不能反对苏联专家!"李达越说声越大，"那边没短了打预防针，你这可倒好，拦都拦不住，张嘴就骂，当是自己手下的兵呢?"

"人高马大的尽打小报告，还什么战斗英雄，算什么老爷们!"马德成气鼓鼓地嘟囔。

"谁告诉你是马林科夫打小报告了，谁告诉你的，事情闹这么大还用打小报告嘛，我是聋还是瞎?"李达把桌子拍的"啪啪"直响。

马德成不吱声了。

"我看你是好歹不知!"李达批评完了消了点气，无奈地看了看受气包一样的马德成可惜地说，"鉴于你极其恶劣的行为，公司下了决定，取消你去苏联学习深造的资格，撤销你炼钢厂厂长职务，暂时作为代厂长行使职责!"

"不去就不去，要不也不爱去那破地方，反正代厂长也是厂长，我继续炼钢就是了！"马德成不服气。

"我说你个马大炮，你还抱怨上了，你知不知道自己捅了多大娄子？"李达说着从抽屉里拿出了前些天东北局下达的文件说道，"从中央到东北局，都明确指出要尊重苏联专家，严格按照要求执行，不可以以任何理由破坏与苏联专家的关系，影响中苏之间的友谊，如有违反要严肃处理，情节严重者给予开除党籍处理！这是严格的政治要求，你老马顶风作案第一个冒头，东北局都知道啦，还要开除你党籍！"

"啥，要开除我党籍？"马德成顿感五雷轰顶。

"你以为呢？这下子知道问题的严重性了吧！"

"这可不行啊李经理，我入党二十年了，一心一意追随党，可不能这么就把我开除啦，那还不如直接枪毙了我呢！"

"呦呵，你马大炮这下子知道怕了？"李达没好气地说，"要不是马林科夫同志特意打电话到东北局求情，你就真卷铺盖走人啦，你就烧高香谢谢人家吧！"

马德成一阵吃惊，低头不语。

"死罪可免，活罪难逃！公司要求你必须向马林科夫同志诚恳道歉，做深刻检讨，以取得他的原谅为准，如下次再犯必严惩不贷！"李达再次加重了语气。

马德成低着头如霜打的茄子一般没了话。

"德成，我知道你因为世杰的事情心里窝着火，可有火儿也不能乱撒啊，你拍着良心问问，世杰牺牲这件事和人家马林科夫同志有什么关系？人家已经够照顾你情绪的了，你咋还蹬鼻子上脸呢？"李达恨铁不成钢，站起身来绕着桌子来回走了几圈，平复一下心情后继续说道，"德成呀，你对马林科夫同志有意见，那你就敢保证没人对你有意见？其实不瞒你说更有人对我老李有意见，而且不止一个呐！他们说别看他李达念过大学，可就知道拍桌子瞪眼睛，大老粗一个！可是我从来也没计较过，一笑了之，为啥？因为我和那些发牢骚的人从来就不存在个人矛盾，你和马林科夫同样也是，你们发火都找错对象啦！"

"不是个人矛盾那是什么？"马德成问。

"是我们面临的艰巨任务和落后的生产能力之间的矛盾，是现实和理想之间的矛盾，是我们固化的思想和现实形势之间的矛盾，也可能是阶级之间的矛盾！但有一点可以肯定，我们这些为了工业建设，为了党的事业，为了理想和信念奋斗的同志之间从来不存在什么个人的矛盾，如果真是有，那就说明他不是一个合格的党员！"李达这话说得铿锵有力，掷地有声，马德成只觉振聋发聩，如梦方醒，内心的怒火和疑惑瞬间烟消云散。

"明白了？"足有一分钟的沉默后李达说了话。

"啊……明白了，明白了！"马德成回答得异常轻快。

"你就按照公司的决定做吧，记住，道歉的态度一定要诚恳诚恳再诚恳！"

"是！"马德成说着下意识地挺直了腰杆儿敬了个军礼，而后自己也觉得有些奇怪，又收回了手，转身离去。

"对了！"李达叫住了马德成，"如果表现得好，那去苏联深造的机会就还给你留着！"

马德成心中一暖，沉沉地点了个头。

十

　　按照苏联专家的意见，混凝土搅拌厂重新开工了。时值隆冬，为了避免严寒的影响，工厂四面被围上了大苫布，里面还生上了大炉子，成了一个巨大的暖棚，暖棚里面十来辆水泥搅拌机昼夜不停地开动起来。土建公司规定所有工地所需的混凝土必须在此集中搅拌，然后分送到各个工地，这样一来不但使得混凝土的质量得到了保证，而且大大降低了工人们的劳动强度，工作效率因此成倍提高。

　　与此同时，"托梁换柱"的方法在大型厂和无缝厂推广开来，效果十分显著，但也遇到了一些难题。若是相对较小的金属结构立柱用气焊切割还好说，可遇到钢筋水泥柱子就不那么容易了，气焊切不了，只能抡大锤锤掉那层坚硬的混凝土浇筑层，遇到了钢筋再切割，边锤边切，边切边锤，十分费时费力，十几个工人三天也锤不掉一根柱子，可除此之外又别无他法。

　　这天早上，已被任命为无缝钢管厂厂长的李宇雷打不动地先到工地检查，看看"托梁换柱"进行得怎么样了。

　　无缝钢管厂的前身是日伪时期的"住友金属工业株式会社宁山工厂"，简称为"住友钢管厂"。这座工厂建于1933年，当时伪满洲国已经成立，日本人铁了心认定宁山这块地儿会始终牢牢握在他们手上，因此施工标准很高，特别是那水泥柱子简直就是牢不可破。其中一根柱子，十几个工人风镐大锤轮着番儿的上用了四天时间才啃下来。他们一个个手上的血泡都磨破了，染红了手套，几个师傅满头大汗，气喘吁吁咒骂道："他奶奶的小日本，把修炮楼的本事用在这柱子上了吧，根本啃不动啊！"

"要是炮楼还好了呢，咱直接就用炸药炸，可这柱子咋炸啊，一炸这房不就塌了嘛！"年轻的工人小李发着牢骚。

"你说，要是咱少放点炸药能行不？"趁着小李提到炸药的事，正在抡大锤的工人周相臣提出这些天心里一直在琢磨着的想法。

"啥是多啥是少啊，太少不管用，太多直接炸塌了！"小李说。

"我觉得就是个分量的事儿，如果正好到量肯定行！"

"听老周这意思是要搞试验啊，你这是奔着当工程师使劲儿呢吧！"气焊师傅一边打趣一边点着了气枪。

"这根柱子啃得可够费劲的啊！"这时厂长李宇走了过来感叹说，"大家伙都辛苦了！"

现在大家伙都知道共产党的干部不拿工人当外人，和工人们同吃同住没官架子，所以见到厂长来了也都不见外，围了上来，立刻有人抱怨道："李厂长，啃不动啊，我们不是怕挨累想偷懒，可咱无缝厂的柱子最大最粗，属实难啃，这样的柱子还有六十多根，我们没别的指望，就想上面多批我们几把风镐，我们好能快着点干，咱们不能拖后腿误了工期啊！"

"是啊，李厂长，没有风镐就靠大锤不出活儿啊！"大家纷纷提意见。

"好好好，我知道大家伙不容易，咱们确实有难处，这个问题我今天就去公司反映！"李宇看着大伙渗着血的手套心疼地说。

"速度再快风镐今天也到不了，眼下就看我了，这一'枪'下去，小鬼子的柱子就得乖乖倒下！"气焊的师傅扯着大嗓门，摇晃着气枪喊道，"来来来，大家借过借过，小心'走火'啊！"

气枪喷出的蓝色火焰打在钢筋上，蹦出一阵火花，紧接着钢筋在高温的切割下流出了橙红色的浆液，断成了两截。最后一层钢筋被切断了，气焊师傅大喊一声："那边绷住啦，要倒啦！"

几十米外，大卷扬机绷紧了绳子，绳子另一头拴在了柱子的顶端。足有半米见方的混凝土柱子开始"吱嘎吱嘎"作响，渐渐倾斜过去。

"终于又放倒一根！"小李松了口气说。

可这时从柱子上面传出了更大更嘈杂的"吱嘎"声，大家抬头一看立刻惊出了一身冷汗，支撑房梁的架子开始倾斜，整个梁也跟着抖动起来。

"不好，架子要倒，梁要塌！"小李大喊。

"准是木头楔子被震松啦，退出去啦！"周相臣大喊。

"是这么回事？"李宇赶忙问。

"肯定是！"周相臣回答。

"那我爬上去给它钉回去！"李宇说着操起地上一把锤子要往上爬。

"厂长，你爬得慢，我上！"小李说着一把夺过锤子，三下两下就爬了上去。

"快，赶快让卷扬往回拉！"李宇命令道。

大家伙儿一边摆着手一边冲卷扬师傅喊，可太过嘈杂，师傅根本听不清，只见他们摆着手还以为是让快点放绳呢，于是一按按钮加快了速度。

"吱嘎吱嘎"，柱子和梁晃动得更厉害了，小李在架子上颤颤巍巍，摇摇欲坠。李宇见势头不对，甩开了膀子狂奔到卷扬机，一手按下了按钮，卷扬机开始奔回拉。大家伙儿也不顾危险跑到了架子下面使劲儿推。

小李在架子上抡起了锤子猛砸锲子，与此同时，柱子被一点点拉回，架子也渐渐立直了，一场可能造成厂房倒塌的危险被解除了。

事故的原因正像周相臣说的那样，长时间的震动导致了梁下支撑的木头楔子集体松动，继而造成了险情。为了避免险情再次发生，当天李宇就在现场做了通告，进行安全交底，规定要定时有人到架子上查看，防止木楔子松动。

当天，小李和其他十几个工人都因表现英勇受到了厂里的表扬，李宇许诺要给予他们立功奖励。然而，他们却无论如何也开心不起来，谁都清楚，目前的方法解决不了根本问题，照此下去险情再次发生是早晚的事儿。

十一

无缝厂的事故发生后，老工人周相臣心神不宁，整宿整宿睡不着觉，稍微迷糊那么一会儿就做噩梦，梦到厂房"轰"的一声倒塌了，工友们被压在废墟之下。要不就是梦到自己和工友们无休止的抡着大锤"啃"那柱子。

老周熬得两眼通红，全是血丝，他心里始终有一个疑问，用炸药炸柱子到底能不能行，这个事问谁谁也不知道，也没人试验过，但他就是觉得有门儿。周相臣早年在矿山待过，就是专门炸矿山的爆破工，对爆破有经验，有时候炸药放少了那大石头就被震出一条缝来，用大锤抡几下也能抡开，那混凝土和石头不还都是一回事！

一连七八天，周相臣开始"不正经"上班了，他私底下到倾倒废料的乱石堆里找了一块大石头，用手钻在石头上钻了几个洞，把自己特制的小雷管儿塞在里面，拉上引信，躲在一旁。"砰砰"几声闷响，大石头上冒了一阵白烟，周相臣赶忙跑过去一看，毫发无损，纹丝不动。他又换上了两根稍大点的雷管引爆，结果还是没见石头被伤到。

"再换个大点的！"周相臣心想。

"轰隆"一声，灰尘四起，大石头碎成了十几块，飞上了天，噼里啪啦落在地上。

过了好一会儿，躲在石头后面的周相臣站起身来，抖抖身上的灰尘，心想又有点大了……还得换个小点的。

这天，李宇又来工地上检查，工人们照旧在那"啃"柱子。此时他们手中多了两把风镐，效率是有所提高，但极为有限，工程进度还是十分缓慢。

"老周呢，怎么没见老周？"李宇问道。

"谁知道了，这几天他来得比谁都早，可到这点一脚儿就走，说是有大事要干！"

"大事，能有什么大事？"李宇心里犯嘀咕。

"厂长，李厂长！"这时，远处有人呼喊，仔细一看是老周，他满脸满身都是石灰，带着笑容一路小跑过来，"李厂长，快来，让你看点新鲜玩意！"

"啥啊？"

"你跟我来就知道了！"

李宇稀里糊涂地被老周拉着就走，其他人一听是新鲜事急忙也跟了上去。

无缝厂西面的乱石场里，周相臣找了一块大小合适的废混凝土墩子，一边拍打着一边说："看到没，这是咱们无缝厂之前挖出来扔在这里的墩子，里面也带钢筋，今天我拿它做个试验！"而后，他在事先打好的几个洞里塞进了小雷管，扯上引信，一摆手说："赶紧走，躲远点，等着看好戏！"

"啥啊，老周，你这要干啥，要炸碉堡啊？"小李边跑边追问。

"等会儿你就知道啦！"

众人躲好后老周点了火，引信呲呲冒着火花眨眼工夫就到了终点。"砰砰"几声闷响，水泥墩子上扬起一阵白烟，白烟散去，水泥墩子完好无损还坐在那里。众人聚精会神瞅了半天，不知道老周这到底是要干啥。

"咋的啊老周，你这是换着法地放鞭呗，还是两个'闷屁'！"

"炸啥碉堡啊，要是都你这么炸那小鬼子还能被赶跑？"

大家伙开始挖苦老周。

"老周，说说，你这葫芦里卖的到底是啥药？"厂长李宇问道。

"别着急别着急，咱过去瞅瞅！"老周含着笑容，神秘兮兮头前引路。可到了混凝土墩子那大家伙儿还是没看出什么名堂，一切不都好端端的嘛，除了那几个窟窿眼儿大了点。

老周也不言语，往手心唾了两口吐沫，从地上操起大锤，抡圆了照着墩子就砸去，这一砸不要紧，眼见着墩子裂开了缝，再几锤子，墩子被砸成了几大块儿，"咣当咣当"掉在地上。

众人看傻了眼。

"我的个妈呀，老周，这到底是你砸开的还是刚才那两个'闷屁'给崩开的啊？"小李问。

"当然是那'闷屁'给崩开的！"老周洋洋得意地说。

"那这'闷屁'要是插在水泥柱子上，咱是不是就不用风镐一口一口硬啃了？"有一个师傅问。

"谁说不是呢，你以为我这干了七八天是为啥？"老周笑着说，"李厂长，你觉得这招儿行不？"

"行啊老周，行啊！这要是用在柱子上那工作效率得成倍往上提啊！"李宇高兴道。

"哈哈，谁说不是呢！"

"太好啦，咱们不用累死累活抢大锤啦，让老周炸'碉堡'，最后咱们一锤子就能要了它的'命'！"小李快活地说。

"可老周，在厂房里的柱子上到底咋弄你心里有数？万一要是用过量了那后果可不堪设想！"李宇提醒道。

"是啊老周，能不能把咱们房盖给掀翻了？"大家伙问。

听厂长这么一问周相臣沉默了下来，坦言道："在柱子上用多少炸药，打多少孔我还没合计好，得需要试验试验，但是我就觉得用这个方法肯定有门儿！"

"好，你继续试验着，我举双手赞成你这想法！但是一定要谨慎谨慎再谨慎，不然造成的后果会不堪设想！"李宇思索了一会儿又说，"这样，我一会儿把维奇托莫夫同志找来，看他有什么好的建议！"

"妥了！"周相臣备受鼓舞，坚定地点了点头。

当天下午，李宇带着维奇托莫夫去了无缝厂西面的乱石堆，看到了周相臣的试验他赞不绝口，问道："周同志，你如何计算出炸药使用量和分布距离的？"

这话把周相臣问得一愣，半天没合计明白是啥意思。

维奇托莫夫见他不说话，疑惑地看了看李宇。李宇笑道："维奇托莫夫同志，你说的那啥计算啊分布啊，老周听不懂，也不会算！"

"对对对，咱斗大的字不识一箩筐，就算有点文化懂点知识还是最近在工人技校学的，哪会什么写写算算啊！"老周笑道。

"那你是怎么做到的？"维奇托莫夫问。

"咋做到的，最笨的方法呗！"老周说着用手一比划四周，维奇托莫夫顺着看了过去，没发现什么特别，无非是铺了满地的混凝土碎块儿。可是突然间他又意识到，这个废石场应该堆放不少从工地里挖出的巨大的混凝土墩子才对，可如今却看不到几个了。

"难道，这里原来那么多的混凝土墩子都被你做试验了？"维奇托莫夫吃惊地问道。

"可不是咋地，咱没文化不会算，就只能靠一次一次试呗！"

"勤劳和智慧的工人阶级，伟大的工人阶级！"维奇托莫夫禁不住赞叹。

周相臣被维奇托莫夫夸得红了脸，低着头挠着后脑勺。

而后的几天里，维奇托莫夫和周相臣俩人泡在了一起，形影不离。上午，维奇托莫夫给老周讲炸药使用量的计算方法和爆破分布的一般规律，下午俩人就搞试验。为了模拟工地实际情况，李宇给他俩找了另一处相似的废厂房，老周还爬到梁上放了一碗水，水洒了就说明震动大，不合格。

在维奇托莫夫的帮助下，周相臣终于成功爆破了无缝厂工地上的第一根混凝土支柱，梁上碗里的水一滴没洒，而后工人风镐一敲混凝土块儿稀里哗啦地脱落下来，结果原本需要四五天才能"啃"掉的一个柱子如今一天时间就能完成，工作效率大大提高。大家伙高兴地把周相臣抬着扔到了天上，厂长李宇说他可以和炸碉堡的战斗英雄相比了，立了大功一件。苏联专家为周相臣的这种爆破方法取名为"空隙间断爆破法"，而后在他的倡导下，这种爆破方法在各个工地上推广开来，整个宁钢工程进度一下得到了大幅提升。

十二

同大型轧钢厂和无缝钢管厂一样，炼铁厂七号高炉的建设工程也是在原址上进行的，由于先期拆卸量小，所以工程进度相对较快。

这天，工地上刚被厂长批评完的二赖子心中有气，抓邪火地数落着一旁的学徒："看准了，认真点，这螺丝让你拧十扣你就拧十扣，半扣都不能少！"

他这边数落着，几个小学徒低着头忍不住偷偷笑着说："他这才叫鹦鹉学舌呢！"

近来二赖子又长进了不少，已经当上了钳工班的班长，能独当一面了，手下也几十号人，如今他被安排到新建的七号高炉配合建设公司工作，这会气不顺是因为刚刚被到工地检查的厂长蔡卓发现他的钳工班在拧螺丝的时候差了一扣。"你怎么看着的，这差一扣那差一扣，都像你这么干活那高炉一开起来不得稀里哗啦零件满天飞啊？别说是一扣，半扣都不能差！"蔡厂长当着众人面劈头盖脸地批评了二赖子一通，臊得他脸红脖子粗，心里一百个不愿意，心想自己咋说也是当年护厂立过功的，郝厂长亲自给戴过大红花的人，咋就这么不给面子，要是换了尚厂长肯定不能这样当众羞臊自己。

这个蔡卓蔡厂长是在尚世杰牺牲后接替炼铁厂厂长的，在此之前不过是二高炉的副炉长而已。二赖子对这个年轻厂长的印象并不好，见他成天把头发梳理得一丝不苟，总穿得干干净净的，就好像是那苏联专家一般讲究，特别是他说话的语气和盛气凌人的态度更让人难以接受，怎么看也不像是尚厂长那样的干部。仔细一打听，人家这个苏联派头的厂长还真就是苏联留学回来的，而且是打十几岁就在那边生活。据说蔡家有能耐，在中央都能说上话，不然咋能从一个副炉长直接当了厂长。"不是红军也不是八路，没拿过枪也没打过仗，就靠家里有能耐，这个领导可不让人信服！"二赖子心里合计。

实际上，二赖子自己钻了牛角尖，主要是因为尚世杰的死对他打击不小。自打 1948 年护厂时期他就跟着尚世杰，虽然也没少被数落，但不知怎么着，就是被骂他也觉得那是关心，心里舒坦。所以，无论啥事儿二赖子都愿意拿这两个厂长做对比，比来比去得到了答案——这个蔡厂长咋看都让人觉得别扭，论和工人之间的关系那和尚厂长差着不是一点半点！不过非要找出比尚世杰强的地方倒也不是没有，二赖子心里明白，这个蔡厂长对高炉、对冶炼方面的了解可比尚世杰强出了一大块，就比那苏联专家也不差，而且干起工作一丝不苟，严格得很，凡是想偷个懒打个诨准逃不过他的眼睛。这不，刚刚螺丝少拧了一扣都被查出来了。所以，到底如何评价这个蔡厂长，二赖子也说不好。"严格点倒是好事，但最好能像尚厂长那些党员干部一样和咱们工人阶级打成一片。"二赖子心想。

二赖子这心里乱糟糟的，突然听到有人背后喊他"赖子哥"。二赖子一愣，心想得有好一段时间没人这么叫自己了，到底是谁。转过身来只见一个穿着军装背着行李的清瘦少年笑盈盈地站在后面，好像认识又好像不认识。再仔细这么一打量突然意识到这小子不是别人，正是当年和自己一起在宁钢偷东西，又帮忙抓李坦的小街溜子二蛋。

"二蛋，是二蛋吧？"二赖子激动道。

二蛋是个孤儿，自打参加了志愿军去了前线后就杳无音信，听说前线仗打得惨烈，死了不少战士，二赖子和大莲都以为这个小老弟也牺牲了，可不成想现在就活生生地站在自己面前。二赖子眼里顿时泛起了泪花，一步蹿了过去高兴道："二蛋啊二蛋，壮实啦，出息啦，是个大小伙子啦！"

二蛋也是笑嘻嘻地眼里泛着泪花。

二赖子一边说，一边打量，一边拍打着二蛋，想要拉起二蛋的手可一把抓空了，再仔细一看那耷拉的袖子里空空的啥也没有，他脑袋里"嗡"的一声。

下了班，两人走在回家的路上，二蛋开始向二赖子讲起了自己在抗美援朝战场上的经历。

那是 1952 年下半年，随着战斗的节节胜利，志愿军已将美军赶回了三八线，迫使其不得不主动要求坐下来谈判。但与此同时，美军仍企图利用高旺山作为前沿阵地最后一搏，为谈判增加砝码。同年 9月，志愿军 346 团 1 营 1 连接到上级命令，担任先锋连配合大部队向高旺山发起进攻，胜利与否将对中美双方的谈判起到决定性的作用，因此战士们一个个都摩拳擦掌，想狠狠打他一仗。

在当时的情况下，要想攻下高旺山首先得上去个爆破小组炸掉山头上几个永久性堡垒，为大部队的进攻清扫障碍。二蛋是副班长，身子轻，动作快头脑又机灵，之前就曾炸掉过三个碉堡，这次又被委以重任与他的班长和另一个副班长组成了三人的爆破小组。

傍晚天刚蒙蒙黑，三个人带着爆破筒和手榴弹悄悄摸上了山，在距离守军不到百米的距离隐蔽，对方叽里呱啦的说话声他们都能听得清，二蛋的心快跳到了嗓子眼。班长低声对二蛋说，你是宁山的，你最后上，都死了那也没办法，要是活也得留着你活。二蛋问为啥，班长笑着说自己活着回家也是种地，国家不缺种地的，缺炼钢的。

临近午夜，三颗信号灯染红了夜空，大部队的进攻要开始了。

得到信号，爆破小组立刻行动，三人端着爆破筒，左躲右闪渐渐向碉堡靠近，猫在下面。"咔"的一声，一挺机枪顶掉了砖头从碉堡里探出头。班长看准了时机，拉下引信，一个箭步冲上前去就把爆破筒顺着孔洞塞了进去，可不成想里面的敌军一下子又给顶了出来，紧接着机枪就喷出了火舌把班长击倒在地。

班长牺牲了，二蛋赶忙要上，被副班长按住，紧接着他冲了上去，拉下了引信，停了几秒钟后猛地塞进孔洞，嘴里大喊道："孙子，看你咋往出怼!"不知敌人用了什么办法，就在要爆炸的时候爆破筒又被顶了出来，一声巨响，副班长被当场炸死。

两个班长都牺牲了，二蛋急了眼，撇下爆破筒，拿出来手榴弹，拉下了引信一股脑地扔进了碉堡里，而后他又操起砖头封死了孔洞。二蛋能听到碉堡里敌人鬼哭狼嚎，疯了一般地往外怼砖头，二蛋不知哪来那么大的力气用手死死按着，就是不松。

"轰"的一声，巨大的冲击波从机枪孔猛地喷出来，碉堡也被掀翻了盖儿。障碍被清除了，大部队一鼓作气攻了上去，将红旗插在了高旺山顶。

炸碉堡的二蛋被找到时满身是血，没了一只胳膊，但还有一口气，被转移到后方医院抢救过来。而后他在省城养好了伤后上级安排他转业，他奔儿也没打就说要回宁山，要到宁钢工作。来到宁钢后，鉴于他的伤情，组织上本打算给他安排在相对轻松点的机关里，可他说啥也不干，说自己是在前线打过硬仗的人，面对的都是美国鬼子的飞机大炮，回来坐办公室算是咋回事。组织上没办法，让他自己挑，他就选了个最艰苦的土建公司，在大型厂担任第一工段见习副主任。

一路上，二蛋得知了尚世杰尚厂长牺牲的事，执意要到坟头上看看。于是，四月的傍晚，二蛋这个未曾在战场上流过泪的男子汉，在被夕阳染红了的墓碑前号啕大哭——他为尚世杰哭，为所有牺牲在前线的战友们哭，当然也是为他自己哭。

十三

在宁钢大白楼东面不到一里地有一座三层风格独特的日式建筑群，叫做井井寮，那里曾经是日本人专用的住宿区，从不允许中国人到此。那时，井井寮的一层是商店，二三层则是供一般级别管理人员居住，整日里熙熙攘攘，穿着和服举着纸伞的男男女女往来穿行，满耳能听到的都是叽里呱啦的日本话。解放后这里曾荒废过一段时间，随着支援大军的到来这里又住满了人，恢复了往日的热闹，可这里再也不是洋人街了，日本话和日本货彻底销声匿迹了。每日清晨大家伙南腔北调地问候着，聊上几句，虽然很多时候互相都听不懂对方说的是啥，但那种真诚的笑容足以证明彼此的善意。

菲律宾的"阔少爷"李敬国和妻子罗映雪住进了井井寮三楼的宿

舍里，他们的好战友好哥哥岳青峡也住在这里，就在斜对门不远。来到宁钢后，三人都被安排进了建设系统的土建公司，李敬国担任工程处处长，岳青峡担任计划处处长，罗映雪则担任供应科科长。

　　已经是四月天，南方早已郁郁葱葱了，可在东北还是一片清冷，屋子里的暖炉还要生着。话说李敬国和罗映雪这新婚的小两口刚到东北时还是两眼一抹黑，什么也不懂，眼见大家伙满屋子里都是萝卜、白菜还觉得奇怪，心想要吃菜随时到市场去买就得了呗，堆那么多干嘛。于是，没过几天他家里就出现了菜荒。好在左邻右舍热心肠合计他们一准儿没屯秋菜，于是这家送两颗白菜，那家给一筐土豆的，也算是有菜吃了。虽然都是土豆、萝卜、大白菜，但罗映雪心里还是暖暖的，打心眼里感谢这帮好邻居。记得刚搬来当天，她家就有几个小媳妇来到门前看新鲜，往里挤着，盯着她一个劲儿端详。罗映雪请她们进来，她们只是摇头，不好意思。后来进来个风风火火的大妈，从头到脚打量个遍，看得罗映雪红了脸。

　　"都说南方姑娘好看，是好看，比画上的都好看！"大妈一边打量一边称赞，"看看，斜纹布到了人家身上多衬人，比咱穿绫罗绸缎都好看！"

　　"都堵着门干啥啊，看就能把活儿看没啊？"又一个妇女推开了四个小媳妇走进了屋，"叽叽喳喳"说道："今后咱们都一个宿舍里住着，都是一家人啦，有啥事儿就言语一声，大家都得互相帮助！"她边说边帮罗映雪抬这个，搬那个。小媳妇们也动起手来，一会儿就把屋里收拾立整了。

　　都说东北人豪爽，可不成想东北女人也这番敞亮热心，从那时起罗映雪就开始喜欢上了这个热情的地方了。

喜欢归喜欢，但也有发愁的地方。眼下这个时段青黄不接，啥吃的都没有，天天土豆白菜的可给"嘴刁"的南方人吃苦了。如今，罗映雪一看到土豆白菜就反胃，做梦都想着能吃上点南方的板鸭田鸡什么的解解馋，哪怕是来点新鲜的竹笋也好。

这天清晨，李敬国照旧早早起来看书，罗映雪在一旁热着昨天晚上邻居送来的酸菜汤。如果非要让罗映雪挑一样喜欢的东北菜的话那就非酸菜汤莫属了，她觉得这个和南方的酸菜差不多，只是颜色不同，加上几片猪肉多炖一会儿，味道鲜美，一闻到那香气就不免回忆起家乡的味道。

话说，罗映雪家世也颇为殷实，父亲是广东一带有名的富商，从小也是锦衣玉食。罗家和李家有生意上的往来，早年间两家在香港聚会，两人曾有过一面之缘，而后便保持通信，成了无话不谈的笔友。罗映雪在中学时就是个进步青年，参加了"民族解放先锋队"，说来也巧，介绍他入队的正是他们如今的好友岳青峡。而后当地中共党组织遭到破坏，岳青峡转移到菲律宾，结识了李敬国。再后来，两人回国联系不上党组织，需要找个落脚地，岳青峡首先想到的就是罗映雪，结果一碰头李敬国和罗映雪就相互认了出来，真是冥冥之中自有安排。

当年，岳青峡离开后，罗映雪就与组织上失去了联系，而后在家里的要求下读了女子大学，革命的火种就一直埋在了心里。直到与李敬国和岳青峡的再次重逢，她也决定要和家庭彻底抛开关系，参加革命。于是，她留了一封信就离家出走了，跟随着二人一路辗转北上，直至到了东北。虽然打小就听大人说那东北是个苦寒之地，罗映雪也做了心理准备，可如今看来这比她想象中的还要苦寒。

热腾腾的酸菜汤被端上了桌,香气扑鼻,李敬国放下书本上了饭桌。汤里有两片五花肉,罗映雪舍不得吃,夹到了李敬国碗里。李敬国也舍不得吃,又夹回了罗映雪碗里。

"你吃吧,最近你都瘦了!"李敬国心疼道。

也不知是因为感动还是委屈或是苦闷,总之看着碗里的肉罗映雪心里就有说不出的伤心,不知不觉哽咽起来,眼泪啪嗒啪嗒往饭碗里掉。

"你这是怎么了映雪,是哪里不舒服?"李敬国急忙问。

罗映雪不回答,只是摇头。

"工作上的事?"

还是摇头。

"那到底是怎么了,你和我说说,和我说说!"

"我……我就是想吃竹笋,想吃板鸭,想看电影,想买好看的衣服!"罗映雪说着"哇"一下地哭出来。

听到妻子的话李敬国不禁一阵心酸自责,实际上罗映雪这个大小姐并不是那么娇气,解放战争时在地方工作也没少吃苦,大风大浪也都挺过来了,只是东北和南方的差别实在太大,对她来说又太过陌生,一时之间难以适应,难以排解心头的忧愁,所以此时竹笋都成了她的灵丹妙药,足以满足她内心的彷徨和对故乡的思念。

李敬国见妻子像个小孩子一样,那般伤心又那般可爱,心生怜爱,赶忙过去轻轻抚摸妻子的头,安慰着她,一边安慰着还一边故意说道:"是啊是啊,我也没想到宁山这地方这么冷清,和香港,和广州,和杭州差着十万八千里,你说咱吃苦受罪这么多年,终于盼来了胜利也该享受享受了,咱不用党给咱们什么,单是在自家闲着也是要什么有什么啊！要不这样，我跟组织上申请，咱回去，歇一歇，建设祖国的事情不差咱这一对儿，留给其他人干吧！"

"那可不行！"闻听这话罗映雪一愣神，赶忙推开了丈夫，收起了眼泪，仰着头瞪大了眼睛说道："咱来宁钢之前可都说好了，就是奔着支援建设来的，再苦再累也不能回头，你这没几天怎么就打退堂鼓了呢，贪图享乐不是党员的作风！再说了，咱俩能一起来这可是林书记特批的，要是真回去可羞死个人啦！"

"可这地方太冷，又不热闹，还没新鲜竹笋！"

"冷可以多穿点，想热闹可以去工地上，没有新鲜竹笋我可以想办法弄点笋干，再说了我觉得这酸菜汤也很不错！"罗映雪反驳道。

"那要你这么说，咱还继续留在宁钢？"

"那当然！"

"不怕条件艰苦了？"

"不怕！"

"不吃竹笋也不哭了？"

"不……"还没等表完态罗映雪突然反应过来，原来丈夫是在用激将法呢，"哦，原来你是在逗我，你根本就没想回去！"

"哈哈哈，我想回去啊，是你不让啊！"李敬国坏笑着说。

罗映雪"恼羞成怒"，满屋子追打丈夫。追了几圈李敬国突然转过身来，一把把妻子搂在怀里，歉意地说道："映雪，你跟着我受苦了！"

"没有，我刚刚就是一时觉得心里委屈，其实能来宁钢我觉得挺好的，过得又充实又有意义！"

"你真是这么想的？"

"真是，难不成还要我发誓?"罗映雪一激灵从丈夫怀里退出来，认真说道。

"不用不用!"李敬国又把妻子搂在怀里，过了好一会儿又说道，"我们'宁钢五百罗汉'里有个作家叫于敏，就是电影《桥》的剧作者，他现在要以张明山为原型创作一部剧本，用不了多久我们就能看到讲关于宁钢的电影啦，到时候我一定带你去看!"

"真的?"

"真的，那能骗你嘛! 我还听说，为了支援宁钢，上海和无锡的一些老店也要来宁山开分店，到时候想吃什么就都有啦!"

"真的? 那我能吃到板鸭啦，太好啦，太好啦!"罗映雪高兴地蹦蹦跳跳活像个小孩子，而后又蹿到了饭桌上快活地说道，"赶紧吃饭，快点快点，吃完了还得上班呢!"

吃完了饭，李敬国穿上了工作服准备上班，刚一出门就和一个人撞了个满怀，对方手里的东西叮叮当当被撞掉了满地。李敬国仔细一看，觉得面熟但又想不起来。

"呦，李处长，您看我这没长眼睛，把您给撞到了!"那人边说边急急忙忙捡地上的东西，都是些糕点罐头香肠之类的稀罕食品。

"你是?"

"金大强，我是金大强啊，外号金大牙，咱们之前在职工宿舍的工地见过面!"金大强一咧嘴，露出一颗明晃晃的金门牙，看到这李敬国突然想起来了。

"你是包工头吧，我记得你承包了我们土建公司一部分临时宿舍的工程。"

"对对对，是是是，现在我成立公司啦，叫大强建筑公司!"

"你这是找我？"

"是的是的，就是找您！"

"什么事？"

"没什么大事，要不咱进屋说？"金大强说着就要自己往屋里进。

"我这着急上班，就不请你进屋坐了！有什么我们回头到公司再说！"李敬国说着就要往出走。

"别，别！"金大牙说着就把东西往李敬国手里塞，可李敬国眼皮也不撩，金大牙没办法要往地上放，可这一放不要紧，李敬国立马变了脸色，严肃地说道："金大强同志，如果是私事找我的话，那咱们关系不太熟，谈不上送东西。如果是公事的话，那就更不行了，我们党员有纪律容不得这个！"

"李处长，一回生两回熟，何况我们之前也认识。这就是点吃食，不成敬意，不成敬意！"金大牙仍满脸赔笑道。

李敬国手拎着东西又递到金大牙面前，就等着他自己接过去。金大牙之前不是和日本人就是和国民党大员打交道，送礼这码子事从来没碰过钉子，还真没遇到过今天这种架势，一时间傻了眼没了招儿，只能悻悻接过来。

李敬国毫无表情，转身离去。

"李处长，我坐卡车来的，我送您去！"愣了半天神儿的金大牙猛然反应过来，可李敬国已经蹬上了自行车奔宁钢去了。

这些日子，李敬国开始主抓外包工程，去公司找他办事的人一下子涌来不老少，都是满脸赔笑，要请吃饭送礼物的，对于这样想走旁门左道的他无一例外都给请了出去。今天，又来个金大牙，而且还直接找到了家里来，真是无所不用其极。李敬国还清楚地记得季明经理在安排他这项任务前所强调的事情：党对于私人资本的政策是利用、限制和改造，咱们要按照政策办事，只要他们老老实实的，奉公守法，该得的利益也会让他们得。特别是建筑这一块是最有猫腻儿的地方，外表看着光鲜亮丽，里面却藏着黑心。我们与私人资本是限制和反限制的斗争，这是一个新课题，要把握方向，一定不能丢掉了工人阶级的身份，不能让他们钻了国家的空子。

此时，金大牙呆呆地站在原处，望着远去的李敬国。"怪了事了，这共产党真的是汤水不进？不能吧！"金大牙站着合计了半天，而后眼珠子一转，似乎想起来什么，上了卡车一拍车门对司机喊道："走，去新华市场！"

十四

这天是二蛋到大型厂工地报道的日子，天刚蒙蒙亮他就动身了，穿上了一套熨帖的整整洁洁的军装，把左袖子塞到了腰带里，斜挎着军包和脱了漆的军用水壶，还穿了一双新的黄胶鞋，露出了洁白的袜腰，再加上他那清瘦俊俏的面庞，整个人干净利索，精神抖擞，就好像一个要奔赴前线的军人一样。

大型轧钢厂的原址就是昭和制刚所的第一压延工厂，当年二蛋跟着二赖子没短了往这里跑，可时隔几年再踏上这条路却觉得十分陌生——主干道已修得平平整整，路两旁每隔一段距离就插着一面彩旗。厂区里的荒草早已不见了踪影，耸立的高炉被涂刷一新，当年被炸垮了的建筑又重新立了起来，一根根拔地而起的大烟囱呼呼冒着浓烟。

"这不是战争硝烟的味道，这是工业建设的味道！"二蛋长吸了一口气，心里亮堂，走起路来也轻快，绕过了大白楼，半个小时不到就到了大型厂的建设工地。

大型厂工地更加热闹，各处醒目的位置都粘贴着"百年工程，质量第一"的标语。工地门口一处大公告栏上贴满了公告，有上级领导的表扬信，有对典型个人的嘉奖，有各个工地的捷报和工程进展，也有一些工段班组的批评和通报。但是，最显眼的还属左上角的一张硕大的平面施工总图。二蛋不明白平面施工总图是啥意思，但是在部队他常看作战图，凑近这么一看，发现就是小点的地图，上面画的就是大型厂的工地，标记着什么位置是马路，什么位置是材料场，哪里是食堂，哪里是厕所，规规矩矩，一目了然。

"我得先去工地指挥部报到，然后再到工段主任那报到！"二蛋在图上寻到了指挥部的位置，转过身来寻找在工地上的具体地点，可各种材料堆得老高根本看不远。于是他单手较劲儿，爬上了沙堆四处张望。碰巧，一个来上工的女同志路过，一见二蛋那套军装就知道肯定是刚转业回来找不到路的转业军人。

"小同志，你要去哪我告诉你！"女同志仰脖喊道。

"哦，你好同志，我是来报到的，想找指挥部！"二蛋一看有人帮忙，一跃身跳了下来，定神一看大吃一惊，面前这位女同志不是别人，正是冷亦水冷大姐。"呀，冷大姐，是您啊！"

"你认识我？"

"咋是认识呢，是太认识啦，宁山刚解放的时候我就见过您！"二蛋如见了亲人一般，满脸兴奋。

"我是孙新安！"

冷亦水思索了半天，不记得在哪听到这个名字。

二蛋也反应过来，自己的大名冷大姐哪能知道，继而又说道："就是二蛋，二蛋啊！"

"呀，是二蛋！"冷亦水突然想起来，兴奋道，"八家子的二蛋，我知道你，当年和二赖子抓李坦还立了功的二蛋！"

"这您都知道啊？"

"大莲没少在我面前提你，说你去前线打仗杳无音信，她还替你担心呢，你这安然无恙……"说话间冷亦水猛然看到二蛋那条空了的袖子，心中立马知道是咋回事，于是收回了到嘴边的话，转而说道，"回来就好，回来就好！"

二蛋知道冷亦水看到了自己的胳膊，也不避讳，乐观地说道："没啥没啥，不耽误事，一只胳膊照样能出力，只比别人强，不比别人差！"

"好样的，好样的！"冷亦水赞叹道，"二蛋……不对不对，应该叫孙新安同志！"

"哈哈哈，您还是叫我二蛋吧，叫我大名我自己听着都不得劲儿！"

"好好好，那就叫二蛋！"冷亦水也觉得叫二蛋更亲切，"二蛋，报到可不是来工地指挥部，得到公司人事科，你来错地方啦！"

"呀，走错啦，那公司人事科咋走？"

"你跟着我走，我正好要到公司开会，顺路！"

冷亦水带着二蛋上了吉普车一同奔土建公司去了，车上二蛋讲了在朝鲜战场上的战斗经历和自己负伤的经过。冷亦水心里暗暗佩服这个不到二十岁的小伙子。二蛋也得知原来冷大姐现在担任起了土建公司的党委书记。

"那这么说，以后我就是您的兵啦？"二蛋兴奋道。

"可以这么说！"

"首长好！"二蛋在车上就给冷亦水敬了个礼。

"哈哈哈，保持军人的作风是好事，但首长就不要叫了，还是叫我冷大姐吧！"

"是，首长！"二蛋说着又给敬了个礼。

二蛋在人事科顺利地报完了到，一路小跑回了大型厂想再找主任报到，结果听说主任正在开会，只能坐在外面等。工棚外人来人往，大家伙儿忙左忙右，一个小姑娘怀里抱着一大摞刚写好的标语一路小跑，刚好一辆运送水泥的拖拉机驶过，差点被撞到，所幸她一闪身躲了过去，可标语扬了满地。

"咋开拖拉机的，看不到人啊，没长眼睛啊，横冲直撞，你以为你开的是坦克啊！"小姑娘看着散落满地的标语发了火，冲着远去的拖拉机不依不饶地嚷道。

"嚯，好厉害的小姑娘，简直像个火炮筒！"二蛋心里想着走上前去，帮忙去捡。

小姑娘气不打一处来，心疼这刚写好的标语。见到一个人来帮忙却闲着一只手慢吞吞的，又来了火气，没好气地说道："同志，你要帮忙捡就快一点，这么慢标语不都脏了嘛！"

二蛋一看，还真是那么回事，赶忙起身要解释，小姑娘一看立刻明白了是怎么回事，收起了态度抱歉道："不好意思不好意思，我不知道你不方便……"

"没事，属实是我捡得太慢！"

"哪里哪里，是我脾气太差！你这是刚来？"

"对，今天第一天报到。"

"那你在这干啥？"

"等曹主任开完会的。"

"曹主任，你要去一工段报到？"

"对，一工段！"

"我就是一工段的技术员！曹主任今天不在这开会，去公司啦，得下午才能回来！"

"是嘛……"

"我叫马小丽，你叫啥？"

"我叫孙……"二蛋刚想说出自己的名字，但心想自己好歹也是被安排来当副主任的，怕这个姑娘不自在，正好想趁着曹主任不在和马小丽熟悉熟悉环境。"就叫我二蛋吧！"

"哈哈哈，二蛋，这是大名？"

"对，大名，我姓孙，叫孙二蛋！"

"哈哈哈，这名字太有意思了！"

"你一个技术员咋贴标语了，你不应该在工地上吗？"

"哎呀，别提啦，都乱了套啦，就恨不得分身了，有机会再和你说！"

"你看反正我现在也报不上到，不如我去帮你贴标语吧！"

"这个……能行？"马小丽有些担心地问。

"咋不行，咱可是前线回来的战士，一个手照样能干活！"说着二蛋就接过马小丽手中的一摞标语往前走。

足有两个多小时，二蛋一直在帮着贴标语。马小丽边干活边同孙新安说："别看土建公司人多，但要做的工作太多太杂，每个人都绷紧了弦儿，有时候一个人要干好几份工作。"二蛋不明白，各个工种不都分工很明确嘛，咋能干好几份，那不是多管闲事了吗。马小丽说，现在好多人都在"多管闲事"，而且越管越多。公司分成了党、政、工、团几大部分，各管一摊儿，但实际上又没把工作分得那么清。各自独立，可又都想事事占优，样样占先。人手不够就四处借人，这就苦了大家伙儿了，单说自己，本就是个技术员，可上午被工会叫去写板报，下午又被团委叫去贴标语，行政那块少不了帮忙，赶上党委有事了也得急忙往那跑。

"呵，至于嘛，那你岂不是得学分身术！"二蛋有些不信。

"咋不至于，你看看这墙上的标语就知道啦！"

二蛋朝墙上一看，也没啥特别的，无非就是口号标语，可再仔细一端详就明白了，原来上面左一层右一层，足足得贴了五六层，而且看样子间隔时间不长。

"看到了吧，这些标语都是我这些天粘的，党、政、工、团各粘了一层，谁都不愿落在后面，内容还都差不多！"

"那你岂不是每天都在做重复的工作？"

"可不是咋地，要是可着我一个人累也还好，好多人都被拉去做这些重复的活儿，弄得工段上都缺人了，乱套，贼乱套！"马小丽一边干着活一边抱怨道，"可要动真格的了却一个能真正负责的人都没有，大伙都在做，做对做错也不知道，也没人管！"

马小丽说得信誓旦旦，二蛋有些不信，觉得这个与自己年龄相仿的小姑娘未免太爱抱怨，把问题严重化了。战场上，机关枪手牺牲了身边的人就近顶上，都打光了炊事班的也得上，没人会抱怨，归根结底还是把自己当做局外人，干什么都觉得是在为别人干，没有真正树立主人翁意识。

忙到了中午，马小丽准备带二蛋去吃饭，二蛋离老远看到曹主任工棚的门开了想直接去报到，被马小丽拦住了。马小丽说曹主任是个知识分子，脾气有点古怪，最讨厌午休的时候有人去打扰，叫他晚点再去。好不容易过了午休时间再去找，被人告知曹主任又去开会了，结果闲得无聊的二蛋就又去帮马小丽写板报，贴标语。临近下班，曹主任终于被二蛋等到了，自报了姓名。曹主任倒也客气，让他坐下，整理着头发，换着衣服解释说今天太忙，大会小会开了好几个，又简单介绍了一下一工段的情况。二蛋正想询问对他工作的具体安排，哪知道曹主任看了看手表说道："小孙同志，不好意思，到了下班的时间了，你的问题咱们明天再谈好吧！"结果，等了一天的二蛋就这样被下了逐客令。

第二天曹主任竟然又开了一天的会，临下班到办公室换完了衣服刚好五点，等了一天的二蛋赶忙过来，见曹主任正要锁门，还没等说话曹主任先说了话："不好意思啊小孙同志，到时间了，咱们的事明天再聊！"

二蛋心中愤懑，回到宿舍一头栽在床上，床板"咔嚓"一声似乎折了，旁边的大爷孙老汉"哎呀"一声，数落道："二蛋，你可轻点，那么几块破板子经不起你这么折腾！"

话说这个宿舍管理员正是那个没事就去公司找季明提意见的孙老汉。老汉今年快六十了，也是八家子的，当年看护那的破学校，冬天就让二蛋那群街溜子进去避寒。这老汉脾气急，性子直，热心肠。各个宿舍都挤满了，多一点地方都没有了，可等着住宿的还排着长队。

后来各个宿舍都放了挺，任凭工会还是团委送来的人一概不收，困难就摆在那里，一个人都进不来，这也是没办法的事。"没地方那就硬挤出地方，不然咋整，还能让孩子们住外面不成？"孙老汉来了火，直接找到了公司季经理那，而且一找就是好几次。季明批了条，让后勤的分管领导赶紧落实，结果后勤领导安排给了下面，转着转着最后又让宿舍想办法解决，转了一大圈又回来了。孙老汉急了眼，心想如今都不愿意负责那就自己想办法。他一边骂一边把宿舍里几个装破烂的仓房都捣腾了出来，放进去了上下铺，一下子增添了三十多个床位。前天晚上，一个小伙子提着行李进了宿舍，孙老汉一见有人来，没好气地说道："他娘的，问题一个不给解决，人可没完没了地往这安排，没有位置啦，说破大天我也没辙啦，你找公司领导给你安排吧！"

二蛋听这说话声耳熟，感觉像小时候拎着棒子追自己的老孙头，仔细一看惊呼道："呀，孙大叔，真是你啊，我是二蛋！"

孙老汉一看真是二蛋，立马来了精神，赶忙让进了值班室。看到二蛋那支空了的袖子，闻听他这两年的经历，老汉眼含着泪水说道："二蛋，你哪也不能去，就在我这待着，就算我没地方待也不能让你受委屈！"于是孙老汉摸着黑捣腾出了几块长木板，下面垫上了砖头，在自己不大的值班室里添置了一张床，还用小炉子给二蛋下了碗热汤面。那天是二蛋来宁钢的第一晚，他吃得也香睡得也香，心里暖暖的，虽然没有过家，但他感觉这个小值班室就是自己的家。

今天就不一样了，二蛋有些反常，好像心里有火，孙老汉赶忙询问："咋了二蛋，是不是刚参加工作觉得不得劲儿？"

"不得劲儿？我来了两天了，工作还没给我安排呐，想不得劲儿都没机会！"二蛋抱怨道。

"你不是见习的副主任吗，怎么能把你撂在那不管，谁这么大架势？"

"副主任不副主任的我倒是不在乎，我来宁钢就是要干活的，可那个曹主任确实有点不负责任，眼睛不看人专盯着表，到了五点准时下班儿，多一句话都不和你说！"

"曹主任，是不是戴着个大金丝眼镜，头发锃亮，就跟被牛犊子舔了似的？"

孙老汉的话把二蛋逗乐了，火气一下子消了一半，心想形容的还挺恰当。

"对，叫曹奉儒，你说的没错，脑袋就跟被牛舔了一样！"二蛋躺在床上大笑着说。

"原来真是他！这个人可有名了，不是个善类，软硬不吃，汤水不进，工作不积极，而且以前还当过'逃兵'！"

"啥逃兵？"

"你是不知道，这个曹奉儒以前是炼铁厂的总工程师，始终不愿意向咱们工人阶级靠拢，干得不顺心，后来要逃跑去德国，被发现了，再后来就给贬到土建公司当工段主任了！"

"还有这事，我咋不知道？"

"就是去年的事，那时候你不还在朝鲜嘛，当时尚世杰尚厂长还活着呢！"

"他逃没逃跑我不管，靠不靠拢我也不管，缺了个带兵的咱还不打仗啦，关键是得先让我去战场啊！我这来两天了工地还没下去过，就帮着裁纸、写字、贴标语了，快成文职兵啦！知道的是没安排我工作，不知道的还以为我是懒梆子不爱干活呐！"

"那你可得抓点紧，好歹是个副主任，不干活那不成了接收大员了，影响可不好！"

二蛋一边听着孙老汉说话一边合计，这曹主任明天指不定又去哪开会，能不能抓到人还说不上呢，再一再二不再三，可不能再被晾着了，成天干待着那不真成了接收大员。

"孙大叔，你知不知道曹主任住在哪？"二蛋一翻身起来问道。

"知道啊，在台町里住，咋了？"

"明天早上你带我去他家咋样，我堵他家门口，看他还咋推辞！"

"行，行，这个办法好！"

十五

这天清晨，曹奉儒照旧早早起床，刷牙洗脸，煮粥做饭，一切都是静悄悄的，也可以说是死气沉沉的。

去年夏天那晚他企图前往德国，结果被发现截了回来，而后尚世杰伤了心，觉得这个知识分子顽固不化，于是汇报到了公司，公司为此开了会，觉得仍应该争取这个不可多得的冶炼专家。经过多方面考虑，决定暂时把他送到基层一线，多和工人们在一起，接受教育和改造。于是当时那个不可一世的冶炼专家成了土建公司一工段的主任。

上级为了照顾他，也是为了保全他的脸面，还让他继续住在台町里，只是以现在他的工资收入已经完全雇不起保姆了，生活也大不如以前了，这样一来他那原本刁蛮的胖媳妇就更加蛮横了。曹奉儒本也有些惧内，如今更没了底气，所以类似做饭之类的家务也都成了他的事。

粥在煮着，趁着间歇时间，曹奉儒来到了书房里，如今这里成了他唯一能找到心理慰藉的地方。写字台上的《冶炼学》早已落上了厚厚的灰尘，曹奉儒无心再研究那些，他随手拿起一本毛姆的英文版的《月亮与六便士》，心不在焉地翻阅。"我堂堂的工程师、冶炼专家，竟然让我去盖房子……有眼无珠，暴殄天物，天大的笑话！"

曹奉儒始终怨恨着，挣扎着，他始终坚定不移地认为自己是对的。

"月亮与六便士，有点意思，一个是理想，一个是现实……"他开始翻阅手里的书，越往下读越觉得有意思，那习惯性紧锁的眉头稍微舒展开些，不禁回忆着当年自己的意气风发，豪情万丈，一心想归国建功立业的情形，万不成想如今混成了这等模样，他不禁自嘲道："年少轻狂，年少轻狂！"

"曹奉儒，粥糊啦，没闻到味嘛！"突然，卧室里传来了妻子的叫声。曹奉儒又惊又烦，继续看书。

"没听到我说话嘛，糊啦，去看看呀！"

曹奉儒置若罔闻。

不大会的工夫，妻子下了地，气势汹汹疾步走来，如母夜叉一般大喊道："曹奉儒，你聋了还是哑了？我说粥糊了你装没听见是不是啦？"

胖妻子叫嚷着，可始终是站在门外，并无越界，因为曹奉儒曾面露狰狞地和她说过，书房是他最后的清静之地，不允许在这里喧哗吵闹，更不许毁坏这里的任何东西，这是他这个读书人最后的底线。妻子刁蛮，但是聪明，归根结底还是懂得要依靠谁，所以再无理取闹也不敢越过这个雷池。

既然妻子没进书房，没越底线，曹奉儒就算是获得了胜利。他也不急也不躁，轻轻放下书，站起身来走向厨房，心想："有些人生来为了吃，吃完早饭吃午饭，吃完午饭吃晚饭……这样的人一定会选'六便士'，年少轻狂才娶了她，真是年少轻狂，不然也不会落到今天这步田地，自己或许真应该如书中的画家斯特里克兰一样，抛弃一切去寻那'月光'"。

曹奉儒进了厨房，打开锅盖，一股焦糊的味道立刻喷出来。他用勺子用力搅合搅合，焦糊的米泛了上来。胖妻子看着粥没好气地说道："曹奉儒，这日子和你过的，整天就是白米粥咸萝卜，吃得我一见到白米粥就反胃，现在可倒好啦，连白米粥都没有了，成了'黑米粥'！"

"那岂不是正好，换换口味！"

"我没心思和你开玩笑，我可不想再吃这个了，我们家多久没吃到过面包喝过牛奶了？"

"那就去买啊，我看现在市场上供应充足，还能买到苏联的东西。"

"充足，是充足，你不看看咱家如今有几个钱，你知道你当这个破主任比以前少挣了多少吗？现在我想买一件新的睡衣都买不起！"

"可以少买些化妆品，你又不工作，在家用不着擦得那么香！"

"你什么意思，嫌弃我不工作了是吧？我一个大小姐嫁给了你都没怨言，你还嫌弃我用点化妆品？"

"没怨言，怎么好意思说出口？"曹奉儒心里反驳。

"当初我年轻漂亮，大学里追我的人无数，现在呢，跟着你我是吃好了还是穿好了，用点化妆品你还反对，难不成就让我做黄脸婆？"胖妻子不依不饶，把饭碗一推，筷子一摔。

"年少轻狂，年少轻狂！"曹奉儒仍在心里反驳。

"养不起家里还埋怨妻子，哪有这种道理！"胖妻子变本加厉，继续骂道，"要我说现在你就是个窝囊废，窝囊得不能再窝囊了，这日子没法过了！"

"放肆！"曹奉儒拍案而起，一句"窝囊废"彻底激怒了他，"我曹奉儒何时轮到你一个女流之辈来羞辱，亏你还上过女子大学，怎么如今就成了满口污言秽语、刁蛮成性的婆娘了？"

胖妻子被丈夫突如其来的愤怒震慑住了。

"你还好意思说如今日子没法过了，这到底是谁造成的？我当初既然从德国回来就没打算再回去，若不是你弄回那两张船票乱我心志，我曹某人能落到今天这步田地？我从没因此埋怨过你，你倒不依不饶，愚蠢至极，愚蠢至极，这个家你要是待不下去就赶紧走，回你娘家享清福去，我倒也落得一身自在！"曹奉儒气得一下子搁翻了饭碗，原本就无色的脸被气得更加苍白了。

"你……你怎么发这么大的火？"愣了好一会儿识时务的妻子转变了态度，她明知道父母已经去了台湾，自己只能指望着丈夫又怎敢闹掰，她起身一边扶起饭碗一边说，"真是的，舌头哪有不碰牙的，夫妻俩吵架不都是正常的事情嘛，你怎么还当真，发这么大脾气！"

胖妻子拿起饭勺从锅里又盛出了一碗黑白相间的粥放到丈夫面

前，自己静悄悄坐下来，也不再言语，开始吃饭，此时她也不觉得那粥焦糊刺鼻了。

房间里寂静得很，只能听到那座钟的摇摆声和曹奉儒愤怒的鼻息声，妻子心中惶恐，想安慰安慰又怕自己说错话。

突然，外面传来了敲门声，妻子眼前一亮，赶忙起身去开门，心想无论是谁来都是及时雨，给了自己个台阶下。不大会儿，胖妻子满脸堆笑引着一个小伙子进了屋，他就是孙新安。

"奉儒，有个小同志来找你啦！"胖妻子脸上仍保持着微笑，余怒未消的曹奉儒看到这种做作的笑容不禁厌恶倍增。一看来者原来是副主任，烦躁之情更甚了。

"这个小子没完没了了……也不看看是什么时候！"曹奉儒扶了扶眼镜，长出了一口气尝试压制一下心理的不满，而后用低而冷的语气说道，"小孙同志，这大清早来找我是有私事？"

二蛋被问的一愣神儿，心里想着："这不是明知故问嘛？"可嘴上还是要有个把门的，毕竟人家是知识分子，是工段主任，"不不不，曹主任，是公事！"

"公事的话完全可以等到上班时间再说嘛，现在这是个人时间！"

"实在对不起曹主任，可是你看今天就是我报到的第三天了，我来就是想和你商量商量对我工作的安排！"

"穷追猛打，没完没了，追到了家里！"曹奉儒突然想要发火，但又压了回去，心想自己无论如何也不能给刚从前线回来的副主任脸色看，于是推开了饭碗站起身来，指着手表说道，"小孙同志，我这个人有个习惯，工作和生活分得很清楚，工作只在工作的时间谈，家里从来不谈，这个事情咱们还是到了工地再说吧！"

"都找到了家里还端架子，官僚主义嘛！"二蛋心里也来了火，强忍着气说道："曹主任，情况你也知道了，这都是我来工段第三天了可啥事还没做呢，这不成了白吃饭的了嘛，我也不多耽误你时间，只要你一句话，'筑工事'还是'炸碉堡'我都服从！"

曹奉儒走到衣架拿起外套，一脸不耐烦地说道："小孙同志，安排你工作不是我一个人说了算的，需要工段开会研究，你是转业回来的战斗英雄，又缺了一只……又受了伤，我们要综合考虑才行！"

曹奉儒说的倒也是事实，当初对于孙新安的安排领导特意找他谈了话，希望对这样身体有残疾的战斗英雄照顾一些，尽量安排劳动强度不大的文职工作，可如今工段最不缺的就是搞文职工作的，而是缺少真正能抓事儿负责的人。这就是几天来他迟迟没有给孙新安安排具体工作的原因。

二蛋一下子明白了曹主任的意思，原来他是嫌自己缺了只胳膊拖后腿，心里不服，干脆地说道："我是没了只胳膊，但啥都不比正常人差，工地不用综合考虑，只要给我个安排就行，可着最难的给我！碉堡我都能炸还有啥我干不了的！"

"炸碉堡是拆东西，我们现在是要建东西，能是一回事吗？"这种不符合逻辑的话让曹奉儒这个严谨的知识分子无可奈何。一旁察言观色的胖妻子头脑果然活泛，立刻上前隔在了两人中间，一面挤着眼睛一面对丈夫说道："哎呀奉儒，你看你，说话声音这么大，弄得好像吵架一样，人家小孙不也是为了公家的事来的嘛，况且还要最艰苦的工作，人家是战斗英雄，你要充分尊重人家的意见是不啦？你看你一天不是这个会就是那个会的，忙得团团转。我看这样，施工那块儿就暂时让小孙帮你看着，副主任管理施工也是天经地义的嘛！"胖媳妇说着又转过身去笑着问二蛋，"你说是不是啊小孙同志！"

二蛋这个愣头青见主任妻子帮他说话顿时心生感激，赶忙接话道："对对对，我就想去工地，那才叫支援建设嘛！"

曹奉儒何等聪明，妻子挤眉弄眼的时候他心里就明白了意图，心想自己原本是冶炼工程师，对建筑施工一窍不通，结果上面不管不顾，给自己贬官到土建公司，还在工地上当工段主任，这简直是驴唇不对马嘴。工地上的事多得要命，这个出问题了要你负责，那个出问题了要你负责，总之一句话，到工地就是来承担责任的，曹奉儒一想起来就觉得浑身不自在，如窒息一般。现在正好这个副主任自告奋勇，岂不是替自己解了围，顶了事。

"要这么说来，我们工段确实最需要负责施工的人，不过那可不是个轻巧活，熬体力熬精力，要负起责任来，还可能要背黑锅，况且你的情况……所以你要考虑好！"曹奉儒到底还是有道德操守的，虽然迫切想推出这摊子麻烦事可还是交代了实情，给了孙新安选择的机会。

"不用考虑了，我打一开始就想好了，要干就干最艰巨的任务，要攻就攻最坚固的堡垒！"二蛋把那军人的气质全部展示出来了，这不免让曹奉儒有些敬佩和动容，不过那仅仅是一瞬间的事，他坚定地认为自己这个知识分子是万万不能到工地上"鬼混"的，也不该为那些鸡毛蒜皮的事情劳神费力。

"好，那就暂时由你来负责工段的施工，回头我和工段各个班组打声招呼，你明天就可以正式开展工作了！"

"不用明天，今天就可以！"

"呃……"曹奉儒再次动容了一下，"好，那就从今天开始！"

十六

这天是休息日，李敬国在公司加班，罗映雪趁着放假和邻居到烈士山上挖了点野菜，算是在春天里尝尝鲜儿。一路上她没短了给大家伙儿讲南方的吃食和风土人情，大家感到新鲜，又觉得南方口音细声细语的好听，都愿意听她讲。

"哎，可惜，在东北吃不到那些，我听说去年夏天为了照顾南方人市里面特意调拨了一批那边的蔬菜，不知道今年能不能。"罗映雪感叹道。

"能，咋不能，咱们这市场里的东西眼见着多了，啥花样都有，以前咱哪见过啊，这多亏了你们来!"一个大姐说道，"去年我还见到有卖大蛤蟆的，也不知道那是干啥用的!"

"哈哈，那是田鸡!"

"什么田鸡田鸭的，南方的东西就是怪。对了，我还看到有那个苏联的大啥……大……"

"大列巴!"

"对大列巴面包，那天我一咬牙买了一块合计尝尝，回去一吃贼硌牙，和咱们炉子上烤的馒头也没差啥嘛!"

"要我说啊，你就是没吃惯这边的东西，咱们吃得多养人啊，你看咱们东北人一个个膀大腰圆的，你再看你们南方来的，一个个瘦的跟个小鸡似的!"

大家伙七嘴八舌，引得哄笑阵阵。

下午，罗映雪回了家就开始在厨房里忙活起来等李敬国回家吃晚饭。土豆白菜是雷打不动的，刚挖回的野菜为枯燥的食谱增加了一份新绿。罗映雪从一个小坛子里舀出一勺邻居给的大酱，眉头一皱，无论如何也想不出野菜蘸这个东西真如大家说的那么好吃，但她还是决定晚上和丈夫试一试。渐渐地，罗映雪觉得自己开始渐渐接受并融入宁山这座城市当中了。

这时，门被敲响了。

"这个时候谁能来，莫不是又有邻居来给我送白菜了？"罗映雪边思索着边去开了门，见一个陌生男人手里拎着个大麻袋，满脸堆着笑站在门口，嘴里那个明晃晃的金大牙格外显眼。

"罗科长，您好您好！"金大牙谄媚道。

"您是？"

"我叫金大强，是大强建筑公司的经理，咱们宁钢的临时职工宿舍就有一块儿是我承包的，和咱们李处长有工作上的往来！"

"哦哦，敬国加班还没回来，要不你进来坐一会？"

"不啦不啦，我来没别的事情，我前几天去了趟南方帮李处长捎回来点东西，这不，我刚回来就给送来啦！"

"是嘛，他让你捎东西了，是什么，他怎么从来没和我说过？"罗映雪半信半疑。

"没错没错，可能是忙活忘了呗，再说了也不是啥贵重东西，就是些吃食，商量个啥！"金大牙说着把麻袋拎进了门，敞开了麻袋口。罗映雪打眼一看就知道对方说的是真的，里面全是竹笋、板鸭和腊肉之类的东西，这不就是那天早上她在饭桌上哭着想要吃的嘛。

罗映雪心中欢喜，不仅是因为看到了心心念念的东西，更因为知道了丈夫对自己默默地关心。"谢谢你啦金同志，麻烦你大老远从南方带回来，多少钱我给你！"罗映雪说着要取钱。

"不用不用，李处长已经给完钱啦，还多给了我跑腿费呢！"

"真的？"

"真的，我哪敢骗您啊，那我以后还做不做生意啦，哈哈！"金大牙说着脸上露出了得意的笑容，转身离开。

实际上，这些东西根本不是他去南方带回来的，更不是李敬国托他买的。那天早上他来送礼，故意在门外趴着偷听了一会儿，没成想正赶上罗映雪抱怨，对话听得一清二楚。而后他吃了闭门羹，心想这李敬国不好对付，没送对礼也没送对人。于是他眼珠一转想出了个办法，到新华市场找了个卖菜的南方人，给足了钱，让他回去进一批菜来。东西买回来了，金大牙没立即送，在楼下等了一上午，专门挑罗映雪单独在家的时候才送了上来，一切可谓是煞费苦心。在他看来，送出礼就是成功的第一步。

被蒙在鼓里的罗映雪把麻袋里的东西一样一样摆在桌子上，如欣赏艺术品一样看着它们，心里说不出的美，而后就哼着小曲在厨房里忙活开来。

晚上，李敬国下班回了家，一推门就感到一股久违的香气扑面而来。"呦呵，做什么了，这么香？"李敬国瞬间来了兴致。

饭桌上已经摆上了一瓶酒，李敬国没顾得上洗手就坐了下来，心想今天不年不节的，难不成是我的生日？不对，可也不是映雪的生日啊。

映雪满脸笑容，把扣着碗的菜盘子一个个端了上来，足有五六样，又逐一打开，有煮大虾、竹笋炒腊肉、板鸭炖竹笋、梅菜扣肉，看得李敬国直咽吐沫，拿起筷子就叨了几块腊肉吃。边吃边问："映雪，我刚才想了半天也没想出来，今天到底是什么日子？"

"不是啥日子啊，就是休息日啊！"罗映雪说着自己也迫不及待吃了起来，竹笋一入口，浓浓的满足感袭上心头。

"不是啥日子，那做这么多菜也太浪费了吧，这饭菜可是实现共产主义的标准啊！"

"有就吃呗，给你解解馋，还多着呢！"

"多着呢，市场上现在就开始有南方菜了吗？"

"现在哪有，邻居们说去年到了六月才见到！"

"那你这些是从哪弄的？"

"从哪弄的，不是你托人带回来的嘛？"罗映雪莫名其妙地问。

一听妻子这么说李敬国愣了神儿，心想肯定有问题。"我没托人带过东西，到底怎么回事？"

"下午来了个叫金大强的人，说和你有工作上的往来，还说这些东西是你托他帮着从南方带回来的！"

"给钱了吗？"

"没啊，他说你已经给完了！"

"哎呀，映雪啊，你糊涂啊，家里你管钱，我哪有钱，托人带东西我怎么可能不告诉你啊！"李敬国急得推开了碗。

"我……我就顾着高兴来着，也没想那么多嘛！"罗映雪急忙解释，刚刚的兴奋劲儿一下子消散了，"我还以为你是专门为我托人带回来的呢！"

"都有啥，有多少？"李敬国顾不上安慰，继续问道。

"都是些菜，都在厨房摆着呢！"

李敬国赶忙过去看，果然都是些吃食。"没别的了？"

"没别的了!"罗映雪知道李敬国这个人讲党性,不拿老百姓一分一毫,更何况这涉及了工作的事情,宽慰道,"敬国,不用激动,其实我觉得也没啥,都是些家常菜,平时邻居家不也经常照顾我们给我们送些土豆、白菜的嘛!"

"邻居家送那叫做礼尚往来,互相走动,现在你收了那个金大牙的东西算什么,我怎么和他礼尚往来,在工作上给他特殊照顾?那是犯错误!"李敬国气得嚷道。"这个人之前就找过我,图谋不轨,如今找到你头上来了,你可倒好,来者不拒!"

"什么叫来者不拒,好像我故意收似的!"妻子一下子发了火,"你成天就是忙,没白天没晚上的忙,家里的事情从来都不管,工作的事情也从来不和我说,到了家吃完饭就看书,看完书就睡觉,快把家当做招待所了,我哪知道你那摊子事!"

"吃人家的嘴短,拿人家的手短,我这以后还怎么开展工作?"

"你天天吃我做的饭,怎么不见你嘴短?本以为犒劳犒劳你,让你高兴高兴,你却对我发这么大的火,我这吃苦受累的是为了谁啊?"罗映雪觉得自己受了委屈,一下子哭了出来。李敬国不知道怎么反驳,但也并未服软,看着妻子哭也不劝。他心里有火,这涉及原则的问题半点也不含糊。

座钟滴答滴答作响,菜上的热气渐渐消散,李敬国叉着腰站在厨房里,餐厅里坐着"嘤嘤"哭泣的妻子,二人谁也不说话,陷入了僵局。足有半个小时,罗映雪蓦地站起身来,打开箱子拿出了钱包,抽出了一沓钱拍在了桌子上没好气儿地说:"坏人我做,饭你吃,钱你还给他吧!"

李敬国一愣,心生歉意,无言以对。

十七

在一穷二白，积贫积弱的现实情况下，外部争取苏联的支持，内部依靠工人群众的力量，这是党中央在工业建设上定下的思路，而宁钢无疑成为这一思路最早的大规模实践者，并用事实证明了这一思路的正确性。

在宁钢"三大工程"建设的初期，工人阶级就充分地展示出了自己伟大的创造性。"爆破大王"周相臣发明的"空隙间断爆破法"使无缝厂的工期缩短了整整 6 个月时间；架工李长春和王忠尚发明了"快速流水作业法"用在"托梁换基"工程上，也把工作效率提高了近 4 倍；此外，张甲明发明的"地脚螺栓固定架流水作业法"、杜春生发明的"石棉瓦敷设流水作业法"等都成倍地提高了工作效率，并得到广泛地推广和应用。到了 1953 年 5 月前后，宁钢以大型轧钢厂、无缝钢管厂和炼铁厂七号高炉为主的建设项目陆续完成了先期的拆除，开始了基础施工和厂房的建设工作。

然而，这支庞大的建设大军到底还是刚刚组建起来的，之前毫无工业建设经验，随着工程建设的不断深入，各个方面的不足都渐渐显现出来，并且大有越演越烈的势头。

孙新安虽然从小在宁山长大，但还是不了解工业，更不了解工业建设，根本想象不到它的复杂程度，单纯地认为凭着革命热情就可以战胜一切。这一点，同样是"门外汉"的专家曹奉儒却看得相当明了，他清楚要在短时间内完成这样一系列浩大的工程意味着什么，他更清楚这一切工作对于他个人意味着什么。所以，他庆幸蹦出来个叫做孙新安的愣头青帮他承担了大部分责任。

不出所料，新安正式工作一开始就遇到了麻烦。

话说，刚到的头两天里孙新安就忙活着帮马小丽贴标语来着，还没到工段上看过，对于现场的认识还停留在公告栏的平面施工总图上。真到了工段一看傻了眼，各个部分大体上是按照施工总图去布置的，可说到细节那就是另一回事了。就说那施工用的模板，大大小小的胡乱堆在材料工地上，累成了小山，而且规格不统一，但凡是想找个模板得"山上山下"翻腾半天，赶上压在了最下面可就麻烦了，得从最上头往下扒。有那么一次，工人们图方便，把压在"山"底下的十几块模板捆上了绳子，用拖拉机往外拽，这一拽不要紧，"山"轰隆轰隆坍塌了，险些砸了人。既然没人受伤那就没啥大事，而后大伙把散落的模板又往上攒了攒就走了。再说那倾倒水泥的场地，从搅拌厂来的师傅们只管往地上倒，别的不管。施工现场的只管来了就用，倒在哪也不管，就算想管也管不了，不是一个厂的管不着人家。结果用不了和没来得及用完的混凝土凝成了坨，再来的车就绕着走，混凝土再倒在空地上，过两天多余的混凝土又凝成了坨，到了最后场地快没了下脚处，而且那混凝土漫过了小路，漫到了模板场地，这下可倒好，模板又被死死地埋在里面，这回拖拉机也别想拉出来了。有的老工人心疼，见那些浪费材料的年轻工人忍不住上前说上几句，可年轻人毫不在乎，振振有词道："全国支援宁钢啊，东西有的是不差这点儿，再说了这里又不是你负责，你管那么多干嘛！"老师傅被噎得没了话，气冲冲地去找了工地领导，领导却说暂时没在具体责任上划分清楚负不了责，找他也没用。

孙新安这个工段副主任刚刚走马上任，虽还不了解实际情况但现场的混乱他是实打实地看在眼里，第一天他就责问工人师傅为什么把现场搞得这么乱，为什么不按照规定行事。工人们知道这是副主任，道出了实情："副主任，我们也想工地立整点啊，我们干起活来也方便，可是水泥厂的人咱说不动啊，人家放哪自己说了算。再说了，咱是求着人家给的，惹不起啊，弄急眼了人家找个借口磨蹭一会儿咱这就得窝工！"

"就没个负责的人吗？"

"要说负责那就得找工段主任了！"

孙新安不再说话径直去找了曹主任，曹主任一脸吃惊说道："小孙啊，你是管现场施工的副主任，第一负责的人应该是你才对啊，一切由你协调解决！"听到这话孙新安发了懵，心想这么大个工地，涉及方方面面这么多单位和工种，自己现在还两眼一抹黑，咋能负责起来啊？而后孙新安想，什么协商啊讨论啊总没有实际行动来得快，于是当天下午他就带着几个师傅用布条在路边扯起了通行带，拿着小红旗指引水泥车朝着指定地点卸混凝土，可不成想没经验，通行带扯得太窄，进进出出的水泥车顶到了一起动弹不得，后面着急的师傅干脆直接开车压倒了通行带，直接从一坨坨风干了的混凝土上面开了过去。有的师傅还探出头冲着孙新安大喊："起什么高调，车都憋在这里动不了了，窝了工你负责啊？"

"负责负责，我可负不了你们的责，找你们领导去吧！"孙新安气不过大喊道。

"下回再弄这破玩意儿我还给你压了！"司机一甩脸开车走了。

孙新安到岗位上做的第一项工作就碰了一鼻子灰，惹了一肚子气，晚上回到了宿舍孙老汉见他脸色不对，知道准是这愣头青在单位又碰了钉子，也没多问，只管默默去帮他打了饭，回来时见孙新安用大被子蒙着脑袋一动不动。老孙把饭放到了一边，如疼爱自家孩子一样关心地说道："二蛋啊，长城不是一天垒起来的，你这刚到岗位上不能太摽劲儿，就是前线打仗吃了败仗不也正常嘛，饭我给你放这了，一会儿起来吃啊！"

孙新安一动不动，孙老汉摇着头背手出了门检查宿舍去了。

十八

金大牙这个人有自己的优点，说好听点叫锲而不舍，说难听点叫死缠烂打，但凡他认准的事情就会无所不用其极。早在伪满时期，他还叫做金大强的时候就拉起了一个十来人的小建筑队，当时大活儿都在日本人手里握着，他没啥根基，搭不上话，干的都是挖沟修房之类小打小闹的活，还没少被揩油，艰难维持生计。后来，他盯上了一个日本工头，于是偷偷跑到台町想等一等，寻个机会说说话，不成想被日本宪兵抓住关进了牢房，还毒打了一顿，放出去后足养了一个月才下了地。见这招不行，他又心生一计，在井井寮租下了一个专门卖日本高档商品的摊位，守株待兔，终于等到了工头的妻子。他把店里所有好的东西都给日本女人拿了一样，还找车给送了回去，分文不要，一来二去两人就熟悉起来。这女人心里高兴，回家吹枕旁风，工头也觉得这小子会办事，于是给了他一个像样的活儿干。

话说金大强这人还真就是个做大生意的料，寻得了日本人的门路怎能轻易放过，他把自己第一笔生意挣的钱一个子儿没留的全送给了日本工头以表诚心，希望继续合作。天下哪有不爱财的，于是更多的工程落到了金大强的手里，他的建筑队一再扩员，实力不断壮大，钱挣得让人眼红。可这金大强终究是根基太浅，宁山这地方不少有钱有势的人和日本人关系复杂，岂能让一个后来的穷小子抢了饭碗。一天，金大强从饭店出来就被人套上了麻袋，推到巷子里一顿毒打，打掉了门牙，满脸是血，看不清了人模样。而后，他工程队的百十来号人基本都被收拾了一通，对方还扬言今后再知道谁给金大强干活，准保他吃不了兜着走。金大强算是彻底被打压下去了，没了着落，门牙被打掉了，安上了个铜的，认识的人都奚落他"出息"了，换"金牙"了。

世事难料，谁成想宁山的解放给他带来了活路，当初那些和日本人关系亲密的工头们怕挨收拾，都卷铺盖逃跑了，他倒成了苦大仇深的"老百姓"，挺直了腰杆。而后他重新拉起建筑队，活儿也不少干，恢复了些元气。再后来到了"三反五反"时，又一批工程队老板被打下去了，他这个没人搭理的小建筑队却毫发无损，于是他获得了人生中第二次机遇。

前些日子，金大牙四两拨千斤，用一麻袋吃食就搭上了罗映雪罗科长这个桥，在他看来这可谓是事业上的第三次机遇，得牢牢把住。于是他得闲工夫就去土建公司门口等，离老远见到罗映雪就故意提高嗓门道："呦，罗科长，这么巧，又遇到您了，我最近还要去南方，家里还缺啥菜不？"他这么一嚷嚷不要紧，把罗映雪弄了个大红脸，装作不认识疾步离开。可没过几天，金大牙又来了，见面还是那套话。三五次之后，罗映雪不堪其扰，又不便多说，可单位里已然出了议论。

那天，金大牙又去了，而且是开着自己那辆破卡车去的，明晃晃地站在公司门口。这回不等他开口说话，罗映雪先过去了，把他拉到一处角落责问道："金大强，你这是干什么，诚心羞臊我是吗？"

"看您说的罗科长，我这不赶巧来这办事嘛，见到您能不打声招呼？"金大牙陪笑道。

"打招呼就正常打，干嘛总提菜的事情，你没见到李敬国吗，他没把钱还给你吗？"

"我哪有机会见到李处长啊，他那么忙，再说了，您把话说远啦罗科长，我真心就是怕您在我们东北生活得不习惯，给您送点南方的吃食，真没别的意思！"

"生活得习惯不习惯是我们自己的事，你有这心情关心关心别人去吧！"罗映雪说着从衣服兜里拿出一沓钱，也没数就直接给了金大牙，"这些足够了吧！"

"不行不行，我哪能要您的钱，死也不能要！"

"这钱你要也得要不要也得要！"罗映雪说着和金大牙推搡起来。

金大牙见势头不妙急了眼，故意放大了嗓门喊道："哎呀，罗科长啊，就是些竹笋、腊肉之类的，没多少钱，就当是邻居间互相走动啦，您要是吃完了我这两天还给您送！"

这一嚷嚷不要紧，下班往来的人都向这里张望，罗映雪赶忙收回了手不再推搡，脸被气得通红，生气地说："金大强，你……你太过分了！"

"罗科长，我跟您说实话，我就是个小人物，混口饭吃的，没少被那些大建筑公司欺负，你看到没我这牙就是他们给我打掉的！咱没有门路，通不到上面，但是我手下的弟兄们也得活着啊，都指望着我吃饭呢。我金大牙凭良心做生意，凭本事吃饭，但就因为没关系，让大家伙跟着我受苦，我这心里有愧啊！按理来说，我也算是干活的出身，也是工人阶级，你看我送您的东西不是什么黄金白银吧，就是些吃食，说实在的那些贵重的我也送不起，没钱啊！咱工人阶级得帮衬着工人阶级，不能光便宜了那些大老板啊，您说是这个理儿不？"

金大牙这一通话说得声情并茂，罗映雪倒也觉得他情真意切，气消了不少。她思索了片刻回答道："现在立山职工宿舍那边急需一批木材，在不违背原则的情况下，我可以适当地考虑你们公司，但这钱你一定要收下，并且我们只是正常的工作关系，不要再送什么东西给我了，更不要在单位这等着我！"

罗映雪说着把钱塞到了金大牙手里转身离去，金大牙喜由心生，咧着嘴哈哈大笑，露出了那颗明晃晃的大金牙。

十九

孙新安这个见习工段副主任仍旧是焦头烂额，虽然曹主任让他负责工段施工，但每天这党、政、工、团的事情不断，不是这个开会就是那个活动，事事都要人，特别是动员会不少都是重复的，这个开完那个开，都想着参加的人越多越好，越热闹越广泛越好，可工地上的活儿终究是要干的，工期还是要往前赶的。几天下来，孙新安除了扯上了那几条当天就被压倒的通行带以外，其他正经事一件没干，就在这几个部门间来回跑了，忙得脚打后脑勺，这下子他也终于知道了马小丽的苦衷了。

这天晚上，孙新安照旧是垂头丧气，一脸疲惫地回了宿舍，肚里饿得咕噜咕噜叫也懒得动弹，孙老汉照旧端着饭缸帮他打饭，刚回到门口就见一个姑娘急急忙忙，呼哧带喘地跑过来问道："大叔，孙新安是这个宿舍的吧？"

"是啊，咋了姑娘？"

"我叫马小丽，是他们一工段的技术员，赶紧，赶紧叫副主任出来，工地出事啦！"

"啥，工地出事了？"孙新安隔着传达室的玻璃就见到了马小丽，一听说出事了赶忙跑了出来，"出啥事了？"

"二号油库漏水啦！"

实际上，孙新安今天上午才知道二号油库在什么位置，还不知道那具体是干嘛用的，也不知道漏了水会造成多大的问题，但从马小丽那慌张的神情足以看出不是小事。

"走，赶紧过去看看！"孙新安说着就要走，突然又想起曹主任来，急忙告诉马小丽，"你别跟我一起走，赶紧去告诉曹主任一声！"

"不用担心，曹主任家有电话，已经通知啦！"

俩人一路小跑直奔工地。

大型厂灯火通明，施工昼夜不停。孙新安领着马小丽踩着满地的水泥汤跌跌撞撞到了施工现场的二号油库。马小丽拿着手电筒往油库里一照，"妈呀"一声喊道："这哪还是油库啊，成了蓄水池啦！"

"什么时候发生的事情？"孙新安问旁边的一个外号叫做闷老鳖的工人。

"就是刚下班的时候，墙面裂了缝啦，水一个劲地往里灌堵都堵不住，不大会儿的工夫就没到小腿肚子啦！"闷老鳖满脸惊恐地说。

"赶紧，赶紧先找水泵，把水抽干了再说！"孙新安发号施令。

"我刚才就找调度啦，可电工说没有多余的水泵，那边用着呢。

我说这边着急，电工说要是那边出了问题谁来负责？"

"你再去找调度，就说工段副主任说的，务必让他们调水泵过来，出了问题我负责！"

"妥了！"闷老鳖答应了一声走了。

直到晚上十点多，闷老鳖才领着四五个电工抬着两台小水泵过来，扯了线接了电，发动起来已经将近半夜了。两台小水泵"嗡嗡"作响，马力明显不足，天快亮时才把水抽干。

孙新安和马小丽两人在工地守了一宿，两眼熬得通红，见水下去了才在办公室里眯了一小会儿。

早上八点整，曹奉儒分秒不差地进了办公室，而后通知相关人员召开紧急事故会。

等待的时间，大家伙起了议论。

"不是没淹死人吗？"一个架工师傅问。

"最深的时候也就齐腰，淹死啥人啊！"旁边的人回答。

"那开啥会啊，把水抽干就得了呗！"

"要说你是榆木脑袋，这边抽着，那边还渗着，水泵一撤走不还是淹嘛！"

"那就用水泥抹上呗，多简单的事情啊，找咱们这么多人来开会有啥用！"

"抹上了也得从别的地方漏，你也就能干架工，别的啥也不懂！"一个瓦匠翻了个白眼回答。

"那咋整，合着还得扒了重弄？"

"那可不是咋地！"

"那就重弄呗，叫我们来也没用啊！"

"要说你傻还真是，那么多水泥，那么大的工程量说扒就扒，你当是吃碗高粱米饭那么简单啊，得浪费多少东西啊，不能就这么不明不白就算了！"

"合着你这意思还得处理两个人咋地？"

"我看差不多，八成得这样！"

说到二号地下油库的漏水，在场绝大多数人都不觉得是个多么大的事故，最坏不过是找个人挨处分，然后扒了重建，可工段主任曹奉儒心知肚明其严重性。油库是贮存全厂润滑油的地方，也是润滑泵的安装地点，一旦进了水必定会造成全厂设备瘫痪。如今，油库的墙面漏水到底出于什么原因，是材料原因，是施工原因还是技术原因尚不清楚，拆掉重建倒可以，但不找到问题所在重建之后会不会还是同样的结果？

人到齐了，会议开始了。

"二号油库漏水的事故大家都已经知道了吧，但施工这一块是由副主任孙新安同志来负责的，他比我更了解实际情况，所以我想还是先由副主任同志讲讲具体情况吧！"会刚一开始，曹奉儒就把皮球踢给了孙新安。

"我……我……"孙新安一愣，没成想曹主任上来就问了自己这么个问题，心想虽然自己是负责施工的，可到工地上满打满算还没有一个礼拜，情况都不熟就更别提施工上的具体要求了。但转念一想，无论如何自己是负责施工的副主任，问自己也是无可厚非的，"我……是我工作上的疏忽，我来负责！"

孙新安实在说不出什么，只能低头认罪。但其实大家伙儿都清楚，副主任是当了替罪羊。

"副主任来了没几天，现场啥情况他都不清楚，不能赖副主任！要我说，直接就让副主任负责施工根本就是不合理的事情！"马小丽气不过，替孙新安说话。

"这个问题我想解释一下，孙新安同志来的前三天我并没有给他安排具体工作，目的就是想让他逐步熟悉工地，适应环境，后来是他专门找到了我家里，非要负责施工的！"

听主任这么一说，马小丽没了话，可心里还是不服气。

"不过，都让小孙同志来负责确实也不应该，他确实对工业不熟。"曹奉儒继续发言，"涉及的无非就是材料和施工这两大块，问题究竟出在了哪，谁对这次漏水事故负责我们必须弄清楚！来，大家说一说吧！"曹奉儒此话一出，下面一片寂静，工人们一个个低着头默不吭声，生怕这倒霉事落到自己头上。

足有一分钟办公室里鸦雀无声，曹奉儒不免有些尴尬，清了清嗓说道："既然没人主动说，那我就自己叫了！汪晓惠，你说说！"

"啊，我说啊？"怀孕六七个月的材料员汪晓惠一愣，手掐着腰挺着个大肚子扭扭捏捏地站起来，吞吞吐吐地回答，"曹主任啊，这事和我可没啥关系啊……我……我就是个负责批材料的，上面来啥我就接啥，下面要啥我就给啥，我连手都没经过，你说和我能有啥关系？"

"赵国富，你说说！"曹奉儒又点了名。

"我……曹主任，这事我可负不了责，我就是个烧沥青的，用个大锅在那熬，熬到210℃就'熟'了，往麻布上一浇然后就晾着，大熟练的活儿，换谁都这么干，没啥能出岔子的地方！"赵国富说着手下一拉旁边卖呆儿的学徒小李，小李一激灵，立即应和道："没错，没错，是210℃，温度计就在沥青里插着，我紧紧盯着呢！"

曹奉儒点头示意两人坐下。

"那你要这么说，和我就更没啥关系啦！"架工薛宝强一看这是先说先有理，得赶个先，"我就是搭架子的，你们站上面烫防水也好，抹水泥也罢，反正就是踩在上面，漏不漏都不关我的事！"

"那你要这么说，和我还没关系呢！"顿时下面七嘴八舌议论起来，乱嗡嗡一片，你说你有理，他说他有理，谁都不松口，无非是想撇开责任。

"行啦行啦，都安静安静，黄金柱，你说说！"

黄金柱是土建班的班长，名字倒挺响亮，可是个老实人，胆儿还小，笨嘴拙舌，因为这个平日里没少吃亏，可就算吃亏他也不言语，自己闷着，所以大家伙给他起了个外号叫"闷老鳖"。二号油库的土建就是由这个闷老鳖负责的。

"这……这……"闷老鳖听到叫到自己顿时来了紧张劲儿，急得干张嘴说不出话来。

"这啥这啊，主任让你说话呢！"坐在他旁边的大肚子材料员汪晓惠来了精神，一个劲儿催。

"我……我也没啥可说的啊，我就是……就是正常砌墙抹水泥呗。"

"正常砌是怎么砌？"曹奉儒追问。

"就是……正常砌就是正常砌呗！"闷老鳖不知得咋回答，合计了一会终于找到了一个他认为像样的答案，"正常砌就是像我师父教我的那样砌！"

"哈哈，这叫啥回答，按照你这说法你师父要是没教好，你也跟着糊弄呗？"烧沥青的赵国富奚落道。

"这就叫上梁不正下梁歪！"架工薛宝强也跟着起哄。

"扯淡……扯淡，大家伙儿都是在八家子住的，有几家房子漏雨没找过我师父，他手艺咋样你们心里没数啊？"闷老鳖一听大家伙损他师父可不干了。

"黄金柱，你光说按照师父教你的可不行，你得按照操作规程来，你给我说说筑墙体的操作规程是什么？"曹奉儒问。

"操作规程？"闷老鳖搜肠刮肚捣腾着肚里知道的那两个新鲜词儿，可就是不知道"操作规程"这四个字是啥意思。憋了半天他一皱眉，咧着嘴难为情地问道，"啥叫'操作规程'？这词儿我也没听说过啊！"

大家伙又嗡嗡地起了议论。曹奉儒脸一沉，叹了口气，心中有了料定。

二十

大型厂二号地下油库漏水事故的原因在会上被迅速地落实了，就是土建班未按照操作规程施工造成的，班长黄金柱对事故负最主要责任。这个结论一出可谓是皆大欢喜，大家伙都暗自松了一口气。土建班的小学徒张小嘎不乐意了，急得直拍大腿，一个劲儿怼师父让他说两句话，无奈闷老鳖是一句在理的话也说不出来，自己缴枪投了降。孙新安想替闷老鳖顶着，一再强调自己是分管施工的副主任，应该对事故负责。然而，对他一向冷漠的曹主任此时却极力帮他开脱，说这事情和他无关，这不禁让孙新安又感动又意外。实际上，那曹奉儒哪里是帮孙新安开脱，他是在帮自己开脱，如果副主任有责任的话那他这个正主任也难辞其咎，莫不如只让一个人去承担。但光坐实了"罪名"还远远不够，一定要把影响降到最低，甚至没有影响才好。所以，曹奉儒决定要立刻采取补救措施，并以近乎不容置疑的口吻征求大家意见，是否同意不对公司上报此次事故。

"不行！"又是孙新安第一个站出来反对，"公司有规定，这种延误了工期的事故必须上报！"

"副主任同志……"曹奉儒见又是这个愣头青出来碍事顿生一股厌恶，"事故本身并不严重，修复工作将迅速展开，不会影响总工程进度。可一旦上报给公司，影响了工人们的干劲，这个责任谁来负？"知识分子曹奉儒用一个冠冕堂皇的借口一下子说服了所有刚刚还有质疑的人，当然也让孙新安无力反驳。

"反正……反正我就是不同意！"孙新安憋了半天只说出了这句苍白的话来表达自己的不满。

"孙新安同志，我们是在工人的队伍里，是要民主的，你自己代替不了大家，这里容不得个人主义！"曹奉儒又给孙新安扣了一顶大帽子。

"我拥护主任的决定！"汪晓惠第一个举手表决。

"我也同意！"薛宝强紧随其后。

"我同意！"

"我也同意！"出于对工段声誉的维护，大家伙纷纷使出了自己的表决权。

"不是拥护我曹奉儒，是拥护大家自己的决定！"曹奉儒又用冠冕堂皇的名义给自己加了一道保险。

当天上午，按照施工计划来安装润滑泵的钳工和电工被曹主任半路退了回去，大家伙因此窝了工，都不满意。这边，对二号油库的修复立即展开了。闷老鳖吃了个哑巴亏，可曹主任并没难为他，让他戴罪立功带着土建班填补缝隙，副主任孙新安也跟着帮忙，瞪大眼珠子帮着找渗漏点。闷老鳖虽然嘴上不说但心里窝火，他在进工厂之前是八家子有名的瓦匠，手艺都是当年吃苦受累练出来的，都是师父爹长妈短骂出来的，几十年就指着它吃饭来着，拿眼睛一吊线，铲刀一上手就知道活儿咋干，啥时候听说过什么操作规程。怪就怪在自己没文化，人家说啥自己听不懂，人家问话自己答不出，这回好，不但落了一身埋怨还把自己师父搭上了，这要是让他老人家知道不得气得从棺材里蹦出来啦。

"老鳖叔，这有漏点！"孙新安打小就认识闷老鳖，私下里就叫他老鳖叔。闷老鳖闻听，垂头丧气地过去，越干越觉得委屈，于是对孙新安诉苦："我说二蛋啊，不对，是副主任，你黄叔是个实诚人，说话不骗人这你知道，我觉得咱这油库建完了还得漏。"

"啊，为啥，哪里不对？"孙新安一惊。

"这一上午我一直在合计，土建这块我肯定没出问题，你看我们这满墙的找漏点其实也不多，缝隙都那么小，水泥墙有点裂缝和空隙也正常啊！"

"那你说这是咋回事？"孙新安问。

"我说不好，可能是防水出了问题，也可能是这混凝土不行！"

不知为何，孙新安打心眼里相信这个老实的瓦匠，不禁皱着眉，心里也开始担心起来。

下午，修复工作完成了，孙新安带人把地面擦了一遍，以便出现渗漏第一时间就能发现。而后曹主任也来了，和他又仔仔细细检查了一遍墙面，没有渗漏点，地面上也没有半点积水，孙新安上午还压在心头的大石头瞬间没了。

"成啦，成啦！"孙新安高兴地大喊道。

"太好啦，成啦！"大家伙都松了一口气。

"去，小马，赶紧发捷报，通知宣传员，汇报上级，说咱们工地二号地下油库胜利竣工！"曹奉儒也高了兴，一向冷冰冰的脸上终于露出了一抹笑容。

当天下午，捷报被送到了土建公司，工地的大宣传栏上也贴上了大字报，宣传员和记者们闻讯而来，争先恐后采访此事，受访者当然是那文质彬彬的，戴着金丝眼镜的工段主任曹奉儒——时隔许久，他终于又找到了点为人追捧的感觉。

副主任孙新安已经连续两天没合眼了，疲惫不堪，浑身无力，于是在大伙的劝说下按点下了工。而主任曹奉儒为了接受采访则破天荒地在五点以后下班。令人惊奇的是第二天曹奉儒竟又在八点之前上了工，倒不是因为油库出了问题，也不是受到了昨天的鼓舞，而是土建公司经理季明、书记冷亦水、总工程师华兴国等几位领导要亲自来一号工地视察。

两辆吉普车停下来，季明、冷亦水和华兴国下了车，曹奉儒赶忙上前迎接。后车紧随其后，下来的是苏联专家维奇托莫夫和公司工程处处长李敬国等人。一行人沿着昨晚刚被清理出来的一条"干净"的小路走进了施工场地，一路上季明还表扬了大型厂的施工进度，众人情绪颇为高涨。临近二号油库时只见马小丽急匆匆跑来，见面前都是大领导慌了神没敢说话，冲着曹主任挤眉弄眼。曹奉儒没在意马小丽的表情，带着众人继续向前。

到了二号油库时，不少工人围在这里，几个人抬着水泵匆匆过来。一行人往下一看，只见闷老鳖和孙新安带着不少人正挽着裤腿儿，提着水桶舀水——闷老鳖的预言应验了，他低头发着牢骚："二蛋，我咋说来着，我就说重弄也没用，这不，又漏了！"

他这一发牢骚不要紧，领导们一字不落地都听到了。曹奉儒的脑子里顿时"嗡"的一声。

当天上午，季明在大型厂一工段的工棚里召开了一次会议，与会者涉及的比较广泛，有土建公司的领导，有大型厂的领导，有苏联土建专家维奇托莫夫，还有工地各个工种的骨干代表，足有七八十人，原本就不大的会议室又被塞进了长凳，挤得满满登登。纵然如此，这里还是鸦雀无声，一片沉寂，气氛相当紧张。

"问题大家也知道了，就是二号油库发生了漏水事故，不但延误了工期，而且一工段还涉嫌瞒报实情，问题相当严重！"季明一改平日里的温和，语气十分严肃。

"我的妈啊，原来二号油库出事啦？我说早上咋没让咱去接线呢！"一个电工小声议论道。

"可不是咋地，咱钳工也没让过去，那么大的润滑机都拆完箱子了也没安成，现在都在那等着，窝工啦！"旁边的钳工回答。

"关键是曹主任敢瞒报，这可是上面明令禁止的！"又一个人说道。

"具体情况恐怕在座的同志不是每一位都了解，那就让曹奉儒曹主任介绍一下吧！"季明说着叹了口气，看了一眼曹奉儒，众人也都把目光转移到了这位工地主任的身上。

　　曹奉儒就坐在季明正对面，然而这个经历过"大风大浪"的主任并没有过于紧张和恐惧，心里似乎有了底："季明同志，二号油库的施工是由副主任孙新安同志负责，具体情况可以由他来介绍。至于瞒报事故的事我确实有责任，我承认错误，但现在建设任务如火如荼，我主要是出于不影响士气的角度考虑，并且这并不是我一个人的决定，是征求了部分当事人的同意才做出的，所以这在一定程度上也可以说是民主的体现。"

　　此话一出，公司和厂里的领导不禁一皱眉，心想这算是哪门子认错，分明是推卸责任。

　　"这个曹奉儒，一点长进也没有！"冷亦水心想，"亏我当初还帮他求情希望能宽大处理！"

　　此时，脸色最难看的要数土建公司总工程师华兴国。他年近花甲，是国内有名的建筑专家，曹奉儒在燕京大学时与他接触颇多，感情甚好。华兴国对这位学生十分喜欢，但也了解他的脾气秉性，刚刚他的一番言论明显是在狡辩推脱，使得这位耿直的老学者心生不满。一旁的季明有些愠怒，想说几句可被人抢了先。

　　"我就是孙新安！"愣头青孙新安站了起来，他一直心中有包袱，觉得事故是由于自己造成的，所以那边曹奉儒刚一提到他，他就急着站出来揽责任，"我是负责施工的副主任，是我能力不足，二号油库出了问题我应该负主要责任！"

　　"哎，这个愣头青……"冷亦水心想，他对这个年轻的战斗英雄报以天然的好感，知道这件事和他其实并没什么直接关系，但这孩子冲锋打仗惯了，什么事情都愿意往前冲。"我想说明一下，这个孙新安同志是刚刚步入工作岗位的，而且之前还是个战斗英雄！我没记错的话还不到一周时间吧？"

"七天！"孙新安腰板儿一挺，好像在向首长报告一样干脆利落地回答。

"七天时间对工地的情况可能都没了解透彻，出了问题就让他站出来负责我看不妥！"冷亦水干脆地说。

"那谁来负责啊？"

"难不成大家伙？"

"大家伙咋负责？"

下面又起了议论。

"我觉得在这个问题上，工段主任要负全部责任，这个没什么疑问的！"工程师华兴国瞪着曹奉儒没好气地说。

"这……"曹奉儒被说得一愣，万没想到自己的老师不但不拥护自己还泼了一盆冷水。话说在所有人当中，甚至在整个宁钢里，如果找出一个能令曹奉儒信服的人那也就是华兴国华工程师了，不仅仅因为他是自己的师长，更因为他在知识上的渊博和学术上的权威。所以，面对他的指责曹奉儒选择了沉默。

季明见德高望重的总工程师主动批评了曹奉儒便不再多说，况且这次会议的主要目的是为了研究如何应对事故。"关于事故责任的问题，我们日后再讨论，今天把总工程师和维奇托莫夫同志都找来就是要研究讨论如何应对事故。"

"在开会之前，我和维奇托莫夫同志在施工现场走了一圈，看到一处地方冒着浓浓黑烟，近前一看原来是有个小师傅在那烧沥青。这小师傅走了神，我们过去把他吓了一跳，我拿出锅里的温度计一看竟然高达240℃！"总工程师华兴国说。

"呀!"烧沥青的赵国富拍了一下大腿骂道,"这个小瘪犊子!"

"按照标准,沥青烧到210℃即可,到了240℃就要碳化了,这样做出来的防水层必定会出问题!"

"赵国富,怎么回事?"曹奉儒厉声问道。

"我被工会叫去开动员会了,就让徒弟在那看着……"

"二号油库之前那批防水层呢?"

"这……这我也说不清楚,反正最近这会是没少开,一开就大半天,不是工会的就是厂里的,内容都差不多,想不去还不行,说你后进,我去开会就只能让小徒弟在那看着!"赵国富一脸无辜。

"会会会,又是会!"冷亦水心想,"党政工团各自为战,自顾一摊,唯独不顾现场的施工!"

"也就是说,二号油库的防水层可能有问题?"季明问。

"在目前看来,有这个可能!"华兴国回答。

"还有!"维奇托莫夫说了话,"二号油库有它的特殊性,属于地下工程中最为重要的部分,是未来大型轧钢厂润滑设备最集中的地方。如果说轧钢机是全场的大脑,那么二号油库就是给大脑供血的心脏。这个施工过程中混凝土需求量很大,质量的要求也很高,要保证施工后不收缩,不产生裂缝,对于这一点要求我们宁钢目前生产出来的混凝土难以满足!"

"那怎么办?"季明问。

"依我看,二号油库以及日后其他地下工程都需要用无收缩性水泥,并采用喷浆的新方法施工!"

维奇托莫夫的话听得大家一头雾水,不明白是什么意思。

"维奇托莫夫同志，您给大家解释解释这两个新鲜词儿？"季明说。

维奇托莫夫思考了片刻，想出了一个最通俗的解释："我给大家举个简单的例子吧，一般的水泥好比腊肠，风干之后总要瘪回去一些，而无收缩性水泥好比是鸡蛋，不管是生得熟的总是和它的壳一般大小。至于喷浆法就是一种更高效的施工方法。两者配合施工，墙面就不会再出现裂纹了！"

把复杂的问题解释通俗易懂是维奇托莫夫特殊的技能，大家伙一下子就明白了，不禁佩服这位土建专家的博学和风趣。

"可是，这个无收缩性水泥还是个新鲜事物，我们宁钢没有，国内也还没听说谁能生产！"总工程师华兴国说。

"确实，生产工艺我们苏方近期会交予中方，可这到底是需要一段时间的。目前看来，如果要采用无收缩性水泥施工的话只能从苏联进口了。"

"就算是立刻进口的话最快也得需要十天半个月啊，我们工程等不起啊！"孙新安急忙问。

"是啊，窝半天工都是大事，何况这十天半个月啊！"工人们喊道。

"维奇托莫夫同志，确实是这样，为了加快进度我们大型厂工地上最多时有60多个工种同时作业，工序安排得十分紧密，一项工作出了问题其他工种都要跟着窝工，一天两天都还好说，可这十天半个月的万万不行！还有没有其他办法？"

"其他办法也不是没有！"华兴国说，"还是用原来的方法，渗漏自然避免不了，但是可以在里面加自动水泵，水涨上来就把它抽干。"

"这个方法好，不用返工，直接找电工加水泵就完了!"工人们说。

"但是，按照二号油库现在的渗漏程度来看防水层一定是出了问题，今后还会越来越严重。并且，如果还沿用老方法继续施工的话，其他地下工程出问题也是迟早的事!"维奇托莫夫提醒道。

季明心里犯了难，他把两种方案都写在了本子上，都划了重点号，觉得各有利弊，难以取舍。

"我……我有话想说!"技术员马小丽畏畏缩缩举起了手，十分胆怯但又觉得不吐不快。

"这个小姑娘，你说!"冷亦水说。

"我是一工段的技术员马小丽，我的技术一般，经验也不足，但是我总写板报贴标语，咱们'三大工程'的口号不就是'百年大计，质量第一'嘛，所以我觉得不能对付，虽然要赶工期，但工程本身咱也得实打实的来……"马小丽的声音小，但力度可不小，一下子提醒了在座的所有人。

"对啊，那大标语就在那贴着呢，咱们天天能看到啊!"

"是啊，咱自己的工程不能糊弄啊，要过两天漏大了不就糟糕了?"

"对对对，咱不能光贴标语不按照上面的办啊，那成啥了?"

大家伙你一言我一语。

"按照维奇托莫夫同志的方法去办!"季明突然发了话，"马小丽同志，你说得很好，要不是你提醒我这个工地主任都快忘了，我们工作中一定要分清主次，哪个在先哪个在后一定要明确。'质量第一'是我们的大前提，在此基础上我们才能追求速度和效率!所以，我以公司经理和工地主任的身份决定重新施工，出了一切问题由我来负责！"

季明的话说得如此坚定，众人不禁都向他投去赞赏的目光。

"不过，我们不能就这样白白浪费时间，得做两手准备！"季明说着看了一眼工程处处长李敬国，"敬国啊，你得做两件事，首先，赶紧去联系材料处的同志落实进口水泥的相关事宜。其次，承包工程的那些私人公司你了解得更多，他们不总说自己手眼通天吗，你去问问他们谁能搞到无收缩性水泥，价钱你可以去谈，但前提是一定要保证质量！"

"好的，我尽快落实！"李敬国说着拿笔记下。

"另外，工地要尽快调整工作安排，最大限度减少二号油库返工造成的其他工种的窝工，把损失控制到最小！调整后的具体安排要第一时间拿给我看！"

工地上其他相关同志拿笔记下，点头示意。

"最后，总工程师和维奇托莫夫同志就要受累了，二号油库的成功与否关系重大，所以还请二位专家多多费心！"

华兴国和维奇托莫夫点头表示同意。

"其他同志还有什么问题吗？"季明问。大家伙纷纷摇头示意。唯独曹奉儒盯着他看，那眼神似乎是再问："我安全了，没事了？"

"关于工段主任曹奉儒的问题稍晚我们会在公司做出讨论！"季明补充了一句，曹奉儒闻听后脸色顿时阴沉下来。

"我有一点想补充！"这时冷亦水说了话，"我发现目前各种各样的会议和活动严重耽误了大家的时间，牵扯了大家的精力，这一点我本人也深有体会，恨不得把自己劈成两半。这样一来，导致了工人师傅们没办法全心投入到施工建设中。在这里我提出两点建议，首先，希望党政工团尽量减少不必要的活动和会议，特别是重复性的。其次，当施工和各种会议发生冲突时，应当尽量首先保证施工！季明同志，我这两个提议你看行吧？"

冷亦水提出了自己的看法，得到了包括季明在内的与会者的一致赞同。

二十一

开完会的当天下午，李敬国跑到了各个厂的工地上找了几个比较大的私人承包商询问无收缩性水泥的事情，可大家伙都摇着头说根本不知道这码子事。而后他又打了几通电话给省城，有几个承包商表示只是听说过，但国内没法生产，根本弄不到。

这天晚上回到家，李敬国心绪不宁，夜里失了眠，心想这水泥事关重大，真就是指望着苏联那边来可就耽误大事了，必须尽快想办法弄到才行。他在床上翻腾了半天，罗映雪被搅和得毫无睡意，问他到底怎么回事。李敬国便讲起了此事。

"实在不行，你可以找家里联系联系啊！"罗映雪灵机一动，"我记得你们家也涉足建筑行业，而且公公在海外的朋友也不少，说不定就有办法！"

"什么，和家里联系？"李敬国一愣，觉得这是个好办法，可转念一想自己离家多年，未曾尽过孝道，心中有愧，一张嘴就有求于家中，实在难以启齿。

"你说怎么样，这个方法好不好？"妻子追问。其实，罗映雪心里还有个小心思，她知道丈夫思念父母，但愧疚难当，抹不开面子主动和家里联系。如果为了公家的事，不就正好有个台阶下了嘛。

"呃……容我再想想别的办法！"李敬国犹豫不决，而后便不再做声。罗映雪知道丈夫还是没过去心里的坎儿。

第二天，李敬国照旧早早起来去上班，不料车胎没了气，可心中有事骑出老远才发现，不免觉得有些丧气。这时，一辆卡车从后面跟了上来，响了两声笛，李敬国并未在意。车又开到了前面，一个人从驾驶室急忙下来迎上，这个人是金大牙。

"呀，李处长这是咋了？"金大牙故作吃惊地问。

李敬国本就心烦意乱，一看又是那金大牙就更烦躁了，点了个头直接推车过去。

"哎，李处长，你这车出毛病了吧，我正好也要进宁钢，我送你就得了呗！"金大牙又追了上去，拽住了自行车。

"不麻烦你了，我自己推着进去！"李敬国心不在焉地说。

"麻烦啥啊，怎么着都是跑，空车才是浪费呢！"金大牙说着把李敬国的车一下就举起来放进了车斗里，又推着他上了车。

李敬国被生拉硬拽上了车，而后也一言不发，自顾自地思考问题，弄得金大牙有些尴尬。李敬国为人并不苛刻，可他打心眼里见不惯金大牙这种处处献媚的人，特别是那一脸的谄笑和那颗一咧嘴就露出的金大牙。

车一直往前开，离大型厂越来越近，可李敬国还是绷着个脸，金大牙一路察言观色也没找到个突破口，眼见着就要到了心想可不能再等了，好不容易得到的机会不能浪费了。

"李处长，我听说了点事情！"金大牙硬开了口。

李敬国闻听金大牙说了话只是抬头撩了一眼。

"我听说大型厂二号油库出事了，漏水了！"

"你的消息可倒是够灵通的！"

"我还听说现在工地上急需无收缩性水泥！"

"怎么，你知道这水泥？"李敬国下意识地问了一句。

"知道，无收缩性水泥和膨胀水泥现在都是紧俏的物资，都得从国外弄！"

"懂得还不少！"

"李处长，我能弄到！"

"什么，当真？"李敬国一惊。

"当真！"金大牙说着一脚刹车停了下来，对着李敬国一本正经地回答。

"从哪弄，怎么弄？"

"上海那能弄到，全国就只有上海有，至于途径您就别打听了，'小鸡不撒尿，各有各的道儿'，质量没问题，我拿人品保证！"金大牙边说边拍打着胸口保证着。他这一拍打，手上那钢链手表哗啦哗啦作响，李敬国打眼一看是万国牌的高级手表，心想这金大牙是没少赚钱，能买起这么贵的表，顿时又有些担心。

"我知道了，我考虑考虑，这眼见着就要到了，我就在这下车吧！"李敬国说着推门下了车。

金大牙注意到了刚刚李敬国看表的细节，暗自揣度起了李敬国的心思，片刻之后他喜上眉梢，心想这事儿八成是成了。

李敬国无论如何还是不太相信那个穿金戴银一身俗气的金大牙，所以这一整天但凡是能信任的承包商他都找了，电话能打的都打了，可无一例外都说没办法。临近下班经理季明又打来电话询问水泥的情况，可他只能回答暂时没有进展。大型厂工地，二号油库的拆除工作已经在进行中，看这架势估计有两天的工夫就能完成。其他待建设的油库和地下工程都被迫暂停了施工，一切都在等着他这边的回信。

晚上回到家里，罗映雪正忙着在厨房里做饭，李敬国发现写字台上有一个包裹，上面写着自己的名字。

"桌子上的包裹是什么？"李敬国问罗映雪。

"不知道，我上楼的时候挂在门上的！"罗映雪边炒菜边回答。

"没见到是谁送来的？"

"没见到，不都说了嘛是挂在门上的！"

李敬国满肚狐疑，打开了外面包裹的牛皮纸，里面露出一个方方正正的木盒，再打开木盒发现里面是一块精美的万国牌手表。

"原来是金大牙！"李敬国一下子明白了。

"呀，是手表！"罗映雪端着菜盘子凑过来，再仔细一看发现了点问题，"敬国，这不就是你当年离家出走时戴的那块万国表嘛，你赎回来了？"

原来，李敬国当年也有一块一模一样的手表，是自己18岁生日时父亲送他的礼物。后来他在广东蛰伏期间和组织失去了联系，没了经费，穷苦潦倒不得已把表当掉，这就是他早上多看了一眼金大牙手表的原因。

"不对不对，瞧我这脑子，你在广东当掉的怎么可能在这赎回来！"罗映雪回过味儿来。

"这是金大牙的！"李敬国一边冷笑着一边把手表扔到了桌子上，"他想拿这块表贿赂我！"

"为啥贿赂你?"

"就是昨晚我和你说的事,他说他能弄到!"

"那为啥还要贿赂你,这种情况你得求着他才对啊!"

"所以说这里面有问题嘛,我看八成是要堵我的嘴!"

"这事情你答应了?"

"没答应,我可信不着这样的人,看他一眼手表就直接给我送来了,狡猾得很,可他看错我李敬国啦!"

"那你怎么办,眼下就他能弄到。"

"这个……"李敬国没了话。

"要我说啊,你有点多心了!"

"什么意思?"

"你说你盯着人家表看,又没同意人家,做生意的谁还没这点机灵劲儿啊,换我也以为你是在暗示!"

"这……"

"这个金大牙看着是讨厌了点,但不一定就是个坏人,商人一心想挣钱也没什么不对的,关键看挣的是不是良心钱,你家我家不都是做生意的嘛,难不成都是坏人?"

罗映雪几句话说得李敬国无言以对,合计了半天蹦出来一句:"哎呀,反正就是不行,我就是觉得这人有问题!"

"那你怎么办,就看着工程那么停着,等着苏联的水泥?"

"容我再考虑考虑……"

经历了一夜的思想斗争,李敬国终于做出了决定。第二天早上,他把万国手表重新包好,推着自行车等在路边。他料定金大牙还会开着卡车从他这"路过",他也料定昨天自行车就是这个金大牙放的气。

李敬国猜的果然没错，金大牙早就等在一旁偷瞄着，见他下了楼立刻就开车跟过来。他眼见着李敬国盯着自己的卡车原地不动，心想定是被识破，不免有些尴尬，可戏还是要继续演下去。

"呦，李处长，这么巧，咱又见面了！"金大牙仍在虚头巴脑。

"你就别装了，等了挺长时间了吧？"李敬国也不客套，一语点破。

"嘿嘿嘿，李处长，您看您说的……"

"拿着，这是你落在我家门上的万国手表，以后可注意着点，别丢三落四的！"李敬国说着把包裹扔给了金大牙，转身推车就要走。

"这……"金大牙脑袋嗡的一声，心想原来李敬国是等着退表，他心有不甘，急了眼大声道："李处长，我是个生意人不假，但也是扎扎实实干起来的，是靠本事吃饭的，为啥就不能信我一回？"

闻听这话，李敬国转过身来盯着金大牙，那眼神犀利的似乎能看透一切，让他无处遁形。"金大牙，我家父的生意比你做的要大上百倍千倍，你们的套路我都懂，打一开始你就认准我了，千方百计接近我。宁钢现在急缺无收缩性水泥，你认准了这一点，我还真被你攥住了小辫子。你要是能弄到我就让你去做，但我要警告你，千万别财迷心窍，人民可容不得你来欺骗，懂不懂？"

"懂……懂……我懂，可这价钱……"金大牙头上冒了汗。

"你尽快办就是了！"李敬国说完骑上自行车就走了。

金大牙望着远去的李敬国，擦着脑门上的冷汗，心想这个李处长可真是不简单，自己的心思被看得一清二楚，生意没法子和这种人做，得换换套路才行。

二十二

眼看着就要进入七月，天气越来越热，雨水也逐渐增多，时不时就突然来一场雨。

宁钢大型厂二号油库用了两天多的时间拆除了原有不合格的墙面，大家伙又干等了两天，虽说已经调整了工作计划，但仍出现了不同程度的窝工，一工段和混凝土队也遭了不少埋怨，就连那烧沥青的小徒弟也因为干活不认真挨了师父赵国富两大巴掌。

混凝土队五脊六兽地等了快两天了，就连闷老鳖这样慢性子的人都着了急，背着手满地转圈。都说工程处的李敬国处长找了个私人公司供货，可到了现在也没动静，大家伙心里都火急火燎。而后一打听，这个所谓的建筑公司就是金大牙开的，一下子都泄了气。

"完了完了，那货没个准儿，这工啊我看还得窝下去！"闷老鳖感到丧气，抱着脑袋蹲在地上发愁。不过也有让一工段和混凝土队稍微感到"庆幸"的事，宁钢其他建设工地这几天也陆续出现了各种问题，造成了严重窝工。而且据说无缝厂的地下工程也漏了水，比二号油库的还要严重。当徒弟幸灾乐祸地把这个消息告诉闷老鳖时却不成想被臭骂一顿："你个小瘪犊子真是分不清好坏，无论哪个工地窝工都是给国家造成损失，有啥好高兴的！"

工段上远有比闷老鳖更着急的人，那就是副主任孙新安，或者说是代理主任孙新安。话说季经理来工地开会的第二天公司就下了决定：由于工段主任曹奉儒工作失职，隐瞒事故且逃避责任，决定暂时免去其职务，归家反省，以观后效。但领导们也口头表了态，停职是暂时的，鉴于造成此次事故还有其他客观原因，所以让曹奉儒不要有思想包袱，停职时间的长短取决于他本人反省的好坏。这样的定心丸无疑是给予他这个"接收大员"的照顾，当然也是顾及总工程师华兴国的面子，可这曹奉儒不知是心灰意冷还是没领会出意图，死气沉沉的当天就收拾了自己的办公室回了家，拿出了卷铺盖走人的架势。

按照上级的安排，曹奉儒停职期间由副主任孙新安暂时代理主任一职，并由技术员马小丽协助。另外，为了加强党的领导，公司决定由党委书记冷亦水兼任大型厂工地党委书记。早先公司经理季明就兼任起了大型厂的工地主任，现在冷亦水又抓起了党的工作，公司要抓好大型厂的决心可见一斑。

然而，无论公司如何重视，工人们多么着急，救命的水泥还是迟迟不到。这天下了班的孙新安还是不愿意走，就想多等一会儿，再等一会儿，等得太阳落了山，等得月亮升的老高还是没等来半点消息，无奈只能耷拉着个脑袋回了宿舍。一到了宿舍，又是一头扎到床上，强迫自己不要胡思乱想，赶紧睡足了觉，万一明天水泥就到了自己好有精力开工。

代理工段主任孙新安心想得挺好，可仍是辗转反侧，难以入睡。而此时在两公里外台町的小洋楼里，暂时被停职的工段主任曹奉儒也被失眠所困扰。

曹奉儒彻夜失眠已经四天了，就是打自己被停职那天开始的。一开始他觉得气愤，后来觉得可笑，有些歇斯底里，再后来便觉得心灰意冷。然而今天，他又开始变得紧张、焦急、乱了心绪。胖妻子一直以来都没断了出国的念想，白天时她接到了一个南方打来的电话，而后她欣喜若狂，瞪着大眼压低了声音神秘分分地告诉丈夫，说自己父母如今去了美国，已经稳定下来，自己疏通了关系，安排好了一切，可以在上海坐游轮偷渡到美国，只要到了美国一切就都好起来了。

"你……你……又想出国，上次我已经因此背上了不忠不义的骂名，你要害我几次才甘心？"曹奉儒又来了脾气。

"收起你那知识分子的狗屁尊严！还好意思说，你做的倒是不少，可结果怎么样，从接收大员变成了工程师，从工程师变成了工地主任，现在呢，主任都不是了，成了闲人啦！"胖媳妇操着一口上海话数落着丈夫，"我跟你说，反正这个鬼地方我是受不了的啦，事情我也都联系好了，就下个月的事，你要是不去就继续到工地受苦好啦，我可是要去美国享福！"

曹奉儒被胖媳妇的话噎得涨红了脸，喘着粗气可又无法反驳。"妇人之见，妇人之见！"隔了好久，他才憋足了劲儿站起身来对着空荡荡的走廊喊出这么一句苍白无力的话，而后又一屁股瘫坐在椅子上。"妇人之见"这句话确实苍白无力，却也是他的心里话。想当年国民党接管时期他就被聘请进了宁钢，也曾满怀希望想实业强国，钢铁强国。可不成想事事碰钉子，处处受责难，结果弄得鸡飞蛋打，成了闲人。上次决心离开，结果被逮个正着，如今又要走吗？他不愿意。可再仔细一想，当年那般风光自己都下了决心离开，现在所有的人，包括那些没念过书的工人都觉得他难当大用，就算是回去了不还是要遭那帮人的轻视，况且他现在连一个区区的工段主任都不是了，不走留下来又有何用？难道就以现在的身份实现工业强国的理想吗？笑话，悲哀！

曹奉儒心乱如麻，情绪不断波动。

突然，外面的大门被轻轻叩响，曹奉儒一看钟已经将近夜里十一点，他想一定是耳鸣了，这么晚哪里会有人找。可这时卧室里的胖妻子传出一阵叫喊："曹奉儒，去看看是谁在敲门！要死啦，大半夜的不让人睡觉啦！"

曹奉儒起身出了房间，发现门外来访的竟然是党委书记冷亦水。

"曹主任，我这失眠出来转悠转悠，正巧见你书房还亮着灯就想来坐一坐，找你聊一聊，你还方便吧？"冷亦水微笑着说。

"又是冷亦水，难不成她又知道什么了？"曹奉儒心里有鬼，不免一惊。他对冷亦水的印象向来不好，甚至带有敌意，本来就不是一个阶级的更何况去年妨碍自己出国的就有她一个。如果换做平时这么晚有人来敲门他一定会毫不犹豫地请走，可此时心乱如麻的，倒也想看看这个"敌人"的来意。

"请进请进！"曹奉儒想请冷亦水进屋，可冷亦水恐怕打扰到他妻子休息，于是两人就在葡萄架下的石椅上坐了下来。

"曹主任，我这几天一直被工地上的事弄得睡不着，大半夜出来透气，每次出来都见你家的台灯在亮着，怎么，你也失眠了？"冷亦水问。

曹奉儒没有说话，只是微微点头，察言观色。实际上冷亦水并不知道什么，只是单纯的来做思想工作而已。

"怎么，思想上还有包袱？"冷亦水能看出来，曹奉儒眼中布满血丝，脸色惨白，料定他是这几日失眠造成的。

曹奉儒嘴角轻轻上扬，似笑非笑，大抵是想表达自己的无可奈何。

"曹主任，说实话，今天我来是带着目的来的，我是党委书记，又兼管着大型厂工地，虽然你是民主人士但也是为我们党在工作，我理应帮助你。当然，我或者说我们宁钢，更需要你们这些民主人士的帮助。"

"看来是多心了，她并不知道什么。"曹奉儒松了一口气说道，"我没什么问题需要帮助的，同样，我觉得公司也没什么需要我来帮助的！"

"看来你心里还是有怨气啊！"

曹奉儒又是冷冷一笑。

面对两次冷笑，冷亦水也不恼也不怒，仍保持着她习惯性的平和态度。她虽然对曹奉儒抱有看法，但终究认为他是不可多得的人才，并不是偏离了轨道，只是始终没有跟上工人阶级的步伐，归根结底还是没有坚定的信仰，可一旦被改造过来那必将大有作为。"曹主任，想必你对我冷亦水有不少看法吧？"

"这……客观上说，是有一些！"

"曹主任，你能这样回答我十分高兴，至少说明你同我们共产党员一样能坦诚相待，不搞当面一套背后一套那种把戏。而且，我始终相信，我们的出发点是相同的，只是立场不同而已。"

"出发点相同，立场不同……"曹奉儒觉得这句话说得很有道理。

"我有个小提议，我们两人可不可以用两个持有不同观点的朋友的身份去讨论问题——你也不是工段主任，我也不是党委书记，我叫你曹大哥，你可以叫我亦水，或是小冷，你看如何？"

曹奉儒没成想冷亦水会提出这么一个方法，虽然实质上没什么大区别，但显然是为了放低姿态，这种诚意实难拒绝，况且自己本就有一肚子意见想倾诉。"好，长夜漫漫，反正也是睡不着，咱们就论他一论！"

"你这个词用得好，咱们论他一论！"冷亦水也来了精神，"曹大哥，你是民主人士，我想先听听你从党外的角度论一论我们宁钢现在欠缺的地方。"

冷亦水首先要请教，这无疑是聪明的选择，一来可以消除对方的戒心，二来她觉得曹奉儒留过德，当过接收大员的专家肯定会有更宽的眼界和看法，也确实想听听党外人士的真知灼见。

"既然要我坦诚相待，那我就说说自己的看法！"曹奉儒思考了一会儿继续说道，"1946 年我就来了宁钢，那时候工人们把国民党政府派下来的统一叫做接收大员，其实我不这么认为，我们这些知识分子和那些官员区别还是很大的，我们是抱着工业强国之心而来，想切切实实把宁钢搞起来，也见不惯那些人的做派。那些人自打来到这就忙着塞鼓自己的腰包，心里根本没有这个企业，无非是做一点'涂粉'的表面工作，他们才是真正的接收大员。"

"这也决定了他们必定管理不好企业，事实就摆在面前嘛！"

"确实，他们走了不作为的极端。但在我看来，现在的宁钢也在走着极端！"

"什么意思？"

"我举个例子吧！"曹奉儒觉得直接说有些不妥，于是换了种方式，"兄弟姐妹四人得到一个濒临倒闭的大商行，下定决心要把它搞活，可都没经验，只有热情。于是四个人都各自忙了起来，重要的活都插手，抢着干，都想干出成绩。不重要的都疏忽了，不闻不问，放在一边。有了荣誉，脸上都有光，都觉得是自己所为，可有了责任谁也不愿意负，躲躲闪闪。这样一来，员工们也被使唤得团团转，累得晕头转向，却使有的工作人多得插不上手，有的工作冷冷清清被搁置一旁。"

"也就是无计划地乱作为是吧？"

曹奉儒微微点头，表示赞同。

"那你觉得怎么才能管理好这个商行？"

"嗯……"曹奉儒低头思考了一会儿继续说，"凡事得立规矩，划分工，白纸黑字写在那里，各自管好各自手下的活，谁也别把手伸得太长，谁出了问题谁负责，推不出赖不掉。"

"所以，你觉得问题的关键是立规矩？"

"还要看谁来立规矩，不同的人立的规矩也不一样，老大来立是正常的，可谁又是老大呢？这个问题我也没想好。"

这句话说到了冷亦水心坎儿，让她浑身一激灵，心想这个问题岂止是他曹奉儒没想好，全公司上下目前没一个人敢盖棺定论。

说到这里，曹奉儒停顿了好一会儿，他已经意识到自己触碰到了一个企业里的敏感问题，不在其位不谋其政，应该点到为止。至于自己的问题他倒也想谈一谈，不吐不快，大不了权当是自断后路，那样就直接坐上船去美国，倒也没牵挂。

"亦水啊，二号油库的事故责任在我，但是我找了替罪羊，知道为什么吗？"

"为什么？"

"因为……因为我曹奉儒肩膀头窄，这个责任我承担不了，你可以说我懦弱，可说实在的，除了孙新安那个愣头青外，但凡是一个工段主任甚至更大职务的，谁说自己敢承担？"

"为什么不敢？"

"我问你，如今各个工地你追我赶都比着来，比的是什么？比谁的工程进度快，比谁的捷报多，比谁立功多，这个时候谁敢站出来说自己有问题？牵一发动全身，谁敢因为自己的失误窝大家的工？这个帽子可太大，光是舆论压力就没人能受得了，更何况是我这种身份……"

曹奉儒把心里的话都说了出来，顿时感觉轻松了不少，可说好是论一论的，冷亦水却一直没发言。于是他静静坐在那里，等着冷亦水说话。

确实是当局者迷，旁观者清，曹奉儒的话让冷亦水认清了很多现实问题。特别是"兄妹四人开商行"的例子深入浅出地指出了当前宁钢面临的巨大困境。但是，她也认为这个例子存在一个认识上的偏差，这个偏差也正是导致曹奉儒一错再错的根本原因。

"曹大哥，谢谢你今天能如此真诚地和我谈话，我茅塞顿开，但有一件事情我想纠正一下！"冷亦水开口说话了。

"什么？"曹奉儒来了精神。

"我们这个大商行里没有店员，不存在雇佣关系，都是兄弟姐妹，我们开始经营这个店难免会遇到麻烦，是得立规矩，也得老大带头立规矩，但我们兄弟姐妹也要坐下来一同商量着来，让大伙都意识到自己是店里的主人，是大家庭的一员，要让大家伙心往一处想，劲儿往一处使——首先明确了人与人之间的平等关系，强调其在大家庭中的作用，我想这就是这个新店与老店最本质上的区别，也是我们开展一切工作的前提！"

"平等的关系，家庭中的作用……"曹奉儒寻思着这句话的深意。

"我也举个简单的小例子吧！"

"愿闻其详！"

"去年我和尚世杰，还有您的侄女曹静初偶然遇到，才没让您去上德国……"

"哈哈，就不要拿这件事来羞臊我了！"曹奉儒尴尬一笑。

"我要说的是后来，后来我听说你很生侄女的气，骂她忤逆，可也就是嘴上较劲，逢年过节还是会让你妻子叫她回来吃饭，我听说你还着急替她找个对象呢是吧？但是对于我和尚世杰，你可就是另一种态度了，算不上敌人，但也绝对不是朋友吧！"

"嚯，这个冷亦水说话比我还直接，毫不留情面！"曹奉儒心想。

"这是为什么呢？原因再简单不过了，因为曹静初是你的亲人，所以再大的不满也都能迁就，都能忍让。但如果你以同样的态度来对待工人阶级呢，而不是置身事外，情况是不是也会大有不同了？实际上，我们早就把你当成了自己人，你不是店员，你也是这个'商行'的主人！"

"这……"一句话惊醒梦中人，这确实是曹奉儒从来没考虑过的问题，细细想来，他果真是在有意识地抗拒，有意识地置身事外，试图以知识分子的身份，旁观者的姿态来看待一切，殊不知正是由于这个原因使他陷入无尽的痛苦和彷徨之中，"我……我真的也可以融入大家庭里？"

"可以啊，为什么不可以，关键在于你自己，我知道你心里可能把阶级看成是爬不过去的高山，但我觉得其实就是一个巴掌高的门槛儿，只要想跨随时都能跨过来。要是不信你可以看看那六大协理，看看华兴国华老，你觉得他们故作快乐吗？可不是，他们活得充实着呢，快乐着呢！你看人家靳树梁，觉得光炼钢铁不过瘾，去东北工学院当起了校长，要为国家培养更多的人才，要桃李满天下呢！"

曹奉儒不再说话，脑子里两种观念开始了激烈的碰撞。冷亦水虽说的不多，但觉得已经足够了，起身要走。临走时又突然想起了一件事："对了，曹大哥，你是不是觉得那愣头青孙新安挺招人烦的，可他要你赶紧回工段呐！"

闻听此言，曹奉儒更是百感交集，久久呆坐，心想："或许真如冷亦水所说，错的一直是我……"

二十三

天刚蒙蒙亮，一辆卡车飞奔着开过了宁山市政府大楼，"吱嘎"一声停在了井井寮的宿舍下。金大牙急匆匆下了车，一路小跑上了楼，叩响了李敬国家的门。片刻后李敬国穿衣出来，见是金大牙不免一阵兴奋。

"水泥到了？"李敬国忙问。

"到了到了，我先拉回了一卡车应急，其余的都在营口的船上呢，运输队都联系好了，就等着装车往这拉呢！"金大牙擦着满头的大汗回答。

"好，太好了！走，这就进厂，赶快！"

两人上了卡车，拐了个弯就进了宁钢，直奔混凝土搅拌厂。公司经理季明事先同搅拌厂打过招呼，随时做好准备，首先要保证大型厂二号油库混凝土的供应，因此无收缩性水泥刚被卸下搅拌工作就开始了。

当天一大早，公司和工段都在第一时间得到了消息，大家来了兴奋劲儿，心想终于可以开工了。然而天公不作美，一大片乌云黑压压地从南面涌过来。

"老天爷这是诚心和我们作对啊，这片云看着挺邪乎，咱这房盖还没上呢，万一要是下雨了咱这混凝土可不好浇筑啊!"闷老鳖看着天担心道，可说话间已经起了风。

"真是的，前几天就闷着不下，水泥来了它开始上劲儿了!"技术员马小丽抱怨道。

"老天保佑啊，让这阵大风把云吹到别的地方去吧!"烧沥青的赵国富一旁嘟囔着。

突然，天空中"咔嚓"一声打了个炸雷，惊得大家一愣。

"完啦完啦，看样子这雨肯定是得下啦!"赵国富喊道。

"糟了糟了，马小丽，赶快和我走，咱俩得去混凝土搅拌厂看看!"孙新安突然大喊道。

"咋了，去那干啥啊?"马小丽问。

"天不亮那边混凝土就搅拌上了，估计现在都得准备往这送啦，不知拖拉机和万能车上盖没盖着塑料布，要是被大雨淋跑了浆那就没用啦!"

孙新安跟马小丽一路跑出工地，直奔混凝土搅拌厂。这时，豆大的雨点已经开始噼里啪啦地落了下来，转眼间大雨就下冒了烟儿，待跑到水泥搅拌厂时发现那里已经乱了套，工地门口当不当正不正地停着两辆没棚的拖拉机，司机恐怕是遇到了大雨顺手就停下来去避雨了，原本就不宽的马路此时只能容下一辆车通行，来往的运输车都火急火燎，按着喇叭互不相让。

"赶紧给我让开，我这着急给无缝厂运混凝土呢，领导特意打了招呼的!"要进来的司机探出脑袋大喊。

"你让开，我这是往七号高炉运的最后一车，我不到不完工，出了问题你负责啊?"要出去的车没好气地说。

"我负责你姥姥，我不管，反正我领导告诉我片刻不能耽误！"

"你领导，你是哪个班儿的，你领导是谁？"

"你管呢，反正你要是不走那咱就在这耗着，你车上有混凝土，我这是空车，看谁能耗过谁！"

"耗就耗着，反正不是我家用的，出了事负责也轮不到我，咱就在这耗着！"

两个师傅摽上了劲儿，后面的车排了长趟，路算是被彻底堵死了，现在就是要挪也挪不开了。

"坏啦，车都动不了啦，咱们的混凝土车要是被憋在后面可就惨啦！"孙新安说着带着马小丽继续往前跑，离老远见到有几个人站在车顶扯着塑料布，近前一看其中一个是工程处处长李敬国。

李敬国打一清早就守在搅拌厂，想护送这第一车混凝土到二号油库，不成想突降大雨，赶忙跟着司机扯着塑料布铺盖车斗。

"李处长，我来啦，我来啦！"孙新安大喊道。

"快，后面连续五六辆车都是咱的混凝土，要是冲跑了浆就没用啦，赶紧想办法！"李敬国喊道。

孙新安赶忙跑到后面车上，拍打着驾驶室玻璃喊道："师傅，赶紧出来扯塑料布，不然混凝土就废啦！"

"没有塑料布啊，没准备，没办法啊！"司机推开门喊道。

"为啥不准备塑料布，下雨了咋办？"

"我们这一辆车好几个司机换着开，没人张罗过，没人负责这事儿啊！"

这时马小丽不知从工地上哪扯来了一块大塑料布，边跑边喊："有啦有啦！"

"马小丽，你赶紧和这个师傅上车扯塑料布，我去找厂长让他想办法帮忙！"孙新安说着又接着奔前跑，到了厂里一看那里也乱了套，工人们一个个像个无头苍蝇各自防洪，有的拎桶，有的拿锹，有的扛着塑料布，有的干脆急得团团转不知道干啥，毫无秩序可言。

"同志，同志，余厂长呢？"孙新安拦住扛着塑料布的工人问。

"不知道啊，我们还找呢，外面开锅啦，谁也找不到谁啦！"工人扯着嗓子大喊道。

"你这塑料布能给我不，我那边好几车混凝土等着救命呐！"

"你几个车等着救命，我们全厂都等着救命呐！"工人扛着塑料布跑走了。

"全厂都等着救命，咋回事？"孙新安心里合计着不禁也跟着工人跑了出去，到了后面的材料场地一看傻了眼——空地上堆的如小山般的水泥一处一处的就那样裸露着放着，工人们顶着大雨爬上爬下扯着塑料铺盖，余厂长就站在最高的水泥山包上指挥着工人们抢救，可速度再快也敌不过这倾盆的大雨。沙子和碎石子原本都是就近放着，此时都被冲散得满地都是。刚刚那个扛着塑料布的工人一个没注意被横在地上的模板绊倒，摔出去几米远，从泥浆里爬出来时破口大骂："他妈的，谁把模板横这了？"近处一个工人累得筋疲力尽，瘫靠着冲旁边的工友大喊："别弄啦，救不回来啦，雨太大啦，反正没人管，你要是管了就摊上啦，就得负责啦！"听到这话孙新安来了气，怒斥道："啥叫管了就摊上了？都是国家的财产，你为啥不管？"

"你……你要能负责你就上，反正我是不管啦！"那工人说。

大雨不解恨似的越下越大，孙新安担心着自己厂的那几车混凝土可也更放不下搅拌厂这堆积如山的水泥。"都是国家的财产，得可多的抢救！"他心想。于是这个年轻的工地副主任又拿出了当年在抗美援朝战场上炸碉堡的劲头儿，抢过塑料布用牙咬着一头，一只胳膊用力向上攀爬，冲上了水泥山包，又一个飞身滑下去，用水泥袋死死地压在塑料上。他就这样，来来回回，上上下下，不知道爬了多少个山包，攻下多少个"碉堡"，累得气喘吁吁，筋疲力尽，可眼前还有那么多。他又爬上了一个山包，脚踩着塑料布想稍微喘口气，不成想一阵狂风吹过掀起了塑料布，孙新安被一下子扬了出去，落在水泥包上翻滚着轱辘下来，跌在泥浆里人事不省。

大雨下了整整一天，直到晚上才小了些。孙新安被送到了医院，大腿脱臼并且高烧不退，但没有生命危险。他被医生强制按在床上休息，可心心念念的都是大型厂的工地，生怕哪里出现什么问题。

实际上如混凝土搅拌厂一样，事先毫无准备预案的大型厂工地也损失严重，工地被大雨冲得稀里哗啦，尚未封顶的厂房里满地汪水，一片狼藉。关键时刻党员们站了出来，工会和团委也组织了抢救，但也只能用一些临时的办法应付。

在持续的大雨中，一工段反而成了受损最小的工段，这要多亏曹奉儒的及时赶到。昨晚，与冷亦水谈完话后曹奉儒辗转反侧，又是一夜未眠，临近清晨稍有些困意却被雷声震醒，他放心不下立刻进了厂，一改平日的作风，积极指挥大伙应对暴雨，施工材料被第一时间铺盖上了，二号油库也被巨大的盖板覆盖上了，又调来水泵不停排水。孙新安不在，曹主任的归来让大家伙有了主心骨，工人们来了干劲儿，自发轮流值班，严防死守，他本人也是守在工地一刻不放松。

当天晚上，工地主任季明、党委书记冷亦水和工程处处长李敬国视察了各个工地之后回到了大型厂。冷亦水第一眼就看到了守在这里的曹奉儒，心里感到格外欣慰。季明一脸阴沉，掏出了记事本询问一工段损失情况，曹奉儒眼见着他那被打湿了的厚厚的记事本已经翻到了最后一页，心想这各个工地的情况应该都不妙。

"目前一工段未受到较为严重的损失，建筑材料都已被妥善保护起来，二号油库涌入了雨水，但不多，现在基本已被抽干！"曹奉儒说话铿锵有力，条理清晰，似乎换了一个人似的。季明和李敬国不禁对视一眼，觉得有些不可思议。

"好，好，你们一工段干得不错，提出表扬！"季明合上了记事本，这是他一天里唯一一次打开了本子却没记事的时刻。

"我和马小丽同志保住了四车混凝土，其他的无收缩性水泥在路上。既然一工段没有明显受损，那二号油库是不是可以继续开工？"李敬国问。

曹奉儒没有立即回答，回身看了看身边的闷老鳖和混凝土施工队，眼中透着疑问。

"能开工，曹主任，只要那边水泵不停，我们这边就能开工！"闷老鳖坚定地回答。

闻听此言曹奉儒脸上荡过笑容，转而回答道："能，一工段能开工！"

季明不清楚面前的曹奉儒为何会在短时间内有如此大的转变，只能理解为停职反省起了奇效。但无论如何他都是深受感动和鼓舞，定了定神指挥道："一工段，开工！"

就这样，在七月的瓢泼大雨中，大型厂二号油库的第二次施工开始了。

二十四

大雨持续不停地下了三天三夜，大水注满了太子河，漫过了河堤，两岸的老百姓已经开始往外搬了，听说海城的温乡一带已经是汪洋一片，庄稼全都毁了，还淹死了人。老人们说，宁山这地方有宁山挡着向来是风吹不着雨淋不到，是个风水宝地，今年这样的大雨还是见所未见。

一天，立山的职工临时宿舍里突起一阵狂风，掀起了一片房盖，工程处处长李敬国冒雨前去查看，发现这些宿舍房梁的松木都是被虫蛀的，里面密密麻麻都是窟窿眼儿。仔细一询问发现这批木材的供货商是金大牙的大强公司，回到公司再仔细一查发现这批木材的审批人就是他的妻子罗映雪。李敬国心里"咯噔"一声，咒骂了一句"奸商"，而后直奔了大型厂，担心二号油库正使用的混凝土也出问题。

大型厂二号油库二次施工在大雨中进行到了第三天，喷浆法的使用大大提高了效率，眼看着就要接近尾声，中午，李敬国赶到了施工现场。在立山宿舍被大雨淋了一上午，他只觉得头脑发晕，浑身发冷，可还是提着手电筒强打着精神仔仔细细又检查了一遍墙面，发现没什么问题后一屁股瘫坐在地上。他身旁，是同样瘫坐着的曹奉儒。

工地主任曹奉儒这几天始终守在这里，这一举动如同那大雨一样也是闻所未闻见所未见的。大家伙说啥也想不明白这曹主任到底是受到了啥刺激才这样，有人说肯定就是因为停职反省起了作用，可大家伙不太同意，说当初从那么大的一个工程师变成了工地主任都没啥用，这停几天的职能解决啥问题。大家伙猜不到，曹奉儒也不会对别人说，这些天固然疲惫不堪，但也是他生平第一次和工人们这般亲密接触，并肩作战，大家伙相互关心，相互支持，而且他还开始有些牵挂正在医院治疗的副主任孙新安，这种感觉十分微妙，同亲人一般温暖，他也终于明白了冷亦水那话的意思。

就在这天，孙新安回来了，不过他还发着烧，因为实在是担心工段的施工就偷偷跑了出来。回来一看，二号油库马上要完成施工了，那心里甭提多高兴了，激动地把曹奉儒抱了起来。而后发现有些不对劲儿，一脸尴尬，不成想那曹奉儒开口大笑起来，笑得那叫一个爽朗，那叫一个开心。

临近下班时，二号油库二次施工验收完毕，恰巧雨也在这个时候停了，夕阳竟然出现在了西边的天上。

"雨过天晴，雨过天晴啦！"大家伙心情豁然开朗，纷纷庆贺。

三天里，公司的通信员始终在大型厂跟踪报道着二号油库的事情，想树立个典型鼓舞士气。这边刚一竣工他就冲进了人群拦住了孙新安，孙新安一阵不自在，忙解释道："我……我可没啥值得报道的，我这几天也没干啥，一直躺在医院里呐！"

"那我不报道你报道谁啊？"宣传员问。

孙新安左顾右盼，环视了一周，发现了筋疲力尽坐在台阶上的工地主任曹奉儒，赶忙说道："曹主任，报道曹主任，没有曹主任咱一工段就得被大雨泡啦，这油库也得成游泳池啦！"

"对对对，这次多亏了咱们曹主任指挥得当！"

"是啊，没有曹主任我们就麻爪啦！"

记者刚要去采访曹奉儒，人群里突然大喊道："季经理来啦！"

而后，季明、冷亦水、华兴国和苏联专家维奇托莫夫纷纷走来，满脸笑容，祝贺一工段能在这么短的时间里顶着压力和困难完成施工。

"这回万无一失了吧？"季明问道。

"万无一失，万无一失！"曹奉儒强打着精神说道。

"好啊，好！我说宣传员啊，这件事情一定要好好报道出去！"季明转而对宣传员说道。他深知，这三天来各个工地上都遭受了严重损失，士气上受到了不小打击，二号油库的竣工无疑是一剂强心针，能起到振奋人心的作用。

"好嘞，我现在就去通知土建公司和宁钢公司，让更多的宣传员来报道这件大事！"宣传员兴奋地说道。

"对，宣传员越多越好，不但要报道二号油库竣工的事，还要把咱们一工段这个勇敢的集体报道出去！"

"哎呀，连咱们也能上报道啊？"马小丽一阵兴奋。

"那全厂……不对，全公司不都得知道咱一工段啦，哎呀，这是祖坟冒青烟啦！"赵国富乐得直拍大腿。

为了表示鼓励，季明特意批准一工段今晚没有夜班，大家按时回家休息，只留值班人员即可。大家伙又是一阵兴奋，你推我搡，你说我笑地散去了，而谁也没注意到李敬国还摊在地上起不得身。

此时李敬国浑身冷得发抖，头却热得发烫，神志已有些不清，迷迷糊糊只觉得刚刚来了一大群人又走了。"奇怪，怎么都走了呢，不干活了，莫不是完成了吧？也可能，不是说晚上能完成嘛！"李敬国烧得一会儿清醒一会儿糊涂，他依靠着墙勉强站起身来心想，"不行，我得再去看看，金大牙那奸商不可信，可千万不能出岔子。"

李敬国拎着手电筒踉踉跄跄又进了油库，脚底一滑摔了出去，手电被摔到了一边，他趴在地上头脑又混乱起来："宿舍的房顶没了，工人怎么住啊，金大牙你这个奸商……一会儿回去我还得好好批评批评罗映雪，问问她是不是嘴馋又收了人家竹笋了……这是犯错误，严重的错误！"

"滴答……滴答……"

"什么声音？下雨了，又下雨了……不对，我是在地下油库里，雨怎么会进来……"

"滴答……滴答……"

"难不成又漏了……天啊……"

李敬国身体僵硬，已经动弹不得，昏昏沉沉的只感觉自己渐渐被冰冷包围，远处那手电筒的微光也渐渐消失。渐渐地，他觉得浑身松软，灵魂出窍般飘在了空中。

深夜，留下来值班的孙新安提着手电下到油库检查，不成想一头栽进了水里。"不好，不好，又漏了！"孙新安扑腾着从水里爬了上来，突然他看见一块大模板，影影绰绰感觉上面有什么东西。模板缓缓漂来，他再仔细一看惊出一身冷汗，原来大模板上面躺着一个面无血色的死人。

二十五

土建公司经理办公室里，季明低头翻看着笔记本，几天前被雨淋湿的那本早已记满了，新的一本也记了快一半。本子里用红笔标记重点号的是要格外重视的，蓝笔标记的是一般重要的，勾掉的代表是已经落实和解决的，勾掉的是少数。然而，旧本子里越是往后越是带着红色重点号的，到了这本新本子里干脆就清一色都是重点且没有被解决的问题了。这一场前所未有的大雨让土建公司损失惨重——混凝土搅拌厂材料场地被淹，数十吨水泥受潮结块，近百吨沙子和碎石被冲散混合在了一起，十几车已经搅拌好的混凝土因堵车停在原地淋了雨跑了浆，无法再使用；在大型厂工地上，大量的木头模板因为水泡变了形无法使用，大量散布在工地上的建筑材料都因为没得到及时保护而受潮受损，多个地下工程被雨水倒灌，刚安装好的设备泡在了水里。同样的情况也发生在无缝厂、七号高炉和其他的工地上。问题太多太多，多到记都记不完，多到他根本无暇处理。虽然还没能计算出具体金额，但可以想象这次大雨造成的损失将是十分巨大的。

然而事情还没结束，昨晚又发生了一件糟糕透顶的事，沉重地打击了包括季明在内的所有人的信心——大型厂二号油库墙体再次开裂渗漏，情况比上次还要严重，地下水像开了坝一样涌了进来，工夫不大就灌满了整个油库。大家伙儿因此心灰意冷，万念俱灰，一个个像丢盔卸甲的败兵，为了给自己的失败找个借口便都说是老天爷发了威，是天灾没办法。

"天灾天灾，什么天灾，这就是人祸！"想到这里季明心生怒火，猛地把记事本拍在桌上。他突然想起来上午冷亦水来找自己谈话时提到的"兄妹四人开商行"的例子，他清楚这兄妹四人就是指的党、政、工、团，这本子上密密麻麻记着不少客观难题，可较起真来就是这四家子的一笔烂账，说到底就是谁都不愿意对问题负责。

"推诿扯皮踢皮球，哪怕是眼看着问题发生也袖手旁观，还是党员干部嘛，还是工人阶级领导的企业嘛！"季明怒不可遏，气得又叉着腰在办公室里来回走动，转念一想，他又觉得造成这种情况的主要责任在于自己。当初公司委派他兼任大型厂工地主任就是为了加强领导和监管，所以出现的一切问题都要由他来负责，这个无可厚非。可无奈这个责任的起点太高，他季明手再长也抓不到每个工段，每个施工队，每个班组，单凭他一个人操持着根本不行，那记得满满登登的本子就是最好的证明。实际上责任制这个东西公司早就搞过，只是整个层面都不完善，落实也不够具体，这一点季明心知肚明，但究其根本原因还是怕影响工程进度。"三大工程"建设已经被提到了政治高度，近期上级领导时常到宁钢来鼓励和督促工作，宁钢也喊出了要提前完成任务的口号。在这种情况下谁敢叫停，谁敢返工，谁敢拖宁钢和国家的后腿？工人们不敢，工段上不敢，工地上不敢，当然他季明也不敢，正因如此很多暴露已久的问题都被视而不见，作为公司经理的季明在一定程度上也抱着得过且过，不大动干戈的心态。

实际上，在这个问题上也充分暴露出了他性格里妥协的一面。确实，他这个来自苏区的老干部因心思细腻，他觉得凡事做得稳妥一点，兼顾各个方面总是好的。可在经历过这场天灾后他彻底清楚了，在这种大是大非问题上来不得半点含糊，面面俱到其实就是破坏全局。如今土建公司拥有一支近三万余人的施工队伍，人员构成也相当复杂，有70%以上的是文化程度较低的农民，有的在来宁钢之前连火车都没见过，根本谈不上对工业的认识，更谈不上对"三大工程"重要性的认识。再有，一些被各个单位抽调来的技术人员始终抱着借调来宁钢，干完活儿就走的心态，自然也谈不上负责这一码子事。所以，在目前的形势下靠一个人或少数几个人负责根本无济于事，单纯凭借着党员带头、发动运动等主观的方法也是不能从根本上解决问题的。"必须要完善各项制度，特别是责任制！责任我要付，责任制我也要管！"季明下了决心。

当天中午，宁钢基建系统召开了紧急会议，分管基建系统的宁钢副经理赵克西主持会议，与会者是基建系统各分公司的经理、党委书记和主要负责人。

会上，赵克西眉头紧蹙，面色阴沉，在听取各公司汇报过程中他一直抽着烟，叹着气。正如季明所说的，一场大雨冲掉了土建公司身上的遮羞布，当然，也冲掉了其他公司身上的。管道工程公司顶雨施工，造成一个电焊工人触电身亡；大雨淹了电装公司 100 多台马达和大量其他电气设备；筑炉公司有 5 吨耐火砖被泡。类似的例子不计其数。

在所有与会者中，季明资格最老，连赵克西都要叫他一声老领导，但他不顾自己的"面子"，作出了深刻的检讨，承认了在工作中所出现的失误，并着重强调建立、完善公司制度，特别是责任制。这种程度的自我批评对于一个老同志来说实在是难能可贵，需要极大的勇气和决心。大家伙一边听着，一边记着，一边心疼着，一边敬佩着这位老同志，更对他所提出的意见表示赞同——制度缺失和不完善已经严重影响到了"三大工程"建设的进度和质量，建立、完善和认真落实各项制度迫在眉睫。

当晚，市委就近几日宁钢工程建设中出现的严重问题召开了常委会扩大会议，参会人有市委书记杨秋盛、市长贺寿云、市委常委、宁钢总经理李达、市委常委、宁钢副总经理王立群、马光明和赵克西，基建系统各个公司的党政一把手，当然也有土建公司经理季明。在中午基建系统会议上，季明主动提出要拿土建公司，拿自己作为反面教材的典型到市里做检讨，这引起了不小的震动，所有同志都极力反对，不忍再让这个苏区的老领导替大伙背黑锅。赵克西强调自己作为分管基建系统的宁钢副经理应对此事负全部责任。可季明坚持不松口，赵克西拧不过，只好同意。

会上，季明的讲话发人深省，使大家深刻地认识到目前工程建设中所遇到的又一个巨大挑战——如何加强党对工作的领导，如何建立和完善制度，如何从依靠发动工人自觉性到依靠制度管理工人。会议持续了四个多小时，也曾出现过不同的意见——在全面进入设备安装阶段的节骨眼上，制度上的大变动会不会引起负面影响，进而影响工程进度。对此，市长贺寿云给予了否定，他强调"百年大计，质量第一"是"三大工程"的大前提，"好、快、省"中首先要做到好，如果背离了这个前提那工程进展再快也毫无意义。因此当务之急不但是要建立和完善制度，尤其是责任制，而且还要坚定不移地落实，使各个工地领导充分认识到建立和落实责任制是当前压倒一切的中心工作。

在加强党的领导问题上，市委书记杨秋盛对于"兄妹四人开商行"的那个比喻十分重视，觉得很恰当，很能说明现在面临的问题。在他看来，政府层面的兄妹四人中，党是兄长，这个毫无疑问。但是在企业里谁是兄长呢？若按照苏联的"一长制"的话，那厂长便是企业的绝对权威，也就是说行政是兄长。但就目前而言，新中国的企业到底要采用哪种管理模式还没有形成统一的意见，不过有一点可以肯定，加强党的领导是绝对没错的。只有加强了党的领导，统一了思想，各个部门在行动上的步调才会一致。因此，各单位必须在党的领导下，树立全局观，互相配合，一切为了工程，面向工地。

宁钢公司经理李达最后做了陈述。最近一段时间他忙得没日没夜，实际上，目前宁钢在基本建设方面进行着"三大工程"等项目，生产方面仍在全力以赴地支持着抗美援朝战场，可谓是双线作战，压力巨大。他到工业战线上有七八年了，在宁钢摸爬滚打也有四年了，这四年里他成绩拿下不少，批评也挨了不少，不断地学习和历练使他对宁钢，对工业有着更深入的见解。上级对宁钢的要求很明确，要出钢材更要出人才，但在他看来宁钢还得出经验，生产经验、建设经验、管理经验，甚至应该探索出适合中国国情的管理模式。企业的管理经验需要在实践中摸索，他不相信有哪一套模式在一开始就是完美的，所以得提出来，用出去，再拿回来做修改，再用出去，反复打磨，反复实践才行，这个过程中出现了问题是正常的，甚至说是根本避免不了的。所以，在这个问题上他觉得允许党员干部犯错，但前提是要及时发现错误，并能迅速解决不断完善。目前，宁钢最大的问题就是制度上的缺失、不完善和落实不到位，大可以大胆地去尝试新的制度。

李达的发言从另一个层面分析了当下的形势，提出了解决问题的方法，指出了未来工作的方向，一扫会议沉闷压抑的气氛，一扫大家心头的愁云。大家纷纷表示同意和支持。

而后，李达又上来了那股劲儿，拍着桌子对各公司经理说道："我老李挨批挨习惯了，脖梗儿硬，咱们党员干部们大胆去干，出了事我负责！但是，大家伙也得悠着点，要是真搭进去了可就再难找到我这样的啦！"

大家伙被李达的诙谐逗得哈哈大笑。

会议临近结束，杨秋盛最后强调了两个问题。首先，宁钢各项工作的开展一定不能脱离群众，要一如既往地紧紧依靠群众。新制度的制定也要广泛地听取职工群众的意见。其次，要充分利用好市里和宁钢的宣传力量持续发动宣传攻势，无论是对新制度的落实上，全员认识的提高上，还是各种劳动竞赛上。

物极必反，否极泰来，几千年前老祖宗就把客观事物的发展规律总结得这般清晰。在全国人民的支援下，宁钢的基本建设打一开始就开展得热火朝天，激情万丈，舍不得停歇半刻，直到这场几十年不遇的大暴雨一下子把激情浇灭了大半，而后大家伙才冷静下来，痛定思痛，壮士断腕，于是事情就又出现新转机。市委的这次紧急会议给长久以来摸着石头过河的宁钢指明了方向，带来了希望。

然而在当天，除了参加会议的少数人异常兴奋之外，硕大的宁钢仍笼罩在失败的阴霾之下，这其中就包括"性情大变"的大型厂一工段主任曹奉儒。

昨天施工结束后，浑身发了馊的曹奉儒回到家里，边哼唱着小曲边痛痛快快地洗了个澡，晚饭的时候还自酌自饮喝了两杯，而后这一晚他睡得格外的香甜踏实。今天一大早，工地来了人告知油库用了假水泥，又漏了，他听完后一屁股坐在沙发上愕然了。胖妻子听说后立刻变了脸色，又开始埋怨起他来，说他就是没事找事，本来停职反省挺好，非要充英雄，这下子好，大干了三天又漏了，还得负责，弄不好还得有人说你和假水泥有关，这下恐怕就不是停职那么简单了。埋怨了半天，胖媳妇又调转了口风说这样也好，断了念想，无牵无挂，继而掏出两张船票放在曹奉儒面前，叹着气转身离开。

埋怨也好，开导也罢，胖媳妇絮絮叨叨说个没完，曹奉儒置若罔闻，毫无反应，呆若木鸡。

同一天里，有人比曹奉儒更加焦急难耐，痛苦不堪，那人就是李敬国。

李敬国命大，昏迷时正好倒在了一块门板大小的木头模具上，水涌进来他也就跟着浮了起来，恰巧被值班的孙新安发现，送到了医院。此时的李敬国正躺在路东医院的病床上，一直守候在身旁的妻子告诉他，二号油库漏水原因已经确定下来了，确实是水泥质量不合格造成的，他俩都被金大牙给骗了。上级得知情况后立刻联系金大牙，可金大牙逃跑了，警察局已经开始对其进行抓捕，到现在还没什么消息。这下子死无对证，夫妻俩是跳进黄河也洗不清了。闻听后，李敬国气得一扬手掀翻了暖瓶，大喊了一声"奸商"，而后只觉胸口一热，"哇"地吐了一口鲜血。妻子罗映雪吓哭了，刚要去找大夫就被李敬国拉住，他告诉妻子，金大牙找回来也好，抓不回来也罢，归根结底事故是由他们二人造成的，一定要承担全部责任，并且要想办法把国家的损失降到最低。而后，李敬国又让罗映雪立刻往家里发一封电报，让父亲一定要想想办法帮助宁钢渡过难关。

二十六

话说金大牙这个奸商确实是为了利益不择手段，他发现李敬国那人软硬不吃，汤水不进，恐日后再无利可图。又因把水泥价钱抬得极高，财迷心窍，动了歪心，决定铤而走险。他早就知道宁钢没有检验仪器，运来的水泥全凭眼看，无收缩性水泥之前没人见过，就更验不出来了。所以他以次充好，低买高卖，从中间狠狠地赚了一笔。二号油库铁定得出事，金大牙心知肚明，他故意找借口延发手下工程队的工资，又变卖了卡车，油库漏水的风声刚一传出他就连夜动身，准备从营口出发，打算去上海过荣华富贵的生活。可金大牙算错了小九九，他这边还没等上船就被警察逮个正着。原来，他这人滑头是出了名的，手下的工人们没少吃亏，一来二去也跟着学精了，他这边刚找个理由不发工资就被机灵的工人盯上了，他前脚刚一逃跑，工人就报了警。到警察局一审问真相大白了，李敬国和罗映雪被证实只是公事公办，并没有受贿等违法违规行为。

金大牙的事情迅速结案了，被骗的钱款也追回来了，可水泥终究还是假的，地下油库的墙体终究是裂出一道道缝隙，难不成只能等苏联那边运过来？就在金大牙归案当天，罗映雪发到菲律宾的求助电报得到了回复，说来也巧，此时李家正有一艘货船开往上海，船上运的就是一批无收缩性水泥。其父李世言得知情况后，立刻同上海的购买商取得联系，后者当即同意先把这批水泥给宁钢救急，于是这艘货船还没来得及停靠就继续北上，直接驶入了渤海湾。

无收缩性水泥有着落了，是李敬国父亲专程从上海调拨来的，好消息迅速地传开了，一工段又获得了希望。孙新安一路小跑到了主任曹奉儒家，隔着门就喊："曹主任，曹主任，真水泥有着落啦，咱得赶紧开工砸墙啦！"摊在沙发上一天一宿的曹奉儒听到消息后为之一振，看了看身边的船票，看了看门外，看了看门外又看了看身旁的船票，而后他猛地站起身来穿上工作服，跟着孙新安一路小跑进了宁钢。

"工人们正等着我呢，工地正等着我呢，宁钢正等着我呢！"曹奉儒心想。

营口的货运码头上，一艘菲律宾籍货船渐渐停靠，中国籍船员们挥舞着手臂欢呼呐喊，岸边站在车斗里的宁钢运输队工人早已等候多时，见到这群皮肤黝黑的水手就如同见到了亲人一般，挥手致意，迎接他们的到来。就这样，两伙人甩开了膀子，或是肩扛或是手拎，一袋袋水泥被抬上了卡车。就这样，因为罗映雪的一封紧急电报，因为一个万众瞩目的宏伟工程，常年漂泊大洋跑遍了世界各地的水手们第一次来到祖国的东北，进入到渤海湾，与东北汉子们双手紧握，并肩劳动，为"三大工程"建设贡献了一份力量。

运输队排着长龙开回了宁钢，混凝土搅拌厂开足了马力，第一罐混凝土出来时，土建专家维奇托莫夫亲自检验。"合格，可以送走！"一声令下，拖拉机拉着混凝土出了搅拌厂，直奔大型厂二号油库。

大型厂二号油库已经成为牵动着所有人心弦的大事，宁钢上上下下都希望它早日竣工以提振士气。混凝土还没到，工地上就已等待着百十来号的人，有宁钢副经理赵克西、宁钢宣传部部长刘异云、土建公司经理季明、党委书记冷亦水、总工程师华兴国、苏联专家斯留沙列夫和工程处处长李敬国，当然还有工地主任曹奉儒、副主任孙新安、技术员马小丽、土建队队长闷老鳖和一工段的工人，还有十几位宣传员和记者等。

"来啦，来啦，混凝土来啦！"赵国富挥着手从老远跑过来，"赶紧准备，混凝土来啦！"

"一工段，混凝土班，各就各位，准备施工！"工段主任曹奉儒一声令下，所有人都动了起来。

此时，大型厂工地的路已经被清理出来，铺上了沥青，平整极了。拖拉机一路平稳地开过来，将混凝土倾倒在喷浆车中。

"准备，开始喷浆！"闷老鳖喊道。紧接着，混凝土从管道中倾泻而下，迅速灌满了模具。"这次一定得成！"闷老鳖心想。

一工段人人心里都憋着一股劲儿，想为集体争口气，曹奉儒和孙新安更是如此。这一次，众人上下一心，迸发出了前所未有的干劲儿，仅用两整天时间就完成了施工，经过土建专家维奇托莫夫检验，工程质量为优，完全符合标准。此结果一出，一工段顿时沸腾起来，所有人都欢呼雀跃，这一次一向冷峻严肃的"接收大员"曹奉儒也主动抱起了孙新安。

就在这时，斯留沙列夫来到工地上，又告诉大家一个好消息，说苏联支援宁钢的一大批无收缩性水泥已经过了哈尔滨，一路南下直奔宁钢来了。

人群中又是一片欢腾。

然而不仅仅如此，就在同一时刻，来自大兴安岭、小兴安岭和赣江、湘江流域的两万多立方米的木材，从关外 67 个水泥厂紧急生产出来的水泥，大连和沈阳赶制出来的石棉，还有重庆 101 钢铁厂轧制出的重轨都在马不停蹄地运往祖国东北角的钢铁城市——宁山。

二十七

大型厂二号油库胜利竣工的捷报被送到了公司和市委，又迅速地传遍了整个宁山。这无疑是一针强心剂，极大地振奋了上下士气。就在二号油库施工的同时，加强党建、建立和完善公司制度的工作也在紧张有序地开展之中。

为加强党对基本建设工作的领导，宁钢基本建设系统成立了"中共宁钢基本建设系统工作委员会"，兼任委员会书记一职的正是宁山市委书记杨秋盛。由此，宁钢基本建设系统开创了由市委直接领导基本建设施工企业的先例。而后，宁钢基本建设系统又建立起党的工地工作委员会和政治处，大大地加强了基层的思想政治工作，保证党、政、工、团在思想和行动上的一致。而后，由各级主要领导带头动员教育，开展"诊治无人负责现象大病院"的运动，自上而下层层检讨，主动批判以往工作中疏忽大意，对责任制不重视的行为。此过程中，大型厂一工段主任曹奉儒和混凝土搅拌厂厂长余晖起到了示范带头作用，二人主动检讨，组织揭发、处理和解决了无人负责现象百余件。工地政治处对此教训加以总结，上报公司，广泛推广。更大范围的群众性讨论也在全公司范围内开展起来。

在这一过程中，市委和宁钢的宣传力量也发挥了巨大作用。实际上，这一时期宁山和宁钢的宣传队伍阵容十分强大，这得益于全国对于宁钢的重视和支持——以《人民日报》副总编安岗为代表的常驻记者，以鲁弈为代表的新华总社记者站，以汪溪为代表的《东北日报》常驻记者都在密切地关注着宁钢的一举一动，迅速地把当时宁钢的建设动态以及孟泰、张明山等工人模范的事迹向全国报道。而宁钢自己也拥有一支由职工组成的多达2000人的宣传队，遍布各个单位和车间，宣传着各项政策和制度。宁钢的宣传部长刘异云曾在抗战时期担任过延安县宣传部长，是搞宣传工作的一把好手，他的工作曾多次得到过上级领导的肯定。为了扩大影响力，他从市里找来文工团、文化队、少先队等团体到各个工地慰问演出。特别是少先队员们那热情洋溢的慰问使工人师傅们深受鼓舞。管道公司有一名叫做孙玉祥的老工人看着少先队员的表演激动地说："孩子们一口一个叔叔一口一个大爷地叫着，不好好干都对不起他们！"

一时间，"百年大计，质量第一"的口号不再是贴在墙上的标语，而成为了深入人心的观念。同时，通过发动群众大讨论的方式逐步完善了负责制，建立工段主任负责制、施工计划责任制、交接班制、保安责任制，以及为加强独立检查机构而建立的技术检查责任制等。各项制度，特别是责任制的完善和落实使工程整体质量和进度得到了保证。

另一方面，职工们"边学边干，边干边学"，在实践中不断扎实和提高技术水平，又涌现出一大批杰出的工人代表。大型轧钢厂工地上，钢筋木模队小队长黄德茂发明出"钢筋流水作业法"和 14 种钢筋成型工具，实现了钢筋加工的机械化和工厂化生产，提高了劳动效率 3 倍以上。生产系统里，机械总厂的青年刨工王崇伦在技术员和老师傅的帮助下发明了"万能工具胎"，使得抗美援朝战场上飞机油箱拉杆的加工效率一下子提高了 4 倍，被誉为"走在时间前面的人"，《人民日报》还为此发表了社论。类似的例子不胜枚举。

二十八

1953 年 7 月，宁钢以"三大工程"为主的建设项目陆续进入到设备安装阶段。此时，除了苏联毫无保留地援助外，全国各地对于宁钢的支援也达到了最高潮。

这一天，拥挤的宁山火车站走出一人，他戴着眼镜文质彬彬，走起路来小心翼翼，肩膀上挎着一个行李包看似十分沉重。出了站口他便询问宁钢怎么走。

"沿着路朝北走，用不上二里地就能看到个白色的大楼，那就是宁钢！"一个工人师傅回答。

"白色的大楼，就是宁钢大白楼吗？"青年激动地问。

"哎呀，听口音你不是本地人啊，还知道宁钢大白楼？"

"当然，当然，全国人民谁不知道宁钢大白楼啊！"

这个背着行李包的年轻人叫做小李，是锦州电气厂的一位车间技术员，他刚刚坐了一夜的火车从锦州到宁山。就在几天前，宁钢设备处给他们厂打了一个电话，颇感为难地说宁钢无缝钢管厂需要特殊的小型变压器，而且只需要一台。一台变压器无论哪个厂都不会接，这得组织人员专门设计，而且不能量产，根本就是赔钱的活儿，可厂长都没多想，当即答应下来，并马上组织厂里最好的工程技术人员和工人师傅连夜赶制，仅用了 3 个昼夜就设计并赶制出来了。当时有人提议用火车托运，但技术员小李放心不下，唯恐火车辗转或意外丢失耽误了大事。于是他自告奋勇，要亲自送变压器到宁钢。

小李来到了宁钢，见到了之前在报纸上看过的大白楼，兴奋得倦意全无。而后他跟着设备处同志搭上了一辆工地的翻斗车直奔无缝钢管厂。

无缝钢管厂的车间里，厂长李宇正督促着施工，闻听锦州电气厂特意来了人便亲自迎接。一路上，小李被那参天的高炉和高大的厂房惊得目瞪口呆，还没缓过劲儿来，愣了半天才想起把挎着的袋子交给李厂长。

"小同志，这么快就做出来了？"李宇问。

"啊，我们厂长带头，干了 3 个昼夜，我们自己检验过了，绝对没问题！"小李自豪地说。

"你也三天三夜没合眼吧？"看着小同志疲惫的身体和布满血丝的

眼睛李宇能猜到。

"啊，大家伙都没合眼！"

"为什么不用火车运来？"

"怕丢，怕耽误事，还是亲自送来心里托底！"

"谢谢你啊小同志！"李宇深情地说。

不用感谢我，是党号召我们不惜一切力量支援宁钢，当听说要为宁钢赶制变压器我们大家都觉得光彩哩！

小李没有留下来休息，安全护送来变压器后就要启程回锦州，李宇就站在原地，目送着年轻的技术员那疲惫又快活的身影消失在巨大的宁钢里。

实际上，亲自来到宁钢送设备的不仅仅是小李一个人，支援宁钢的也不仅仅是锦州一个厂。"三大工程"中所需主要设备均由苏联提供，也有相当一部分的附属设备和零件是由国内加工制造的。各个厂都摩拳擦掌，以为宁钢供货为光荣，许多工厂在承制宁钢订单时都喊出了"为宁钢就是为全国"的口号。沈阳电工十四厂在赶制订货时还在厂内特别出版了《宁钢任务专刊》。为了符合要求，确保万无一失，不少企业的厂长和工程师都亲自到宁钢联系索要图纸和实物样品，回厂后立即组织人员昼夜奋战。许多厂在为宁钢生产的零件上特意写上了"宁钢"两个字，工人们看到带这两个字的总是抢着干，谁要是干到了晚上回家还能和家里人炫耀一番，说自己为支援宁钢出了力。

还有一件事令宁钢人感动不已——大型轧钢厂和无缝钢管厂金属结构的工作量巨大，在建设最高潮期一度出现了焊条荒，这时国内又无处调拨，向苏联订货又来不及，情况十分紧迫。当时，大连造船公司辗转知晓了此事，当机立断一次就提供了140吨焊条，缓解了燃眉之急。而后，哈尔滨工业器材公司也把刚刚申请下来的原打算下拨的4万吨焊条全部支援给了宁钢。当这4万吨焊条送到宁钢后，工业器材公司经理还特意打来电话不好意思地说公司比不上大连造船，暂时只能供应这么多，请宁钢方面理解。

全国的支援在持续着，为保证及时把各地供应的设备第一时间送到宁钢，国家铁道部和哈尔滨铁路管理局曾向铁路系统专门下发了指令，要求凡是为宁钢运送物资的列车一律优先；中国人民解放军空军司令部也特许宁钢使用军用机场运输设备物资；沈阳、旅大、辽阳、营口和辽东等地还集结着数以千计的运输车辆随时待命。设备物资搭着飞机、火车、汽车甚至是马车，汇成了一股川流不息的运输大军，夜以继日地奔向宁钢。

在宁钢"三大工程"建设期间，全国有57个大中城市和199个工矿企业为宁钢制造和提供各种设备，种类多达16000种，总重量达到1144968吨。

二十九

轰轰烈烈的"三大工程"竣工了。如此长时间，大规模，举全国之力支援一个城市，建设一个企业的盛况胜利地落下了帷幕。它的竣工投产创造了新中国工业史上无数个第一，为即将到来的第一个五年计划奠定了坚实的物质基础，储备了技术力量。与此同时，这也是我党集中力量办大事的第一次大胆的尝试，在这个过程中，我党大批党员干部完成了从指挥作战到指挥工业建设的重大转变，大批技术人员和工人们得到了熏陶和历练，而这批同志在日后成为新中国工业战线上的砥柱中流。

然而，"三大工程"结束又标志着新中国工业的又一个崭新的开始——1954年，庞大的宁钢一分为三，成为宁山钢铁公司、宁山黑色冶金设计院和宁山黑色冶金建设公司三个独立的平级单位。经过"三大工程"的洗礼，宁钢人已经成熟起来，宁钢已经可以从生产、设计和基建三个层面独立开展工作，换句话说，此时的宁钢可以从各个层面独立承担起支援全国钢铁工业建设的重任，而这正完成了当初上级对宁钢提出的"要出钢材，更要出人才"的要求。

此时，从北方到南方，从西北到西南，中国钢铁事业的伟大蓝图已经被描绘出来。那一年，从全国各地汇集在一起的那股钢铁红流，经过宁钢的洗礼和锤炼后变得更加纯粹，更加炽热，更加鲜红，它是洪流，更是红流。这一年，在党中央的号召下，这股钢铁红流蓄势待发，喷薄而出，开始涌向大江南北，倾尽所有，开始支援全国的钢铁工业建设。

一声汽笛响彻天空，一列列火车驶出了宁山，驶向蒙古草原上的鹿城、驶向九州通衢的汉江、驶向戈壁荒原上的玉泉、驶向崇山峻岭的花川，还有六盘水、湘潭、上海、唐山等地。

第二章
—草原晨曲—

一

　　清晨，橙黄色的日头缓缓升起，熹微的阳光播撒在一望无际的，刚刚萌发出嫩芽的内蒙古大草原上。这是 1953 年的春天，万事万物都开始苏醒。成群结队的黄羊开始奔跑嬉戏。一群野兔在草丛中直起了身子，观察四周的风吹草动。

　　突然，一阵轰鸣声由远及近，吓跑了黄羊也吓散了野兔，继而一辆吉普车拖着烟尾行驶在无垠的旷野中，下了一个小土包缓缓停在了刚刚野兔望风的地方。

　　吉普车上陆续下来几个人，其中一名女同志眯着眼睛朝着四周望了望，又拿出望远镜仔细观察了一番，两个年轻的勘测队员手脚麻利地支起了测量设备。这名女同志叫做弓彤轩，是重工业部管理局的一个副处长，此行专程为勘察厂址而来，这也是上级在鹿城组织的第一次厂址勘测任务。此时他们所在的这块地界叫做宋家壕，在此之前已经勘察过了其他 5 个地方。

　　见几个小同志还在勘察，弓彤轩在周围的几个小土山包上又绕了一大圈，越看心里越觉得敞亮，脸上不禁露出了笑容。

"小张，勘察得怎么样了，我看这个地方还不错！"弓彤轩回到了吉普车旁问勘察同志。

"弓大姐，确实是个好地方，目前来看要比之前那几处地方都要好！"小张一边记录着数据一边说。

"嗯，不错，地势平坦又靠近水源，风水宝地啊，没准儿这里以后就是中国的又一个大钢铁基地了呢！你再好好勘察勘察，数据一定要详实准确，我再到那边的小山包上看看！"弓彤轩心情颇好，说完转身又朝远处的山包走去。

二

1956 年，新中国的第一个五年计划进入了第四个年头，各项工程在全国各地落地生根，大江南北遍地开花——长春第一汽车制造厂、沈阳第一机床厂、武汉长江大桥都处于紧张的建设当中，胜利在望。神州大地上从来没像这般火热过。劳动的人们喜气洋洋，整个国家欣欣向荣。

在祖国的钢都宁山，提前完成了"三大工程"建设的宁钢如今更是充满了活力，新的厂房、新的设备和新的技术，一切都是新的。工人们更是卯足了劲儿，干得热火朝天。重轨、钢梁、钢板、钢管、特种钢等顺着铁路线源源不断从这里运往四面八方，支援着全国的工业建设。

另一方面，兴建蒙钢的计划在 1954 年被正式提上了日程。重工业部在今年 3 月作出决定——蒙钢的建设任务将全部交由宁钢方面完成。7月份，宁建公司已在鹿城南牌地成立了蒙钢建设筹备处，并且决定调派一批精兵强将支援建设，这其中就包括当时宁钢的一名副经理。10月份，重工业部建筑局、鹿城市建委、蒙钢、宁建鹿城分公司、宁山黑色冶金设计院及苏联专家对比几个方案后，最终决定在宋家豪建厂。

这段时间宁钢里掀起了一股支援蒙钢建设的浪潮，上至公司领导，下至一线工人都积极响应号召，踊跃报名。眼见着建设公司那边的人一批一批地走，生产厂这边却没啥动静，不少人都着了急慌了神，这其中就包括二赖子。

如今，二赖子这个称呼已经很少有人叫了，除了马德成、冷亦水那些老领导，还有他媳妇大莲外，其他人都叫他本名李长青、李师傅或是李炉长，因为他二赖子如今已是炼铁厂七高炉的炉长了，不大不小算是个领导了。可二赖子却没那官儿瘾，也压根没觉得自己是什么领导，他觉得自己就是一个炼铁工人，无论到了啥时候，去了哪个高炉，到了哪个岗位都得把铁炼好。他总对别人说，这铁往大了说是国家建设的命，往小了说那就是自己的命。他心里也常合计，中国这么老大个地方，用铁的地方多了去了，宁钢再大可就这么一个炼铁厂，就这么十来个高炉，一年到头冒着烟儿地干也就是刚刚满足生产指标，国家要发展，要赶英超美光靠着宁钢哪能行，还得有更多的"宁钢"。他掐指这么一算，估摸着起码得再有三五个"宁钢"才行。

去年宁钢支援江钢建设，不少炼铁厂的工人报了名去了汉江，二赖子当时就想去但还有点舍不得家里的老婆孩子，合计来合计去，吃不香睡不着做了好几天的思想斗争，想通的时候名额都被占满了，去不成了，他拍着大腿吵吵后悔，回家还抓邪火打了孩子两烧火棍，埋怨儿子拖了后腿。这回轮到支援蒙钢了，二赖子心里合计这次一定得打个提前量，早点报名。可这左等右等，建设公司那边的走了不老少了就是不来生产厂这边招人。二赖子沉不住气了，趁着歇班一溜小跑来到宁建公司，还没到报名处就见一个队伍排得老长，一个个抻脖子踮脚往里面张望。他就近找了个排队的工人问道："兄弟，这是干啥啊排这么老长队伍，发猪肉啦？不对啊，这也不年不节的！"

"啥发猪肉，这都是排队报名要去蒙钢的！"那小伙子回答。

"啥，咋这么老多人？"

"可不是咋地！论搞建设，咱宁建那可是响当当的头一号，全国可都指望着咱们呢，这个时候不积极那啥时候积极！"小伙子一脸自豪，而后他又神秘兮兮地低声说道，"再有，我这人就好吃牛羊肉，我听说鹿城那地方的黄羊满地跑，拿大棒子都能撵上，就跟咱们这棒打狍子一样，这要是一周能吃一顿羊肉……"小伙子边说着边咽了口吐沫。

二赖子可不管黄羊黄牛的，就怕没了名额赶忙往前挤。推推搡搡挤到了前面，嘴里也不闲着："借过借过，这边特殊情况，这边特殊情况，借过借过！"

他这一嚷嚷不要紧，大家伙都注了意。

"你谁啊，咋不排队？"有人问。

"借过借过，我这有特殊情况！"二赖子应答。

"啥特殊情况啊？"

"特殊情况咋能告诉你，保密！"

"有特殊情况你直接找领导啊，来这干啥！"

"就是啊，我们这都排了半天了，凭啥你插队！"

"就是，到后面排队去！"大家伙七嘴八舌的。

"哎呀，我说你们一个个叽叽歪歪的，我都说了特殊情况，咋这么没眼力见儿呢，再说了，我是为咱宁钢立过功、戴过大红花的人，插个队咋了，应该的！"二赖子准知道宁建这边没人认识他，嘴里就没了把门的，心想只要能报上名咋地都行，于是又拿出了当年街溜子的架势。可他这么一说不要紧，大家伙不乐意了。

"呦呵，和我们显摆是不，还立过功戴过花，这把你美的，你回头问问，咱这里有多少劳模，有多少在'三大工程'里立过功的，你知道不，你算哪根葱，我咋没见过你上台戴花？"一个年纪稍大点的工人师傅不乐意了，臭白二赖子。

"话说这人咋这么面生，哪的啊他是？"

"对啊，没见过，不是咱们建设公司的吧，你是哪的？"

"哪的，爷们儿我炼铁厂的，真正的炼铁工人！"二赖子拍着胸脯一脸得意。

"炼铁厂的？你炼铁厂的到咱宁建这凑什么热闹！"

"是啊，这不捣乱嘛！"

"回去回去，装什么大尾巴狼，还有特殊情况，就是来扯淡的！"

二赖子惹了众怒，大家伙推推搡搡把他赶出了队伍。这下他可不干了，平日里装个熊受点气也就认了，这关键时候可不能含糊，没报上名还丢了人这传回炼铁厂还了得？二赖子也来了火，撸胳膊挽袖子就要上前讨个说法，可建设公司的那一个个哪有吃素的主儿，上来三两个人就把二赖子按倒在地，锤了一顿闷拳。

这边人群里起了骚动，只听一人嗷嗷乱叫，正监督登记的一位年轻领导赶忙跑过来，推开了那几个大汉，将人扶起，仔细这么一看吃了惊："呀，赖子哥，是赖子哥不，你咋跑这来了！"

二赖子被捶了一通，急了眼，站起身来就要和他们拼命，见拉扯自己的小伙子面熟，再仔细这么一看竟然是小兄弟二蛋。

"呀，二蛋，你咋在这？"

"我最近一直在这啊，我负责报名这摊子事儿。"二蛋边说边对着一圈人解释道："大家消消气，这是李长青同志，炼铁厂的，四八年护厂时就立过功，大家一定是有误会！"

听二蛋这么一说，大家伙儿立马消了气，一来是领导出来拉架，二来听说是护厂的功臣都觉得敬着三分，这份敬意就好像是解放军战士见到八路军，八路军见到老红军一样。

"呀，早说啊，误会误会，都是误会！"打人的几个大汉觉得有些不好意思，咧着嘴说道。

二赖子顺嘴角淌着血，可也无暇顾及，赶忙拽着衣袖就把二蛋拉到了一边说道："二蛋啊，你真管报名的事儿？"

"这还有假，都在这快一个礼拜了！"

"妥了妥了，那可妥了，哥得求你一件事你可得帮我！"

"行，只要我能办到的肯定没问题！"

"你给我报上名，上次江钢我没去上，这次说啥我也得去！"

"啥，你要在我这报名，这可不好使！"

"你看，刚答应完就变卦啊，反悔咋这么快呢，不就是把我名字往上一写的事嘛！"

"我的赖子哥啊，你糊涂啊，现在宁建和宁钢都分家了，按理来说我们都不是一个单位的了，我也管不着你啊，那哪能好使啊！"

"啥分不分家的，嗑儿咋唠那么远呢，以前不都在一个锅里吃饭嘛，不都为宁钢搞建设嘛，你给我报上，哥就求你这一件事！"二赖子赖赖唧唧央求着。

"哥啊，不是我不帮你，是真不好使，它……它压根就不是一回事儿！"二蛋哭笑不得。

"二蛋，你这个没良心的，咋地，现在当领导了有能耐了就不管哥了是不？当初你饿的都背过气去了，眼看着让狼叼走了，不是我给你窝头救活的你？"二赖子继续软硬兼施。

"哥，看你说的……你别着急，你听我说，现在鹿城那边还荒地一片呢，就是给你报上名你一个炼铁工人去了能干啥，等建设公司这边都弄立整了肯定就招人啦，你到时候再报名也不迟！"

"啊……你说的是真的，过一阵真能从炼铁厂招人？"

"肯定的，我们建设公司只管建设，也不会生产啊！到时候你盯紧点，早点报名，就你这技术这资历肯定没问题，谁敢和你争！"

听二蛋这么一说，二赖子心里托了底，顿时眉开眼笑，说那就回去等着。转身走出去老远又一路小跑回来，瞥了一眼远处正等着报名的小伙子，对二蛋神秘兮兮地说："我说二蛋啊，既然组织上相信你，你就得认真负责，不能啥人都让去，这里面有人动机不纯，说去蒙钢是为了吃羊肉，这去了不是白吃饱嘛，给咱宁钢丢人！"

二蛋闻听这话笑着点了点头说道："妥了，我肯定擦亮眼睛，你放心吧，赖子哥！"

三

深秋的傍晚，星稀月朗，幽静皎洁，凉爽宜人。李敬国和岳青峡这兄弟俩一同下了班，边聊天边推着自行车往井井寮的宿舍走。

就在前不久，李敬国得知宁建要支援蒙钢，冲锋打头阵的劲儿又上来了，背着妻子去找土建公司经理季明，可不成想一进门竟遇到了妻子罗映雪，心里有鬼，弄了个大红脸，一时语塞。

"你是，你是来请缨去蒙钢？"罗映雪一看丈夫那心虚的样儿就猜出个了个大概。

"这个……你怎么在这，有事？"李敬国支支吾吾，故意岔开话题。

罗映雪早料到他肯定会找经理申请去蒙钢，只是刚好遇到一起有些冷不防，但片刻后她来了精气神，佯怒道："我猜就是，再狡猾的狐狸也斗不过好猎手！"

"这……这，你这是守株待兔呢？"

"是守株待狐狸！"

"敬国，真是为这个事情来的？"经理季明觉得像是在看戏，忍俊不禁。

"这个……还真是！可不成想她来捣乱，又拖我后腿！"

"我拖后腿？这回我还嫌你拖后腿呢！"

"哈哈，敬国，这可就是你的不对了，你误会啦，这次人家映雪比你积极，先来请缨了！"季明帮忙解释。

"什么？"李敬国一脸吃惊。

"怎么，都是共产党员，都是当初来支援宁钢的干部，凭什么每次都让你占了先，我倒成了拖后腿的了！"罗映雪越说越觉得不平，"这些日子看你心神不宁的样子就知道你又在背着我划道道，这次我得占先！"

这话噎得李敬国干咧嘴说不出话，转念一想也好，不然也得回家做妻子工作，这样一来全省了。"行啦，既然这样，这次我就妇唱夫随，我跟你走，坚决不拖你后腿行了吧！"

"想得美，怎么你俩就把这事给办啦，我同意了吗？"季明突然皱起了眉，颇为严肃地说道，"我还没同意小罗呢你就进来了？"

"什么，经理，闹了半天你不同意我俩去啊？"罗映雪慌了神，"我是真心想去鹿城，我们家老李也是！"

"是啊，经理，我意已决啊，况且经过'三大工程'的锻炼我觉得自己也有能力去帮助蒙钢了！"

"说的不是能力不能力的事，关键是我舍不得！"季明说着叹了口气，一脸无奈，"前天，公司人事处来了电话，要把岳青峡调往江钢，现在你又要去蒙钢，你俩都是副经理，我们土建公司才几个副经理，我年纪又大了，精神头不够了，你们俩走了让我这老头子当光杆司令啊？"

季明说出了心里话，李敬国和岳青峡这两个人知识水平高，领导能力强，通过"三大工程"的历练之后已经成长为公司的中坚力量，虽然支援江钢和蒙钢他举双手赞成，但他这老同志一向爱才如命，一下子把左膀右臂都给卸下去了实在是舍不得。但转念一想，当初国家调派那"五百罗汉"来宁钢是为了加强领导，更是为了锻炼干部。这五百多人是新中国成立后我党在工业战线最早经历锤炼的一批党员，他们绝大部分都是从军队出来的，经历过残酷的战争，对建设新中国有着最为强烈的欲望和冲动。同时，他们又同处于全国最大的钢铁企业中，掌握着世界最为先进的冶炼设备和技术，无疑将成为未来祖国工业建设的中坚力量。更何况如今全国范围内，只有宁建有大规模工业建设的经验，支援全国是历史任务，更是政治任务，容不得他这种小家子气。

"哎……"经理长出了一口气说道，"也是，要是年轻个十岁我也主动要求去蒙钢，可惜现在经不起折腾了，能力也不够了。未来啊，祖国的经济建设还得靠你们这帮年轻干部！"

"您同意啦？"李敬国两眼放光，赶忙问道。

"怎么，还得我给你单独开一个欢送会不成？"季明佯装严肃道。

闻听此言，李敬国和罗映雪对视一笑，感觉心里的石头落了地。可片刻之后罗映雪回过味儿来，收起了笑容，又"狠狠"地瞪了李敬国一眼。

四

鹿城市位于内蒙古中西部，北部与蒙古国接壤，东西接土默川平原和河套平原，阴山山脉横贯中部，矿产资源丰富，地理位置得天独厚。位置虽好，可这地方气候不咋地，此地人总结这里是"冬季寒冷雨雪少，春季干旱大风多，夏季短热雨集中，秋高气爽霜冻早。"这冬季得熬上五个月，大寒期就有 50 天。尤其是今年，不知咋了，冷的更早，而且雪格外的多、格外的大，连续着下，上了年纪的人都是头一次见到过这么大的雪。

前几天鹿城地界上刚下过一场大雪，大草原白茫茫一片。

此时，半尺来厚的雪地上走过十来只肥硕的黄羊，时不时停下来啃咬露出雪外的枯草，可每一次还没等啃到就被一只大狼狗驱赶回"队伍"里。大狼狗后面跟着一个老汉和一个十几岁的小姑娘。

天气越来越冷，前天一场雪把通往旗里的路给封住了，外面的卡车都被憋着进不来，眼看着又要变天，说不定又得有啥意外情况发生。内蒙古这冬天可不是闹着玩的，白毛雪要真是刮个几天几夜，大牲口都能成群成群地冻死，死人的情况也常有发生。老汉担心住在草原里的那帮汉族小伙子们断了补给，再有个三长两短的，于是带上十几张皮子，又特意挑了十来只肥羊赶过去。他心里估摸着省着点也能吃个个把月的。

"爷爷，快点走，黄羊都快饿瘦啦，肉就不够啦！"小孙女催促着爷爷。

赶羊老汉姓龙，土生土长的内蒙古牧民。小姑娘是他的孙女，叫做龙霞。龙霞父亲死得早，从小和爷爷相依为命，性格有些孤僻，但除了爷爷外唯独和那些"外来人"关系最亲近，这其中还有个小故事。

话说还是在抗日时期，这龙老汉就在旗里组织了一支几十人的骑兵队保护当地牧民，他是队长，副队长是他的儿子，也就是小龙霞的父亲。那年鬼子派了一个分队驻扎在旗里，还找了个当地的向导每天都奔着白云鄂博那去，说是勘探什么。没过多久，成队的日本军车都开来了，还拉来了不少大箱子，里面装着不知道是啥的大铁家伙，据说是在白云鄂博那发现什么矿，要来开采。

听说要在白云鄂博开矿，当地的牧民们可不干了，那可是神山，惊动了山神可是要发威的。说来也怪，自打那天起鬼子驻扎的地方就出了怪事，一到夜里周围就响起鬼哭狼嚎的声音，有时候天空还挂着月亮就凭空打起了雷，搅扰的鬼子成宿成宿担惊受怕睡不着觉。再后来，鬼子的帐篷着了几次火，还死了十几匹军马，怪事越来越多。鬼子知道是有人在暗地里装神弄鬼，还布下过埋伏抓"鬼"，可对方真是来无影去无踪，难觅踪迹。鬼子束手无策，找来当地人严加逼问，牧民们都说那是白云鄂博山神派来的使者，是专门来惩罚要惊动它的坏人的。其实牧民们心里都清楚，那"使者"就是龙老汉和他儿子带领的骑兵队。

鬼子也不是吃素的，一次他们软硬兼施，从旗里一个小官口中得到了情报，而后一队日军全副武装直奔龙老汉家中。龙老汉提前得到了消息，但也来不及了，关键时刻他儿子拖住了鬼子，他抱着不满一岁的孙女逃了出来。第二天听队员说，他儿子被鬼子打死后割下了头挂在了旗里，伪旗长还要悬赏抓他。龙老汉气得咬碎钢牙，下定决心和鬼子斗到底，要为儿子报仇更要保住白云鄂博，可没等鬼子那边闹出什么大动静抗日就结束了。新中国成立后，旗里给龙老汉安排了不少职位，可他坚决不去，说自己已经对不起儿子了，不能再对不起孙女，只想一心抚养孙女长大成人。

几年前，旗里来了人找龙老汉，可这次不是为了让他去旗里工作，而是想找他做向导，说是北京来了一队人要到白云鄂博搞勘探，龙老汉一听就知道这队人肯定又是想打神山的主意，顿时来了火儿，拎着鞭子把那人赶了出去，还扔下了话，谁要是敢动神山就得先从他这把老骨头身上踏过去。随后的几天，龙老汉家陆陆续续来了不少人，都是反对在白云鄂博开矿的牧民们，还有几位当年骑兵队里的老队员，都想让龙老汉主持公道，说当年大家伙豁出了命保下的神山谁也不能动，要是真敢动，大家大不了再组织个骑兵队。

龙老汉为人老成持重，劝走了大家伙。他心里清楚，现在是新中国了，怎么能和鬼子那时候比，共产党是恩人，知恩得图报。但其他一切事情都好商量，唯独动白云鄂博这事没商量的余地。

龙老汉没能阻止勘探，不久后从北京来了大队伍，乘坐着一辆辆大卡车驶入了茫茫草原。牧民们慌了，找到了龙老汉说不好了，北京来大部队了，架势比当年的鬼子还凶，就等着他一句话大家就集合起来去拦路。龙老汉犹豫一会，一拍大腿上了马，大家伙算是有了主心骨纷纷骑马跟在后面。

北京来的卡车被拦住了，跟着车队同行的旗长见这情况头脑发胀、脸臊得通红，觉得自己丢了面子，下了吉普车朝着对面拦路的牧民劈头盖脸地一通骂。牧民们也知道这样拦路有些理亏，默不作声，看着龙老汉。龙老汉双脚一踢马肚，走到了队伍前面，旗长一见是龙老汉，到了嘴边的话咽了回去，心想这事情可就难办了。

旗长乘坐的吉普车上下来一人，高高瘦瘦，穿着棉军装，戴着眼镜，斯斯文文，一看就是个领导，这个人不是别人，正是宁钢副经理王立群。然而此时的王立群已不在宁钢工作了，"三大工程"之后宁钢一分为三，其中一个是隶属重工业部的宁山黑色冶金设计院，而后王立群前往黑色冶金设计院牵头儿，担任第一任院长。没过多久又被调到了重工业部设计司担任司长。几天前他刚从江钢工地回来，没等喘口气就马不停蹄地奔向了鹿城，一路上都难掩内心的兴奋。

白云鄂博是座宝山，这一点王立群太过了解了。早在1927年民国时期，这里就被发现蕴含铁矿，且蕴藏量巨大。新中国成立伊始，重工业部提出要对白云鄂博铁矿资源进行详细调查，并确定把鹿城列为"关内新建钢铁中心"目标之一。而王立群此行则标志着对蒙钢的建设已进入到先期的设计阶段。如若依托白云鄂博的矿藏建起蒙钢，连同已有的宁钢和在建的江钢，新中国钢铁企业就能形成"三足鼎立"的新局面。

然而在来鹿城之前王立群就听说这白云鄂博在当地人眼里是神山，是无论如何也动不得的，这不，刚到这里阻力就出现了。

王立群下了车，习惯性地扶了扶眼镜，微笑着走上前去说道："都说咱们蒙古族兄弟好客，还真是，来了这么多人欢迎啊！"

"你是谁啊，谁欢迎你啊！"对面的一个蒙古小伙子毫不留情面。

"是啊，谁愿意你们来，赶紧回去吧！"

"对，从哪来回哪去，这里不欢迎你们！"众人七嘴八舌。

"我说你们这是要干啥，知道这位是谁吗，这是从北京来的王领导！"旗长一听这话来了火，正要过去理论却被王立群拦下。

"我看大家好像对我们有误会啊，说起话来肚里都有火！"王立群继续微笑着说。

"误会啥，谁不知道你们是来干啥的，没安好心！"那小伙子又没好气地说。

"没安好心，我们是政府派来的，怎么能没安好心呢？"

"别装糊涂了，你们来这么多车干啥，里面装的是不是炸药，想炸白云鄂博？告诉你们，那是我们的神山，看到没，龙大叔就是当年的骑兵队长，当年小鬼子想动也让我们打回去了，你们要是……"

"臭小子说啥呢，我看你是要反啊！"旗长火冒三丈，脸红脖子粗，几大步就冲过去把那小伙子从马上拽了下来，揪着领子让他道歉。可这小伙子血气方刚，哪肯道歉，反而更来了劲儿嚷道："你们要是真敢动白云鄂博，我就跟你们拼了！"

"闭嘴，给我退回去！"这时龙老汉发了话，狠瞪了那小伙子一眼，小伙子就不敢言语了，"这位领导，这小伙子年轻气盛，说话难听，但说的确也是我们蒙民的心里话，这白云鄂博世世代代都是我们蒙民心中的神山，保佑着我们这里的子民，你们那样是会惊动山神的，山神发了火是会惩罚我们的！"

"这位老哥，我没猜错的话您就是当年组织骑兵和鬼子周旋，保护白云鄂博的龙大哥吧，你可是英雄啊！"王立群在来的路上听旗长说了关于龙老汉的事情，内心十分敬佩。

"不敢当不敢当，我可不是什么英雄，就是一个糟老头子。可别看不中用了，一辈子在这放牧，一辈子守着白云鄂博，这里还真就没闹出什么大动静！"

"龙老哥，我想你们真的是误会了，我知道白云鄂博在咱们牧民心中是神山，我们前来并不是搞破坏的，是合理开采，为的是让白云鄂博能为全国的经济建设作贡献，让咱们大草原上也能产出钢铁！"

"我们不要什么钢铁，我们放牧的手里有杆鞭子就行了，这些大道理你和别人讲去吧！"又一个小伙子叫喊道。

"我说你们别给脸不要脸啊，到白云鄂博开矿是人民政府的指示，政府能有错？我丑话说在前头，谁要是妨碍这事那就是和政府作对，是人民的敌人！"旗长被弄得下不来台，恼羞成怒，而后他朝着后面的车队大手一挥喊道，"同志们开车，今天我看谁敢闹事！"

"旗长，你这是要干啥，要硬闯不成？"龙老汉也来了火儿。

"龙大哥，你这叫什么话，什么叫硬闯，我问你这路是你家的还是山是你家的？哪个也不是，都是国家的，如今国家派人来白云鄂博，你带头在这拦路算是咋回事？"

"好好好，大道理我讲不过你，但这路我肯定是不能让，如果想过去，那就从我这把老骨头身上压过去！"龙老汉说着下了马横躺在地上。

"对对对，从我们身上压过去！"众人纷纷下马躺在了地上。

就在双方僵持不下时，远处一匹马疾驰而来，骑马的小伙子高声大喊："龙大叔，龙大叔，快回去，小龙霞出事啦！"

闻听此言龙老汉心里"咯噔"一声，赶忙起身追问到底是怎么回事。原来龙老汉带领大家拦路这事没告诉孙女，小龙霞只觉得爷爷一脸阴沉离了家肯定有事，心里放不下就自己骑上了一匹小马驹追了上来，可年纪太小握不住缰绳跌了下来，摔得动弹不得。

龙老汉没言语，可脸色煞白，头上也见了汗，赶忙上马奔回去。王立群见状，一面命令车队原地休整待命，一面让随队的医生赶紧上了自己的吉普车跟着龙老汉过去。

小龙霞摔断了胳膊和两根肋骨，北京来的医生经验丰富，还带来不少专业的医疗器械，立即实施了手术。手术时龙老汉等在外面火急火燎，一个劲儿探头往帐篷里看。王立群和旗长一旁劝他放心。

几个小时后医生出来了，告诉龙老汉小龙霞折断的肋骨没刺破内脏，胳膊接了骨，打了夹板，一切顺利，回去静养就可以。闻听此言，龙老汉长出了一口气，鼻子一酸转过身去，把脸埋在了帐篷后面。一旁的王立群得知情况也放了心，而后悄悄离开。

第二天，旗长带着王立群和医生找到了龙老汉家中，来探望小龙霞。龙老汉正拿着刀剔羊骨头，见来的是几位救了自己孙女的恩人顿时心生欢喜，下意识向前迈了一步，想迎出去，可还没等迈出脚就又猛然想起白云鄂博的事，又收了回来，不言语，继续剔骨头。

"龙大哥，别忙了，王领导带着医生来看小龙霞来啦！"旗长走在前面先打了招呼。

"龙大哥，小龙霞还好吗？"王立群笑盈盈地问候。龙老汉稍微翻了下眼皮算是打了招呼，手里的活儿始终没停下，过了足有半分钟才冷冷来那么一句："刚睡下，我会照顾，不用你们管了！"

旗长昨天就被旗里的这些人羞臊了一次，心里窝火，本以为大家救下了小龙霞龙老汉会有些转变，于是信心满满带着王立群王司长来这里，可没成想还是这个样子。旗长这脸面是彻底挂不住了，又想发火，可王立群又压下了他，主动上前搭讪道："呦呵，龙大哥，您这刀看着不错，剔骨头飞快啊！"

一提到这刀龙老汉立马来了精神头，难掩内心的自豪，拿起刀来边摆弄着边回答道："有眼力，这刀可是祖宗留下来的，一百多年了，如今还削铁如泥。当年祖上是个将军，这把匕首从不离身！"

王立群本来也喜欢刀枪这类物件，听说是个将军传下来的顿时来了兴致，接过刀来端详了一番。这口刀紫檀柄，裹着铜皮，有几处凹坑，当年想必是镶着宝石。刀身光亮，刀背有一道放血槽，刀锋十分锋利，一看便知是把好刀。他刚想夸一夸，灵机一动，心中有了办法。

"宝刀，宝刀，确实是宝！"王立群称赞。

"那当然，别说是那老年间了，就是现在也难寻，去哪能找这么好的钢？"龙老汉颇为骄傲。

"确实，这钢口是真好，估计咱们旗里也没几把吧？"

"咱旗里？方圆二百里你也找不到第二把这么好的！"

"这话我绝对信，这么好的钢确实少见，但可要是……"王立群故意把话锋一转。

"啥?"

"哈哈，没啥没啥，当我没说那话!"

"不行，我们蒙古人直来直去，说话从不藏着掖着，你要说啥得和我说清楚!"龙老汉一向是忠厚长者，但一涉及他这宝刀的事情就含糊不得。

"哎呀，龙大哥我这是说错话了，可你非要让我说那我就得罪了!"王立群装出为难的样子继续说道，"这刀确实是把宝刀，为啥好? 钢口好啊! 要说这大草原上这样的宝刀我相信超不过十把，可要出了草原可就有的是了!"

"有的是，哪里有的是?"

"龙大哥，你肯定知道宁钢吧?"

"知道，'三大工程'的时候咱们旗还往那捐过羊呢!"

"宁钢生产出来的钢铁能做飞机，能做大炮，还能做坦克，你说能做现代化武器的钢比你这厉害不? 那些钢拿出来随便打上一把你说是宝刀不?"

"这……"龙老汉一时语塞。

"平心而论，咱们新中国刚刚成立不久，帝国主义还对我们虎视眈眈，万一哪天再打来了咋办，总不能拿着刺刀拼人家的飞机大炮吧? 龙大哥是个抗日英雄，当年组织的骑兵队在大草原上赫赫有名，所以你心里一定最清楚，这落后挨打的亏我们早都吃过了，可不能再吃了!"

王立群的一席话触动了龙老汉的心，他猛然回想起当年鬼子在草原上为非作歹，烧杀抢掠，想起了骑兵队拿着土枪和鬼子拼命，想起了自己替儿子收尸的一幕幕，不禁一哆嗦。他心想，这蒙古大草原是个宝地，可连一口铁锅都做不出来，万一哪天敌人再打来可咋办？龙老汉不禁朝着自家敖包里看了看。

"宁钢产的钢铁不够用？"

"宁钢是大，特别是'三大工程'之后那更了不得了，可你想想全中国这么大，四万万同胞，您想想一人打一口锅，一把菜刀，那得多少？再说了，还要修铁路，架桥梁，还得生产飞机大炮，宁钢再大就这么独苗一根也不行啊！"

"那你这意思还得建几个'宁钢'才行？"

"那当然，肯定得建，大势所趋。东北的宁钢日夜不停地生产，南面汉江钢铁厂也破土动工了，现在就差咱们北面的内蒙古没有钢铁厂了！"

"哦，我以为你真和我俩说宝刀呢，原来绕着绕着又扯到白云鄂博了！"龙老汉恍然大悟，继而又低头剔骨头，不再搭话。

"龙大哥，咱们牧民们都说这白云鄂博是神山，保佑着咱们内蒙古大草原，可要我说这白云鄂博是咱们全中国人民的神山"王立群继续细心开导。

"汉人也信？"

"别说汉族人，咱国家的所有民族都应该信！"

"这话啥意思？"

"这白云鄂博蕴含着那么多的铁矿，这要是建起个大钢厂那可就和宁钢、江钢形成'三足鼎立'了，国家用钢铁就不愁啦，那些帝国主义国家就不敢再惦记咱中国了！能保护得了国家，保护得了人民的山怎么能说不是神山呢，大家怎么能不信呢?"

听完这话，龙老汉低头不语，在那反复擦拭着宝刀，沉默了许久低声说了一句:"你们走吧!"

"这……你这啥意思，咋让咱走了，刚才王领导那话都白讲了?"旗长又一阵恼火，就连王立群也露出了窘态。

"我说的不清楚吗，你们走吧，我要给孙女熬骨头汤了!"

"爷爷!"这时候一声清脆的呼叫声从敖包里传出，只见小龙霞一手拄着拐杖，一手扶着门框，两眼泪汪汪地看着大家说道，"爷爷，我不要喝骨头汤，王伯伯和那位阿姨救了我，他们是好人，您就帮帮他们吧!"

"你个小毛孩子懂什么，赶紧进屋歇着去!"龙老汉一声呵斥，继而转过身去再次说道，"你们走吧!"

王立群和旗长坐上了吉普车回了营地，看到几个牧民自发组织起了"巡逻队"监视着勘探队的行动。旗长红着脸说实在不行就来硬的，王立群立马拉下来脸，说绝对不要有这种想法，一定要动之以情、晓之以理。

不知为什么，第二天一大早"巡逻队"走了，而且再也没回来，没人再阻拦勘探队了。王立群知道肯定是龙老汉从中帮了忙，特意亲自道谢，可龙老汉见到他们还是沉着脸说自己不知道咋回事，啥也没做，大家有些摸不着头脑。可王立群无意间看到小龙霞在敖包里探出了头，笑嘻嘻地看着他们，顿时一切就都明白了。

几天后，龙老汉主动找到了勘探队，要求当向导，王立群一听乐得合不拢嘴。但小龙霞伤还未好，无人照顾，于是勘探队就把帐篷扎在了龙老汉的敖包旁，由医生负责照顾小龙霞。小龙霞自打父亲死后变得越来越孤僻，完全没有这么大孩子该有的活泼劲儿，可自打勘探队来了之后情况大有转变。队员们绘图的时候她就趴在一旁静静看着，有时候拄着拐杖给大家热羊奶。小龙霞圆圆的脸蛋儿红扑扑，大大的眼睛水汪汪，队员们都很喜欢她，给她糖吃，教她写字。勘探队完成任务要返回北京的当天，小龙霞哭成了泪人儿，一瘸一拐追着汽车跑出去老远，失落了好久，爷爷看着也心疼。直到后来白云鄂博来了一批批建设大军，卡车一辆接着一辆开了进来，龙老汉的敖包旁又扎起了一堆帐篷，这次当然不再是地质队的，而是宁钢来的，据说要在这修一条白云鄂博通往鹿城的矿石专线，其中一个班组又把帐篷搭在了龙老汉的敖包旁成了他们的"邻居"。

这一次，龙老汉的"邻居"们除了班长之外清一色是二十出头的小伙子，一个个生龙活虎。老汉看着他们就想起了自己死去的儿子，打心眼里喜欢他们，时不时就给他们杀只羊，打两只野兔改善伙食，补补身体。小龙霞见来了一群大哥哥又活泛了起来，围前围后地跑来跑去，忙得不亦乐乎。

大草原上的天气可是邪乎，夏天多半是干旱，可暴雨说来就来；春天那沙尘暴一刮就遮天蔽日，隔着几米都看不到人；到了冬天就更别说了，这白毛雪一刮起来昏天暗地，几天几夜都不停，连那野外野马黄羊都活不了，更别说是在荒郊野外的人了。龙老汉跟这片草原打了一辈子交道，对腾格里的脾气再熟悉不过了。为了保证这群小伙子的安全，为了保证铁路顺利修建，龙老汉又义务地当起了天气预报员，一有点风吹草动就到工地上报告情况，生怕大家伙有点闪失，帮着铁路班避免了不少险情，一来二去大家伙都把龙老汉叫做"活气象台"，说他一个人起码顶上个气象观察站。

前天草原上又闹了天气，一场大雪把外面通往白云鄂博唯一的路给封住了，里面的车出不去，外面的车也进不来。龙老汉一看这天估摸这几天还得有大雪，如今修铁路的那帮小伙子正在前不着村后不着店的地方，要真遇到了白毛雪封它十天半个月的路，不冻死也得饿死。龙老汉心里着急，赶忙在羊圈里挑了十几只肥羊，带上狼狗和小孙女龙霞，趁着天气还好奔着工地就去了。"腾格里啊，等我去了你再发脾气吧，算我老汉求你了！"

"爷爷，爷爷，慢点，等我会！"小孙女龙霞怀里捧着一堆干草急急忙忙跑了上来，边喂羊边说道，"羊都饿瘦了，我得喂喂！"

龙老汉心里清楚孙女舍不得这几只羊，这是她从小养大的，每天都亲自带出去放养，总挑最好的地方让它们吃草，所以才长得格外的肥硕。有一次有人来买羊，一眼就看上了这几只肥的，都谈好了价钱，可小龙霞挡在前面说啥也不让卖。龙老汉心疼孙女，和人家赔了不是，之后就再也没动过卖这几只羊的念头。不成想今天一早他说要给铁路班送羊过冬，小龙霞立马提出要把自己养的肥羊送过去。"孙女喜欢这几只羊，可更喜欢那帮小伙子！"龙老汉心想。

越往前走越艰难，大半天过去了还没走到一半，龙老汉有些着急，一边用鞭子猛抽着马屁股，一边催促道："小霞啊，咱俩得快点赶路，天不早了，说啥也得在天黑之前赶到！"

小龙霞应答了一声也猛挥了两下鞭子，无奈地上的雪有半尺深，马抬不起蹄子跑不起来更别提跟在后面的羊了。

北面的乌云黑滚滚涌起了一大片，越来越近，越来越低。乌云之下白茫茫一片，什么也看不清。"腾格里啊，千万别起风，千万别起风！"龙老汉默默祈祷着，可就在祈祷间狂风突起，惊得马一阵嘶叫，惊得狼狗一阵狂吠，惊得肥羊咩咩直叫，乱成一团。小龙霞被惊马摔在了地上，摔得大叫一声。龙老汉赶忙翻身下马，发现小孙女大腿脱了臼，疼得哇哇大哭，待扶上了马再一抬头发现眼前白茫茫一片，犹如堵上了一面巨大的白墙。"糟了，白毛雪来了！"

小龙霞咬牙忍着不停抽泣，马也不断嘶叫，大狼狗边叫边拢回了惊慌的羊，可这些叫声越来越小，越来越小，全都淹没在了呼啸的狂风里。

白毛雪越来越大，根本睁不开眼，吹到脸上就像一把刀片割进了肉里，这么大的雪龙老汉也头一次遭遇到。龙老汉定了定神，眯缝着眼，四周白茫茫一片，根本分辨不了方向，往出闯是不可能了，只能待在原地，等着白毛雪自己退了。可啥时候能退呢，这要是下上一整夜那他们祖孙俩也得冻死在这。天彻底暗了下来，雪越下越大，龙老汉看着趴在马背上的小孙女，心想事到如今也只能原地不动了，但无论如何也得留住小孙女。想到这里，龙老汉把小孙女抱下了马，安安稳稳放在地上。将十几只羊聚到了一起，围住了小孙女。又让两匹马挡住了羊群。最后自己和大狼狗钻进羊群，脱下了羊皮袄罩住了自己和孙女。

"伟大的腾格里啊，伟大的白云鄂博啊，您要是惩罚就惩罚我吧，让我孙女活下去，让那些小伙子活下去……"龙老汉不停地祈祷着，渐渐地，他发现小孙女没了动静，没了体温，自己想唤醒孙女却也动弹不得。

"腾格里啊……"

五

白毛雪一直下个不停，大风呼扇呼扇地狂吹着，白云鄂博铁矿里的一座简易房被吹得嘎吱嘎吱直响，雪顺着门缝吹了进来，堆得快有半尺高了。一个中年汉子蒙着大被坐在床上，探出手烤着炉火。已经是下半夜了，可他还丝毫没有睡意，心里火急火燎，担心铁路班的同志们冻着饿着，有个三长两短。"这么大的风，要是把帐篷掀翻了那还了得？"

这个中年汉子是石友刚，如今他也来到了蒙钢，眼下正在抓蒙白铁路线的建设。一个上海交大的高才生，一个被多名首长看好的延安干部，一个参加过抗日战争和解放战争的老兵，又在解放初期到全国最大的钢铁企业里主抓交通，这样一位履历丰富的干部如今来到了蒙钢主抓铁路建设。虽然表面上看是平级调动，但在所有人看来这和降职也没啥区别，毕竟现在的蒙钢还在建设初期，要啥没啥，一切都要从头干起，反观宁钢就是在建设之初条件也要比这里好上不知多少倍，更何况是现在。可只有少数人知道，石友刚是主动要来蒙钢的，而且为此放弃了去国家铁道部任职的绝佳机会。这还是宁钢"三大工程"竣工后不久的事情，当时一位首长来宁钢视察，其间特意提出要见见"石大横"。在宁钢里，石友刚这人可是无人不知无人不晓，人高马大，长得英俊，听说当年在延安只要他参加的篮球赛领导都去看。特别是当年和辽南铁路局斗法，去矿山土匪手里偷车皮的事成了佳话。谁不知道这人有学问，可又是土匪性格，脾气火爆胆子大，敢替工人替老百姓说话，深得人心。当时宁钢里有"四大金刚"，都是这样的人，而这"四大金刚"里的头一号就是石大横石友刚。可"石大横"这名号也就是在宁钢里有名，这位首长却点名要见"石大横"，可见二者关系很不一般。

实际上，这位首长就是当年石友刚在延安时的老领导，那时石友刚闹情绪，成天闹腾着要去前线打仗时就是这位首长帮忙安排的。这首长打心眼里喜欢当年自己手下的这位得力干将，觉得石友刚有文化，有能力，有胆识，经过了宁钢的历练后又成长了不少，是个难得的年轻干部，理应大力培养，于是想调他去铁道部任职。石友刚当时没做决定，也不想当面驳老领导的面子，找了个话题就给差过去了。老首长多聪明，知道这小子肯定另有打算，于是扔下了一句话，说想好了可以随时去北京找他。石友刚不以为意，压根没当回事，心想要过安生日子当初直接留在延安不就得了，何必还要去前线，自己压根儿就是坐不住板凳的人，那"养人"的地方可不能去，要去就去能打硬仗的地方，得去鹿城，去蒙钢。

石友刚是铁了心不去铁道部，但首长点名要他的事私下传开了，起了议论，都觉得人得往高处走，特别是石友刚这样有能力的干部更应该如此，况且首长都发了话，去铁道部是板上钉钉的事儿了。一天，他的老战友马瑞马大横拎着两瓶好酒来宁山找他，一进屋把酒"哐当"往桌上一放，吵吵着让他赶紧张罗几个菜要好好喝一顿。石友刚被弄得一头雾水，心想这无缘无故地唱的是哪出戏。

马大横兴致极高，席间频频举杯，谈的都是当年带兵打仗的事。一提当年石友刚也高了兴，越喝越起劲儿。酒过三巡两人都上了劲儿，马大横说了真话："我说老石，你这要去铁道部了，要高升了，要不了多久我也能转正了，咱俩这关系就不用多说了，以后可得靠你提拔了，咱俩争取还能一副架！"

闻听此言，石友刚恍然大悟，明白了老马这次来就是为了这个，真是没有不透风的墙，自己不在意的事儿却引得身在大连的兄弟特意来了一趟。

"老马，这事儿你怎么听说的？"石友刚问。

"这你就不用管了，首长点名要的你，这大事谁能不知道，怎么，你还要瞒着我不成？"

石友刚一想也是，首长来宁钢的一举一动都被密切关注着，但凡有点什么风声立马都会传出去。

"多的话我就不说了老石，一切都在酒里！"马大横说着又举起了杯。石友刚一看这闹了误会赶忙拦下，解释道："老马老马，先别急着喝酒，我有话对你说！"

"喝酒不耽误说话，我先干了！"马大横不容分说，一饮而尽。

"老马，我实话告诉你吧，今天这酒你喝再多也没用，我压根儿就没打算去铁道部！"

"这话啥意思？"

"我不去北京，不去铁道部，我要去鹿城，去蒙钢！"

"啥，你说啥，去蒙钢？"马大横听到这话脑袋里"嗡"的一声，整个人都呆住了。

"对，已经决定了，明天就打算找李达经理说这件事，去蒙钢！"

"老石啊老石，你闹啥呢，你是疯了还是傻了？"马大横情绪激动，"要去蒙钢，那是啥地方啊，大草原，大荒漠，一到晚上全是狼叫的地方！当初有好地方你就不去，非要来宁钢，宁钢好不容易建设好了你又要去蒙钢，这不是屎窝挪尿窝吗，我不同意！"

听马瑞这么一说，石友刚不乐意了，立马反驳道："我说马大横，你说的是啥话，啥叫屎窝挪尿窝，宁钢是屎窝还是蒙钢是尿窝，你一个共产党员就这么说话？你这思想有问题！"

"你别给我扣大帽子，我老马不怕这个，我脑袋上的帽子多了去了，反正我就不同意！"

"你不同意，你不同意的事情多了，你马大横还能管了我石大横？我还就去了！"

"你这不知好歹的东西，放着北京那好地方不去，偏要去那鸟不拉屎的地方，咋地，穷命改不过来了呗？"

"我还就是这穷命了，你想指望我，你指望不上！"

"指望你？我指望你啥，啥事不吃你亏就谢天谢地了，能指望你啥？"马大横气得浑身直哆嗦，一把搪翻了饭桌转身就走，刚走出门又转回身来拿回刚才拎来的两瓶酒。

马大横拎着酒愤愤走到门口一脚踹开了门却又停了下来，平静片刻说道："老石，你以为我是为了巴结你来的？你和我老马不一样，你是延安的干部，那么高的文化，又有能力，你得往高走，这不是贪图享乐，能力越大责任越大，也能为国家做更大的贡献……多了我不说了，就这么地吧！"马大横说完这句话把酒又放在地上，出了门。

"这个马大横，哈哈……"想到这里石友刚不由得笑出了声，还有些想念这个出生入死多年的老友。他披着大棉被哈腰捡了两块木头扔进了炉子里，又从床底下掏出马大横给他的酒，倒上两杯，碰了一下，嘟囔道："来，老马，咱俩干一个！"

几盅酒下了肚，酒劲上来了，身体也暖起来，迷迷糊糊的石友刚睡着了。寒风一刻不停，呼呼作响，朦朦胧胧中石友刚梦见自己回到了宁钢，沿着铁路往前走啊走。

天将蒙蒙亮，心里有事儿的石友刚一个激灵坐起身来，赶忙起身下地，不成想大雪封门，猛踹两脚门也就欠出一条缝，好在窗户勉强能打开。石友刚顺着窗户轱辘出去，浑身是雪直奔司机小张的宿舍。此时小张也开不开门，正在那踹呢。石友刚找来一把铁锹三下五除二，铲走了雪开了门。

"快，小张，跟我去铁路班看看，这大雪下得太邪乎，我怕他们出事！"

"石部长，这大雪下的都要过膝盖了，车肯定是开不了了！"

"那咋整，骑马？"

"就得骑马了，我去找老乡弄个爬犁，这样能快点！"

半个多钟头，一个蒙古族老乡赶着爬犁带着石友刚和小张出了白云鄂博铁矿，沿着铁路线一路向南，奔着鹿城的方向就去了。

这场大雪下的实在是太大了，马走得也艰难，呼哧带喘，好在天放了晴。朝阳之下，一望无际的大雪尽收眼底，真是应了毛主席《沁园春·雪》里的诗词：北国风光，千里冰封，万里雪飘，引无数英雄竞折腰。

可景色再壮观，石友刚也没有心思欣赏，他心里只惦记着铁路班的安全。

"老乡，能再快点不？"石友刚焦急难耐，一个劲儿地催促。

蒙古族老乡心疼马，可情况紧急，只能扬起鞭子又猛抽了两下，马儿鼻子喷着白雾，一阵嘶鸣加快了脚步。

突然，远处传来了什么声音，仔细一听是狗叫，不大会儿的工夫一条狼狗跑了过来，叫个不停。

"哪来的野狗，去，去！"小张站在爬犁上驱赶着狼狗。

"不是野狗，是家狗！"蒙古族老乡边赶着马边说。

"这荒郊野外的狗咋跑这来了？"石友刚问。

小张不停驱赶，狼狗并没有要走的意思，始终围着爬犁来回跑，叫个不停。

"怕是来求救的，估计他主人在附近出了事！"经验丰富的蒙古族老乡停下了马，冲着石友刚说。

狼狗见马停了，又叫了两声，而后转身便跑。

"你看，这是带路呢！"

"那赶紧的，跟上，快跟上！"石友刚大喊。

马儿拉着爬犁跟着狼狗跑了好一阵子，石友刚远远地见到前面好像有几头牲口，近了一看原来是两匹马和一群羊，两匹马还站着，羊冻死了几只。

"这荒郊野外怎么会有一群羊，谁赶来的，主人呢？"小张一头雾水。

这时狼狗冲进了羊群大叫了两声，那几只还能动弹的羊跟跄着挪了挪地方，露出了一个隆起的覆盖着羊皮袄的小包，羊皮袄的四周被大雪裹得严严实实。

石友刚下了爬犁，踩着没膝的雪跑了过去，一把掀开了羊皮袄，发现下面是一个光着上半身的人，蜷缩跪在地上，搂着另一个羊皮袄裹成的包。石友刚俯下身子趴在雪地上这么一看，脑袋"嗡"的一声，大喊道："龙大哥！"

此时的龙老汉已被冻僵了，如同一尊雕塑一般一动不动。

"小霞，怀里的是小霞！"石友刚突然缓过神来，他知道小霞和龙老汉形影不离，龙老汉脱光了衣服拼上了性命保护的肯定是自己的小孙女。他想把羊皮袄里的小霞拽出来，无奈龙老汉就那么死死地"抓"着不肯放手，小张和老乡也上了手才帮忙分开。蒙古族老乡探了探鼻息，惊喜道："还活着，还活着！"他赶忙脱下棉袄给捂上，又抓雪搓小龙霞的手脚，搓了好一阵儿见有了点活气儿，三人赶忙把龙老汉的尸体和小龙霞驾上了爬犁，拴上了马和羊，一起奔铁路班那去了。

第二天，龙老汉被安葬了，就埋在了离蒙白铁路不远的地方，大家希望通车的那天龙老汉也能看到。铁路班的小伙子们为龙老汉默哀三分钟又三分钟，三分钟又三分钟，迟迟不愿离开。小龙霞虽然得救了，但高烧不退，烧得说胡话，一个劲儿催促爷爷赶紧把羊送到大哥哥们那去，不然就饿瘦了。蒙古族老乡把冻死的羊收拾了，热腾腾地煮了一大锅。石友刚端着热气腾腾的羊肉汤，眼泪"啪嗒啪嗒"掉到了碗里，铁路班的工人们哭得泣不成声。如今蒙白铁路到了最吃紧的阶段，环境恶劣，补给也跟不上，跟在宁钢相比简直一个天上一个地下，不少工人被冻伤，如今大雪封路，吃饭都成了问题，消极的情绪开始弥漫。可龙老汉的死给了他们动力，小龙霞对他们的爱更给了他们动力，他们下定了决心，无论如何也要咬牙坚持下去，定要顺利地把蒙白铁路建设完。

龙老汉过世不久，蒙白铁路全线贯通。1957 年 2 月，白云鄂博铁矿正式成立。3 月中旬，鹿城运输部正式成立，由石友刚担任首任部长，蒙钢厂区铁路随即开始运营。

一辆满载着矿石的列车从白云鄂博驶出，直奔蒙钢，龙老汉就站在蒙白铁路旁笑盈盈地注视着，与那神山一同默默守护着这里。

六

1957 年 7 月 25 日，鹿城昆都仑河西岸宽阔的地界上搭起了个高大的"戏台"，"戏台"虽然又高又大，可布置得十分简单，无非是用了发旧的红色绒布装饰了一下桌子，象征性地挂上了四盏红灯笼。实际上这可不是什么戏台，而是一个大会主席台。主席台上方的贺幛上用汉语和蒙语写着"蒙钢开工庆典大会"几个大字，下面摆放了两排桌椅板凳。此时，主席台前的空地上已经聚集了成千上万的工人和群众，也有不少蒙古族牧民骑着马专程来这里看热闹。

主席台上陆续走来一批领导，人群开始躁动起来，来自宁钢的一名工人不禁惊叹道："哎呀，那不是咱们的周副经理嘛，他来蒙钢啦？"

"这你都不知道啊，人家周副经理主动请缨支援蒙钢，现在是蒙钢的副经理！"

"呀，那多不合适啊，平级调动，关键这地方不比宁钢啊！"

"这话说的，都是为了支援蒙钢嘛，你不也是平级调动嘛，你咋来了？"

"要不咋说你就是个工人呢，就你这觉悟能和人家比？"大家你一言我一语。人群里起了议论，声音越来越大。实际上按照上级指示，蒙钢由宁钢包建，也就是说宁钢要提供从设计建设到施工再到日后生产技术的全过程全要素支撑，所以此时的开工典礼现场绝大多数工人都是老宁建的工人，对于宁钢的领导们他们自然都认得，而刚刚大家提到的周副经理就是原宁山钢铁公司的副经理周一民。

"快看快看，那不是'四大金刚'中的头一号，石大横嘛！"

石友刚在宁钢那可是响当当的人物，十个人里得有八个人认识他，声望相当高，他这一上台人群里的骚动更大了。有的工人扯着大嗓子喊道："石部长，是不是放心不下我们，来蒙钢给咱们撑腰做主来啦？"此话一出，众人笑成一片。

石友刚这人有个毛病，和上级是个刺儿头，和工人们脾气却是极好，所以工人们都喜欢他，拥护他，但在主席台上他不便多说，只是一边咧着嘴笑，一边频频点头摆手。这动作要是别的领导做还好，可他石友刚一做起来，工人们又爆发出一阵笑声，有工人起哄说："咋回事，咱们的石大横石部长咋一上台就成了害臊的'大姑娘'了。"

除了周一民和石友刚外，会场上还有不少来自宁钢的领导干部，有原宁建公司副经理李敬国、原宁钢特殊工程公司经理林光、原宁建土建公司党委书记耿如章等，他们都来了，这些当年从全国各地奔赴东北，支援建设的宁钢"五百罗汉"今天又义无反顾来到荒芜的西北边陲，同他们一起来的，还有数万名来自宁建的建设大军。

如同主席台的搭设一般，开工庆典上领导们的讲话也十分简短扼要，但又十分鼓舞人心。最后，总经理一声令下，工作人员立马小跑上了主席台搬下桌椅，远处一辆辆卡车和拖拉机喷着浓烟开了进来，青年突击队队员们就地支起了帐篷，工人们一个个摩拳擦掌，挥舞起铁锹镐头，就地施工。刚刚还回荡着口号声和欢笑声的空地顷刻间成了挥汗如雨的施工现场。

卡车拖拉机"轰隆轰隆"，铁锹搞头"叮叮当当"，在鹿城的地界上从来没有响起过这么多金属发出的声音，在内蒙古的地界上从来没有过这么热闹的工业建设。这是一片茫茫草原，可在建设工人的眼里，这里即将成为一座伟大的现代化钢铁工厂。

七

鹿城这地方冬天来的着实是早，十月末就嘎吱吱的冷，这几天又起了小北风，北风夹着沙子刮在脸上真就如小刀子割一般的疼。此时，李敬国呼哧带喘爬上了一座30多米高的铁塔上，用袖子擦了一下脸上的汗，感觉针扎一般，浑身一激灵。

喘匀了气，李敬国拍打拍打瞭望台，又在上面蹦了蹦看看结实不结实，旁边的工作人员"扑哧"一笑，说这可是钢筋架子，又是宁建干的活，有啥可担心的。李敬国一想也是，笑道："习惯了，习惯了！"

这时候苏联专家也爬了上来，拍了拍，跳了跳，李敬国和工作人员忍俊不禁，弄得苏联专家一头雾水。

"李经理，我刚才看过了，这座铁塔施工标准很高啊！"苏联专家称赞。

"过奖过奖，要不是听了你们苏联专家的建议也不会有这座铁塔，这将对我们日后的施工起到很大的帮助啊！"李敬国说的不是客套话，而是发自内心的大实话，他深知自己虽然也是个抓了多年基建的领导干部，可这鹿城的情况大不一样，建设难度大。而且这的气候相当恶劣，寒冷倒还能克服，关键是这风沙，一刮起沙尘暴来遮天蔽日，隔着10米都见不到对面的人，有那么几次，这边正挖着地基，那边一阵沙尘暴吹过就把挖出来的地基填满了一半儿，这可是见所未见的，不少工程就因为这沙尘暴误了工期，很多设备也因为进了沙子开动不起来，给国家造成了不少不必要的损失。而后苏联专家建议，建立一座大气含沙量观测站，为施工提供参考数据，于是在蒙钢的厂区里，新中国第一个大气含沙量观测站拔地而起。

李敬国拿起望远镜四处这么一看，心里颇为欢喜——厂区里到处是基建工人们搭起的帐篷，虽然入了冬，但是大家伙干劲十足，热火朝天，不少厂房钢架已经架起来了，初具规模。

下了班，李敬国出了工地，沿着一条宽阔而笔直的马路一路向东。这条贯穿鹿城的主干道是 1955 年修建的，直通蒙钢厂区，两旁竖着明亮的路灯，它也有一个响亮的名字叫做钢铁大街。钢铁大街建设之初就犹如草原上的一条黑色巨龙，十分壮观，成了鹿城人的骄傲。但那时候钢铁大街两旁还没有什么像样的建筑，因此这条"巨龙"是孤单的伏在大草原上。李敬国第一天到鹿城时看到这么宽的大街也吃了一惊，心想好是气派，就算是宁山也没有这么宽的大街啊。等到了 32 街宿舍他又吃了一惊，一瞬间脑子里一片浆糊，以为自己转回了宁山。

"这……这不是新台町宿舍嘛！"

原来在蒙钢建设之初，全国各地纷纷响应，几乎一夜之间这里就涌入上万的建设者。沿着钢铁大街的路两旁一马平川，好像一张还没动笔的画纸一般，这可是得天独厚的优势，为了最快地建设一片宿舍区，宁建拿来了当年在宁山建设新台町宿舍的图纸，一笔都没改动，直接建起了这片宿舍区，主要供各地支援蒙钢的干部居住。结果，宁山人都想象不到，宁山新台町那片宿舍区在千里之外的鹿城又有了一个一模一样的"孪生兄弟"，这也就难怪李敬国当时头脑发懵了。

当初用宁山的图纸建设这片宿舍区纯属急中生智取捷径，但效果确实出奇的好，尤其是对于那些还来自宁钢的干部。抛开宿舍一模一样不讲，就连分的家具都和当初在宁钢的差不多，尤其是这左右邻居绝大多数还是当初在宁钢的同志，谈谈工作，唠唠家常，逢年过节在一起吃个饭都方便得很，这一点宁钢的干部不知要比其他地方来的幸福了多少倍。

李敬国到家时妻子罗映雪正炒菜，被油烟这么一熏立马感觉这胃里翻江倒海，扶着墙就奔泔水桶那跑。李敬国见状赶忙上前，把妻子搀到炕上稳稳当当坐下，"抱怨"道："映雪，你怎么炒菜去了，这眼看着要生了，你可别乱动！"

"能不动嘛，不动你晚上吃啥，白天那么累，晚上回来饿肚子啊？"罗映雪答道。

"那……那就蒸点土豆，不是有大酱和大葱嘛，拌一拌就得了！"

"这一个礼拜都吃四五顿土豆拌大葱啦，你还没吃够啊？一提这个我比闻到油味还反胃！"说到这里罗映雪觉得又好气又好笑，丈夫明明一个南方人，还是个富家子弟，当年吃穿都讲究，可如今一举一动都像个东北人，吃饭竟然要就着大葱。然而，罗映雪又有些心疼，虽然身为鹿城建设公司的经理，但整天泡在工地里，风吹日晒，眼窝深陷，越来越瘦，营养还跟不上。可她自己有了身孕行动不便，想找个保姆丈夫死活不让，说没那必要，影响也不好，所以家里的生活水准就越来越低了。

今天是个例外，罗映雪收到了一个包裹，里面装了不少南方的土特产，所以特意做一顿饭改善改善伙食。这些年李敬国一听包裹俩字就犯怵，特别是里面装着土特产的包裹，都是当初金大牙那事儿给闹的，可谓一朝被蛇咬，十年怕井绳，可这次的包裹不一样，那是他身在汉江江钢的好哥哥岳青峡邮寄过来的，里面还加了一封信。自从二人宁钢一别之后，各自忙于工作，还没有过书信往来，甚是想念，李敬国迫不及待拆开了信。

吾弟敬国：

见字如面！宁钢一别一年有余，十分想念，身体可好，弟妹可好，蒙钢建设还顺利？

其实，对于蒙钢不仅仅是我，全国人民都在关心着呢，随便翻翻哪张报纸都能看到和蒙钢相关的消息，不过按照计划我们江钢定是会先一步投产了，这次哥哥我终于能压过你一头哩！

回想当年我们俩一起在菲律宾打游击，在广东和香港蛰伏，而后又和罗映雪一同到了宁钢支援建设，一幕幕就如同昨天发生的。特别是在宁钢，那种火热，那种欣喜，那种对于未来的美好憧憬，真是印象深刻，每当想起来在梦中都会笑醒。本以为你我二人此生都会留在宁钢，不成想如今天各一方，我这当哥哥倒是被分配到了离家更近的地方，你却一下子到了西北边陲。鹿城的情况我大抵也了解一些，不比宁山，够你这大少爷受的了。不过再一想，哪一个党员干部没吃过这份苦呢，这和战争年代比起来又算得了什么呢，也正是在这种千锤百炼中你我才逐步成长为了一名合格的党员！

我最近真是累坏了，各项工程都到了最吃劲儿的阶段了，忙得不可开交，可一想到再过不久后宁钢就可以不再孤军奋战，中国的钢铁工业版图就能形成"三足鼎立"的局面，一想到新中国第二个五年计划如此顺利，我这心里就美滋滋的，身上就又有了使不完的劲儿。如今，这"三条腿"就差蒙钢了，你这鹿城分公司的副经理可要抓紧了！宁钢这个企业虽然大但也就是个企业，可当初一下子涌进来五百多县级以上的干部，试想一个城市才有多少个这样级别的干部，这可真是破天荒啊！你也知道，当初不少人对此私下议论，说来了宁钢相当于"下放"，多大的领导到了这里都算不上领导了。可现在看来，中央的指示是多么的正确！如今，五百多个干部经过宁钢的历练之后都成长为了钢铁行业的中流砥柱，支援到了全国各地，几乎撑起了整个国家的钢铁工业，这是一幅多么令人振奋的鸿篇巨制啊！

说实话，真怀念在宁钢奋斗的日子啊，也真是想你和映雪啊，有时候我去汉江大桥那转一转，一想到这座横跨长江的宏伟建筑用的都是咱宁钢的钢铁，内心就感到无比的亲切，就好像回到了宁钢，见到了你俩一样。

好啦，时间不早了，愚兄我就不在这里煽情了，我在江钢等着你胜利的消息，待到"三足鼎立"时，我定要去蒙钢看一看，到时候我们兄弟定要痛饮一番！

眼看着就要春节了，这里给你和映雪邮去点家乡的吃食，提前给你俩拜个年，也希望你俩早点抱上大胖小子！

兄　岳青峡
1958 年元月 12 日夜

信读完了，李敬国感慨万千，内心涌动着一股热流。饭菜虽然可口，但他无心品尝，若有所思，罗映雪知道丈夫定是想那个比亲哥哥还要亲的岳青峡了。饭后，李敬国又沉默许久，而后打开了台灯，伏在写字台前起笔回信。

八

1958年春节这一天，鹿城格外的热闹，一大清早挨家挨户就热气腾腾，喜气洋洋。轰轰隆隆的炮仗声络绎不绝，响彻大地。鹿城昆都仑河西岸那巨大的建设工地上放了一天的假，累了一年的工人们得空歇上那么一天，早早起来放上一挂鞭，喜庆喜庆，可不少人心里还是牵挂着工地，于是带上狗皮帽子，腋下夹起一挂鞭奔着工地去，想让蒙钢里也热闹热闹。大家伙不约而同，你也来我也来，人越聚越多，越来越热闹，而且大家伙发现建设公司经理李敬国也来了，还让司机用吉普车拉来了一后备箱的炮仗，说是要喜庆喜庆，为来年的建设赢个好彩头。

几个工人师傅把鞭炮扯开铺了一地，点了烟吧嗒吧嗒抽了几口，大喊了一声："放炮喽！"顿时，满地的鞭炮噼里啪啦地响成了一片，火光冲天，大家伙捂着耳朵，咧着大嘴高兴得不得了，只见那鞭炮的碎纸火红火红的铺了一地。

李敬国放完了鞭赶忙回了家，妻子身子不方便，他得赶忙张罗一桌饭菜才行。罗映雪坐在炕上看着丈夫忙活得满头大汗，又心疼又高兴，想去帮帮忙可转念一想，这么多年来自己还是第一次受到这待遇，可不能心软。得亏岳青峡邮寄来不少南方吃食，还有一些罐头，李敬国叮叮当当忙活了一个多钟头，有凉有热也有汤，算是凑齐了一桌子菜。

饭桌上，罗映雪给丈夫满上了一盅酒，李敬国撸起袖子拿着筷子直勾勾地盯着妻子，好像是在说："你赶紧尝尝味道怎么样！"罗映雪看丈夫那样子忍俊不禁，拿起筷子夹了一口肉丝炒笋干，而后又夹了一口腊肉炒大葱，还别说味道都可以，对于从来不下厨的男人来说绝对值得表扬，罗映雪竖起了大拇指夸奖了丈夫一番，李敬国乐不可支，一口干了杯中酒。突然，罗映雪"哎呦"一声，紧接着捂着嘴，吐出了两粒沙子。沙子个头还不小，掉在桌子上"啪嗒啪嗒"两声。李敬国变了脸色想妻子肚子里我那没出生的儿子非得抗议不可！

"不怪你不怪你，这还不是常事，早都习惯了！"妻子赶忙安慰丈夫。其实如今生活在鹿城的外地人也习惯了，这地方紧靠着黄河，吃的水多半是浑浊的，时不时就吃到沙子。就算水里没有，刮起一阵沙尘暴这饭也基本是就着沙子吃了。刚开始大家伙抱怨不止，可时间久了也就习惯了。但是，不少人特别是南方同志因为不适应这恶劣的环境而得了病，其中又以得胃病的居多。

"眼下咱们这自来水处理能力还不够，要满足全市的使用还得一段时间，胃不好的人恐怕还得吃一阵苦头！"李敬国边说着边翻腾着菜，从里面挑沙子。

"对了，说到胃病我想起来了，智春山胃病犯了，胃出血，听说还挺严重，住了几天医院，过年了说什么也不住了，回家了！"罗映雪说。

"是吗，又犯病了？哎呀，老智这老胃病可是个问题，在宁钢时就饥一顿饱一顿的，犯起病来疼得满地翻滚。当初就因为这个胃病谁都不同意他来鹿城，可他就是不听。你说这自打来鹿城犯了多少次病了？"

"要不你一会吃完饭去看看老智？"

"今天不去了，在家好好陪你过年，也让老智好好休息休息，明天再去！"

大年初一这天下午，李敬国拎着两盒糕点去了同住在 32 街宿舍的智春山家中。进了门一看，智春山正披着军大衣看一沓子文件。

"老智过年好！这大过年的，你也不休息休息，还带病工作啊！"李敬国说道。

"呀，是敬国啊，过年好，快进来坐！"智春山一手下意识地按着胃一手招呼着李敬国，这一动不要紧，只觉得胃里又一阵绞痛，疼得他一咧嘴又坐到了椅子上。

"哎呀，老智啊，都病成这个样子了就不要工作了嘛，歇一歇嘛！"李敬国赶忙去搀扶。

"老毛病了不碍事，说不定什么时候就疼上一阵子！"智春山说着端起了杯子，想喝口茶压一压，可这胃疼得厉害，只见他额头冒冷汗，双手直哆嗦，半天也没喝进去这口茶。李敬国见这情景心里不是滋味。

智春山老家是山东的，比李敬国大着七八岁，现任蒙钢党委副书记，是个忠厚长者，向来受人尊敬。别看现在老成持重，可年轻时候那在山东老家打起鬼子可是一马当先，是赫赫有名的"运河支队"的创始人之一，建立了黄邱套根据地。这黄邱套根据地在当时是连接冀鲁豫八路军与苏北新四军的纽带，地理位置十分重要。抗日期间智春山就担任运河支队的政委，带着队伍屡立战功，搅得鬼子坐立不安，就连上级都赞誉运河支队是"敢在鬼子头上跳舞的队伍"。

1942 年，运河支队在微山岛战斗中受挫，而后黄邱套根据地又遭到了鬼子的频繁"扫荡"，最后整个队伍被围堵到不到 10 平方公里的狭小区域，弹尽粮绝，饿了就吃草根，渴了就嚼冰碴子，智春山也就是在那个时候坐下的病根。

"你啊，真得休息休息，胃病就得靠养！人家都说你成天在工地上，渴了就直接喝凉水，就咱这水，浑的跟汤一样，好人也受不了更何况是你！"李敬国有些心疼地说。

"哎，工人们都喝凉水，难不成我们党员干部还要端碗茶去？不像话嘛！我这病没大碍，你放心我心里有数！"智春山好歹是把这口茶喝下去了，缓了一会说道，"提到水我突然想起来，昭君坟有进展了吗？"

智春山所说的昭君坟指的是黄河上游的一个渡口，这一段河道在洪水期水面宽达四五公里，可那渡口的河槽只有六七百米宽，又赶上河道是个转弯处，所以一发洪水这里准出事。正巧那又是蒙钢的取水点，需要稳定的水流，所以必须对渡口进行改造才行。

"上级已经研究了，说是由交通部负责组织施工，拓宽河槽，加高堤坝！"

"交通部直接负责，那得什么时候能开工？"

"你看你这急脾气，怎么说不也得入了春，你就把心放在肚子里好好养你的病吧！"

"还得等到开春，慢，还是慢！"智春山说着又喝了一口水。

九

1958年4月，南方大地上已是春暖花开，草长莺飞，可内蒙古却还是冰天雪地。冷是冷，可蒙钢工人的心里热乎，因为这个月有那么几件好事，除了一些在建的项目取得了阶段性胜利外，蒙钢炼铁厂一号高炉也破土动工了，这绝对可以称得上是标志性的事件。另外，当初智春山放不下心的昭君坟渡口也传来了好消息，交通部已经派来了工程队，投入到了建设之中。在全国都在轰轰烈烈开展"大炼钢铁"的时候，蒙钢也不甘落后，各项工程进度都超过了预期，快马加鞭地向前推进。

这天，李敬国和智春山来到了昭君坟渡口，一来是看看工程进度，二来是因为蒙钢流量最大的一条输水管线今天试车。

黄河边上，抓钩机不停地挖着河里的淤泥，加深河道。堤岸上工人们抡着铁锹忙个不停，推土机往来穿行一刻不歇。李敬国和智春山二人最近没短了来这，眼见着工程一天天快速推进，眼见着黄河水平静了不少，心里觉得高兴。

"这水可是给蒙钢解渴的啊！人渴了没劲，这钢厂渴了就生产不了钢铁，但咱蒙钢挨着黄河，怎么着也渴不着啊！"智春山兴奋道。

"水是不少，可得匀着喝，不能一会灌大肚，一会喝不到，渡口工程一完这个问题就算是彻底解决啦！"李敬国说。

此时，泵站里已经聚了不少人，二人到了之后立刻示意让操作工试车。可这按钮按下了半天，水泵也"嗡嗡"作响，流量就是上不来。

"这……这个流量不对吧！"等了半天李敬国着急了，问正在操作的师傅。

那操作的师傅年纪不大，眼见着流量上不来，身边还站着两个领导，一下子慌了神，红着脸说："是不对，还不到一半呢，刚才我合计等一会看看，这咋一直上不来呢？"

"是水泵的问题吗？"智春山问。

小师傅赶忙去检查身边两个运行的大水泵，又看又摸，而后摇着头说没问题。

"八成是进水口堵啦，不然这泵怎么干转不见水！"旁边一个老师傅说。

"走，那咱去河边看看！"

李敬国、智春山和十几个工人一路小跑到了黄河边上，找到了进水口。老师傅朝那边瞄了几眼就说肯定是堵了。

"为啥？"有人问。

"这么老粗的管道，要是真抽水的话进水口会有小旋涡，现在啥动静都没有，以前我遇到过这种情况。八成是被破渔网什么的挂住了，又兜住了一堆柴火木棍儿啥的，就给堵住了！"老师傅说。

"能不能自己冲开？"又有人问。

"那哪能，越挂越紧，越兜越多！"

"那得怎么办？"李敬国问。

"就得下水给它扯下来！"

"我的妈呀，这可是昭君坟啊，谁下去谁没影，哪年这里不得淹死几个！"大家你看看我，我看看你，起了议论。

"我去！"李敬国说着就要脱自己上衣，"我是海边长大的水性好，我去！"

"这可不行老李，这可是黄河不是大海，水里还带冰碴呢，你能受得了？"智春山立马反对。

"没事，黄河还能比大海厉害不成？"李敬国继续脱衣服。

"李经理，还是我去吧！"那位老师傅站了出来，"这活危险，以前我就干过，因为肺里呛了水才换了岗位，你水性好不一定能摸到那渔网，摸到了也不一定能扯下来，这活儿还得我这有经验的来！"

老师傅一边脱衣服一边吩咐旁边的小徒弟："去，回泵站给我找根绳子过来，不要最粗那个，下水带不动！"

几分钟之后，绳子拿来了，老师傅把一头盘在了腰上，另一头拴在石头上，岸边大家伙紧紧拽着绳子，一点点试探着送老师傅下水。

老师傅渐渐游到了吸水口，来来回回摸索着，摸到了东西，扯了几下没反应，对着岸边大喊说是破渔网，挂得太紧得下去拽，于是一头潜入到了水里。几十秒后他探出了头，深吸了一口气又潜了下去，反复了好几次后，只见吸水口处泛上来不少杂物，继而河水搅动着形成了一股旋涡开始往管道里流。

"通啦，通啦，往上拽，快，往上拽！"李敬国一声令下大家伙一起使劲拉绳子，可没拉几下绳子那头一较劲绷得死死的，说啥也拽不动了，老师傅整个人也还在水里没露出头。

"怎么回事，怎么拉不动了？"李敬国一愣。

"糟了，这段河里施工废料多，指定是挂在啥东西上下不来啦！"一旁的工人喊。

闻听这话李敬国二话没说，脱了上衣就下了河，顺着绳子往下摸，而后一猛子扎到了河里。李敬国这动作太快，想拦着都来不及，这猛子扎了足有一分钟也不见动静，大家伙这心都提到了嗓子眼儿，紧盯着河面不敢眨眼，智春山这脑门子也冒了汗。

"动啦动啦，有动静啦！"突然，一人大喊。

果然，奔腾的河面上又泛起了一阵小水花，紧接着一个人被举了上来，是那老师傅。只见那老师傅"噗噗"吐出了两大口泥水，一阵猛咳算是缓过来一口气。而后李敬国也露出了头，抹了一把脸，挥了挥手示意大伙往回拉。

"拉，快点往回拉！"智春山赶忙指挥大伙儿。

这一拉不要紧，绳子猛地一绷，泄了劲儿的李敬国脱了手，瞬间被河水带走，没了影。大家伙傻了眼，智春山"哎呀"一声叫了出来。

这时石友刚开车路过，见这里一群人就赶了过来，问是咋回事，智春山急得手足无措说李敬国被卷进去了。石友刚急得一拍大腿，说赶紧捞啊。而后抢过绳子盘在腰上就要下河。智春山赶忙把他拉回来大喊道："都被冲跑了你下去有什么用，去哪捞啊，你下去还得搭上一个！"

"那咋整，就这么干等着？活得见人死得……"石友刚不愿继续说下去。

突然，不远处的河面上又泛起了水花，"咕嘟咕嘟"冒了几个大气泡，紧接着一个黑黢黢的"球"拱出了水面——是脑袋，是李敬国。大家伙目瞪口呆，不相信被黄河卷走的人还能自己游回来，一个个面面相觑。李敬国颤颤巍巍站起身来，吐了一口泥汤，一个趔趄昏过去了——原来李敬国的脚也被那破渔网挂住了没被卷走，仗着水性好拽着渔网又自己游了上来。

李敬国被送到了医院，得亏他水性好，身体壮，就是呛了两口水，并无大碍，大家都劝他在医院里静养几天，家里面大家伙帮忙照顾。一听这话他立马起身要出院，说无论如何也不能让家里知道。原来罗映雪生了个大胖小子，才刚出月子，他担心妻子一着急再出点什么岔子。

　　当天晚上，李敬国准时下了班，回到家中抱着孩子左看右看，亲了又亲，抱了又抱，就跟没见过似的，而后他也没点灯处理工作，搂着妻子早早睡下了，朦胧间他喃喃说道："映雪啊，如果我有个三长两短，你可得把孩子培养好……长大了也得进钢厂……"

　　罗映雪闻听这话一激灵起了身，想问个究竟，可丈夫已经起了鼾声。而后她给孩子盖了盖被子，又把丈夫搂在了怀里开始胡思乱想。窗外，蒙钢各个工地上灯火通明，昼夜不停，建设如火如荼，争分夺秒，不知过了多久，罗映雪在丈夫的鼾声和机械的轰鸣声中渐渐入睡。

第三章
—— 跃 进 前 行 ——

一

　　东北的八月，晌午的日头还是火辣辣地晒人，可早晚着实凉快了不少，特别是立秋一过，不穿个长袖出门那非得着凉不可。天虽然是凉下来了，但是群众们的生产热情却还是空前高涨，一刻不愿意停歇。

　　这半个月可把李长青给累坏了，成天忙得脚打后脑勺，在几十座土高炉间忙活个不停，无论天冷天热都汗流浃背。

　　话说自打"大炼钢铁"运动刚一开展炼铁厂各高炉就铆足了劲儿，一个比着一个谁也不肯落下，生怕误了产量。要说这李长青当年不务正业，好吃懒做，可自从宁山解放后就一心跟着党走，觉悟高了，技术也高了，这高炉在他手里摆弄得门儿清，产量连着月地往上蹿，厂里大喇叭隔三差五就表扬他一次，时不时还要作为典型去其他厂做个汇报，传授一下增产的经验。可就在这最吃劲儿的时候厂长蔡卓找他谈了话，让他去宁山西面的宁香镇工作一阵子。

　　李长青被派往了农村可不是下放，而是被委以重任。今年中央定下的钢产量指标是 1070 万吨，为全力实现这个目标，为在最短时间内"赶超",各个行业都加入到了大炼钢铁的队伍中,而农民不但是粮食生产的绝对主力,也成了钢铁生产的主力。李长青要去的这个宁香镇在宁山西南十里地,镇里不少都是宁钢工人,生产热情一向很高涨。前段日子有人看报纸说南方哪个村子垒起了不少土高炉,出了不少铁还得到了上级的表扬戴了大红花,一个传一个,大家伙儿就坐不住了,心想这农村种地的农民都能用土高炉炼出铁,咱们这正儿八经宁山地界上为啥不能也垒砌土高炉炼铁,闭着眼睛也比他们强。大家伙儿找到了镇长一提,镇长眼前一亮,说这个想法好,宁香镇要啥有啥,得天独厚,在出铁的事上可不能让人牵着鼻子走。镇长这人倒也稳妥,心合计着农村人懂啥,弄点黄泥糊个大炉子就以为能炼出铁来了,那还要宁钢干啥。镇上虽不少上班的工人但真正懂炼铁的少,得找个宁钢的明白人来指导指导才行,争取也放个"卫星",让宁香镇在宁山这地界也露露脸。

镇长合计了一宿拿定了主意,第二天一大早就赶着驴车进了城,在宁钢门前等,心想这宁钢里大领导都是老红军出身,讲道理,替老百姓说话,见到开车的领导来就拦下找他们准没错。他这心里正合计着,三孔桥下过来一辆吉普车,拐个弯就进了宁钢。镇长赶忙抡起鞭子赶着驴,把车一横挡住了路,吉普车"嘎吱"一声踩了刹车,驴被惊到了,一尥蹶子把车掀翻,镇长一屁股坐在了地上,摔得"妈呀"一声,车后排的领导以为撞了人赶忙下来查看。只见下来这人五十岁左右,身材健硕,头发稀疏,方脸扩口,浓眉下一双大眼炯炯有神——这人就是宁钢总经理李达。李达一个箭步过去,扶起老乡询问,好在是虚惊一场,并无大事。

这镇长也是误打误撞,竟然遇到了总经理,把来意这么一说,李达高了兴说这个想法好，既响应了国家号召，又尊重了科学，答应一定尽快解决。镇长乐得手足无措，给李达行了个礼而后急急忙忙赶着驴车回去报喜。当天，李达就给炼铁厂厂长蔡卓打了电话，态度十分明确，强调这是个大好事，一定要全力支持，要派出几个精兵强将，最好能再派个工程师去，加强理论指导的同时也能体现出宁钢对这件事的重视。蔡卓态度不冷不热，思来想去只派了个李长青，顺便特批了一车耐火砖以示支持。

　　宁钢派来大领导来镇里指导炼铁，这可把老百姓给高兴坏了。这宁香镇政府挨着马路，前面有一个大空地，平日里都是开大会放电影用的地方，镇长从城里回来当天就组织大家伙儿把这空地都给收拾出来。李长青这天一大早坐着拉耐火砖的卡车直奔宁香镇，离着老远看到前面人头攒动，敲锣打鼓，还拉起了横幅，不知是咋回事，到了跟前刚一开车门就被迎了下来戴上了大红花，簇拥着到了一个小戏台上。镇长情绪激动异常，一个劲儿让"领导"讲话，"领导"李长青事先也没准备不知道说啥，急中生智想起来几句口号喊道："咱们农民兄弟说'人有多大胆，地有多大产'，这句话放在咱们工厂里也好使，'人有多大胆，炉有多大产'，今天咱们工农结合了，一同大炼钢铁，咱们老少爷们可得加把劲儿往前赶！"李长青这话说得鼓舞士气，台下掌声雷动，也跟着喊起了口号声。接着镇长一声令下全体各就各位，甩开膀子干起了活。

　　人群这么一散开李长青才发现原来广场上一堆一堆的已经和好了泥，堆着煤块儿，一切都准备就绪就等着他来操刀呢。他是头一天得到厂里的安排第二天就赶来了，对具体情况也不了解，来的时候在卡车上还合计着一个小镇里哪弄来的小高炉，现在明白了原来大家伙儿是要用黄泥垒起个"高炉"出来。"我的妈啊,用泥巴垒砌炉子要是能炼出铁那还要高炉干啥?"李长青头脑里一阵浆糊,可又一想铁匠铺子不就是用小土炉子出铁出钢打农具吗,刚刚自己还在喊口号,这咋回过身就忘了。

大家伙儿分工明确,斗志满满,镇里有名的几个瓦匠甩开了膀子,不吃不喝地干,里面是耐火砖外面糊着黄泥,当天傍晚就垒起来了两座两米多高的土高炉。李长青对烧焦不太在行,但大家伙儿研究着来好歹也烧出了几堆。大家伙儿火急火燎要立刻炼铁,可李长青不同意,说按照工艺标准必须先要烘炉才行。有人偷偷问瓦匠啥叫烘炉,瓦匠合计了半天说就相当于刚盘好的炕得先烧热了烤一烤,不然有潮气睡着不得劲儿,这么一解释大家伙儿就都明白了。而后,三五个壮汉不停往土高炉里加柴火,大家伙儿围成一圈,眼巴巴等着"工艺"完成。可到底要烘多久李长青也说不准,心想着宁钢的高炉烘到多少度,烘多长时间自己门儿清,但这土高炉得烘到啥时候是个头儿?他正合计着,瓦匠走到了土高炉旁看了看、摸了摸回过身说道:"领导同志,泥巴裂了缝,也没潮气了,我看差不多了吧?"瓦匠说话了,李长青也就同意了,镇长高了兴扯开嗓门喊道:"我说老少爷们儿,咱这土高炉算是行了,咱们赶紧炼铁,其他人也别闲着,赶紧继续建炉子,咱们必须在宁山打个头响炮!"

镇长一动员,大家伙儿又来了精神头,几个原地待命的小伙子推来之前铁路旁捡来的碎矿石。李长青亲自操刀,一层矿石一层焦炭的往里续,可心里还有些犯嘀咕,说不准这瓦匠垒的土高炉到底能不能炼出铁来。

李长青守了一整夜,隔一会儿就朝着土高炉里观察观察,困了就倚着耐火砖眯一会。天刚蒙蒙亮大家伙儿就聚到了镇政府前，围着两座土高炉想看看啥情况，李长青又观察了一番感觉差不多了，拎起铁钎猛地朝着炉门那一怼，一阵灼脸的热气喷薄而出，紧接着一股橙红色的铁水潺潺流下，李长青打眼这么一看就知道炼得不错，心里乐开了花，大喊一声："出铁喽！"

"出铁啦，出铁啦，咱宁香出铁啦！"镇长高兴得一蹦多高。

"出铁啦，出铁啦，咱们成功啦！"镇政府前的广场上顿时爆发出一阵巨大的欢呼声。

炼出了铁李长青这悬着的心算是放下了大半，他挤出人群伸展伸展腰，猛然发现这一夜间，群众们不眠不休又垒起了五六座土高炉。"有这样的激情，有这样的群众，用不了多久咱们就能'赶英超美'！"

二

1958 年"大跃进"刚开始时，按照总路线全国各地掀起了一场"以粮为纲，以钢为纲"的生产热潮，取得了一定成绩，在这种成绩的刺激下国家逐步提高了粮食和钢铁的生产指标。二月份，在第一届全国人民代表大会第五次会议上确定了钢铁产量要达到 620 万吨的目标。五月份，在中央的一次会议上，提出了"赶英超美"的口号，随后钢产量被提高到 850 万吨至 900 万吨。八月份，中央政治局北戴河扩大会议后，确定钢产量要翻番，提高到 1070 万吨。当时宁山派了市委第二副书记冷亦水、市工业部部长宋同辉和宁钢副经理马光明三人前往。当问及宁钢能否在年底将钢产量提高到 450 万吨时三人一惊，互相对视，宋同辉看着马光明和冷亦水二人微微点了点头，二人又都冲着他摇了摇头，宋同辉又点了点头，继而站起身来一拍胸脯说保证能完成。就这样，宁钢在 1958 年的钢产量被最终敲定为 450 万吨。

回到宁山后市委召开了扩大会议，参会的除市委主要领导外还有宁钢各主要厂矿的领导。当宋同辉传达了中央指示后，会场内一片愕然，鸦雀无声。谁心里都清楚，如今已是八月中旬，钢产量刚超过 200 万吨，若是按照之前的指标不成问题，可突然又增长到了 450 万吨，实在是高得离谱。

指标实在是太高，大家伙儿一听都冒了冷汗，可却没一个人站起来反对，就连那一向直来直去爱拍桌子的李达也沉默了，谁都知道这是中央定下来的指标，关系到国家"二五"整体计划和经济建设，更是路线问题，所以此时的沉默也就不难理解。

见气氛如此沉闷，宋同辉喊起了动员口号，大家伙儿被架了上去，纷纷表了态要坚决完成任务。可唯独蔡卓沉默不语，一脸阴沉。宋同辉十分不满，询问有什么难处。蔡卓直言道："宁钢是一个联合企业，钢铁产量翻倍就意味着电力、矿石、焦炭等所有相关单位产量都要翻倍，其中涉及的问题错综复杂，况且现在马上进入九月，在现有生产能力下用三个月时间再生产 200 多万吨，我觉得这是不可能的！"

蔡卓说了实话，可也惊得所有人面面相觑，替他捏一把汗。实际上更多的干部是在心里替他叫好，心想如今这话也就蔡卓敢说。宋同辉被当众泼了盆冷水，十分不满，他忌惮蔡卓身份特殊所以强忍着不满让其他人也说说不同的意见，见没人说话他直接把问题抛给了炼钢厂，炼钢厂厂长杨伟平和书记马德成都在会场，杨伟平也觉得这产量高得离谱，刚想说话就被马德成按住了，朝他使了个眼色，继而向市委保证一定完成任务。炼钢厂做了保证，其他厂自然更无话可说，最终市委决定坚决执行中央指示，另外要求市委和宁钢层面也要加强思想工作，贯彻党的领导，防止某些同志因思想松动影响了国家经济建设大局。当然，谁都知道这个"某些同志"主要针对的就是蔡卓。

钢铁产量要翻番确实有难度，于是全国范围内掀起了大炼钢铁的热潮，不少地方都建起了土高炉，开展土法炼铁。李达政治素养高，又爱惜人才，之前的反右倾运动中蔡卓就险些卷入其中，多亏他和几个同志极力保护，眼下蔡卓再一意孤行那势必要犯大错误。所以扩大会议结束当天李达就单独和蔡卓谈了话，没好气地说："450万吨钢那是上级定下的任务，市委这次开扩大会只是传达，不是给你讨论的，人家炼钢厂都没反对你炼铁厂出来咋呼什么，你能代表得了所有厂矿，你能代表得了所有工人吗，你以前亏少吃了吗？"

蔡卓压不住火反驳道："李经理，国家的路线和政策我坚决拥护，可我们也得尊重客观事实啊，要实事求是啊，宁钢生产状态你心里最有数，咱们上上下下，没日没夜地满负荷生产到现在才产了200多万吨，距离年底不到四个月了，这个产量太冒进！我蔡卓是代表不了所有人，那找个能代表的告诉我咱们拿什么翻番？"

"什么话说的，反了你了！"蔡卓这话说的过了格，李达当时就来了火，瞪着眼睛拍着桌子批评道，"能不能翻番我心里有数，轮不到你小子给我上课，路线问题容不得你反对，你要做的就是想尽一切办法完成上级交给的生产任务！你回去给我写一份检查，深刻反省一下自己！"

　　李达这话说的很重，不容置疑，蔡卓满脸涨得通红，欲言又止，转身离去。李达望着离去的蔡卓表情复杂，深叹了一口气。

三

　　宁钢炼铁厂厂长办公室内，蔡卓认真地翻看着一本最新的关于冶炼方面的俄文资料，并不停用红笔标注着。客观来说，在冶金技术方面蔡卓在整个宁钢的干部队伍里那都是数一数二的，就算是和那几个顶尖的专家比起来也不落下风。实际上，无论是宁钢内部甚至是整个冶金行业，不少专家都读过他撰写的文章和翻译的俄语文献来了解国外的先进技术。学识渊博，加之高大英俊，衣着时尚又沉默寡言，所以不少年轻工人特别是新入厂的大学生都觉得他神秘而与众不同，十分追捧他。

　　说蔡卓神秘一点也不为过，不仅仅因为他传奇的经历，还因为他特殊的身世。大家伙儿都知道他是老革命的孩子，但这老革命到底是谁，这老革命到底有多"老"谁也说不清楚，整个宁钢和市里真正知道他底细的人也屈指可数。实际上，蔡卓的父母同为共产党早期的革命先驱，分别在 1928 年和 1931 年被叛徒出卖遭到国民党特务暗杀。为了保存革命的火种，我党将二人的长子蔡卓从湖南老家接走，安排护送到苏联学习成长。起初，蔡卓被安排到莫斯科第二国际儿童院，同在这个儿童院的几乎都是各国革命先驱的子女。1943 年，蔡卓考入莫斯科钢铁学院，主攻冶金专业，毕业后进入苏联马钢，通过多年学习和实践掌握了当时苏联钢铁企业的管理制度和冶炼方面的先进技术。全国解放后，随访问苏联的中国代表团回到阔别多年的祖国。正是因为特殊的身世和经历，使得蔡卓的精神世界十分复杂，既有对革命的无限热情和追求，又对科学和客观规律有着无比尊重和崇拜，与此同时，他也有甚于常人的忧虑和悲观情绪。

出于关爱和重视，一位首长亲自询问蔡卓归国后的工作意向。以蔡卓的实际情况想留在北京任何部门都不成问题，但他表示自己攻读的是冶金专业，要到冶金战线为国出力，于是他就来到了宁钢。

革命先驱遗孤、莫斯科钢铁学院高才生、在苏联的马钢实习多年，还是由中央直接派来的，这样的履历得到了宁山市委和宁钢的极大重视，但也颇感为难，市委为此专门召开了常委闭门会，可未能形成统一意见，真是高不得低不得。正在大家为难之际蔡卓自己表了态，说一定要到生产一线去学习去历练。于是蔡卓这样的人才就到了炼铁厂当起了高炉副炉长，而且对自己的身世闭口不提，也拜托厂里领导不要提及此事，更不要给予任何特殊照顾。

蔡卓在副炉长的岗位上一干就是一年半，对身份的保密工作做得滴水不漏，平常人根本无从知晓。虽说不知道底细，但谁都能看出这不是一般人，单说这长相就格外突出，人高马大，眉清目秀，棱角分明，细皮嫩肉，一头浓密的头发总是梳理得一丝不苟。平日里他也和大家一样穿着工作服干活，但只要一下了班就换上那套做工相当考究合体的格子西服，皮鞋也总是擦得黢黑锃亮，一股苏联专家的派头。宁钢里的工人没有这么打扮的，领导干部也穿工作服大头鞋，唯独这蔡卓"起高调"，一开始不少人对他嚼起了舌头，特别是工作多年的老师傅都看不上这样"花里胡哨"的，说他就是个花瓶，中看不中用。还有人说看到蔡卓住的地方不是工人宿舍，而是台町。

蔡卓身份特殊的事算是被坐实了，背后对他的非议就更大了，可没过多久这种议论渐渐平息，渐渐消失，因为大家伙儿发现蔡卓别看不上班时穿得光鲜亮丽，可干起活来比谁都不差，加班加点没怨言，不怕脏不怕累，井井有条讲规矩，讲起话来句句在理，通俗易懂，一看就是读过大书又真正懂行的。有几次苏联专家来现场指导，一个年轻的女翻译卡了壳，弄了个大红脸，蔡卓站出来当翻译，和那苏联专家聊了起来，谈笑风生。大家伙儿就听着人家俩"哇啦哇啦"地聊不知道说啥，聊完了蔡卓又一股脑地给大家解释了一遍，浅显易懂，十分生动，大家伙儿听得都入了神。一来二去大家伙儿就更信服蔡卓了，不少翻译也都常常来找他请教，还私下抱怨这苏联专家讲得太难，很多俄语他们没学过根本听不懂，提议让蔡卓办个班教大伙更多的专业俄语。

工人们开始敬佩起这个年轻的副炉长，说他在高炉上干白瞎了，凭那本事就是当厂长也是绰绰有余。但也有人说这蔡卓可千万不能高升，要真当了厂长那全厂人可就受苦了，因为他平常说话唠嗑倒也还好，可一谈到工作，一说到技术那就跟换了个人一般，十分严格，说一不二，不容反驳，不容有半点马虎，用他的话说这叫做制度。而且他还有着自己一套别人根本理解不了的评判标准，还有几次大家伙儿看到他因为技术上的分歧竟和苏联专家吵得面红耳赤，不欢而散，这可真是冒天下之大不韪。所以平日里别说是正炉长，就连那腰杆挺得笔直的厂长尚世杰遇到蔡卓都得让着三分。李长青也说过，尚世杰当厂长挺好，千万别换，当一辈子才好呢，可他这话没说多久尚世杰就因公殉职，蔡卓临危受命，由副炉长直接提拔为炼铁厂厂长。

到了七点半，蔡卓该到高炉上转一圈看看了。正在这时有人敲门进了屋，原来是七高炉炉长李长青。李长青红光满面，一脸兴奋，告诉蔡卓前几天宁香镇出了铁，还是合格的，向市里送了捷报，听说市里还要把宁香镇立为典型，继续全力支持。周围不少乡镇也派人来学习经验啦，有的已经动手干起来了，要是全市都能用土高炉炼出铁来那产量可就多了去了。听了李长青的喜讯后蔡卓并没有什么太大的反应，只是轻轻"哦"了一声，冷冷地鼓励他再加把劲儿，而后就出了办公室。

本以为会受到表扬的李长青被晾在了厂长办公室，有些发懵，心里合计自己为厂里争了这么大的光咋就热脸贴上了冷屁股？转念一想，蔡卓这厂长性格古怪，这种态度也正常。想到这里李长青一喋鼻子出了办公室，回了八家子的家中准备休息一天，晚上再去宁香镇盯着生产。

四

李长青这一觉睡得香，太阳落了山还没起来。大莲哼着歌回了家，看到丈夫倒在炕上惊讶道："呀，他爸，今天咋回来了，那边生产那么紧你不看着点能行吗？"

李长青迷迷糊糊地翻了个身，没回答。

"他爸，咋累成这样，问你话呢！"大莲边说着话边舀了一盆水开始洗脸。

"白天晚上熬了好几天累坏了！早上去厂长那汇报了一下工作，顺便回家换身衣服。"李长青一打挺起了身，"家里有没有吃的，我这饿得慌，一会还得过去！"

大莲看着丈夫干劲十足心里高兴，在土筐里翻腾了半天找到俩土豆准备上锅蒸一下，边忙活边说道："还别说他爸，你还挺厉害，宁香镇'放卫星'被树了典型，今天都上报了，全市都知道了！市里面还要表扬你们，这下子你可露脸啦！"

"啥，都上报了？那你咋没想着拿回来一份呢？"

"今天我从工地上直接回来的没带着，放心吧，给你留着呢！"

"那就好，那就好！"

"他爸，你说那土高炉炼出来的铁和高炉里的一样不，能用不？"

"能，那咋不能，虽说和宁钢里产的没法比但也差不了太多，打口铁锅锄头啥的都没问题，怎么都是为国家做贡献！"

"那对，那对，报纸上看到人家别的地方都用土高炉出了铁，咱宁山哪能落后，现在出了宁香镇这个典型那可真是光荣，市里面说要尽快全面推广呐！还有人提议在咱们市委后院的空地上也建起几个土高炉，利用空闲时间也炼铁，到时候我跟领导说，得让你去给指导指导！"

"要全面推广啊？那可是好事！我早上还和蔡厂长叨咕来着可人家没咋搭理我，我看八成是被那450万吨的数儿给吓傻了。你瞅着吧，要是全市都被动员起来那一准儿能完成任务！"李长青一阵兴奋，"坚定依靠人民群众是不变的真理，咱们蔡厂长要是能明白这一点何必愁成那个样！"

"对了，说到蔡厂长我想起来了，前些天在市委的会议上他可又起高调了，说产量完不成，私底下都说这人又要犯老毛病，我看再这么下去他肯定要挨批。你可打起点精神，可别跟着他打退堂鼓，那可是犯错误，眼下我们唯一要做的事就是响应中央号召，坚决完成指标！"

"看你说的，那苏联回来的都这样，想法不一样，咱可是工人阶级，想学坏条件也不允许啊！不过我觉得蔡厂长也……"

"也啥？"

李长青没继续说，也是说不上来。蔡厂长这个人可说不好，只觉得他工作认真负责，眼里不揉沙子，原则性强，可很多时候不免有些过火，显得过于独断专行。不少人就反映这个蔡厂长听不得大家的建议，就照着自己的那些条条框框去执行，他说工厂有特殊性，容不得七嘴八舌，那架势照比之前的资产阶级工程师曹奉儒一点也不差。可退一步说，在蔡卓的带领下炼铁厂连年增产，屡破纪录，说人家有错也不客观。所以，思来想去李长青都觉得不好评价这个不同寻常的厂长。

两人正唠嗑的工夫，儿子李存金放学回了家，见爸回来高兴坏了，大喊道："哎呀爸呀，你可回来啦，你可不知道，再不回来我都要去宁香镇找你去啦！"

"咋了，这么想爸啊？"

"岂止是想啊，我都开始崇拜你啦！你是不知道啊我们全校都知道宁香镇出了铁啦，我一说去指导炼铁的是我爸，大家伙儿都羡慕坏啦，你是名人啦，是英雄啦！"

"哈哈，还有这回事？"

"可不是咋地，校长都知道了，还说最近学校也要建土高炉，让我把你请去教我们学生也炼铁呐！"

"啥，学校炼铁那学生还学不学习了？再说了，你们一群小破孩能炼出啥来，胡闹！"

"他爸，这话你说的可就不对了！"大莲接过话来，"咱存金今年都十三四岁了，放在早年间这么大都能去当兵打鬼子了，你说他们啥干不了？再说了，为了能早日'赶英超美'全国都大炼钢铁，学生自然也不能落下，他们可是国家未来的主人啊！"

"妈说得对，爸的思想落伍了，没听大家都在喊'一天等于二十年'嘛！"

"呦呵，书读得不咋地，口号喊得倒是挺遛！"

"那当然，会的还多着呢，我再来一个！"存金说着"噌"一下蹦上了炕，清了清嗓叉着腰喊道，"'是英雄是好汉，高炉旁边比比看''你能炼一吨，咱炼一吨半，你坐喷气式，咱能乘火箭，你的箭头戳破天，咱的能绕地球转！'"

"行，这口号喊得响亮，不愧是我儿子！"李长青看着儿子心里高兴，"就冲着你今天喊的这两嗓子我肯定去你们学校教你们炼铁！"

"真的？那可太好啦，哈哈！"儿子存金乐得一蹦多高，"我明天到学校就告诉校长去！"

"爸再问你，作业写完没？"

"现在不留作业了，不用写！"

"作业都不留啦……那要不要和我去宁香镇，今天就带你看看怎么用土高炉炼铁？"

存金闻听这话彻底撒了欢推着他爸就出了门。大莲赶忙把那俩生土豆给丈夫揣兜里，告诉爷俩在那炉子上烤着吃别饿着。

五

这一天秋高气爽，万里无云。一大清早，烈士山脚下就搭起了会台，四周扯起了不少标语："解放思想，破除迷信""拔白旗，插红旗""炉炉高产，日日高产""全面完成生产计划"等。会台前空地上聚集了上千人，敲锣打鼓，熙熙攘攘，热闹非凡。这是市里召开的"钢铁战士大比武"，全市六百多名钢铁战线上的杰出工人齐聚一堂，他们其中既有来自宁钢的，也有市里其他小铁厂的，甚至还有不少是村里用土高炉"放卫星"的农民。李长青也来到了会场，有意思的是他这次来代表的不是炼铁厂，而是宁香镇。与李长青一同来的还有宁香镇的镇长，此时他乐得合不拢嘴，可又紧张得腿肚子直哆嗦，因为一会儿他要作为土法炼铁的典型到大会台上作报告，这会儿嘴里正来回叨咕着事先准备好的词儿呢。一旁的李长青却高兴不起来，他踮着脚四处寻着，心想炼钢厂和烧结厂的来了一大堆，可炼铁厂怎么没见来几个人。

自打九月份以来，全市的"大炼钢铁"运动被推向了高潮，"一切为宁钢，一切为高炉、平炉和转炉"的口号喊得响亮，深入人心，各行各业纷纷表示只要能多产钢铁，宁钢需要什么大家伙儿就供应什么。市供销社把仓库的钥匙送到了宁钢，说要什么不用通知直接拿就行。粮库也表了态要全力供应宁钢工人吃饱喝足。为了不耽误时间，食堂师傅们做好了饭直接送到车间里，送到岗位上。市各家医院也派了医生到各个重点单位蹲点，为安全生产保驾护航。正是在各方面的大力支持下，宁山的钢铁产量在短时间内猛增，炼钢厂单个转炉破天荒的日产千吨，还创了 5 小时 40 分一炉子钢的全国最快记录。烧结厂在四十天里自建起了一座小转炉也投了产，预计年产量过万吨。地方上一个叫群力的小型炼铁厂也创出了 21 吨的单日生产记录。与此同时，人们勇于破除迷信，大搞技术革新，创新成果遍地开花，市里的红旗拖拉机厂发捷报说新兴万能拖拉机下线，就连一个公私合营的小机械厂也试制成了拖拉机。

"钢铁战士大比武"会场上，工人们一个个热情洋溢，兴奋异常，交流着生产经验，不时传来一阵阵掌声和叫好声，一个小师傅越听越高兴，自告奋勇上了台，掏出了快板唱道：

> 十月天气小阳春，
>
> 十月钢都爱煞人。
>
> 高炉平炉齐头进，
>
> 勇猛直追的是咱小土群。
>
> 百万雄师渡江南，
>
> 红旗招展捷报传。
>
> 十万新军迎头上，
>
> 咱们祖国钢都奏凯旋！

一段唱罢，大家伙儿不停叫好，小师傅一高兴又来了一段：

> 打竹板，听我言，我来讲讲总路线。
>
> 鼓足干劲，力争上游，多快好省加油干。
>
> 有了这条总路线，工业迎来大发展。
>
> 全党全民向前赶，赶英超美在眼前。

小师傅讲完把快板一收，亮了个相，台下又爆发出一阵叫好声。

这时，市委领导陆续上了主席台，杨秋盛和冷亦水分别发了言，表示对现阶段取得的可喜成绩给予极大的肯定和表扬。而后，镇长率先上了台为大家做报告，主题就是如何用土高炉炼铁。话说这镇长之前从没见过这么大的阵势，更别说是当着这么多领导讲话，一迈上台那早先背的滚瓜烂熟的词儿就忘得一干二净，急得他满头大汗直咧嘴。主持人见状赶忙来解围，说实在想不起来就随便讲点啥。台下工人们起了哄，大喊道："你就讲讲你咋土高炉炼铁的就行！"

一提土高炉炼铁镇长来了精神，咽了口吐沫定了定神开始现场发挥："土高炉是个好东西，不打铁炉，不用热风炉，也不用氧气不用卷扬，用的是啥？就用土坯、沙子和黄泥，哪都能弄到。底下铺上焦炭，上面盖上矿石，看住了火，一天一宿能出一千斤呐！现在咱们宁香镇建土高炉那可是手拿把掐，三个人一整天就能垒出一个。要说窍门也有点，垒炉膛沙子黄土三七开，炉底抹成锅形，再抹上一层黄泥，还得铺上一层焦面儿。炉口得大点，好方便往里装料。炉子底下得留三个口，出铁的、出渣的还有通风的。"

"你说那咱都懂，可遇到冷天铁水老结块儿，往后入了冬就更炼不出来那么多了，你到底是咋弄的？"台下一个农民问道。

闻听有人这么问，镇长脑子里"嗡"的一声，心想这个当然有诀窍，可那是和镇里瓦匠研究了三天两宿才想出的办法，也是他们宁香镇产量屡创新高的关键，这要是透露出去恐怕教会徒弟饿死师父。

见镇长定在了台上支支吾吾，大家伙儿料定这宁香镇是有绝招瞒着呢，于是又起了哄，非让他说出来不可。主席台上的冷亦水看这镇长犯了难，走过去打趣道："这镇长同志，看来你是怕放的'卫星'被别人抢跑了，这可是保守思想啊，咱们全国一盘棋，谁产出铁那都是给国家作贡献，不能就可着宁香镇一家啊！而且，我给你托个底，你让大家都学会了绝招我还记你一功，你看咋样？"

见冷大姐来给撑腰，大家伙儿就更来劲儿了，敲着锣，鼓着掌，非让镇长"坦白"不可。镇长一看冷大姐发了话，咬着后槽牙一拍大腿说道："好，那我就都说了！啥记功不记功的，咱可没那么小心眼儿，我恨不得看到大家伙儿天天创纪录呐！"

镇长话音刚落，会场一阵欢腾。

"要说我这绝招还真不难，说白了就是在土高炉底下又挖了个坑砌了个小炉子，一直烧着，让它始终有着热乎劲儿，这样一来铁水不就不凝固了嘛！"

"哎呀，对啊，咱咋没想到呢！"众人恍然大悟。

"要不咋说咱们得解放思想呢，炉子下面垒炉子，一层窗户纸的事儿，咱要是多动动脑，多解放解放思想问题就全解决了，到时候别说是 1070 万吨啦，我看就算是 2000 万吨都不是没可能！"

闻听此言，台上的领导都跟着鼓了掌，台下的掌声和欢呼声就更热烈了。

镇长算彻底争了光，露了脸，满面笑容下了台。而后，工业部部长宋同辉上了台，也发表了讲话。此时的他意气风发，豪情万丈，对宁山未来的生产形势作出了大胆乐观的推断，他认为宁钢完成甚至超额完成 450 万吨的目标是完全有可能的，首先，宁钢目前有十一万之众的工人，这是国家钢铁生产的绝对主力。其次，宁钢的工人通过多年的历练已经成长为意志坚定，技术娴熟，能啃硬骨头的钢铁队伍。最后，宁钢拥有目前全国第一，世界前列的现代化生产设备，又有着丰富的生产原料，所以宁钢一定能再创奇迹。

最后，宋同辉带领大家喊起了口号："休息可以丢，汗水可以留，450 万吨钢产量，一斤一两都不能丢！"这话讲得催人奋进，现场再次爆发出热烈的掌声和响亮的口号声，将气氛推向了最高潮。

此时在主席台后站着两个人，是宁钢炼钢厂厂长杨伟平和书记马德成。两人胡子拉碴，满眼血丝，靠着墙抽着烟，显得有些疲惫，可再累也抵不住心里的高兴劲儿。他俩本应该坐在会场领导席上，但因厂里生产误了时间，所以干脆就站在了台后。话说，自打上个月市委开完动员会之后俩人就把行李卷背到了工厂，守着炉子吃，伴着炉子睡，寸步不离盯着生产。就在凌晨，炼钢厂又一个转炉刷新了全国炼一炉钢的最短时间纪录，捷报还没等发出俩人就直奔了这里。一路上二人闲谈，马德成称赞杨伟平这个厂长当的够格，全天下要都是这样的厂长那至少能提前几十年实现共产主义。杨伟平说还是马德成这个书记好，方向把握的对。互相"捧了"半天俩人都笑了。此时，见工人们信心满满，捷报频传，二人十分欣慰，松了口气，互相点了根烟休息一会。

话说现如今马德成已不再是炼钢厂厂长了，而是改任了党委书记，厂长则是一位叫杨伟平的年轻干部。这名年轻的厂长工作热情高，为人又谦虚，俩人可谓是心有灵犀，干起工作来配合得十分默契。杨伟平私下里叫马德成一声马大哥，也打心眼里感谢书记马德成和炼钢厂所有工人师傅们的支持和配合，认为这是保证炼钢厂产量节节攀高的根本，也是促使他不断进步的原因。

实际上，依靠工人阶级，搞技术革新，搞献计献策一直以来就是宁钢内部的优良传统，它的形成有其特定原因，一方面宁钢在成立之初面临无资金、无设备、无技术、无人员等一系列难题，是依靠工人群众献交器材、献计献策、搞生产竞赛等一波波运动才起死回生，逐步发展壮大的。另一方面，宁钢无论从公司层面还是各个厂矿主要领导甚至是工段长几乎都是抗日时期的老红军、老八路，参加过抗日战争的那就更多了。他们出身于群众，最相信群众，也最会团结和动员群众。就拿炼钢厂为例，老红军书记马德成自不必说，团结群众那是出了名的。厂长杨伟平是抗日战争时期在晋察冀根据地成长起来的干部，二人一个管生产，一个管党建，分工明确，互不干涉，却又相辅相成，尤其是在走群众路线这方面俩人更堪称典范。为了最大限度地调动工人生产积极性，发挥设备潜力，炼钢厂把献计献策、提合理化建议当成了工作的重中之重，无论是干部还是工人，哪怕是食堂的厨师，只要是有益于生产的都可以提出来，而且大家伙儿可以敲书记的门直接送到办公室里。书记这边挑出不错的建议再拿到协调会上大家一同商讨，通过的由厂长牵头实施，党委和工人负责督促和检查。一个月下来，不少优秀的合理化建议都得到了落实，产量自然得到了大幅提升，以至于今天会场上来的最多的就是炼钢厂的工人。

抽完了烟马德成问杨伟平："我说小杨，这没几天就月末了，怎么样，这个月产量到底能提多少？"

"托你马书记的福，照比上个月最起码能提两成！"杨伟平笑着回答。

"嚯，这么多，咱上个月可都已经冒了尖儿了！"

"那可不！我看合理化建议里还有几个好项目，要是下个月能顺利实施那产量还能继续提升！"

"不错，不错！宋部长说的对，虽说目前的总产量照比450万吨还有很大差距，但只要把握住方向，紧紧依靠群众，完成指标甚至是超额完成都是可能的！"

"可……可现在我担心的不是我们自己的产能问题，我是担心其他厂矿喂不饱咱炼钢厂！"

这句话犹如一盆冷水，立马浇灭了马德成的兴奋劲儿。他心里清楚，眼下炼钢厂虽干得热火朝天，可其他厂矿情况不尽相同，原因是有些同志对路线持有抵触情绪，觉得过于冒进，而出现这种情绪的又以那些从苏联留学或深造归来，支持苏联那套企业管理制度的年轻干部居多，其中最为典型的就是上个月市委扩大会上站出来公开反对大炼钢铁的蔡卓。前两天公司的生产协调会上，大部分厂矿都提高了生产记录，只有少数几个厂进展缓慢被点名批评，其中被批得最严重的就是蔡卓和炼铁厂。在马德成看来，苏联那套企业管理制度和右倾虽没有必然的因果关系，但是这些受过苏联管理制度影响的年轻干部显然思想保守且顽固，不愿意也不擅长发动群众，并且过于信奉科学和制度，限制了思想解放，束缚了生产力的发展，这样的结果和右倾也没什么区别。

"苏联的企业管理制度在一定程度上压制了群众的创造性，这是不争的事实，最近资产阶级右翼也有所抬头。上级领导的话给咱们提了醒，说明全国范围内反右倾的风要吹起来了，依我看这是好事，应该让这些保守的'留苏派'清醒清醒头脑了，社会主义建设容不得他们在那婆婆妈妈，瞻前顾后！"马德成说。

六

宁香镇镇长在"钢铁战士大比武"上露了脸，备受鼓舞，心里合计着还得再加把劲往前撵，可不成想没过几天土高炉炼铁就出了问题。早先市里和宁钢批给的焦炭用光了得再去申请，可现如今各个乡镇都建起了土高炉，要批条的围了里三层外三层，真正能领到物资的也没几个。镇长没了办法，一边动员大家伙儿把家里自存过冬的煤都交出来烧焦炭，一边动员所有妇女和小孩沿着铁路捡火车上掉下来的煤块。再后来实在没有了就砍树，用木头烧炭。

这天，第一炉用木炭炼出的铁水出炉了，镇长看着高兴，让宣传员赶紧向上级汇报，说宁香镇又"放卫星"了，用木炭烧焦炼出了铁。李长青阴沉着脸赶忙拦住说道："这你都敢上报，自找丢人呢是不？"

"李领导，这是啥话，炼出来铁是好事，怎么能说丢人呢？"镇长不高兴了。

话说现如今李长青和镇长关系有些紧张，一张嘴就没好气，主要就是因为对炼铁的态度不一致。李长青可是炼铁厂的炉长，铁炼的好坏打眼一看就知道，能不能用他心里自有杆秤。差不多半个月前宁香镇出铁的质量就开始走了下坡路，这几天又开始烧木炭代替焦炭炼铁，李长青得知后被气笑了，提议暂停生产等有了料再说。一说要停炉那镇长可不干了，坚决不同意，说宁香镇是全市土高炉炼铁的典型，这里要是停产了往小了说是影响出铁产量，往大了说那都可能影响全市大炼钢铁的热情。李长青说服不动，无可奈何。

"这炉铁炼废啦，不能用！"李长青没好气地回答。

"废了？"镇长不信，走到出铁口拿着铁锹杵了杵已经凝固的铁疙瘩反驳道，"咋能说废了呢，一杵'当当'响，不就是铁嘛！"

旁边一个瓦匠也拿着铁铲杵了杵，继而一本正经说道："肯定是铁，没错，贼硬！"

"硬？砖头还硬呢！这是铁粑粑，不合格的东西，根本没用！"

"呀，李领导，这话你可说错了！你也说过，咱这是土高炉，不能跟宁钢的大高炉比。大高炉炼出来的那是修铁路大桥，造飞机大炮的，标准可不得高嘛，但咱们老农民用的铁能刨土就行，好的咱用了也白瞎呀！你说咱这炉炼出来的是铁粑粑，那我问你它再不合格总比土硬吧，能做出把镐头镰刀什么的也算是贡献吧，做个秤砣也是好的嘛，咋到你那里就成了没用的了呢？"

镇长一席话顶得李长青没法反驳。

"那对，炼出来那就是好的，总比之前裹在石头里强吧！"大家伙儿纷纷声援镇长。

镇长见李长青没了话赶忙转身对宣传员喊道："还愣着干嘛，赶紧去汇报啊！"

宣传员"哦"了一声，一溜烟儿跑走了。

李长青说不动大伙，干脆一屁股坐在地上不言语了，心想镇长说的都是歪理，农民们也糊涂，他就不信上级领导们也能信这套，等着挨训吧。

当天下午，一个戴着眼镜衣着工整的年轻人骑车到了宁香镇政府前，镇长赶忙上前迎接，得知这是区里派来的宣传干事，是为捷报的事专门来的。李长青心想，叫你们胡闹，"钦差"来了！李长青在远处瞄着，不成想宣传干事与镇长越唠越热乎，最后挽着手进了屋，他这心里犯了嘀咕。原来这"钦差"小同志是来报喜的，区里点名表扬了宁香镇，说用木炭代替焦炭炼铁是一种大胆的创新，充分体现出了劳动人民的无限智慧。原本镇长已经把上午炼出来的铁粑粑攒成了一堆，称出了重量，等上级检查。可这"钦差"看也不看，还说今天来就是通个气，明天区里还要把这件事继续上报，说不定还能全面推广呢，而后直接骑车回去了。镇长闻听这话乐得直拍大腿。

见这场面，李长青彻底傻了眼，看了眼铁粑粑又看了眼远去的"钦差"，看了眼远去的"钦差"又看了眼地上的铁粑粑，"哎"了一声蹲在地上闷不作声。此时此刻，他心中已经对这种盲目的大炼钢铁产生了怀疑。

当天晚上李长青闷闷不乐回到了家，大莲正在烧炕，见丈夫回来问道："他爸，咋又回来了？"

"啊，铁矿石太次，也没焦炭了，在那也没事不回来干啥啊！"李长青说着脱鞋上了炕。

"啥，那岂不是得停炉啦，这才刚干没一个月吧？"

"炉子倒没停，只不过炉子里开始烧柴火了！"

"呀，你那意思柴火也能炼铁？"大莲没听出丈夫说的是反话，"这可挺好，这是发明创造啊！"

"发明个屁，他们农民不懂，你一个市委里的宣传干事，炉长的媳妇也不明白？柴火能炼铁还要焦炭干嘛，农民要是都能炼铁那还要工人干嘛！"

大莲一听这话不干了，立马反驳道："你这啥意思啊，柴火能不能炼铁我不知道，但农民咋了，农民咋不能炼铁，你李长青生下来就是工人啊？活儿是人干的，招儿是人想的，人民群众的创造力是伟大的，现在乡镇公社都炼出了铁你看不到？你还别不服，现在到处都建起了土高炉，干得热火朝天，产量相当可观，想要完成指标还真就得指靠着土高炉！"

"你还别说，是炼出来了，都是铁粑粑有个屁用！"

"炼铁厂炼的倒是好，可不够啊，你们厂点名让公司批评了不知道啊？"

李长青一下子被顶了回来，可大莲还不依不饶继续数落道："另外我发现最近你思想和行动都没以前那么积极了，我可实话告诉你，这些日子批判右倾的呼声可挺高，虽说你这工人出身的无所谓，但别忘了你也是名党员，可得坚定思想，坚决执行党的决定，拥护党的路线！你要真是犯了错误我可第一个和你划清界限！"

大莲说着拿了一块烤地瓜给丈夫，说道："赶紧吃吧，多吃点，再不吃就吃不到啦！"

"啥意思啊，这就要和我划清界限啊？"李长青一愣。

"现在还不至于！咱们市委大院里的小高炉也没有料了，大家伙儿商量着要把家里的铁锅都摔了拿去炼铁。"

"啥，砸锅炼铁，完了拿炼出的铁再做锅呗？这不是脱裤子放屁嘛！"

"啥叫脱裤子放屁，话到你嘴里咋就那么难听呢！你也不合计合计，现在国家政策这么好，大家都吃大锅饭，自家锅留着也没啥用，不如拿去作贡献！"

"那以后呢？"

"要我说你这个觉悟是真该提高提高了，共产主义是啥，就是物质极大丰富了，要啥都有，而且还是国家给统一分配，到时候人家都用新锅了咱家还用这口大黑锅？"

"你……"李长青又被噎得说不出话。

二人正斗嘴间门外传来"哗啦哗啦"的响声，大莲以为进了贼赶忙操起烧火棍，紧接着一个黑乎乎的脑袋钻了进来，看不清人脸，只露出一口小白牙在那嘿嘿笑，手里还拎着个大铁锁——原来是自家儿子李存金。

"这崽子，都几点了才回来！脸是咋了？"李长青问，"手里还拿着家里的大铁锁，这是要干啥？"

"哎呀爸呀，你一个一个问，一下子问这么多我回答哪个啊？"李存金说着舀了一瓢凉水"咕咚咕咚"灌下去，接着说，"这一个礼拜我都在学校炼铁来着，起早贪黑的，今天高炉'断粮'了，老师让我们都回家里再寻点啥。铁锅我妈早都要了，我合计咱家也就这一把大锁头还是铁件儿就卸下来了！"

"快来垫吧垫吧！"大莲赶忙给儿子拿了个烤地瓜，转而对丈夫说道，"你是不知道，儿子这周可累坏了，市里动员所有学校捡废铁，听说光是十五中就捡了五六吨，你想想这要是都加起来炼出了铁那得借多大劲儿！"

"那也不能胡闹啊，锅要拿走，门锁你也要拎走，家里还过不过日子了？"李长青心里这火噌噌往上窜。

李存金见爸来了火也不敢言语，看着妈妈求助。大莲赶忙替儿子说话："你来啥劲儿，要干啥？我告诉你咱儿子做得对，学生是国家未来的希望，更得响应号召！依我看锁确实也没啥用了，治安这么好还哪有贼了？存金，这锁你拿走，妈支持你！"

"好，锁头拿走行，但我问你这锁头你要咋炼？"李长青问儿子。

"咋炼？往炉子里一扔就得了呗！"

"一扔就得了？亏得你还是我儿子，可别给你爸我丢人了！那锁头是铸铁的，锁芯是铜的，一起扔里面出来的是啥？"

"合着你的意思这两样掺合在一起还不好使？"大莲问。

"这不废话吗，出来的啥也不是，不能用！你以为是大米和小米一锅出就成了二米粥啊？"

"那……那我不管，反正我看大家伙儿都是这么炼的！炼出来晾凉了称完了份量就一起送走，也没人告诉咱能不能用！"存金说着把锁头塞到了书包里。

"我说他爸，你也不用上纲上线，你以为谁都跟你一样是炉长啊？好有好的用法，次有次的用法，合着那资本主义国家炼出来的就全都是好铁好钢？要都像你那么矫情咱啥时候能赶英超美？"

"对了爸，你咋这么几天就回来了？"

"你爸啊斗志不昂扬了，情绪不高涨了，打了退堂鼓啦！"

"真的啊爸？那可不行啊，你可不能打退堂鼓啊，你可是我们同学心目中的英雄啊！"存金怯生生地说。

"别听你妈瞎说，爸啥时候拖过后腿，是那边没料下炉了！"

"那你得带个头啊，动员大家能炼啥就炼啥啊，你那腰上不成天挎着个扳手嘛！"

"放屁，你爸我就靠着这扳手干活呢，当兵的得带枪，当官的得有印，工人手里就得靠着扳手！"

"那……那我把这个锁给你了，拿回去好歹是一样东西啊，你可是去指导宁香镇土高炉炼铁的，得起带头作用！"

"小瘪犊子怎么就和你说不明白了，那东西不能炼！"李长青知道儿子是好心，可就是心里有火儿，抬脚就要踹儿子，大莲见状赶忙拦下大喊道："二赖子你要干啥？我这忍你半天了，你可别蹬鼻子上脸！现在全国都在大炼钢铁，咱一家三口都能为国家做贡献这可是天大的荣誉，咱儿子天天在学校守着土高炉，一门心思就合计着多出铁，把锁头让给了你你还挑肥拣瘦，你到底想咋地！我还是那句话，你要是真敢右倾，我和儿子都得和你划清界限！"

李长青见大莲真来了脾气不敢再言语，蹲在地上气得"呼哧呼哧"直喘。

"妈，你说得也太严重了!"儿子存金见情况不对赶忙劝说道，"你可别这么说爸，我爸咋能右倾呢，爸就是趁着空闲回来看看咱俩，喘口气就得回去，是不是爸?"

李长青见儿子给了自己台阶下"嗯"了一声，而后起身就往外走，儿子想把他叫回来吃完地瓜再走可被大莲狠瞪了一眼，也不敢再言语。

李长青离了家在路口转了好几圈不知道往哪去，越想越窝火，嘴里嘟囔着："他奶奶的，那破玩意炼出一万吨有啥用，糊弄鬼呢？老子堂堂高炉炉长成天守着土高炉炼铁粑粑真是臊得慌，这活儿说啥也不能干了!"

李长青一跺脚奔着宁钢回了炼铁厂，在值班室里猫了一宿，第二天一大早就敲门进了厂长办公室，蔡卓正在看书，问他怎么回来了。

"我这走了小一个月了，都想咱那高炉了，回来看看，看看……"李长青怕自己擅自离岗挨批评，找了个台阶下。

"看看倒是行，可怎么看到我这来了？我可听说你李长青是最不爱进领导办公室的，特别是我这厂长办公室!"蔡卓讲话一向言简意赅，直截了当，今天却少见地打起趣来，"行啦，别卖关子了，是来报喜还是来报忧的?"

"这个……也不是喜也不是忧，其实我就是想来问问，我去那宁香镇到底啥时候是个头儿，啥时候能调我回来?"

"怎么，遇到问题了?"

"没，没啥问题，咱好歹也是炉长，到了那手拿把掐的能有啥问题！可说一千道一万我是宁钢的工人，不是宁香镇的农民，就放着我那七高炉不管也不是那么回事。再有……"李长青想再多说两句，可话到了嘴边咽了回去。

"再有什么？"

"没啥，反正就是想回来！"

"话说半句可不行，这样的话我可不能调你回来！"

"别介啊……"李长青着了急，心里合计作为一名党员本也应该有一说一，不藏着掖着，"蔡厂长，我说句话你别不爱听，我觉得现在农村里这大炼钢铁有点变味儿了！"

"变味儿了，什么意思？"蔡卓听李长青这么一说来了精神。

"大炼钢铁，'赶英超美'这是好事，天大的好事，咱们工人一开始听到这口号都兴奋得不得了，恨不得一天有三十个小时，一周有十天，咱连着轴干！各行各业都参与进来大炼钢铁，这也是好事，这么大个国家就靠着这么几个钢铁厂那哪能够。可我就是觉得现在越来越不对劲儿。远的不说咱就说这宁香镇，大家伙儿没白天没晚上，干得热火朝天，一开始是炼出了铁，可一点点就变了样，开始用木炭代替焦炭，炼出来的黑乎乎一大摊全是铁粑粑。现在可倒好，直接把家里菜刀铁锅扔炉子里了，用铁锅铁刀炼出来的铁再造铁锅铁刀，这不是脱裤子放屁嘛！"

李长青所说的情况蔡卓虽没亲眼看到过可心里也大致有数，看看那大街小巷的标语，各单位的捷报，报纸上应接不暇"放卫星"的消息，他觉得不免有些言过其实。实际上，打一开始蔡卓就觉得这大炼钢铁的事过于冒进，对此持反对态度，所以只派了一个李长青去，又故意没安排技术员一同前往，这样一来既服从了公司的安排，又表明了自己的立场。如果说这场运动在初期起到了提振士气、振奋人心、促进劳动的作用的话，那么现在已基本变成了浮夸之风了。"炼钢铁是科学，是技术，不是情绪和口号！它的主战场也永远都是工厂，而不是大街小巷，乡间田野！"蔡卓一直这么坚定地认为。

"行，你回来吧！"

蔡卓答应得过于痛快，以至于李长青一时间没反应过来，愣了好一会才咧嘴问道："啥，你说啥，我可以回来了？"

"可以，今天就回来上班吧！"实际上，这些天蔡卓确实也想尽快把李长青调回来，原因是最近炼铁厂产量提高得不明显，拖了全公司的后腿，特别是七高炉最近还出现了小幅减产。

"妥了，妥了！"李长青高了兴，起身就要走可突然想到件事，"蔡厂长，还有件事，我之前给七高炉提了个合理化建议，现在咋样了？"

"合理化建议，什么时候的事？"

"就在你派我去宁香镇前几天的事，你说看一看后再给我回话！"

"哦……你那建议我看过了……看过了，你先回去吧，我回头再找你！"

"妥了妥了！"

见李长青出了门，蔡卓起身朝窗边走去。在他墙角处堆着一厚摞文件袋，都是炼铁厂工人们这段时间里提出的合理化建议，他掸了掸上面的灰，大致翻了翻，没见有李长青的，想再翻刚巧电话响了，说是现场出了问题，而后他戴上安全帽径直出了办公室。

七

宁钢炼钢厂的生产搞得热火朝天，产量持续攀升，可 450 万吨的指标仍有些高不可攀。运动一开始时大家鼓足了干劲儿不眠不休，不断破除迷信，搞技术革新，创纪录，可这种势头维持了不到三个月就出现了问题，设备的事故和工人们的误操作也多了起来，总之产量遇到了瓶颈，说什么也上不去了，甚至还出现了萎缩。为此杨伟平和马德成二人倍感压力，大会小会没少开，私底下也没少研究。在杨伟平看来，产量上遇到瓶颈是迟早的，且应该是日后普遍出现的问题，原因在于设备的生产能力是有上限的，这是客观因素。之前的生产中往往强调主观因素，强调动员工人群众积极性，也确实取得了极其丰硕的成果，但在某种程度上来讲这种成果是相对的，是相对于解放前"磨洋工"或正常工作状态。这些年运动一个接着一个，工人们的能力和精力在一定程度上已经达到了极限，说白了无非是一天二十四小时不眠不休地坚守岗位，可人的精力和设备的生产能力是一样的都有上限，热情也终究会降温，说大干一百天问题不大，但要"大干五年"那无论是领导干部还是工人群众，是个人就扛不住。因此在生产设备和技术不得到本质上提高的情况下，单单强调依靠群众的生产积极性在如今看来已经很难达到大幅增产的效果了。

杨伟平的这一观点马德成也表示同意，但他并不觉得眼下已经到了束手无策的地步。在他看来设备和工人就好比是"米"和"巧妇"，没有米当然没办法做饭。但从另一个角度来讲，同样是米有的巧妇不但能做出好饭，还能做出米糕、米线、米酒不是，这个关键要看能不能解放思想，充分发挥出自己的经验和技术。所以，在眼下设备生产能力和工人群众生产热情都将近峰值的情况下，在生产规程、制度和工人技术上进行优化将是提高产量的又一个突破口。

"也就是说让五大三粗的工人都变成'巧妇'喽!"杨伟平被马

德成说开了窍。实际上这确实也是眼下唯一的突破口，多年来整个公司都在沿用苏联的生产规程及制度，并被认为是神圣不可侵犯的，这些制度在一段时间里确实是先进的，科学的，对宁钢的生产和发展起到了巨大的推动作用。但不可否认的是以苏联的"马钢宪法"为代表的苏联式企业管理制度在宁钢一直以来就存在水土不服的问题，特别是如今搞大规模生产的背景下那种略显死板、一成不变的制度便成了包袱，拖了后腿。因此，杨伟平赞同从制度层面入手，解放思想，破一下"马钢宪法"的迷信。但马德成强调，破归破，立归立，解放思想不能无边无际，不能是几个领导干部躲在办公室里闭门造车，要结合自身的生产特点，要充分深入到工人群众中多了解，多学习，多广泛听取意见，不要让工人和生产被动服从于制度，而是要制度服务于生产和工人。如果在炼钢厂真能摸索出什么门道再推广到整个宁钢，那势必会对生产起到极大的推动作用。

杨伟平和马德成二人找到了突破口，而后迅速在整个炼钢厂范围内开展起以"技术革新与制度创新"为主的运动，各个车间、各个部门随即展开了热烈的讨论并献言献计，一周之内成形了近百份的建议。而后二人又逐一讨论每一个建议的可行性，这个当然要考虑到各方面因素，其中最重要的一点就是动静小，见效快，积少成多。最终一个关于快速炼钢方法的建议脱颖而出，为此厂里还特意找来提这个建议的老师傅给大家具体讲一讲。这个老师傅资历老，自打伪满时期就是个炼钢工人，技术娴熟，经验丰富，他打了包票说自己的方法绝对不"伤筋动骨"，"扭扭腰动动腿"就能提高产量。大家都信得过这位老师傅，可就是不知这葫芦里卖的到底是什么药。原来在炼钢过程中要不断往不大的炉门里添煤，这个添加量可不小，全凭着工人们抢着铁锹往里面扔，如此一来问题就出现了——这个操作人少了忙不过来，可人多了又捣腾不开，有时忙起来前后两人还撞个满怀，煤撒了一地互相埋怨。所以把这一环节操练好，让那炉火烧得又快又好，势必会缩短炼钢时间。大家一听这个纷纷叫好，建议不涉及平炉本身的改造，只是优化了操作方法，甚至说大家可以一旁操练差不多了再实际试验，就算失败了也不影响产量，果真是不"伤筋动骨"的好办法。

"快速炼钢法"建议通过后厂里决定立刻由老师傅带自己班组率先搞试点，弄出点名堂之后再全厂推广。随后的几天，一下了班就见老师傅腰里别着烟袋锅，背着手操练班里的这群小伙子，嘴里还念念有词："手要快，眼要急，相隔一米肩要齐！"不远处的空地上竖起那么一个钢筋弯的方口架子当做炉门，只见这群小伙子首尾相接成了一圈儿，前后间距一米有余，添完了煤落锹顺势从一旁走过，到了取煤点扬锹取煤平抬至腰间，到了"炉门"再扬锹添煤，循环往复，每一个动作都按照规定的来，互相不干涉，不用掐表也能看出来速度快了不少。轮到他们当班一试，一炉钢水下来确实省下来十来分钟，当天就破了厂里的纪录。一旁来围观的厂长杨伟平和书记马德成高兴坏了，说不但节省了时间，看着也整齐了不少，有板有眼的赏心悦目，不像是炼钢，倒像是戏台上那跑龙套的。

说者无心听者有意，一句话提醒了爱听戏的老师傅。第二天他借来了一面小锣"当当当"敲了起来，工人们觉得奇怪，心想这炼钢就炼钢咋还敲锣打鼓，花里胡哨的真弄成唱戏的了。老师傅也不管别人咋说，自顾自地训练队伍，还别说这锣声一响脚步也跟上了点儿，越走越齐，越走越快，两耳生风，抢起铁锹也更带劲儿了。一轮下来大家伙儿汗流浃背，时间又缩短了不少。这还不算完，这个班组的小伙子趁热打铁，又提出了不少的建议，例如锹抬多高，盛多少最省劲儿，取煤点儿多远最合理，一步迈多远走最快，动作多大不容易闪着腰……这些建议基本就是大家伙儿吃饭唠嗑的时候想出来的，看起来鸡毛蒜皮，但是体现到工作上却真真实实节省了时间。

这天炼铁厂平炉车间涌进来不少人，都是听说"快速炼钢法"要正式上炉试验特意来看热闹的，其中还有不少拿着相机的记者。炼钢的小伙子们特意穿上了干干净净的衣服，铁锹也事先用磨刀石磨得锃亮，一个个摩拳擦掌，跃跃欲试。一旁观看的杨伟平和马德成抻着脖子往前看，心里也跟着紧张。待到平炉上好了料，老师傅朝着大家伙儿一点头，紧接着就"当当"敲起了锣，小伙子们闻声而动，踩着锣鼓点抡开了膀子就操练起来——只见他们一个个四平八稳，健步如飞，忙而不乱，虎虎生风，工夫不大就将那炉膛里的火烧得通红刺眼。大家伙儿哪看过这架势，心想这咋唱着戏就把活儿给干了，一个个目瞪口呆说不出话，就连那记者都看得入了神，只顾着看忘了拍照。突然，老师傅扬起胳膊最后猛敲了一下锣，小伙子们犹如那鸣锣收金的战士，齐刷刷站定，把那铁锹"哐当哐当"往地上一杵，抬头挺胸手掐腰，还亮了个相。这一通下来可谓赏心悦目，精彩纷呈，工人们爆发出一阵又一阵的叫好声，真就像是在那戏园子里看戏一般。这时，一个年轻的小技术员摆着手站到了凳子上大声喊道："快了四分五十秒，创造了咱们厂添煤速度的新纪录！"

人群中又迸发出一阵更加激烈的欢呼声。

"快速炼钢法"的成功直接导致这炉钢水冶炼时间的缩短，实际上这炉在锣鼓点中冶炼出的钢水又刷新了全国快速炼钢的一个新纪录。

当天，记者采访了杨伟平和马德成，称赞二人领导有方，在短时间内取得了巨大突破，二人有些难为情，不约而同地说这成绩完全归功于生产一线的工人师傅们。

八

李长青的归来可乐坏了七高炉的工友们。

要说这个炉长在时大家伙儿也没觉得啥了不得的，无非是腿脚勤快点，检查的次数多着点，要不就是不厌其烦地督促和动员大家伙儿，换作是谁这么干那产量都能往上提。可他这一走出问题了，产量不增反降，七高炉一下子从"增产标兵"变成了"拖后腿标兵"，大家麻了爪。老师傅说别看李长青外号叫做二赖子，可那是以前了，人家打恢复生产时起就上了炉子，钳工、配管啥都干过，还去工人大学进修过，肚子里手头上那都能拿出东西来，你光觉着人家上炉溜达，可人家看到了啥动了啥谁知道。大家一合计也是那么回事。

这下子好了，炉长回来了，大家有了主心骨，干起活来心里也有了底，产量逐日提高，可无论怎么提高照比厂里下达的指标还是差着不少。

这天晚上下了班李长青也没走，打了饭蹲在高炉底下吃，一来是想多盯着点炉子，二来现在他也是不愿意回家。当班工友们几乎也都没走，端着饭盒围着他坐了一圈，面露难色，欲言又止，问咋回事可谁也不说话，就是说再待会儿。李长青一抬屁股假装要走人，大家伙儿忙把他拉了回来说有事要商量。原来大家伙儿犯愁的还是关于产量的事，这一年国家给宁钢下达的指标光是钢产量就是 450 万吨，加上铁产量指标，这炼铁厂里里外外得超过 1000 万吨才行，这样的压力可想而知。而且这七高炉又是"尖兵炉"，分配的指标比其他高炉都多，可以现在这产量来看实在是拖了全厂的后腿。其实大家心里也清楚国家下达这么高的指标那是对宁钢的信任，炼铁厂给七高炉这高的指标那更是出于对他们的信任。一开始大家把眼睛瞪得溜溜圆，争分夺秒，产量一下子上来不少，可干着干着发现这效果不是那么明显了，按照目前的产量和增速就算日后不检修没事故那也完不成。这一点李长青心里清楚，可也瞪眼没办法。

大家伙儿正在这愁眉不展时二高炉炉长罗明来了，他也是下了班没走想来看看李长青，顺便商量商量关于产量的事，见这里鸦雀无声就靠着墙蔫了吧唧地抽起了旱烟。

"老罗，你啥时候来的，咋也不吭一声？"过来好一会李长青才看到罗明。

"一袋烟的工夫！"罗明回答。

"你那今天咋样？"

"别提了，都连续一个礼拜没完成日产量了，总是就差那么一点，可就是总也达不到！"

"其他高炉都咋样，我这今天刚回来还不了解情况！"

"分咋说！"罗明说着把烟袋锅朝着鞋底磕打磕打，停顿了好一会继续说，"按说要照比去年这时候那肯定都多出一大块，可按照今年的指标就都有差距！说白了，就是指标太高！"

"这可咋整，合着今年说啥也完不成了？"

罗明没吱声又装了一袋烟，"吧嗒吧嗒"抽了起来。

"别光抽烟啊，要抽回家抽去！"李长青有点急了，"咋地，合着你老罗是缴枪啦，一点招儿都没啦？"

"这个……目前看是没啥招儿了！"

"啥意思？"

"自打恢复生产以来咱炼铁厂产量连着年的往上窜，可能连续到啥时候呢，十年、十五年还是二十年？炉子就那么大，总得有个头儿吧！"

"罗师傅，那你这意思就是咱们产量都到头了呗？"一个师傅问。

"我看啊，差不多了！"

"可不能打退堂鼓啊罗师傅，咱们得破除迷信，大鸣大放！你现在这属于右倾思想，很危险！"一个叫牛德胜的年轻炉前工说道。

"啥右倾不右倾的，少整事儿啊，干活能耐不见长张嘴闭嘴就给人扣帽子了！"李长青一瞪眼损了牛德胜两句，转而对罗明说，"其实这事情我也想了，你说咱们冒着烟儿的干一刻也不闲着，可产量就卡在那上不去，我都恨不得一周有十天，一天有三十个小时！"

"说的就是……可也不是没有其他办法！"罗明又说道。

"啥办法？"闻听此言大家伙儿来了精神，一起问道。

"我就总在合计，这工作热情是能决定产量的多少，但比热情更重要的是生产技术。高炉不是咱设计的，根儿上的事咱改不了也没那能耐改，但话说回来咱炼铁厂这些炉子哪一座没毛病？咱们炼铁工人天天围着炉子转，它啥脾气咱最了解，哪里该拾掇拾掇咱最清楚。咱都用不着合计什么大的改造，你提点问题他找点毛病，你改一点他修一处，炉子顺溜了产量不就上去了嘛！远的不说咱就说人家炼钢厂平炉炉长王长福，大字不识几个，可炉子哪里有毛病他门儿清，大上个礼拜提出个合理化建议，人家杨厂长和马书记亲自牵头实施，结果怎么样，'快速炼钢法'刚创出纪录没几天就让他给破了，而且一下子缩短了好几十分钟，你说这一下子得提高多少产量！"

"没错，炉子还是那个炉子，可只要解放思想，敢于技术革新和技术革命产量还是会大幅提高的，这不就是公司一直提倡的'双革'嘛！"李长青频频点头，大家伙儿也十分赞同。

"合着罗师傅拐了半天说的就是提合理化建议啊！"牛德胜恍然大悟。

"这个好啊，我看不少厂都搞得有声有色的，不知为啥咱厂始终没啥大动静！"

"为啥，还不是因为上面不点头……你说咱们这个蔡厂长可真是比不了尚厂长，汤水不进，和咱工人一点也不亲近……李书记人虽然好可耳根子软，也说不动蔡厂长，你说这可咋整！"罗明面露难色。

此话一出大家顿时泄了气。其实李长青对此体会最深，当年那尚世杰尚厂长虽然是当兵的出身不懂工业，但是人家能和工人打成一片，不分彼此，技术上不懂就问，谁要是有啥合理的建议立马采纳，特别是当年和炼钢厂马厂长签军令状时那真是不眠不休，在高炉下面端着饭盒嘴里嚼着饭和大家研究工作。有一次，他和一个老师傅因为改造闹了分歧，吵得脸红脖子粗，可没一会工夫又笑嘻嘻回来找老师傅承认错误说是自己见识短了。这样的领导以前可从来没见过，相处起来让人喜欢，让人尊敬，觉得踏实。可这蔡厂长是截然相反，技术上没的说，但凡是他组织实施的事没一个不成的，唯独对工人们提出的建议从不理会。

"要我说也可能是蔡厂长心里有了数，毕竟人家是专家，肚里墨水多，就咱们提出那玩意人家不得好好看看把把关！那天早上蔡厂长还说回头要研究研究我的建议呢！要我说咱们该提还是提，没事勤问问厂长，保不齐哪个就被选上。退一万步说，就算蔡厂长热情不高，咱工人也不能丢了热情，众人拾柴火焰高，咱们激情万丈那厂长也得跟着热起来，大家说是不是!"李长青鼓励大家。

听李长青这么一说大家觉得也有道理，心气一下子又被提回来不少。而后李长青嘱托大家伙儿这几天别闲着，把肚子里攒的那点东西都捣腾出来，提点好建议，争取这个月就弄出点动静来。

九

在李长青和罗明的带动下炼铁厂各个班组又都提出了不少合理化建议，由曹静初一并送到了蔡厂长办公室。其实这段时间为了合理化建议的事曹静初没少劝厂长，可他始终不言不语，无动于衷，一来二去就连曹静初这样热情万丈的人也没了心气。这次曹静初敲门进屋，冷冷打声招呼放下建议后转身就走。蔡卓知道她那是在闹情绪，也不在乎，假装没看到。

厂长那边始终没回应，李长青和罗明着了急，没少去找曹静初打听，可曹静初也干着急没办法，后来她私下对两人说这事得找党委书记说道说道，目前看来也就李书记说话能管用了。李长青和罗明得了曹静初的锦囊妙计后眼前一亮，立刻找李书记汇报了此事，当天下午李书记就找了蔡卓。

曹静初口中的李宇就是当年无缝钢管厂的厂长李宇，这名同志是个老红军，政治素养高，为人沉稳，平易近人，善于做思想工作和群众工作，可正因随和与老成，在蔡卓这样的厂长面前反而显得力不从心，不少人都说他耳根子软不硬气。当然，性格因素只是一方面，在李宇看来党委书记的工作重点是党务和思想政治工作，不能把手伸得太长，生产上的事情不应该过多参与，况且和自己一副架的还是蔡卓这样的冶炼专家。再有，李宇年轻时和蔡卓的父母有过一面之缘，对二位先驱极为敬佩，如今与他们的遗孤共事，又比他大十好几岁，内心难免产生一种额外的关怀和迁就。反过来说蔡卓虽强势，但十分尊重李宇，心存感激也从不过问党委方面的事情，二人各行其是，互不干涉，保持着一种十分微妙的默契与平衡。然而当下形势变了，就连李宇也认为蔡卓的做法确实有悖于路线，束缚了思想，且已影响到了工人们的工作积极性，以往的平衡不得不被打破了，他下定了决心必须要和蔡卓严肃地谈一谈这个问题。

"我说蔡卓，今天可又有人找我告你状了，咱俩得好好谈谈！"李宇说着径直进了办公室，气呼呼地往椅子上一坐。

"呦，对我不满的人那可多了，告状也是合理的，今天又告我什么了？"蔡卓说着给李宇倒了一杯水，笑呵呵双手奉上。说来也怪，他平日里一向不苟言笑，可只要见到老李就立刻有笑容，那感觉还真就像见到了自家兄长一般。

"你自己心里没数？就好像以前没人告过你似的！"

"又告我头发太整齐，皮鞋太亮，没工人阶级的模样？"

"别和我装糊涂！"李宇有些恼火，"你头发整齐皮鞋亮那是个人习惯我不管，但是不走群众路线那可就是大问题了，我得管管！"

"老李，你要是这么说我可得和你论道论道，我怎么就不走群众路线了？"

"还嘴硬，那正好我今天就和你论道论道！"李宇说着站了起来，在办公室里寻了一圈看到墙角那从地上一直摞到了窗台上的文件，随便抽了一张看了看问道，"我问你，这是什么？"

"这个啊……是大家伙儿提出的合理化建议。"

"怎么放在这里？"

"太多了没地方放就堆在那了！"

"太多了，你还知道太多了？那我问你，这么多的建议你看了几个？"

"不多……不多！"蔡卓咧嘴一笑。

"不多是几个，十个八个还是三个五个？"

"我这不是没腾出时间看呢嘛！"

"少和我来那套，到底是没时间看还是没心思看？"

"区别不大，区别不大！"

"区别大了！"李宇见蔡卓这不以为意的态度更恼火了，瞪着眼睛叉着腰批评道，"我说蔡卓啊，你是炼铁冶金方面的权威专家这个我清楚，所以平日里你开展工作我从不干涉，可你要意识到你不光是个专家还是个党员，不能光闷头炼铁，也要看清形势。现如今全国一盘棋，大搞解放思想，技术革新，宁钢各个厂矿都出了创新成果，可你呢，你有什么举动？我是得说你沉得住气还是说你思想退步？现在工人们对你的意见很大，说你搞官僚主义，不走群众路线。你再继续执迷不悟是要出问题的！"

蔡卓见李宇发了火低声不语。

"另外，最近一个礼拜咱们炼铁厂产量天天不达标，生产协调会上点名批评你，你看你怎么说的，你说'尽力了'，这是什么话，什么叫你尽力了，这意思你没办法了呗，缴枪了呗？你看看人家东宁山那边矿山下都垒起那么多土高炉，产量眼见着往上窜，你这守着个全国最大的炼铁厂竟然当着全公司的面说没办法！好，你蔡卓聪明有能力，我姑且认为你有自己的理由，可工人们也不傻啊，他们也有自己的办法啊，这么多好的建议你一个也不采用，甚至连看都不看，你到底想干什么？"李宇越说越气，拍着桌子滔滔不绝，"蔡卓我可告诉你，大炼钢铁是迅速实现工业化的需要，更是路线需要，是政治需要，即使有看法也得给我憋回去！"

李宇把这几个月憋得火一股脑地倒了出来，气得又着腰直喘气。一旁的蔡卓面无表情，沉默了一会从抽屉里拿出一盒烟点上一根，被呛得直咳嗽。而后又拿出一根递给了李宇。李宇接过烟没好气地问道："你怎么也抽起烟来了？"

蔡卓没做回答，抽完了烟又沉思了片刻说道："老李啊，我的老李同志，我的老李大哥，我知道你护着我，知道你恨铁不成钢，知道你怕我被打倒，我都知道！他们说我官僚主义，说我搞什么'一长制'，可实际上到底如何你最清楚不过了。说我思想松动，可咱炼铁厂的产量不是还连月稳步增长嘛，只是没达到公司的要求，怎么就说我保守了？至于合理化建议，你也说了我是专家，那到底行不行我心里当然有数，如果没有任务额在上面压着那怎么都行，可如今时间紧任务重，就算从现在开始咱们厂不检修没事故那到了年底也完成不了，要是真搞什么实验万一失败了，停炉了，损坏设备了，岂不是因小失大？我就问你一句话，我们到底要的是产量还是革新？"

"产量和革新要两手抓，我说你你还别不服，就算你是为了保产量那宁香镇的事怎么解释，你就派去个李长青应付，技术员哪去了？难道还说明不了问题吗？"

"那炼出来的都是什么狗屁东西你老李心里没数吗，我们成天讲的实事求是现在都成了幌子了吗？"蔡卓突然勃然大怒，当然这股火不是冲着李宇发的。实际上自打五七年差点被打成右派时蔡卓心里就窝着一股火。他这个人话不多，但说话总在点儿上，这是好习惯也是坏习惯。再有，因为他皮鞋太亮头发太工整，太过惹人注意。加之口无遮拦和颇为神秘的身世，时常受到非议。他心里委屈，心想这个世界上无论谁犯路线错误那也不可能是他蔡卓。对于刚从苏联归来不久，血气方刚的蔡卓来说那可是一次沉重的打击，一段时间里他情绪不稳，十分消沉，多亏了李宇的帮助和开导才渐渐走出来。如今，大炼钢铁运动席卷全国，一开始蔡卓以为这是一波鼓舞斗志的生产运动，内心是十分赞同的，带领炼铁厂屡创生产纪录，可他也感觉到势头上有些太冒进。直到公司经理李达让他派个人去宁香镇指导大炼钢铁时他内心料定事情已经偏离了轨道，所以他一面对上面应付了事，一面按部就班地实施生产。至于工人们提出的合理化建议他先前倒也看了一些，觉得都是小打小闹，经验之谈，或是可行性不大，或是以过度消耗设备为前提，顾的都只是眼前利益，和农民们把铁锅菜刀扔进土高炉里没什么区别。

蔡卓这么一吼倒是把李宇的火儿给浇灭了。其实这个老党员心里最清楚，从始至终蔡卓所受的指责和污蔑都是捕风捉影。蔡卓固然有自己的缺点，但要给他扣上右倾帽子的人也是别有用心。至于国家的政策他一百个赞同，坚决拥护，可大炼钢铁中也产生了一些乱象，确实是有害于生产的，而炼铁厂稳中求进在他看来也没什么不对的，至少不应该被这般批评指责。

此时李宇内心也在做着激烈的斗争，却又无法抉择，张了几次嘴却都没说出话，而后干脆叹了口气摇了摇头，离开了厂长办公室。

十

炼钢厂这边刚试成了"快速炼钢法"那边又被自己人破了纪录，工人们追着撵着往前赶，捷报一个接着一个，动静闹得不小。与此同时炼铁厂这边也闹出了大动静，不过却是负面消息。那天李宇找蔡卓谈话时被门外路过的炉前工牛德胜听到，这小子人急嘴快，说起话来没边没沿，虽说就听到了个大概，架不住他添油加醋，当天下午工人里就传出了风声说厂长和书记大吵一架，还掀了桌子。三五天后，工人们见书记这边没动静，猜测那天吵架肯定是因为合理化建议的事，而且还是书记败下阵来，于是流言蜚语又起来了，传着传着就变成了书记替工人说话被厂长训斥了一通，坚决不同意合理化建议。工人们对合理化建议的事本来就带着情绪，这事一出立刻开了锅，紧接着大字报就被贴到了炼铁厂门口，批评蔡卓独断专行、思想保守、教条主义、强迫命令，机械地执行规章制度。一时间全厂闹得沸沸扬扬，其他厂也都在谈论此事，最后传到了公司。

第二天，公司的电话打到了炼铁厂，没说什么事直接让厂长蔡卓和书记李宇到公司经理办公室。去之前蔡卓猜出了个大概，也做好了打算，要借着这个机会再次谈一谈自己的想法，表明一下自己的态度，他想就算被打倒又如何，反正自己两年前就应该被处理。李宇知道蔡卓心里的想法，就怕他闯祸，一路上不停开导，可蔡卓铁了心，最后李宇急了眼呵斥道："你蔡卓仗着自己读书多，有个性什么事情都要冒个尖儿，我老李一直让着你护着你，那是以前，现在不行啦！

你心里觉得自己根正苗红，又红又专，觉得不能犯路线上的错误是吧？现在我告诉你大炼钢铁就是路线，你正在走错。而且你还得明白，谁都可以走错路线，但就是你蔡卓不可以，不但不能走错，你还得带头走对！要不然你就对不起你死去的爹妈，对不起党对你的培养！"

这一句话把蔡卓说得哑口无言。

经理办公室里除了李达还有市工业部部长宋同辉和分管生产的副经理马光明。其实李达原本打算自己找蔡卓谈话，批评一通就好，避免事态扩大。可无奈市工业部办公室也在大白楼里，部长宋同辉第一时间得到了消息，找到李达说要开会讨论，严肃对待。当前形势下，蔡卓的问题要是开会讨论必然越闹越大，李达打了个马虎眼，把宋同辉和副经理马光明找到了办公室，把正式会议变成了私下了解情况。李达有心保护，但也对蔡卓十分不满意，当着宋同辉和马光明的面还发了一阵火儿，拍着桌子说蔡卓是个刺儿头，回回顶风作案，这次定要处理处理他，治治他的毛病。宋同辉一直以来就对蔡卓抱有很大的成见，说这件事一定要拿到市里去研究，像蔡卓这样的思想，这样的行为必须要从重处理。马光明对此坚决反对，觉得对于一厂之长，一个技术专家，不问清情况仅凭写大字报和风言风语就要定罪有失公允。实际上马光明这个同样留学苏联，同样有过苏联马钢实习经历的副经理打内心里是坚定反对这种不符合实际的生产指标的，换句话说蔡卓的做法是他个人想法的实际体现，只是出于身份所限不能冒尖罢了。因此，还没等蔡卓来，宋同辉和马光明二人便针锋相对争论起来，最后还是李达给劝住。

蔡卓和李宇进了办公室坐定，李达先发了话询问事情经过。李宇抢了先说是讨论合理化建议出了分歧，根本不是吵架，充其量算是争论，至于私下传的议论和大字报不能说毫无根据，但起码扩大了问题。宋同辉不满意这回答，知道李宇那是袒护，转而问蔡卓是不是这么回事，后者欲言又止，犹豫不决。马光明也不满意这回答，他内心是想蔡卓能说出真实想法和不同看法，于是他语气十分平缓地说道："蔡卓同志，我看你有所保留啊，没关系，尽管把自己的想法都说出来，我们党内向来就善于倾听不同的意见，况且孰是孰非还没个定论嘛！"

"马副经理，你这话什么意思，什么叫没个定论，难不成你觉得路线有问题？"宋同辉立刻反驳道。

"宋部长，你这说的是什么话，咱们都是搞工业的，怎么养成了'扣帽子'的习惯，这可不是工人阶级的作风！我指的是大字报讲的到底是真是假尚无定论，怎么就扯到路线上去了？"马光明把宋同辉顶了回去。

"行啦老马，你有完没完了？"李达拿眼睛一瞪马光明，后者咽了话，也算是给宋同辉个台阶下，"蔡卓，你说！"

有了马光明的支持，蔡卓觉得自己不再孤立无援，刚想开口说他一说，可被身旁的李宇捅了一下，还瞪了一眼，不禁想起刚刚路上二人的谈话，于是到了嘴边的话又咽了回去，继而回答道："李书记说的对，我们就是在讨论合理化建议的事，有点小分歧。"

"讨论，我看是你蔡大厂长直接给否了才对吧？"李达一听这话又来了火，拍着桌子喊道，"你以为我不知道你蔡卓是什么人，当年为什么要处理你，你自己心里没数吗？我可告诉你依靠工人群众是传统，生产指标关乎到国家经济建设，哪一个走偏了都不行！听说怎么，你仗着自己有学问有能力，在厂里搞一言堂，工人提出的意见你不闻不问，一个都不采纳，这不就是典型的‘一言堂’吗？你是不是觉得工人们‘傻大黑粗’不如你这‘苏联专家’，那你可错了，你看看人家炼钢厂，人家小杨和老马带着工人们几天的工夫就弄出个快速炼钢法出来，你说工人不行？我看就是你这厂长落后！”

李达这话说得重，激得蔡卓怒目圆睁，一旁的马光明都紧皱眉头，赶忙接过话来说道：“蔡卓同志，关于大字报和群众的反映我相信肯定有片面性，这也是今天找你和李书记来了解情况的原因，但我们作为党员干部的首先要考虑到我们本身的不足，多做自我批评。指标在那放着，必须要完成，但哪方面真的存在实际困难你也不应该自己憋在办公室里拍脑袋一个人扛，得让工人群众们也认识到，更得让公司甚至市委也了解到，咱们群策群力嘛！”安抚完了蔡卓，马光明转而对李达说道：“李经理，群众对蔡卓同志有意见是好事，一来说明他们关心厂里的生产，和咱们党员干部坦诚相待。二来说明咱们党员干部还有上升的空间。对于炼铁厂你我都是了解的，高炉可比平炉大得多，复杂得多，之前但凡是有什么改造都需要专家论证，层层把关，现如今我们解放思想，工人们提出了很多很好的建议，但也不能一股脑都上，也得有所选择，有所取舍，稳中求进，万一改造失败那可是牵一发而动全身啊！”

马光明表面上是批评蔡卓，实际上是替他说话，而且还摘掉了刚刚宋同辉要扣的“帽子”。一旁的宋同辉十分不满，刚想张嘴说两句却被李宇抢了先，“对对对，马副经理，其实我觉得主要问题在我！作为炼铁厂的党委书记，思想工作和路线工作都应该由我抓，如今没处理好起了意见是我的问题。蔡卓同志早年一直生活在苏联，工作方法和思想上还有一些地方没改过来，这方面我也有很大责任，我要自我批评，自我检讨，把这方面落下的尽快补回来!"

"好嘛老李，你又大包大揽!"李达这个爱才之人本也没打算对蔡卓怎么样，只是想在这节骨眼儿上给点警告让他长点记性，于是缓和下来对蔡卓说道，"现在时间紧任务重，拿下了你就怕动摇了军心。你和老李回去给我写一份深刻的检查，并且要在全公司通告!"

"这就完啦?"宋同辉大失所望。

"那依你的意思?"李达反问。

"蔡卓的问题十分严重，有悖于总路线，我还是觉得有必要在市委会上讨论研究!"

"宋部长，蔡卓是有很大的问题，但我觉得非要说他搞'一长制'，还是典型，多少有些不妥。况且我也说了，眼下是生产最吃劲儿的阶段不宜闹出大动静，真要是耽误了生产咱们谁也担不起责任，你说是不?"

"你这明显是袒护! 我要向市委打报告!"

"宋部长，这个不必劳烦你，蔡卓是我宁钢的厂长，打报告也是得由我自己来!"李达没给宋同辉留情面，转而对蔡卓厉声说道，"我可告诉你，今天我个人这里给你记大过一次，你要保证下不为例。另外，拿出点实际行动，我要是再听到有人说你蔡卓脱离群众，下次两罪并罚!"

马光明自然同意李达的决定，宋同辉被晾在了一边，心里窝火，李达的做法虽有袒护的嫌疑但程序上并没问题。

宋同辉吃了闷亏，愤愤而出，到了门口转身说了一句:"李经理，我们讨论的是路线问题，是大是大非的问题，可容不得任何人搞个人主义！"

宋同辉走了，李达点头示意蔡卓和李宇二人也回去，而后他掏出了烟点上了一根，又递给马光明一根，俩人默不作声，各有所思。过了好一会李达突然问道："我说马光明，今天的决定合你心意不？"

这句话问愣了马光明，缓了好久他才笑道："我的李大经理，你是舵手，把握着方向，你指哪我打哪就是了，什么合不合我意的！"

"少跟我打太极，你小子心里怎么想的我比谁都清楚！"

"得，你要是这么说那我也就讲实话，今天你做得太对了。'大炼钢铁'运动是路线问题，你我不好评论，但作为生产副经理我可以很负责任地告诉你，目前生产形势看似一片大好，可问题也实在是不少，还有两个多月就到年底了，这450万吨的指标我们说破大天了也达不到。至于蔡卓确实有些保守，但炼铁厂产量还是稳步增长的嘛，就凭几张大字报就要严肃处理？处理了产量就能直线上升了？"

"指标的事没得商量，这是国家下达的任务，你马光明就是累死也得给我完成！我担心的是……"李达没把话说完就又点上了一根烟，他担心的是眼下越来越紧张的形势。

十一

被公司找谈话当晚，李宇把蔡卓叫到了台町的家中，备上了几个小菜和一瓶老酒，想趁热打铁再好好和他谈谈。蔡卓这人本来是不喝酒的，可这天晚上闷着头自酌自饮，无论李宇那边说什么他就是低头苦笑，一言不发，最后把自己喝得烂醉如泥。李宇也不知道他到底听没听进去，听进去多少，无奈只能把他扶回家。

第二天，蔡卓照常早早来到办公室，胃里翻江倒海，脑子也胀得厉害，喝了口茶又都呕吐了出来，而后迷迷糊糊趴在桌子上睡着了。九点刚过，办公室的门被敲响，曹静初推门而入，说是李书记让她过来取要实施的合理化建议。蔡卓头脑不清醒一时间没反应过来，缓了好一阵才隐隐想起来昨天刚开始喝酒时李宇就给他下了"死命令"，让他第二天务必要落实下一个合理化建议以表明态度，好给公司一个交代。

"表明态度，表明态度……被迫表明态度……"蔡卓无精打采地朝着身后墙角堆着的那厚厚一摞资料袋撩了一眼，顺手拿起了最上面的那一个递给了曹静初。

曹静初接过来愣了一愣，资料袋上歪歪扭扭用铅笔写着"七号高炉提高煤气量的合理化建议——牛德胜"。这个牛德胜是个新工人，工作热情虽然高涨，但底子比较薄，技术和经验都不扎实，有些华而不实，老师傅们提出了那么多建议可厂长却单拿出这个。

"蔡厂长，你没拿错吧，这个是牛德胜的！"曹静初想提醒一下蔡卓。

"牛德胜怎么了？"

"没怎么，就是这个牛德胜太年轻，底子还薄，得好好考虑考虑……"

"小曹，你不总是告诉我要相信工人阶级的智慧嘛，现在我信了你倒是怀疑上了？"蔡卓有些不耐烦。

"我不是这个意思，我的意思是说……"

"不用说了，这份建议我看过了，可以实施，出了问题我负责！"

曹静初没了办法，皱着眉头转身出了办公室。

厂里要在七高炉率先实施合理化建议了，这可是个天大的消息，工人们乐坏了，在他们看来这不仅是提高产量的希望，更是工人阶级当家做主的体现。七高炉上上下下更是乐得合不拢嘴，但大家伙儿也有点犯嘀咕，心想为啥要先实施牛德胜的。他的建议之前大家伙儿也研究过，不是说不好，就是风险太大，就算成功也是下大本钱赚小利，不划算。见大家起了议论这牛德胜可不干了，一下蹦到桌子上叉着腰挥着手反驳道："亏你们这群老师傅平时还夸我机灵好学，合着都是客套话啊，到了真格时候就开始拆我台啦！我可告诉你们，有志不在年高，人家王崇伦师傅发明万能工具胎的时候也就我这岁数，你们凭啥看不起我？要是这建议成功了，产量一下子提了上来说不定以后我也成了劳模呢！"

这牛德胜得理不让人，可大家伙儿一听倒也是这么个理，但问题在于这高炉工艺不比那王崇伦手里的机床，机床能停，干坏了也就是一个件儿的事儿，可这高炉但凡是有点什么闪失那可就是几十吨的铁水啊，说不定还影响到后续的生产，特别是在当前欠产情况下就更没人敢在工艺上做文章了，其他人的合理化建议也基本都是从高炉附属设备入手。

李长青放心不下，找来罗明和几个老师傅开会研究了一下，越研究越觉得不把握，越研究越觉得有风险，想找蔡厂长提议换个其他的，可转念一想蔡厂长那么大能耐，他同意的事情怎么能没把握。再说，他这刚被公司批评了心里窝着火，这时候去给添堵再一发火哪个也不用可咋办。思来想去大家决定还是得实施这个，但不能由着牛德胜，得小心行事，分步进行，且几个老师傅也主动要求轮流值守，一旦有什么风吹草动立刻换工艺。

当天晚上实验开始了，曹静初本想找蔡厂长一同看着，可听说去开会了一直没回来于是她自己留下了。

后半夜煤气量开始逐步提高，炉内的温度也在持续增加，一切状况良好，铁水颜色很正，大家伙儿松了一口气。牛德胜紧张得满头大汗，见一切正常得意洋洋，在高炉一蹦多高叫嚷道："咋样，总拿豆包不当干粮，要成了吧！"

李长青心里高兴可嘴上不让人，反驳道："你小子别高兴得太早，眼瞅着要出铁了，你别走神，出了问题看怎么罚你！"

"得令嘞！"牛德胜一咧嘴，转念一想成功是十拿九稳的事，但这些老师傅太保守，效果不明显，要大幅度增产这点哪够，于是自己又偷偷调高了煤气量。

这炉铁水眼看着就要成功了，李长青心里高兴，心想着这第一次试验估计就能多出一吨铁，还有以后的试验呢，要是日后每一炉都能多出三吨五吨，甚至是十吨八吨的那可就妥了。"明早出了铁估计蔡厂长能惊掉下巴，工厂到啥时候都得仰仗着咱们工人！"李长青心里这么合计着，靠着栏杆迷迷糊糊就睡着了。

蔡卓最近一直失眠，夜里躺在床上辗转反侧，昨天又饮酒过量始终难受，临天亮才能眯那么一小会，早上起来只觉头重脚轻，走起路来都有些踉跄。他刚出门家里电话就响了起来，恍惚间以为自己耳鸣也就没在意。一路上到处都是各个单位垒砌的小高炉和激情万丈的群众，当然还有不计其数的标语和大字报。用蔡卓的话说，这是热情中掺杂着浓烟，生产中掺和着政治，是一种没有建立在科学之上的工业狂热。蔡卓一路低头走过，进了炼铁厂离着老远就看到七高炉那边炉上炉下人头攒动，急三火四，觉得有点不对劲儿。一路小跑过去，只见罗明扯着嗓子在那指挥，工人们一个个汗流浃背，呼哧带喘，乱成了一锅粥，牛德胜一旁瘫坐在地上咧着嘴哭了起来："完啦，完啦，废啦！"

"怎么了，这是怎么了？"蔡卓问道。

"蔡厂长，往你家里打电话没人接啊！"这时曹静初急忙跑来问。蔡卓也没顾得上回答直奔炉子，见高炉根儿上烧出了个筐口大的洞，通红的铁水顺着洞口往外喷涌，遇到地上的积水又响起巨大的爆裂声。洞口外不远处，只见一人满脸黢黑，端来一大盆水，两脚往里一踩浸湿了鞋，又高举过头顶往身上猛地一浇，踏着铁水迎着热浪冲了过去，要把那窟窿堵住，可那点水哪敌得住铁水的高温，眨眼的工夫半条腿上就着起了火，眼看着烧过了腰。蔡卓心想不好，也往自己身上浇了一盆水冲了过去，一把把那人拽了出来，脱下棉衣捂灭了火，其他人又赶忙泼了一盆水。待这人翻过身来大家才发现这人不是别人，正是炉长李长青。李长青睁开了眼，看到蔡厂长一下子哭了出来，边哭边说："蔡厂长，炉壁烧穿了，试验失败了，我……我对不起你啊！"

"试验，啥试验？"蔡卓脑子里"嗡"的一声。

十二

炼铁厂合理化建议实施失败，导致七高炉炉壁烧穿，损失了一炉铁水，造成了严重生产事故，并影响到了后续生产。炉长李长青在抢修过程中左腿烧伤住进了医院，所幸不是十分严重。此事一出给正处于大炼钢铁的宁钢乃至整个宁山都泼了一盆冷水，很多人对此十分不满，当晚大白楼和市委前就都被贴上了大字报，痛批蔡卓思想保守，玩忽职守，延误生产，搞"一言堂"等等，紧接着举报信就如雪片一般送来，一时间蔡卓又被推到了风口浪尖，成了众矢之的。

炼铁厂出事的那天下午李达和马光明就带队去了炼铁厂实地查看，当时工人群众中就已经起了议论，说这厂长蔡卓对大炼钢铁抵触，对群众不重视，更对公司的批评不满，胡乱指挥才造成了这起严重的事故。待二人向蔡卓本人了解情况时，蔡卓面如死灰，一脸绝望，承认是自己的工作失误酿成的大祸。书记李宇又大包大揽，说是自己找蔡卓喝了酒才闹出这事，要承担责任。李达的状态比蔡卓好不了多少，了解完情况后也没拍桌子也没骂人，眉头一皱，长叹一声转身而去。

当晚，公司连夜开会讨论炼铁厂事故，马光明、严志、冷亦水等主要领导均参会，考虑到此事的恶劣影响和不同意见，会议没能形成结果，最终决定上报到市委做进一步讨论研究。第二天上午市委召开了紧急会议，由市长贺守云主持。

虽然事情只过了一天但已经闹得满城风雨，大字报和举报信铺天盖地，影响十分恶劣。特别是这事故发生在"炼钢大比武"后不久，上至领导干部下至工人群众都觉得十分丧气，不满的情绪十分严重，对于蔡卓的反对之声也被推向了高潮。

会上，工业部部长宋同辉难掩心中的强烈不满，率先发言，直接指出蔡卓强令指挥，玩忽职守，脱离了群众，犯了官僚主义和教条主义的错误，更犯了路线上的错误，需要坚决斗争。这话听得李达头上直冒冷汗，心想这帽子扣得有点太大，发言中替蔡卓辩解说他固然在工作上存在重大失误，但谈不上路线上的错误，至于是不是要把他归结为"一长制"的队伍里也值得商榷。李达的话留了余地，算是中肯，冷亦水观点也基本一致，算是稍微稳定住了参会者的情绪，哪知马光明沉不住气替蔡卓出了头，直言钢铁企业有其特殊性，需要坚定地依靠科学技术，依靠严格的管理，依靠明确的分工，而不是一波一波头脑一热的运动，苏联的马钢管理制度不仅没什么不好，而且可以称其为企业管理的"圣经"，党不应该在企业管理中占绝对的主导地位。

马光明这话说得太激进，但是在一部分人看来却是一针见血，大快人心。一石激起千层浪，反对的声音立刻响起。有的说工业太专业，得行内人管生产。有的说炼铁是科学技术，不是政治也不是运动。有同志声称搞生产涉及的问题方方面面，能不能提高产量，能提高多少只有厂长心里最有谱。党委不可或缺，但鼓舞情绪、挖掘潜力这档子事顶多算是辅助。另一部分同志直言一切生产都应该有个计划，有个规律，没了党的领导那和资本主义企业有什么区别。双方针锋相对，互不退让，会场一度十分混乱。

这种激烈的争论并不是无中生有，实际上关于企业的管理制度在全国范围内争议都非常大。就宁山和宁钢来讲，主抓党和行政工作的这部分同志坚定主张企业要在党委的坚定领导下进行生产活动，要紧跟党的方针政策，这也是党提出的明确路线。而以苏联留学或是实习归来的同志则认为工业有其特殊性，十分推崇苏联马钢的那套严格的厂长负责制。

企业到底采用什么样的管理制度这也是一段时间里国家层面在探讨的一个重大难题。早在1954年党的七届四中全会上，中央就曾决定要在企业实行党委领导下的厂长负责制，但在实施过程中却因为各种原因没有得到彻底的贯彻，特别是在东北，这种情况更为普遍，其中又以宁钢最为突出。之所以出现这种情况，有很多复杂的现实和历史原因。

新中国成立初期，我党在社会主义建设上缺乏经验，在企业里执行什么样的领导体制也并不十分明确。作为最早恢复生产的大型钢铁联合企业，宁钢早在 1949 年就有苏联专家来指导工作，此后也不断选派党员干部、工程技术人员、技术工人到苏联工厂实习，学习苏联经验。贯彻苏联专家建议，这在当时是作为一项纪律被提出来的，而当时苏联执行的管理制度和方法则都是出自其国内最大的钢铁联合企业马格尼托哥尔斯克钢铁公司，也就是我们所说的马钢。就算是当下，出任宁钢总顾问的苏联专家罗曼克也正是当年马钢的总工程师，所以马钢的管理制度在宁钢可谓是土壤深厚，根深蒂固。

马光明的发言犹如导火索，引爆了两派的激烈论战，迟迟没有发言的杨秋盛对此大为光火，在他看来会上支持蔡卓与公开反对路线问题没什么区别，以至于这个平日里一向温文尔雅的市委书记瞪着马光明厉声批评道："你们这群人这是在干什么，还有没有纪律，还有没有党性，你们的思想很危险！现在有些旧政客和思想没改造好的高级知识分子叫嚣得很厉害，他们不敢明目张胆反对我们党，只好从侧面攻击，说什么党外人士有职无权，提拔干部都是专挑党员团员，要求取消党委制，取消公方代表，要求教授治校，医生管医等，说白了他们恨不得党委制从这个地球上彻底消失。现在可倒是好，就连咱们自己的党员干部也开始乱了阵脚，没了立场，要求工人管理工厂，这不是更给那些反对派留了口实了吗？之前有人说我们宁钢内部情况也不容乐观，说有一些技术人员只讲技术不讲政治，我当时没信，现在看来说的都是客观事实嘛！依我看现在要在全市范围内好好做一番斗争了，而且宁钢必须要作为主战场，要坚决杜绝这种思想的滋生蔓延！"

杨秋盛如此激烈地发言是以往所有人都不曾见到过的，这如同发出了一个强烈的政治信号，宋同辉等几名同志借题发挥，进一步的批判，会议的风向被彻底扭转了。马光明等人被逼到了墙角，无言以对，败下阵来。

这时一直保持沉默的宁钢经理李达站起身来发了言。在他看来党内外思想松动的问题确实存在，苏联那套管理制度也确实压制了工人阶级的创造性，影响了生产热情，但真要把苏联那套制度等同于宁钢现行的制度却是有失公允的，更是对宁钢党员干部的不负责。他具体分析到，之所以说二者不能等同是和中苏两国不同的革命历程有关。"十月革命"成功后苏共迅速夺取了政权，率先攻占的是大城市，掌握了更多的人员和资源，派去各个厂担任厂长的共产党员也以内行居多，无论在政治素养还是技术水平上也都具备"一长制"的能力，而后其总结出的企业管理方法也是经过多年实践得出的，并且是行之有效的，这个毋庸置疑。而中国革命走的是农村包围城市的道路，最初进入宁钢各个厂矿担任主要领导的都是老红军老干部，本身就有团结群众的好传统，又由于文化水平和专业知识上普遍欠缺就促使他们更善于发动群众，相信工人阶级了，所以宁钢的"一长制"从某种程度上来讲并不是冷冰冰地照搬，而是修正过的，更是科学民主的。而且具体到宁钢内部各个厂矿的情况也不尽相同，这主要是和所在单位党政一把手本人的工作方法和实际情况有关，有很多厂矿一直以来实施的就是党委领导下的厂长负责制甚至是党委负责制，所以一定要清楚地认清这一点才好对症下药，处理好当下的问题，不可断然把矛盾扩大化。

再有，如果硬说宁钢的企业管理制度就是苏联那套，可眼下要想将其彻底摒除在目前看来是存在巨大难度的，这一点李达不便当众明说但与会的各位其实心里都清楚，那就是关于建立公司一级党委的问题——没有公司一级的党委自然就削弱了党在这个层面上的领导，自然就会此消彼长，这是符合逻辑的。实际上，在全国七届四中全会以后宁钢就响应了中央号召，成立了公司一级的党委，但不久后随着党委几个主要领导先后调离，这个党委也就悄无声息地消失了。而后几年间，就宁钢到底要不要成立公司一级党委争论激烈，迟迟没能形成统一意见。在支持者看来，中央已经定下了基调，要求全国范围内大力实施企业一级建立党委，宁钢自然要带头，这也是加强公司一级党的领导的最为直接的方法。以往市委主抓宁钢党委工作是因为当时市的规模小，宁钢也没那么庞大。如今宁山企业众多，各项工作千头万绪，市委迁就不过来，而宁钢领导干部动辄就要到市委开会，很多问题得不到充分解决，回到公司还要二次开会讨论，浪费了大量的精力，事倍功半。反对者认为，宁钢地位极为特殊，市委理应直接具体抓才行，否则就是失职。从现实情况来讲，宁钢党委书记、副书记，经理和有些副经理既是市委常委又是宁钢党委常委，如果建立了公司一级党委，宁山市委和宁钢公司党委就形成了一个班子两个牌子的局面，对于一些重大问题宁钢还要交市委讨论，其结果同样是浪费时间和精力。也有另一种私下的说法，宁山的主战场就是宁钢，宁钢建立了党委实际上是对市委工作的削弱，所以反对的声音会如此强烈。正是由于公司一级党委迟迟没能建立，导致由党委领导的厂长负责制始终没能得到彻底贯彻，而在宁钢内部看来这种情况无疑是对继续执行以前制度的默认，甚至说是支持。总而言之，"一长制"在宁钢土壤深厚，这并不是诸如马光明和蔡卓等几个人造成的，而是有其特定的历史原因和现实考量。

"退一步说，采用哪种企业管理制度当初也是经过我们市委研究决定的，如今出现了错误我们不能单单揪住某个人不放，这要较起真来我们市委也是有责任的！"

"李经理，你这翻旧账算是怎么回事？要你这么说以后我们都不用再追究责任了！"憋着气的宋同辉立马反对。

"我可不是这个意思，我是想说这个问题是个历史遗留问题，牵扯的方面太广，问题的实质也很复杂，我觉得有必要进一步研究讨论，不能这么轻易就下结论，这也是对我们党员干部的一种负责和保护！"

"合着我们今天的会白开了？即使是像你所说的那样，但关于蔡卓同志的问题今天总得有个说法吧，不然不足以平息宁钢乃至全市群众的反对声！"

"同辉同志，我刚才已经说了，蔡卓同志的问题不是个人问题，难不成我们要拍脑门当堂断案，随便拉出个替罪羊不成？"李达不留情面地回答，"况且，如何处理蔡卓我相信也不是单单我们市委就能做出决定的！"

李达这话说得隐晦但威力巨大，宋同辉脑门立刻冒了冷汗，到了嘴边的话全都咽了回去，整个会场也都因这一句话安静下来。最后，杨秋盛决定择日再开会讨论，这场开了三个多小时的会议最终无果而终。

虽说市委的这场会议并未作出什么决定，可当晚却不知怎么又传出了风声，说市委和宁钢党委要严肃处理以蔡卓为首的这一伙领导干部，就连副经理马光明也受了牵连。第二天一大早，整个宁钢厂矿几乎无一幸免，厂门口都被醒目的大字报和标语占据，内容无一例外都是批判厂内支持苏联管理制度的那批领导。当天下午，宁钢大白楼前被两伙人围住了，一伙是前来抗议的，多是普通职工和群众。另一伙是来鸣不平的，多是有苏联学习经验的干部和技术工人。两伙人都想往里进，又都阻止着对方进，挤在了门口推推搡搡，吵吵闹闹，僵持不下，不少人喊着口号要坚决打倒蔡卓。警卫员情急之下关上了大门上楼报告。

此时李达正在开会，听到楼下起了动静赶忙下来看看情况，见警卫员正急急忙忙赶来心里就知道了个大概，一摆手直奔一楼。楼下大呼小叫喊着口号，双方互不相容乱成了一锅粥，李达心中有火但又不能朝着职工群众撒，推开门朝着一个熟悉的年轻干部厉声道："小王，你不搞生产来这干啥，要反天是不，还有没有点党员干部的样子！"小王三十出头，是初轧厂的一个车间主任，被经理李达这么一责问立刻像霜打的茄子一般没了话。一旁的职工们见经理给"撑腰"更来了精神，一个人手里攥着大字报大喊道："李经理，我们厂的副厂长唐恩杰是和蔡卓一伙的，我要举报，我要坚决举报，要求公司严肃处理！"有人带了头大家伙儿又喊起了口号，混乱不堪。

"你们不要血口喷人！"这时，一个愤怒的声音压住了口号声，说话的是一个戴着眼镜文质彬彬的小伙子，他刚从苏联学习回来没几天不成想也上了大字报成了被攻击的对象，心里觉得委屈，"搞批判搞批判，白天批晚上批，车间都顾不上去，但凡是去过苏联的不管是党员干部还是普通工人都被你们给批判了，说什么压制职工热情耽误了生产，你们说说现在到底是谁耽误了生产？"

"你……你不是烧结厂的嘛，我认得你，你不是去过苏联学习嘛！"

"怪不得替他们说话，敢情也是蔡卓那伙的！"

"打倒，得打倒，得坚决和你们这帮人作斗争！"

"对，他们这伙人都得打倒！"众人应和。

"你们真是不分青红皂白！我就是八家子出来的穷孩子，从苏联学习回来当上了个车间副主任，也被弄上了大字报，说我搞官僚主义，我是吃穿比你们好了还是干活比你们少了，不就是没接纳一些意见嘛，怎么就是官僚主义了？都依着大伙的意见那设备得弄成啥样，还哪有时间搞生产？扪心自问，被你们贴大字报批判的那些党员干部哪一个不吃苦受累，究竟有几个真是官僚主义？我还想说一句，公道自在人心，你们代表不了整个宁钢！"

"不接纳群众意见就是官僚主义，不大炼钢铁就是路线错误，蔡卓都被处理啦，市里面要集体收拾你们啦，你们是秋后的蚂蚱蹦跶不了几天啦！"

"都别胡说八道！"听到这话李达气得一拍门，"对于蔡卓同志的处理问题还需要讨论研究，目前尚没形成意见，不要乱猜！都赶紧回去，要是耽误了生产我可不管是工人还是干部都要严肃处理，有一个算一个！"

大家伙儿见李达经理发了脾气一个个都蔫儿了，收了队悻悻回去了。

十三

对蔡卓的处理意见下来了，并没有像传言说的那样严重，只是由公司按照重大生产事故进行了内部的通报，记大过一次。但对于书记一职有所调整，将李宇和炼钢厂书记马德成进行对调，这样一来不但能督促工作，也在一定程度上缓和了职工的不满情绪。之所以交由公司内部处理也是市委充分考虑到各方面因素所做出的折中决定。

现如今由马德成来担任炼铁厂书记确实是最合适不过了。想当年宁山刚解放时他就到了宁钢，进入了工业战线，依靠着职工群众生产也恢复了，"三大工程"也完成了，所以他对走群众路线有着最深刻的理解，甚至说是一种执念。"到啥时候都得坚定依靠群众，依靠工人阶级，战争时期是，工业建设时期更是！"马德成就这样坚定地认为着。

从另一方面来讲，马德成一直以来对苏联的那套东西抱有抵触心理，这也是上级考虑到的一个点。就他本人来讲，恢复生产时期因和苏联专家马林科夫关系融洽一度反省过自己这种抵触的思想，可自打他的好兄弟尚世杰为了救马林科夫牺牲之后这反省的想法就彻底被打消了。在他看来，像张明山的"反围盘"和王崇伦的"万能工具胎"，还有宁钢的那么多发明创造都说明我们中国的工人阶级是同样富有创造力的，能解决很多苏联人、日本人、德国人甚至是美国人都解决不了的问题。而且就眼下来看，炼钢厂充分落实了工人们的合理化建议，把生产搞得热火朝天，产量屡创新高就更说明了问题。对于突然调到炼铁厂一事他内心是有一定的想法的，但考虑到全国一盘棋，宁钢一盘棋，他也有责任去督促督促、改造改造那个蔡卓，这也是公司经理李达在他走马上任前对他的嘱托和期望。但马德成心里也合计，想改造蔡卓这样一个顽固派谈何容易，不能走李宇的老路，在路线问题上由不得半点妥协，必须要坚决斗争才行。

蔡卓被"从轻"处理给了以往支持"一长制"的人打了一剂强心针，在他们看来形势已经缓和，其实这其中的绝大多数同志都是内心坦荡的，只是观点不同而已，但也有一小撮别有用心之人对此过度渲染，声称这就是即将撤销党委的一个明确信号。实际情况恰好相反，公司处理意见下达的当天晚上一位首长以私人的身份给蔡卓打来了电话，告诉他当下在全国范围内反右倾的风浪越来越强，加之中苏关系交恶，告诫他千万不要顶风上，不要做与路线相左的事。这位首长是蔡卓父母生前的好友，当年就是他亲自把蔡卓安排到了宁钢，两人关系十分亲近，他的话蔡卓不能不听，不敢不听。但是，蔡卓这个"书呆子"仍然想不明白，路线是为了提高钢铁产量，自己做的也是要提高钢铁产量，为什么就与路线相"左"了呢？

厂长蔡卓在路线问题上深深地陷入了疑惑，但书记马德成的目标可是十分明确。对于这个书记炼铁厂的工人们太过熟悉了，谁不知道他和当年的厂长尚世杰是好战友好兄弟，签下"军令状"互相斗法的趣事到现在还常被提起。而且马德成相信群众，拥护工人是出了名的，所以大家伙儿对他抱有天然的好感。果不其然，马德成上任第一天做的第一件事就是直接上了高炉询问生产情况和遇到的难题，并动员大家伙儿鼓足干劲，为"大炼钢铁"献计献策。有马书记撑腰，大家伙儿心里亮堂了不少，没几天的工夫就又提出了不少建议，只不过这次没有通过曹工程师转交给蔡厂长，而是直接敲门送到了马书记桌上。

这天还没到八点马德成就去了蔡卓的办公室，手里捧着一摞合理化建议。此时的蔡卓并没有像以往那样翻看资料，而是靠在椅子上发呆，两眼无神，听到书记喊他才一激灵缓过神来。

马德成来到炼铁厂有三四天时间了，和蔡卓打了几次照面但还没有真正深入地谈过话，主要是因为对厂里情况和厂长蔡卓本人都不是很熟悉，想摸摸底再说。

礼节性地寒暄几句后马德成直奔了主题，谈起了最近炼铁厂的生产问题。

"蔡卓同志，你也看到了，当下咱们炼铁厂的产量虽有提高但是很有限，这样下去很难完成国家下达的指标。"马德成说话间面露忧色。

"这个我清楚，我一直在竭尽全力增产，前提是在能力范围之内。"蔡卓说话有气无力。

"能力范围内，这个能力指的是什么能力？"

"技术能力、设备能力、管理能力，还有就是……"话说到一半蔡卓心生顾虑，斟酌着用词，迟疑一会继续说道，"就是工人的素养，等等。"

"工人素养？"这几个字被马德成听出了异样的味道，立刻反问道，"蔡卓同志，你要说技术、设备和管理，我承认我们目前有很多地方有待提高，但是工人素养出了什么问题？工人们热情万丈，忘我劳动，恨不得一个个都把家搬到工厂来，去哪找这么好的工人？"

"马书记，这个素养不单单指的是态度，还有文化知识、纪律性、职业技能、接受能力等！"蔡卓赶忙解释。

"你说的这些都是后天可以学到的，但是工人阶级的纯洁性是先天的优势，这个是无论如何也学不到的！"

"马书记，你说的跟我说的不是一回事，我是说……"蔡卓激动得站起身来，想和马德成较较真，可话到了嘴边又咽了回去，喘着粗气不再言语。

马德成也觉得刚才自己的话有些过激，缓和缓和情绪继续说道："蔡卓同志，你在专业领域的权威性没人怀疑，但是也不能忽略了工人阶级伟大的创造力，相信和依靠工人阶级是我们经过反复验证过的宝贵经验。咱们的工人虽然文化水平不高，但是有经验，有技术，有热情，同样能创造出奇迹，反观有些人的高学历却成了一个沉重的包袱，成了他脱离群众的借口，这是严重的错误！"

蔡卓心里有一万句反驳的话可仍憋在肚子里，默不作声。马德成等了足有两分钟见对方无意继续谈话，打了个"唉"声，拍了拍自己刚刚放在桌子上的合理化建议，转身离开。

十四

书记马德成到任的这一周时间里炼铁厂工人们的情绪高涨，干劲十足，连续增产，这对蔡卓造成了很大的触动，不禁也开始反思自己是否真的存在问题。这天晚上他把马德成那天送来的合理化建议拿回了家挨个仔细看了一遍，发现其中几个还真有可取之处，虽谈不上什么科学，但却是经验和技术的总结。考虑到眼下的生产情况和自己的处境，他觉得无论如何也有必要试一试，既是为了提高产量，也是为了表明一下态度，更为验证一下自己之前的想法到底是对是错。这一晚上他挑灯熬夜，反复计算和论证了其中几个方案，充分考虑了可行性和回报性，第二天找来了书记和厂里几个技术专家讨论了一番，最终确定了一个改进上料车装载量的建议。

改进上料小车是几个备选建议中最容易开展的，几乎没风险，蔡卓亲自带头实施，仅用了两天时间便完成了改造。结果证明这次改造不但提高了上料车的装载量，还减少了上料时间，提高了效率，一举两得，效果十分不错，全厂上下精神为之一振。书记马德成十分高兴，认为蔡卓思想上发生了根本的转变，为炼铁厂接下来的工作开了个好头，于是趁热打铁又找蔡卓商量继续实施其他合理化建议。蔡卓说其他的合理化建议还在进一步论证之中，眼下最好先将上料车成功改造的经验推广到其他高炉上再实施下一项，步子不宜迈得太大。这话多少有些泼冷水的意味，让马德成颇感不快，但却也足够有说服力。实际上，这几天蔡卓确实又把那些建议好好研究了一番，并找来曹静初等几个他觉得比较冷静客观的工程师商讨，结果都觉得风险太大，一旦失败将严重影响生产。其中一个年纪比较大的工程师私下对蔡卓说，靠着眼下的设备、技术和剩余两个月不到的时间，完不成任务是铁定的了。别看其他厂搞合理化建议闹得那么欢，可提高的产量是以过度消耗设备为代价的，无异于饮鸩止渴。今年过去了明年怎么办，炼铁厂这高炉金贵，禁不起那么折腾。

老工程师说到了蔡卓心坎儿里，他清楚工人们的初衷都是好的，并不是主观上要去破坏设备，而是在高涨情绪的促使下忽略了这一点。群众也不是不愿意提好的建议，只是在一定阶段内遇到了瓶颈。这也并不是炼铁厂和宁钢的个例，而是全国工矿企业所面临的普遍问题。

　　道理是这么个道理，但现如今这话蔡卓可是不敢直接这么说，甚至不敢直接表达对这个老工程师的赞同，只是微微点头示意知道了。但他心里已有了谱——距离年底还有两个月，无论如何要拖过去，等1958年结束一切便都有了说法，那时候事实必定会证明自己是明智且正确的。

　　蔡卓这边按兵不动，下定了决心要把事情拖到年底了，工人们又不干了，心说别的厂的土高炉都出了老多铁，自己这改了个上料车后就没动静了，大改动得啥时候，等他蔡厂长论证完了黄花菜都凉了。意见一起来又有人开始写起标语和大字报贴在了厂门口，无非还是批评蔡卓思想保守的那些陈词滥调。大标语前人围得里三层外三层，高呼口号，群情激奋。高炉有个喜欢唱快板的老刘师傅挤到前排看了半天，觉得大字报写得还不够劲儿，合计了一会组织组织语言，自己手打着拍子在人群中就唱了起来：

蔡厂长呀真是行，

冶金知识他最灵。

可一谈到搞管理，

行政命令赛雷霆。

脸一拉像长白山，

吹胡瞪眼狠批评。

只信科学信苏联，

见了工人说不行。

长青同志受了伤，

读书看报坐高庭。

革新建议堆如山，

俄文报纸遮眼睛。

政治思想他不谈，

马列主义剩一半。

开起党会心里烦，

不要红来只要专。

三风五气他最重，

运动一起他先完，他先完！

快板唱得好，词儿编得更好，大家听着解气，顿时掌声响成了一片。老刘心里高兴乐得合不拢嘴，合计着晚上回去得好好想想再写上一个。这时候有人提议，既然老刘师傅这么能说那不如去书记那代表工人请愿，大家一致赞同，继而又是一阵掌声。老刘师傅本来就是爱唱快板想借机痛快痛快嘴，却不成想被架了上去，一时不知如何是好。眼见着大家伙儿情绪高涨，一个劲儿鼓掌，他心想正好自己也提了个合理化建议迟迟没被采纳，干脆为民请命也为自己请命，去说他一说。

这天中午，老刘师傅又重写了一份原先提的合理化建议去找书记马德成，进门也没有多余的客套话，上来就说自己是提意见的。马德成最喜欢的就是工人们的这股子直爽劲儿，笑着让他坐下来慢慢说。

"马书记，你看你这老红军都来坐镇了，为啥咱炼铁厂还没啥大动静，就改那么几个上料车有啥用，解决不了问题啊！"刘师傅问。

这话问到马德成心坎儿里去了，此时他也拿捏不好这蔡卓到底是怎么想的。想要再问一问还怕追得太紧对方抵触，不问又一直没个回音。"这个……剩下的建议牵扯面太广，厂里还需要研究研究，避免发生不必要的事故！"马德成无奈只能这样回答。

"事故，躺在床上不动最保险吧，可敌人炮弹一落也得炸上天！咱们工人们也不是白给的，提出来的建议那也都是八九不离十的，到了蔡厂长那怎么比生个孩子还费劲？"

"老刘师傅，蔡厂长是个专家，想必自有他的道理，我们也要尊重他的意见才是！"

"什么道理，我看就是右倾思想给闹的，咱得给他吹吹风，放放气才行！"老刘说着把自己手里的合理化建议拿了出来，"马书记，你是最信任咱们工人的了，我和你保证，我提的这项改造万无一失，准准地成！你要是担心我老刘在这里给你兜个底，成功了功劳归你，但凡出事故那我一个人顶着！"

"囖，我看你这底气是够足的，我得好好看看！"

"那自然是，但如果成了我还有个要求！"

"什么要求？"

"你看，咱们要是成功了那蔡厂长右倾的事可就彻底坐实了，咱可没诬陷吧，这种人咱得斗他，狠狠地斗，不然他尾巴就翘得更高啦！"

听完这句话马德成变了脸色，沉默不语。老刘见状心凉了半截，拿回建议起身说道："得，都说蔡厂长后台硬没人敢动原来是真的，敢情马书记也不愿意吃这螃蟹，今天算我白来了，我还是回去老老实实炼铁吧，出多出少就那么回事，咱一个普通工人能管了啥啊！"

"等等刘师傅！"马德成叫住了刘师傅，"建议拿回来我好好看一下！"

刘师傅见了转机瞬间又欢实起来，赶忙送过去。马德成快速看了一遍抬头问道："刘师傅，我再问你一遍，这个有把握？"

"有把握，有把握！"

"多大把握？"

"十拿九稳！"

"那我找蔡厂长谈谈，咱们就试一试！"

"别介啊，你找他干嘛，找他不就又黄了嘛！"

"他不同意，我就带你们搞！搞成了，我就替你们跟他要个说法！"

"真的？"

"那当然！"

"哈哈，那可太好啦，太好啦！"老刘师傅乐得直拍大腿。

当天下午马德成找到蔡卓专门研究老刘的合理化建议，后者看过之后微笑着说不稳妥，得再研究研究才行。马德成猜到了蔡卓肯定又是这套托词，强忍着火儿说那实在不行也建起几座土高炉，起码可以向公司表明一下态度。可蔡卓还是不同意，说那样不但浪费了原料，牵扯了精力，而且根本炼不出什么正经东西来。马德成急了眼，说蔡卓是小脚女人，是右倾思想，蔡卓还是只微笑不应答。马德成见他那副软硬不吃的态度着实来了火儿，厉声道："蔡卓，你这是只'专'不'红'，你现在的态度和举动对得起你那为革命牺牲的父母嘛？"

马德成说完这句话当即觉得失了言，想收是收不回来了。蔡卓被呛到了肺管儿，"噌"一下站起身来，脸涨得通红，咬着牙憋回了一口气说道："马德成同志，既然话说到这了我就和你论道论道！工业讲究的是科学，而科学要讲究客观规律，是不随着主观能动性而转移的，口号喊得再响亮他炼铁也得需要时间！"

马德成压低了声音说道："蔡卓同志，炼铁当然需要科学，需要时间，但也是要靠不断提高熟练程度和搞技术上的创新来缩短时间的。你要明白我们现在讨论的不是 0 和 1 的问题，而是怎么样把 1 缩短为 0.9、0.8 甚至更短！"

"那我可以负责任地告诉你，别说 0.1，哪怕是 0.01 的差距也是要靠科学的实践和反复论证获得的，而不是靠工人们拍脑门想出来的！"

"工人的建议是什么？就是长久以来对科学技术的实践，也是对科学技术的补充。况且工人们也可以通过不断学习和实践来掌握科学，发展科学，进而改变生产关系。远的不说，我来之前炼钢厂就一直在搞快速炼钢，一开始缩短几十秒，再后来三分钟五分钟，到了最后一炉钢水缩短了整整四十分钟，光这一项创新一年就能为国家多生产五六万吨钢，这就是咱们工人通过实践总结出来的，你告诉我这背后到底有没有科学规律在其中呢？当然是有！而你习惯性地一口否决群众提出的建议，或许你研究了科学技术方面的可行性，但你从没把工人们的经验和技术因素加在其中，这本身就是不科学的！这些咱也不说，说说有些不合理的生产制度，咱们坐办公室的没觉得有什么不妥，可到底下一看处处是毛病，这个和科学无关吧，但你改好了同样能提高生产效率。谁能提出这方面最宝贵的意见？还得靠咱们工人群众！如今全国上下都在解放思想，早先对工业的那种神秘不可触及的态度也早已经被破除，成绩大家也有目共睹，这足以说明任何事情的关键都取决于人，决定于到底敢不敢想，敢不敢做。说到底，谁更能坚定对共产主义理想的信念，谁更能坚定地依靠群众，谁就能取得更大的奇迹。谁不敢打破常规，守着本位主义不放，谁就注定要失败，成为国家建设的绊脚石！"

　　"行行行，马书记，我承认我没有你党性强，没有你理论水平高，我也承认群众取得了很大的成绩，但是咱掏心窝子讲，现在大炼钢铁这个看似骄人的成绩里有多少是虚高的，又有多少是对资源的浪费！"

　　"这……你说的这种情况不是不存在，但是我们要给工人群众一些时间。早年间，谁都知道土改时从地主家拉回牛羊痛快，可为了集体利益群众又把牛羊送回了公社；谁都知道一天干 8 小时工作轻松，可工人们就是守着炉子不走。要大炼钢铁，群众们就提出各种合理化建议，虽然参差不齐，生产中也确实存在着一定问题，但不要揪住那么一个缺点不放，总体是积极的，是好的嘛！而且，作为党员我们更需要在提高和保持群众积极性上下工夫，起码不能打消积极性！"

　　"那我们要的到底是产量还是质量，是要积累还是要消耗?"蔡卓情绪彻底失控了，"依我看，就是为了产量不计消耗，为了路线不择手段，这哪是什么大炼钢铁，要我说就是大把败家！别的厂我不管，炼铁厂就是我蔡卓的家，我不能让你们这么败了！"

　　"你住口！谁要败家，合着除了你蔡卓之外大家伙儿都是在祸害炼铁厂了?"马德成被气得浑身直哆嗦，"你……你彻底偏离了路线，真是无药可救了！"

　　回到办公室后马德成余怒难消，坐立不安，心想蔡卓今天的表现彻头彻尾地偏离了党的路线，就如同老刘师傅建议他的一样，这样的人必须给予坚决的回击和无情的斗争，不然势必会助长蔡卓那伙人的嚣张气焰，严重影响到宁钢接下来的生产，甚至国家的经济建设。于是，他奋笔疾书写了一篇文章，名为《提防某些同志的"只专不红"》，文中他点名批评了蔡卓，并尖锐指出："红"与"专"是统一的，辩证的，相互依存的。其中"红"是统帅，"专"是动力。"又红又专"一方面是让我们有工人阶级的思想和政治立场，适应社会主义的政治态度；另一方面也要精通业务和知识，成为建设社会主义的合格干部。如果只强调"专"，不注重"红"那就是否认技术要服务于政治，否认政治挂帅。然而，有些同志只想"专"，只强调"专"，却忽略了"红"，甚至抵触"红"，这是严重的错误，也注定是"专"不深的。从主观方面来讲，他不是为了共产主义事业而专，缺乏了伟大的政治目标自然也就缺失了动力；从客观来讲，他不是为了广大人民的根本利益而专，自然也就得不到最为广泛的支持，因此也就搞不出来什么名堂，注定要碌碌无为，甚至会成为社会主义建设路上的绊脚石！

写完稿子，马德成觉得事不宜迟，应立即发表，于是半夜敲门送到了市委书记杨秋盛家中。杨秋盛看后连连称赞，立刻电话通知了报社要连夜印刷。第二天，这篇文章便出现在了《宁山日报》头版最显著的位置，此文一出反响巨大，瞬时间在全市范围内引起轩然大波。

十五

1958年秋，全国范围内的大炼钢铁已然进行到了最高潮，各行各业卯足了劲，势必要排除万难在年底前完成计划任务。与此同时，中苏论战越演越烈，对立加剧，反对苏联的呼声日益高涨。反观宁钢，为了完成450万吨钢的产量不断招工扩员，工人数量一度达到20万人。

　　从上到下一切的条件都成熟了，就这样，宁钢公司一级党委再次成立。

　　宁钢公司一级党委的成立释放出了一种强烈的信号，宁钢乃至整个宁山企业里要坚持政治挂帅，加强党委的领导，换句话说就是要坚决落实党委领导下的厂长负责制。加之前几日马德成发表的《提防某些同志的"只专不红"》引起的巨大轰动，使得在全市范围内掀起了一场批判的浪潮，首当其冲的当然就是搞"一长制"的"头子"蔡卓。

　　对蔡卓的彻底清算发生在宁钢党委成立的第二天。此时，两派对立的局面已经不复存在，对于蔡卓的态度几乎形成了一边倒的局势，强烈要求彻底打倒他这个典型。当初支持蔡卓的人自身难保，就连爱才的经理李达也没了办法，只是提议"白旗"可以拔，处分可以给，但希望让蔡卓"戴罪立功"，作为代厂长继续带领炼铁厂的生产。他的提议当即遭到宋同辉的反对，说这是对"右倾"分子的纵容，这样一来支持蔡卓那一撮人更会有恃无恐，势必会遭到反扑。对于宋同辉的激烈反对李达没有正面答复，转而对市委书记杨秋盛说："其实我的初衷就是为了保生产，如果宋同辉部长能担此重任的话我就收回刚刚我说的！"

　　一提到产量的问题宋同辉立刻蔫了下来，摇头道："李经理真会开玩笑，工业部的事本来就千头万绪，我哪有精力再分到炼铁厂！"

　　"那眼下谁能胜任炼铁厂厂长一职，我这里表示欢迎和支持！"李达继续说。

　　会场里不少人私下耳语，流露出不满但也没人愿意站出来表示反对，他们嘴上不说但心里都清楚眼下的炼铁厂就是一个大火坑。

实际上杨秋盛还是保持着相当的克制和冷静的，他权衡了利弊也确实找不到更好的人选，想不出更好的办法，所以同意了李达的提议，但同时强调蔡卓已不是领导身份，代理厂长一职的目的是让其利用专业知识全面配合和服务工人进行大炼钢铁。

以蔡卓被拔"白旗"为信号，运动在各个层级上都迅速而全面地展开了，一大批党员干部被处理，其中还包括宁钢生产副经理马光明和原炼铁厂党委书记李宇。与此同时，大炼钢铁也被推向了高潮，就连宁钢的中央大道两旁都垒砌了土高炉，更别说是当初那土高炉的"禁地"炼铁厂了。然而，问题也随着土高炉的增多而越来越多地暴露出来了。

从客观来讲，宁钢绝大多数工人的觉悟都非常之高，为完成生产任务做出了极大的牺牲。运动之初，少了束缚的工人群众们无论在思想上还是行动上都得到了极大的解放，提建议，搞革新，一个个撸胳膊挽袖子，下班不离岗，吃住在单位，工作起来没白天没晚上，得点工夫还得四处划拉废铜烂铁，一门心思想提高产量。可时间一长，大家伙儿想"赶英超美"想的几乎发了狂，听说农业那边天天"放卫星"，说是南方那边地里稻穗厚的能坐上去个小娃子，那花生大得掰开了壳儿放在水里就能当个船用，大南瓜掏空了能住进去人，那猪肥的跟头大象一般……远的不说就说宁山这一左一右，听说几乎村村都垒起了土高炉，产量一个赛着一个那叫一个高，看那架势都要直追宁钢了。工人们一看这形势有点坐不住了，有的加班加点继续建土高炉；有的为了增产啥东西都往土高炉里扔，炼出来的钢能不能用也不管；有的胆儿大的干脆就直接虚报产量，结果上面果真只看数字不查虚实，把那高产的土高炉一通表扬还上了报纸，这风声一传出去大家伙儿心里就都知道是咋回事了，心想合着现在都开了锅了不管好坏，不管真假，只要产量报得高就行。这么一来以次充好的情况就更加严重了，而且对于这种情况上至厂一级领导下至各个班组长，都心照不宣，闭口不提，睁一只眼闭一只眼，谁都清楚自打蔡卓被拔"白旗"之后风向就彻底变了，但凡是谁提出点意见准会被那一撮人说成是不走群众路线，这个罪名谁也担不起。

　　至于蔡卓，名分上是炼铁厂代厂长但实际上已经成了光杆司令，况且有杨秋盛那段兜底的指示也没人把他的话当回事了。一次他看到七高炉工人牛德胜生产中违规操作，上前去说两句可那牛德胜理都没理，再说两句他直接撇着嘴顶撞道："我说蔡厂长，虽然你名义上是代理厂长，但身份上和咱们一样也是工人，况且你来是全力帮衬我们工人的，这可是市委书记的原话！再说了，知道啥叫协助不，协助就是看我没干好你就后面帮着我干！"蔡卓被这话气得不轻，刚想要批评两句被恰巧路过的曹静初拉到一边，劝了半天才算了事。也就是从那天起，蔡卓彻底萎靡不振了，成宿隔夜睡不着吃不下，没几天的工夫就熬得瘦了一大圈，去检查大夫说他是肝脏出了毛病。

　　这天，蔡卓依旧早早来上班，发现自己办公室门框上贴上了一副对联，上联是：吹三风，为社会主义扫清道路。下联是：扫五气，让大炼钢铁遍地开花。横批是：痛打留苏派。这还不算完，门上还贴着一张漫画：左下方有一个衣着得体，头发整齐的人背着个大包袱，包袱里装着各种写着俄文的书本，包袱皮上还写着"一长制"三个字。只见这人累得满头大汗，身体被压得侧歪到了一边，步履蹒跚走在小岔路上。画的最中央是个老红军，手里只握着扳手，后面跟着一群工人，轻装简行，斗志昂扬，走在一条写着"社会主义道路"的笔直大道上。蔡卓一眼就明白了意思，前面那老红军指的是书记马德成，后面那背着包的就是自己，这是在骂他包袱重，偏离了路线，拖了社会主义建设的后腿。

蔡卓看着漫画也不气也不怒，想撕下来但又缩回了手，直接推门进了屋，一屁股瘫坐在凳子上。刚好曹静初来汇报工作，看到门上这对联和漫画来了气，心里替蔡厂长抱不平，三下两下撕扯下来。

厂长办公室隔着十来米的斜对面是书记办公室，他的门上被贴上了同样的漫画。马德成脚前脚后地来上班，看着漫画一眼就认出来那昂扬的老红军画的就是他自己，另一个便是蔡卓，心想这就是来自工人阶级的拥护。他想揭没揭，脸上含着笑容推门进了屋，隔了几分钟后又出来，小心翼翼将漫画揭下来，折工整，夹在书里。

蔡卓瘫坐在凳子上整整一天，曹静初同情他，中午特意打了饭送来，可他一口也没动，就那么呆呆地坐着。当天下班后好久，他跟跄着走出了办公室，又跟跄着爬上了高炉，举目张望，看到四下的空地上，马路边都闪烁着点点暗红和晃动的身影，那是成片成片的土高炉和炼铁的工人们，一派热火朝天的景象。

蔡卓仰天长啸，哀嚎了几声，继而胸口一闷，喷出一口鲜血。

十六

蔡卓吐了血，昏倒在高炉上，幸亏被及时发现送往医院保住了性命，但也因身体条件无法再继续担任代厂长一职了。公司特意为此召开了紧急会议研究厂长人选，拟定了几个有经验的同志却都以各种理由推辞了，有两个主动请缨的大家又觉得难以胜任。会议持续了大半天也没个结果，李达有些愠怒，趁着休会出去抽烟的工夫把马德成拉到一边立着眉毛说："老马，情况你也看到了，分明都是觉得炼铁厂太烫手不敢接，多了我也不说了，让你书记兼厂长党政一把抓行不？"

"你能信得过我？"马德成似乎早有准备。

"论我能信得过的，全宁钢要说你老马是第二那没人第一了！"

"有这话我就放心了！不瞒你说，打昨天晚上我就开始合计这事了，眼下你也看到了，没人愿意去炼铁厂背黑锅。他们怕，咱老马不怕！"

"妥了，那妥了！"李达杵灭了烟头，一把拉住马德成进了会议室。

休会回来，僵持不下的会议瞬间获得了转机。虽然厂长代理书记或是书记代理厂长是常有的事，但在眼下这个节骨眼上敢在炼铁厂党政一把抓可真得有点魄力，但再转念一想除了马德成也没人能抓起来了，事情就这样被敲定了。

马德成代理起了炼铁厂厂长这可是个大新闻，振奋了工人们的精神。蔡卓也被打倒了，精神也振奋了，可各个厂矿的设备却像是宣泄不满似的一股脑儿地出问题，钢铁产量不增反降，特别是换了"帅"的炼铁厂，生产事故就更多了，减产减得邪乎，以至于马德成这样老成持重的人都有点慌了神儿。

这天，马德成第一次以炼铁厂厂长的身份参加了全公司的临时生产协调会，一进会场就发现气氛有些不对，与会的厂矿长们一个个低头不语，默不作声，十分压抑。经理李达一脸阴沉，不停看表，到了时间立刻开口说了话："今天会议重点不用我说相信在座各位心里也有数，这一周里整个宁钢产量锐减，炼铁、炼钢还有初轧厂尤为严重，来吧，说说是怎么回事！"

经理发了难，厂长们一个个像犯了错的孩子低着头不敢说话。足有一分钟时间会议室里鸦雀无声。

李达不耐烦地问道："怎么，平时发捷报时一个个都抢着来，现在都哑巴了？都不主动说吗？我可点名了！"

"那我先谈谈吧……"初轧厂厂长刘宏志先说了话，"我们初轧厂这一周产量减了不少，主要责任在于我这个厂长没能绷住，在最吃劲儿的时候掉了链子，给我们厂乃至整个公司都造成了损失，我这里要做出深刻检讨……"

"我这不是听你检讨呢，捞干的说，为什么减产？"李达问。

"这……"刘宏志面露难色，"要说到原因……那肯定是有，是我工作失职，但主要原因还是……是炼钢厂送来的料少……"

问题一下子被转到了炼钢厂那里，众人目光一下子都投向了厂长杨伟平。杨伟平一愣，迟疑了片刻递给了旁边马德成一个无奈的眼色，继而说道："这个……上一周我们炼钢厂没能完成任务，除了自身原因以外主要是炼铁厂喂不饱我们，而且质量也出了一定问题！"

杨伟平这么一说把马德成弄了个冷不防，心想你这和我挤眉弄眼又来这么一套说辞到底啥意思？他刚想反驳几句只见杨伟平朝他又摇了摇头，努了努嘴。马德成明白了，这是告诉他别较真儿赶紧往后传。

"我们炼铁厂最近人员上有点变动，在一定程度上影响了生产进度。"马德成心里一百个不愿意，可还是按照杨伟平的意思往后推责任，"但减产的主要原因是碎铁、镁砂等原料供应都出了问题，还有那炼焦厂来的焦炭，验收员检验送来的焦炭都是合格的，却不成想只是上面那一层合格，一下子二十几车皮都卸了下来结果都是这样的！"

炼焦厂厂长魏景山被弄了个大红脸，承认了这个事实，但也解释道："钢铁产量要翻番，焦炭就得翻番。我们炼焦厂干的冒了烟儿，可无奈这来的煤炭有好有坏，一天一个样，我这质量没法把握啊！"

"关于煤炭的问题我要解释一下！"负责能源的同志李孝卿赶忙解释，"如今焦炭需求量噌噌上涨，全国各地都吃紧，另外到我们宁钢的煤除了有抚顺、本溪的，还有峰峰和焦作的，质量都不一样炼出来的焦炭肯定也不一样，况且他们为了增产也在其中掺了不少东西，总而言之一句话，情况太复杂！"

一时间，会场里出现了踢皮球的局面，初轧厂踢给了炼钢厂，炼钢厂踢给了炼铁厂，炼铁厂踢给了炼焦厂……最后发现运输、烧结、氧气、煤气、电力甚至是调度每一个环节上都出现了各种问题，每一个问题还都是上一个环节造成的，最后话锋一转扯上了全国的大环境，如此一来成了无解的死循环。然而，他们讲的倒也是客观事实，并不是蓄意推卸责任。

"完啦，这就完了？"李达拍着桌子问，"你推我我推你，合着今天的会白开了，憋死牛了？"

会场一片死寂。

"我算是明白了，你们的意思咱们宁钢的任务是完不成了？"李达接着问，可这样的问题更没人回答。

马德成心里窝火，他清楚各位厂矿长说的虽是实话，但包括他自己在内都避重就轻，闭口不谈设备事故问题。为什么不谈？因为事故绝大多数都是由于之前设备的随意改造和过度使用造成的。过度使用是为了提高产量，设备改造是走群众路线，眼下针对这两点谁敢提出反对？就连他马德成也不敢。

"马德成，他们都和我打太极呢，你给我说点实话！"李达瞪着眼睛问。

马德成被点名后运了半天气，环顾左右发现好几个同志朝他递眼色，意思是告诉他千万沉住气，别乱说。

"我……"马德成迟疑着，干张嘴说不出话，"我……"

"你什么你，说！"

"我……我同意大家的看法！"

"啥，这就是你马德成的实话？我让你党政一把抓结果你就和我来这套？"李达拍了一下桌子猛地站起身来，"你们……我能不知道宁钢的情况吗，我能不知道你们心里想什么吗？你们看看，你们看看，胆小怕事，有话不敢说，有事不敢做，现在你们哪还有点党员干部的样子！"

李达说着转身愤然而去，这个生产调度会也无果而终。

"哪是胆小怕事，是顺应大势……"一个厂长摇着头无奈道。

这天一大早，曹静初一脸阴沉来汇报当周的生产情况，马德成听完眉头一皱问道："照比上周竟然下降了这么多？"

曹静初心里着急，可欲言又止，神情异样。这一段时间厂里发生的变化让这个一腔热血的大姑娘也产生了诸多不解，说起话来变得小心谨慎。毫无疑问，一开始她对蔡厂长的各种做法是抵触的，觉得他和自己的叔叔曹奉儒简直是一个模子刻出来的，是个右倾资产阶级知识分子的典型。所以一听说马德成来当书记她高兴得不得了，心想终于有人来给撑腰了。可没过多久她发现事情又有了变化——蔡厂长处处受打压，事事碰钉子，有些工人还时常拿他开玩笑，这都是仗着马书记给撑腰。这时再反观蔡卓，曹静初觉得其实论吃苦受累他比谁都不少，只不过就是爱换换衣服，梳梳头发罢了，讲究个人卫生又有什么不对的？论群众路线，他确实有问题，但还算不上一刀切，就是筛选太过严格，实施起来太过谨慎，从这一点来看马书记和蔡厂长倒是走了两个极端。所以，在曹静初看来蔡卓只是工作方式方法上存在着问题，但硬说他只"专"不"红"，要拔"白旗"，那可是冤枉，而让他蒙冤的就是这位党政一把抓的马德成马书记。

马德成在党政一把抓之后确实落实了不少工人群众们提出的建议，但也确实发现了问题的复杂性，意识到当下的生产的确不是单单靠几项改造就能扭转局面的，考虑到越来越多的设备事故他也不得不放慢"前进"的步伐，一面来稳生产，一面来想解决的办法。他知道曹静初打一开始就在炼铁厂工作，这里的情况她最了解，所以想听一听她的意见。

"小曹，心里有话就说出来，于情于理你都不该和我老马藏着掖着，是吧？"

曹静初多聪明，一下子就听出马书记话里有话，这"理"当然指的是炼铁厂的生产、二人上下级的关系和她本人副总工程师的身份，这"情"指的自然是她本人和牺牲的原厂长尚世杰之间的关系。

"是啊，于情于理我都要说一说！"曹静初这么想着便也说了实话，"马厂长，既然你让我说那说对说错你可别不爱听！"

"呦呵，这是开场就给我来个下马威啊！好，你尽管说，只要是对的我马德成绝对虚心接受！"

"好，那我就说！大家伙儿都说蔡厂长有问题，确实，他过度相信制度和科学，忽略了工人们的创造力，所以产量没有按照大家伙儿希望的那样搞上去。但现在我们走群众路线了，产量为啥也没上去，到了现在不增反降？"曹静初毫不留情面，没等马德成回答她又继续说，"要我说您马厂长也有问题，您犯了'左'倾，太冒进，反正在我看来对于工人师傅们提出的建议无论是什么您几乎都一律通过，这也算是一刀切吧。咱且不说技术改造，单说这标语大字报的事，你从来不管反而鼓励，说搞好生产的前提下提倡这种解放思想的行为，我可觉得这种鼓励太不应该了！您是不是以为不写大字报的时候工人们就真能安心上班了？那可不是，好多人心里都已经长草啦，痒痒着呢，早都没心思搞生产了，就合计挑谁点毛病，等着看大字报写了啥，看谁又要挨斗呢！"

马德成沉默不语。

"还不光是大字报，大家伙儿还盯着咱厂里的板报、市里面的报纸和《人民日报》呢，等着看哪个地方又放了'卫星'，哪个工厂又破了纪录，一边羡慕着一边也琢磨咋超过人家。结果你猜咋样？"

"咋样？"马德成问。

"结果啊，比不过人家就在产量上弄虚作假，以次充好，虚报瞒报，这不是自己糊弄自己嘛！"

马德成眉头紧皱，仍不回应，可曹静初是越说越来劲儿，滔滔不绝。"我坚定支持党的政策，但觉得现在我们自己有些偏了方向，蔡卓厂长曾经问我，我们到底是该为工业发展搞生产还是为口号标语搞生产？马书记你说，到底该为哪一个呢？"

马德成一动不动，继续沉默，曹静初觉得自己话说到了也说过了，转身悄悄离去。

十七

自打和曹静初谈过话后，马德成的想法进一步发生了转变，把主要精力放在了督促生产上，尽量减少组织和参加不必要的会议，减少在办公室听意见的时间，若是刚好在车间里遇到提意见的工人他找个理由就给岔开。至于那些合理化建议他虽然也看，但基本不再真正实施了。

还有一个多月就到年底，产量上还差着一大块，工人们更着急了，催着让马德成继续实施改造，不成想如今马厂长也开始三推四推。有一些人又不干了，议论声又起来了，说这厂长的位置可真是神奇，无论是留学生还是老红军，谁坐上了谁右倾。得亏是马德成群众基础好，拥护他的工人多，这种议论成不了气候，但还真就有那么几个爱捅事的非要提提意见不可。按理来说，马德成党政一把抓，群众提意见还得经他手，这提不提的有啥意思。可实际上还真不是这么回事，前一阵为了督促生产，市委特意安排人到宁钢各个厂矿蹲点，而负责在炼铁厂蹲点的不是别人，正是市工业部部长宋同辉，一同来的还有个助手是市委宣传部干事张大莲，也就是李长青的媳妇。

话说这宋同辉心里一直憋着一股火，对宁钢的很多干部都抱有抵触情绪这也不是什么新闻了，至于其中的原因大家伙儿也都知道个一二。宋同辉这个同志是省工业部下派的一名干部，年纪轻，热情高，干劲儿足，也爱出风头。刚调到宁山时他意气风发，豪情万丈，心想宁山这么一个大的工业城市那还了得，别的企业不说，单一个宁钢就够他大显身手的了。话是这么说，可宁钢那是什么地方，全国企业里的重中之重，有点大事小情都要市委直接研究讨论，显不出他来。他这个工业部部长实际上来讲要统筹管理全市工业，这其中当然包括宁钢，可宁钢公司经理李达在市委里职务比他还高，他说起话来就更没底气了。而且市工业部办公地点就设在大白楼里，所以他无论如何都觉得自己是个被架空的光杆司令，处处受人压制。可现如今炼铁厂厂长蔡卓倒了，副经理马光明受到了处分，李达也没当初那么威风了，宋同辉的腰杆子突然直了起来，提议市委要到各个厂矿蹲点监督生产，并且自己刻意挑了炼铁厂。

来炼铁厂蹲点没几天，对马德成的议论就传到了宋同辉耳朵里，他故意趁着人多的时候到车间里找马德成"了解情况"，想给他点难堪。马德成虽然和蔡卓存在分歧，但对这个宋同辉印象也不好，不想和他有过多瓜葛，一边忙活着一边以生产忙不开为由敷衍了几句就走了。宋同辉见马德成对自己爱答不理不高兴了，走到工人堆里故意提高嗓门说道："好家伙，果真像群众说的一样，谁当了炼铁厂厂长谁就右倾，谁就搞官僚主义，邪门，真邪门！对我爱答不理没关系，对工人阶级爱答不理那我可不干！"

宋同辉无中生有，故意煽动情绪，马德成不干了要去理论理论，可见工人们都围了过来怕影响不好，强忍着憋住了火儿。见马厂长这样的老红军被一个年轻干部当众羞辱，好打抱不平的曹静初反驳道：

"宋部长，这话我可就不爱听了，自打马书记兼厂长之后牵头实施的大小改造也有十来项，都是工人师傅们的合理化建议，大伙干得热火朝天，那时候也没见您宋部长夸奖几句，这才几天的工夫生产还没稳定下来，都等着看效果呢，怎么到了您那成了这么大的过失？您这大部长红嘴白牙的，上嘴皮一碰下嘴皮就算是给咱们马厂长这老革命定了罪了？"

宋同辉本想给马德成点难堪，不成想蹦出来这么个女同志，伶牙俐齿顶得他无言以对，无奈一个劲儿给旁边的宣传部干事张大莲递眼色。大莲是干宣传队员出身的啥场面没见过，立刻站出来解围道："曹工程师，你这话说得够重的，咱们可不敢给马厂长定罪，但至于究竟有没有错大家伙儿心里都有杆秤不是。群众的眼睛是雪亮的，我们就是接到了群众的反映才来了解情况的，反映说现在炼铁厂不走群众路线了，合理化建议放在一旁没人管，钢产量又上不去，这个情况属实吧？宋部长和我来咱炼铁厂蹲点就是为了督促生产，解决问题，现在针对反映来了解情况也合理吧？合情合理的事你在这说啥，心虚不成？"大莲嗓门大，声调高，她这么一嚷嚷围观的人就更多了。

"张大莲同志，你和宋部长来督促生产确实是合情合理，我们鼓掌欢迎。你们着急我们也知道，可再急能急过我们炼铁厂的工人们吗？上周我们厂事故频发，产量不增反降，原因我想你们不是不知道。这周我们起码保住了之前的产量，事故少了一大半，这能说不算是进步吗？"曹静初不卑不亢继续说，"再说我们厂长这段日子，守着炉子吃，伴着炉子睡，一眼不离地盯着生产，这你们也是看在眼里，为的是啥，不就是保生产嘛！工人师傅们为了生产，你和宋部长为了生产，我们马厂长也是为了生产，目标都是一致的，怎么就官僚主义了？再有，你说工人师傅们闹了意见，现在人也围了不少，我倒是要问问谁能当面对质，挑出咱马厂长的毛病，说说他到底怎么官僚主义了？"

"我们确实是收到了群众的反映才来了解情况，照你这意思我和宋部长在没事找事，故意找别扭不成？"

"我可没这么说，我相信个别同志有意见是完全有可能的，可大家提出的意见有好有坏，有对有错，也得看能不能代表其他工人的意见，若代表不了还去执行，那才叫真正的不走群众路线呢！"

"对啊，对，曹工程师说的对！"大家伙儿纷纷赞同。

"你看，随便找个地儿都是拥护马厂长的，这能叫官僚主义，能叫不走群众路线？"

大莲彻底被这一席话顶了回去，心想平日里只觉得这姑娘文质彬彬，不爱说话，不成想却这般强势。她用余光寻了一圈想找到提意见的牛德胜那几个人当堂对证却发现他们灰溜溜走了。大莲急得直跺脚，猛然看到人群中自己丈夫李长青也在看热闹，赶忙将他拉了过来。

话说李长青上次抢救高炉负了伤，右腿烧掉了不少皮，好在治疗得及时没大碍。他着急回来搞生产没等痊愈就偷偷出了院，留下点后遗症，一到阴天下雨就腿疼，走起路来也有点不利索。他回来时正赶上厂里事故频发，不断减产，听大伙儿讲过去这一个多月发生的事他只觉心里堵得慌，思想上也产生了变化。

李长青被媳妇拉进人群质问道："李长青同志，提意见的就是你们班组的牛德胜他们，你给大家伙儿讲一讲到底是咋回事？"

"咋回事……咋回事……"李长青支支吾吾，不爱应答，"我才回来没几天不了解情况，他们提的意见我哪知道是咋回事……"

"你……"大莲本指望丈夫能帮帮自己，不成想他打起了马虎眼，"你……你是厂劳模还立过大功，最有代表性，你说说现在的产量你满意吗，工人们满意吗，能完成国家的目标吗？如果不能，又是因为啥，和你们马厂长的工作态度有没有关系？"

"你这是问的什么问题，分明就是针对人嘛？"曹静初不干了，"李长青同志，你是炼铁厂的老同志，我相信你能抛开个人情感说句公道话！"

一边是自家媳妇，一边是一起多年的工友。一边是蹲点的市工业部部长，一边是自家厂长，李长青可犯了难，揉着受伤的腿半天说不出话。正在这时，牛德胜带着十几个工人赶了回来声援，大莲一看立马又来了精神，赶忙迎了过去。牛德胜带来的都是些年轻工人，平日里就总凑到一起闹腾得欢，老师傅们嫌弃他们游手好闲，不务正业。牛德胜他们一来现场就分成了两派，一派支持马厂长，一派支持宋部长，你一言他一语双方议论开来，声音越来越大，变成了争吵。见争吵没什么意思，牛德胜起了高调儿喊起了口号"打倒马德成，打倒右倾分子，打倒官僚主义！"一个老师傅一听这口号急了眼，撸胳膊挽袖子怒喝道："小牛，顶数你不是物儿！还有你们这群小瘪犊子，一天天就知道闹腾，不是折腾高炉就是写大字报，生产都成啥样了，自己有多大能耐心里没数吗？你们今天批这个明天斗那个，连马厂长都被你们说的满身不是，你们肚里没憋着好！"老师傅转而对宋部长说："宋部长，我老汉没文化，我想问问你啥叫民主，就单听那十几个臭小子的意见就算民主了，就算走群众路线了？我这老汉，还有其他这么多工人们的意见就不用听了？要我说，咱炼铁厂挺好，马厂长没问题，咱们工人也卯着劲儿搞生产呢，倒是这群小子搅和得大家不安宁，你要是有能耐给他们都调走，咱们厂的产量准还能往上走一走，不信你就试试！"

老师傅这么一喊，支持马德成的呼声就更高了。

宋部长此时心里多少有些后悔，悔不该贸然来到车间里和马德成说这件事，万没想到不同的声音还有这么多。他不服气，想干脆把这些"退步"的工人都批评一通，再揪出两个作典型，可又实在不敢，怕犯了众怒也被扣上不走群众路线的帽子。转念一想，倒不如开个民主会讨论讨论，会上自己先带带风向，定定基调，再找人搞搞气氛。当前形势下路线问题终究是铁打的，而且但凡是和右倾沾边必定没好果子吃，这样一来既体现了民主，让那些人没话说，二来也能弄臭他马德成。

"这位老师傅说得对，几个人的意见代表不了大家，绝大多数人的意见才能算是民主，不如我们就在炼铁厂开个全民大会吧，征求大家伙儿的意见如何？"宋同辉提高了嗓门问。

"行，那咋不行呢，这样才算民主！"老师傅斩钉截铁地回答，大家伙儿也跟着叫好同意。

就这样，召开全厂民主大会的事被迅速敲定了，时间安排在了隔天上午八点，地点就是炼铁厂办公楼前的空地上。这半年来，厂里各种大会小会不断，工人们都熟悉了套路，一大早宣传员们就粘上了"炼铁厂民主大会"的标语，工人们搬着凳子到了指定位置坐下，虽然还不清楚具体为了啥事，但心想既然是民主大会肯定就是举手表决什么的。

厂里几个主要领导到了，宋同辉和张大莲也紧接着到了。按照计划，宋同辉本人率先发言，讲的无非是国家政策和反右倾的形势，表示自己坚定拥护工人路线，坚决支持大炼钢铁。马德成面如土色，一言不发，打一开始他就清楚所谓的民主大会其实就是给他开的批斗大会，自己纵然有一万个理由但拿到桌面上那一准儿被诋毁成右倾，真是哑巴吃黄连有苦说不出。

宋同辉到底还是有水平，发言思路很清晰，始终抓住群众和生产两个点不放，为接下来的会议进程做好了铺垫。而后，宋同辉找来了工人代表上台讲话。大家伙儿一看这首先上来讲话的不是别人，正是那最能整事的牛德胜，不知道这是个啥安排。

"就这小子也能代表工人？"一个老师傅喊道。

牛德胜也不管台下的反对，从口袋里掏出了一张纸开始照着读，虽然磕磕巴巴总读错，但逻辑很清晰，着重提到了眼下炼铁厂生产形势和产量锐减的原因，最后矛头一转直指厂长马德成，顺便还给扣了两顶"大帽子"。

是个人就能听出来这稿子不是他牛德胜写的，他哪有那水平。台下的老工人们刚想站出来替马厂长说几句，不成想台上的宋部长先站了起来，边鼓掌边说道："好，这位小师傅讲得好，能讲真话能干实事，是个好工人！"

牛德胜受了表扬高了兴，又使出了"一招儿鲜"，站在台上带着喊口号。台下那群人得到了信号，赶忙声援，摇旗呐喊，几轮下来整个会场的风向就发生变化了。昨天那支持马德成的老师傅站出来鸣不平，可喊不过那帮年轻人，气得一拍屁股离开了会场，其他人也被压制下来，还有的顺势转变了阵营。

这时，李长青蹦上了会台替马德成说了话，说牛德胜他们是不分青红皂白乱扣帽子，骂他们没安好心。这话犯了"众怒"，牛德胜那伙人又开始七嘴八舌说李长青的不是。主席台上的张大莲脸臊得通红，突然站起身来厉声反驳道："李长青同志，你要注意你的身份，你是炼铁工人，是劳模，是伟大工人阶级中的一份子，你要坚定自己的立场，要拥护工人阶级，拥护国家路线。你最近受某些人影响思想有了松动，我希望你能悬崖勒马，否则就是人民的敌人，是要坚决斗争的敌人！"

大莲这话说得坚决果断，怕老婆的李长青当场就灭了火。牛德胜那帮人受大莲的鼓舞，扯起嗓子又喊起了口号，会场的气氛被推向了高潮，马德成这一方彻底败下阵来。

借着大炼钢铁的势头，宋同辉用一次成功的民主大会调动起了工人们的生产积极性。为了彻底破除迷信，解放思想，各个厂矿纷纷效仿炼铁厂召开民主大会，当场就可以写大字报，当场就可以批判领导们的"错误"行径。几轮下来，批判的矛头又转向工段长一级的干部，还得让他们自己到大会台上主动供述罪行。一次，炼钢厂的一个工段长登上台，实在没什么罪行好供述，就承认自己以前骂过几次工人，犯了官僚主义的错误，而后这个工段长也被打倒了。从那以后，炼钢厂乃至整个宁钢的大小干部再也不敢骂人了，无论是不按操作规程作业，还是迟到早退都当做没看见，生怕一句话说错就被扣上帽子。还有不少党员干部气不过要撂挑子，找上级谈话想去车间里当个普通工人。

至于马德成自然是受到了处分，被撤掉了炼铁厂书记和厂长的职务，担任代厂长。书记一职由市工业部部长宋同辉亲自兼任。

十八

对于马德成这样经历过大风大浪的老同志来说撤职算不上什么，完成上级交给的任务才是优先于一切的，再说他现在还是代厂长，仍要撑起整个厂子的生产。

这天，马德成仍早早来到单位，到高炉的各个值班室里查看生产情况。工人们见到了他还是同往常一样亲切地叫上一声马厂长。七高炉值班室里，李长青刚从高炉上下来，满头大汗，举着大搪瓷缸"咕咚咕咚"喝凉水，见马德成进来赶忙用袖口擦擦嘴上前打招呼。马德成没说话，微笑着拍了拍他肩膀，李长青知道这是对他表达的安慰和谢意。实际上，民主大会后李长青和曹静初也跟着吃了瓜落儿，有人抓住了曹静初的出身大做文章，于是她就从炼铁厂的副总工程师降职为车间技术员。至于李长青是工人出身又立过功，自然没什么把柄好抓，只是被点名批评，记过一次。同马德成一样，李长青也不在乎这些，只想一心炼好铁。

李长青看着马德成，心领神会，也不多说，放下搪瓷缸就去给厂长找交接班记录，可翻来翻去没找到，问刚回屋的工友说是被牛德胜带人给撕了。

"啥，撕了，啥时候的事，为啥？"李长青一惊。

你进来之前，脚前脚后的事，牛德胜说那交接班记录就是厂长搞"一长制"的工具，大家生产积极性那么高有活儿抢着干，要那玩意没用。

"扯淡，他算干嘛的，没记录怎么交接班，怎么安排生产计划，就靠脑袋记，谁有这能耐？"

说话间，曹静初气冲冲进了值班室，见到李长青和马德成在刚想说话又咽了回去，一屁股坐在凳子上生闷气。

"小曹，你来晚了，咱班的交接班记录被撕了，你查不到了！"李长青说。

"我知道！"

"你咋知道的？"

"我能不知道吗，牛德胜带着人到别的高炉做动员去了，现在大家伙儿都把记录本撕啦！"

"什么，还有这种事？咱们得赶紧去把这小子揪回来，不然得闹出大乱子！"马德成心中一惊，说话间就要往外冲。

"马厂长，还是别去了……"曹静初猛地站起来一脸痛苦地说，"宋部长也在，他同意了。牛德胜还说这一半天要把那些生产规程什么的也都扯下来烧了……"

闻听此言马德成一屁股坐在了凳子上，不再言语。

交接班记录被烧了没过两天，生产制度和各项规章也被牛德胜那帮人从墙和本子上撕下来一并烧了。这下大家伙儿的心可真慌了，虽说有诸如罗明和李长青这帮老师傅托着底可无论如何也架不住牛德胜那么一撮人作乱，以搞生产为名可着劲儿的闹腾，迟到早退，来了也不正经生产，到处搞运动贴大字报。而且这些人通常又最会鼓动人，又拐着不少没主意的工人加入这个队伍之中，这样一来生产形势就更乱了。纵观宁钢其他厂矿情况如出一辙，大抵如此，生产秩序十分混乱。

眼见着生产秩序混乱，产量一天不如一天，老工人们拍着大腿感叹道："毛病多了，规矩少了。运动多了，干活的少了。土高炉多了，产量少了。大字报多了，好干部少了！"

十九

时间来到了1958年11月，宁山市钢铁产量远不及预期，市委感到了巨大压力，在检查工作中发现部分干部对落实加快建设小高炉和小平炉抓得仍不够紧，有些单位党委书记没能亲自挂帅，没能形成强有力的指挥，以至于工程拖拉，进度缓慢。另外，很多单位迟迟没有掌握建小高炉和小平炉的冶炼技术也是其中一大原因。就在这时，宁钢初轧厂传来个好消息，工人们试制成了小平炉炼出了钢，而且方法十分简单，便于推广。具体方法就是在地上挖一个随便大小的坑，最底下铺上一层耐火砖，砌四周的炉壁时有条件的就用耐火砖，没条件直接用红砖砌上也行，然后再在炉子底下留一个通风口就基本完成了。炼钢时，底下铺一层易燃的碎木，上面放几百斤大块木柴，然后放一层焦子，再上面就是一层废铁一层焦子的往上铺，铺三层就差不多了，最上面再用锯末、焦沫和黄土制的三合土封死。这些步骤都完成就算是大功告成了。点上了火只要十个小时左右便能出钢，三十吨的废铁大概能出二十吨的钢。

初轧厂的捷报发到了市里，里面还附了一张造小平炉的图纸，得到这一喜讯市里眼前一亮，似乎看到了最后的希望，要求立刻大规模推广这个成功经验。为了能在剩下的一个月时间里完成450万吨钢的任务，市里随后又接连发出号召"大干三十天，为彻底实现钢铁跃进计划而努力"，强调要克服重大轻小、重洋轻土思想，坚决贯彻以小高炉为主，土洋并举的方案，抓紧新建小高炉、小平炉。指出土高炉所需要的设备材料少而简单，投资少见效快，灵活性强，可以遍地开花，要求 11 月末，市内所有小高炉的总体积要大于宁钢所有高炉体积，并能放出日产千吨的"卫星"。

号召发出后全市都行动了起来，就拿路东区为例，区委书记亲自挂帅督战，建立了"钢铁野战司令部"，下设五个作战区和商业、工业两个独立团，到了 11 月末，一万多名来自各个行业的钢铁大军通过日夜奋战，共建了土高炉和小平炉 79 座，点火 27 座。其他区和乡镇也是你追我赶生怕被落下。总而言之，全市生产形势在临近年底的阶段迎来了最后的大高潮。

二十

如今，炼铁厂代厂长马德成被彻底架空了。

这天晚上他实在烦闷，坐立不安，便到台町里抽着烟闲逛，不经意间竟走到了蔡卓家门前，一抬头正看到他坐在院门口石凳上抽烟，两人四目相对都一愣神儿。

马德成颇为尴尬，自从经历了这场变故之后他思想发生了很大转变，不免对蔡卓充满了愧疚和歉意，早就想找个机会唠一唠道个歉可始终抹不开面子。不成想今晚鬼使神差让两人碰了面。

"老马，干什么去？"比起马德成的窘迫，此时的蔡卓倒显得轻松不少，先打了招呼。

"啊，不干啥，瞎溜达！"

"瞎溜达，那进来坐会儿？"

马德成得了台阶下，迈步进了院子。

两人在院子里的石凳上相对而坐，中间的铁炉子正烧着热水。蔡卓倒了两杯水，递过去一支烟，又从炉子里抽出烧红了的炉钩子自己点上一颗，刚抽两口就呛得直咳嗽。

马德成借着微弱的灯光打量着蔡卓，发现这个苏联派头的冶金专家头发仍梳理得一丝不苟，衣服整洁得体，领子袖口洁白如新，只是脸色蜡黄，眼圈发黑，两腮凹进去一大块，鬓角的头发也白了不少，整个人没了之前的那股子精气神儿。

"咋，你也好上这口了？"马德成举着手里的烟问道。

"啊，有段时间了，谈不上有瘾，最近老失眠，半夜起来抽上一颗还挺解闷！"

"你的身体咋样了？"

"肝有点毛病，食欲不振，问题不大，问题不大……"蔡卓说着又是一阵咳嗽，"别看我在家检讨，可宁钢的事我都清楚。你检讨得怎么样了？"

马德成苦笑了一阵子，心里五味杂陈，从蔡卓手里要过炉钩也点上了烟。回想一个多月前，对面的这个人还是被批判的典型，是自己要坚决斗争的对象，可没过多久自己也被批判了，还"厚颜无耻"地进了人家院子里要烟抽，真是有意思。

"蔡卓，当初我那篇文章……"

"哦，那篇文章写得好！"蔡卓接过话来，"我说的是实话！不瞒你说，在家这段时间闲来无事我又看了好几遍，发现你批评得确实对，我确实存在着右倾思想，是该检讨！平心而论，我的问题就是打心眼儿里不愿意相信群众的力量。而你老马呢……"

"怎么样？"

"正好相反……我们俩走了两个极端！"

"确实，确实……可是我老马却也因为犯了同样的错误被批判了，这个是不是就更有意思了？"马德成说完又是一阵苦笑。而后两人继续坐着抽烟，也没个交流，就那么一颗接着一颗地抽。炉火熄了，一盒烟也见了底，蔡卓打了个寒噤，马德成起了身，看着蔡卓吞吞吐吐问道："蔡卓，你记恨我老马不？"

蔡卓知道这么老半天马德成就憋着这句话呢。他在鞋底上杵灭了烟头，思考了片刻语重心长地说道："老马，在我被拔'白旗'之后李达经理曾经和我说过，合格的共产党员之间是不存在个人恩怨的，让我不要对你有任何看法。这句话我越琢磨越觉得有道理。就拿咱俩来说，你我之前有矛盾，但这个矛盾却又不是你我之间的个人矛盾，是设备生产力和国家建设需求之间的矛盾，你想想是不是这个道理？所以你不用在意你我之间所谓的矛盾，也不要纠结你我和宋同辉之间所谓的矛盾，没困难我们就轻装简行，有困难我们就负重前行，反正就是得往前走，谁让你我都是合格的党员呢，你说对不？"

一席话惊醒梦中人，马德成回想起李经理也曾对他说过同样的话，但自己理解得不深，如今被蔡卓这么一说透彻了不少，心头的阴霾瞬间消散了。

转眼间 1958 年结束了，这一年全市上下在"路线"的激励下迸发出前所未有的激情和干劲儿，建立起了大炼钢铁的第二战线，其中宁钢共修建了 195 座小高炉和 37 座小转炉，宁山全市范围内共建立起 2955 座小高炉。然而即便如此，宁钢这一年实际钢产量 420 万吨，未能完成 450 万吨的任务额。

第四章
大漠雄师

一

秋日的祁连山脉上静得出奇，山谷里的树叶渐渐变了红泛了黄，阳面的草依然绿着，但已然没那么水灵了。河谷两岸低矮的茶条和灌木一片一片灰黄相间，映着那湛蓝的天空和身后苍劲的群山犹如一幅美丽的油画。然而这里的天气实在是变化无常，刚刚还是阳光明媚，碧空如洗，眨眼的工夫就乌云翻滚，大雨倾盆，落下豆大的冰雹也是常有的事。

这是 1955 年 10 月的一个清晨，夜里刚刚下了一阵大雨，转而又飘落下雪花，树叶被打落了一地，湿冷异常。大石头后的一顶帆布帐篷里，一个年轻人吐着寒气探出头来，抖了抖狗皮帽子上的冰碴，抬头一看远处的山头上已是白茫茫一片，面露难色。一旁，几个同行的伙伴已经支起了炉灶准备做饭，可无论如何也点不着那湿漉漉的柴火，一个队员气得把火柴往地上一摔蹲着生闷气。

"算了算了，点不着就不点嘛，吃点干粮不也挺好嘛！"年轻人边说话安慰边捡起了火柴。说话的年轻人叫做秦士伟，是西北地质局

645队的分队长，自打8月份就带着小队进了人迹罕至的祁连山寻找铁矿，可苦苦寻找了两个多月仍没什么发现。眼看着天气渐渐转凉，分队又从玉石梁去了地势更险峻的松树沟。

源自讨赖南山的北大河汇集了长流不尽的雪水，把古老坚硬的岩石切割出一条跌宕起伏的峡谷。这里根本没有路，勘探队沿着北大河支流小溪往复穿越，山一程，水一程，到了晚上就地支起帐篷宿营。如今他们带的粮食所剩无几，驮物的两头牦牛还在途中受了伤，行动缓慢，大家伙儿垂头丧气，心灰意冷。向导建议得赶紧出山，不然哪天大雪封了山就都得困死在这。秦士伟憋着一股劲儿，心想东北早就有了宁钢，现如今南面的江钢和北面的蒙钢也都开始建设了，唯独西北没动静。他不甘心，总觉着这山里肯定有大铁矿，而且就在眼前，就差那么一步就能找到。

"眼看着干粮也要没了，咱们熬不了几天了秦队长！"摔火柴的队员说。

"咱们不还有枪呢嘛，可以打猎，吃肉不比啃窝窝头好？"

"打猎，就这荒山野岭连家雀儿都不爱落能打着啥？"

"说到打猎我想起来一个事！"向导突然说道，"前两天我在八庄口买粮的路上听说有人在北大河旁的一个沟谷里找到一种亮石头，敲碎了就是铁砂，可以装到火枪中打猎用。"

听到这话秦士伟一个激灵，赶忙问道："亮石头，在太阳底下发光的那种，难不成是方铅矿？"

"这个……这个我叫不准，爬山找路我在行，你说那个我也不明白啊！"

"没错，肯定没错，那人你认识吗？"

"认识，就是帮我们干过活的朗生寿和黄学成！"

"好，我们立刻就去找他俩！"

当天深夜，勘探队找到了朗生寿和黄学成，详细询问后秦士伟确信二人看到的就是方铅矿，激动地一晚没合眼。第二天天刚蒙蒙亮勘探队就动了身，在两位藏民带领下再次进入松树沟。

然而一场突如其来的大雪彻底让山里改变了模样，朗生寿和黄学成也说不清那地方到底在哪儿。勘探队无奈只能赶着牦牛沿北大河两岸摸索着前进，期盼着雪赶紧停下来。到了第四天补给又见了底儿，早上山里起了云，八成又要下雪，大家伙儿啃着饼子商量得赶紧下山，两位向导也说如果再不动身就危险了。秦士伟仍是不甘心，但也不能置所有人的安危于不顾，咬着牙说道："最后一天，如果今天再找不到明天一早我们就动身下山！"说完站起身来提着水桶到河边打水。刚到了河边就"啊呀"一声大叫起来，众人一惊，忙过去查看，发现水桶顺着河水漂得老远，秦士伟蹲在地上一动不动，再过去一看发现他手里拿着块黑色的石头浑身发抖。

"这……这个不是方铅矿，是铁矿，是铁矿！"秦士伟激动地说。

大家伙儿眼前一亮，争相传看，激动不已。

"这说明上游有铁矿露头，要不然这是从哪里来的？"一个队员说。众人不禁都把目光投向了河上游。

第五天山里仍阴沉沉的，不时飘落点雪花下来。勘探队赶着牦牛沿着北大河向上，又趟水到了西岸，转过一座山发现河谷里出现奇异的光彩，在这光线昏暗的环境里显得尤为耀眼。

"好多的亮石头！"一名队员大喊。

秦士伟赶忙捡起一块敲敲打打仔细观察，继而说道："铁矿石，是铁矿石！"

"越往上越多！"另一名队员喊道，"但被一座山拦住啦！"

"翻过去，翻过去！"秦士伟欣喜若狂，扔掉手里的矿石和锤子直奔牦牛，翻出了绳索就奔着山脚下跑，他有一种强烈的预感，翻过了山就将找到西北最大的宝藏。

这个山头有几十米高，十分陡峭，秦士伟把绳子拴在腰间，徒手往上爬，半个小时才上了山头，绑固了绳子，而后大家伙儿一个个接着爬了上去，放眼一看都被眼前的一幕惊呆了——远处巨大的主峰白雪皑皑，山顶雪线之下是黝黑黝黑的山体，说来也是神奇，此时在那漫天滚滚的乌云之中就漏出那么一块地方，阳光正斜射到山顶之上。顿时，晶莹的白雪与乌黑的矿石共同发出闪闪的光芒，伴着升腾起的寒气简直如同神迹一般——铁矿被发现了。

那天，秦士伟小组带着狂喜下了山，在不远处的北大河畔见到了一丛白桦树，心想那挺拔不屈的白桦树不就是地质队员的形象嘛，于是把这个矿命名为"桦树沟矿"。无独有偶，645 勘探队的另一支由樊毅带领的勘探小队在稍早也发现了头道沟铁矿，巧合的是两个铁矿隔河相望，相距不到 3 公里，就像是祁连山脉里蕴含着无限希望的一对孪生兄弟。

二

"这两个发现彻底惊动了西北地质局，没过几天省委副书记高健君亲自赶来，激动得差点蹦起来，并提议那一带取名为镜铁山，从此这座坐落在中国西北大地上的巨大铁矿就此诞生！"孙新安有板有眼地说完最后一句话还"啪"的一声拍了一下大腿以示结束。

"呦呵，小孙你厉害啊，这镜铁山铁矿的来龙去脉我在报纸、报告和资料上都看到不少，可从你嘴里这么一说出来有板有眼的，成了评书了，听得我还挺激动，我得吃点药缓一缓!"蔡卓边说着边从口袋里拿出了药瓶，小心翼翼颠出两粒药放在了嘴里，拧开军用水壶却发现里面没了水，无奈只能硬咽下去。

这是 1959 年 1 月，蔡卓和孙新安二人坐着吉普车行驶在祖国大西北的戈壁荒滩上。话说宁钢已经进入了新一年的生产之中，蔡卓的身体也渐渐康复起来。此前一段时间里市里传出了风声，说要给部分"拔白旗"的干部平反，甚至还传出蔡卓不仅要恢复名誉还可能接替马光明担任公司副经理一职。消息不胫而走，登门道喜的人一下子多了起来，对此蔡卓低调处理，他心里有自己的打算，要到玉泉建设肃钢。

事情传开后不少人感到吃惊，认为他这是在无声抗议之前受到的不公正待遇，有人同情蔡卓说他是想离开这块伤心地，也有人说他背景太深换个环境另图发展，众说纷纭。实际上蔡卓本人确实有些想法，不可否认他已然不愿意再回到炼铁厂了，但更重要的是他也确实觉得自己还年轻，特别是经历了上一段风波之后也认识到了自己存在的不足，应该到更为艰苦的环境中历练一下自己，同工人们一起并肩战斗。就这样，他离开了工作了十年的宁钢，来到了人迹罕至的西北荒漠，碰巧路上遇到了同样支援到肃钢的宁钢建设公司保卫处副处长孙新安。

"前面不远就是嘉峪关了，那附近有村子，看看能不能……"年轻的警卫员说着又停顿了一下，"反正到了再说吧……"

夕阳要落了，金色的阳光斜撒在大地上。天边那重峦叠嶂的祁连山脉和山上终年不化的积雪被染得金灿灿的。荒芜空旷的戈壁荒滩和遍地的沙砾被染得金灿灿的。西边不远处那恢弘庄严的嘉峪关城楼孤零零地伫立在河西走廊的关隘上，也被染得金灿灿的。吉普车拖着金灿灿的尾巴一路驰骋，到了嘉峪关下停了下来，蔡卓迫不及待登上了城楼举目眺望着金色的世界，兴趣盎然，心情大好。

"单车欲问边，属国过居延。征蓬出汉塞，归雁入胡天。大漠孤烟直，长河落日圆。萧关逢候骑，都护在燕然。"蔡卓不禁大声朗诵起了《使至塞上》，沉浸在这壮丽的景致中，过了好一会他掏出了怀里的地图，指着前方对孙新安说道，"小孙啊，当年大诗人王维写出了《使至塞上》，传颂千古，但未免有些太过悲壮，这一悲壮就悲壮了千年。如今，这人迹寥寥的嘉峪关将被改变，那里，那块空地就是肃钢，不久后那里就将拔地而起一座年产量 200 万吨的巨大钢铁厂！"

"是啊，是啊！"孙新安也被这豪情所感染，"同天斗，同地斗，就是要在这不毛之地炼出钢铁，这种豪情这种魄力只有我们工人阶级才有，我已经等不及了！"

"你们谁啊，天都要黑了还不走，这晚上可有狼，还有土匪！"这时，一个喊声打断了二人的思绪，低头一看下面站着一个十五六岁的半大小子。只见他穿着一件打满补丁还露着棉花的破棉袄，腰间扎着个麻绳，棉鞋漏出了脚趾头，手背上都是冻疮，头发蓬松擀毡，后背背着柴火，手里牵着个五六岁的同样打扮的女娃，大概是他的妹妹。

"小伙子，你是本地人？"蔡卓说着走下了城楼。

"是啊，你们是……你们是领导？"小伙子操着一口浓重的西北方言反问。

"不是领导，我们是工人！"

"工人……你们是来盖钢厂的？"

"嚯，你知道的还不少，是，我们就是来建工厂的！"

小伙子听完这话拉着妹妹转身就要走。

"哎，你这是咋回事，还没说完话呢这是咋了？"警卫员赶忙拉住小伙子。

"我可不能和你们说话，村长不让和你们这些盖工厂的人搭话！"小伙子一脸警戒。

"这……这是什么意思？"孙新安和蔡卓满脸疑问，面面相觑。

"你们别管啥意思了，反正就是不能和你们说话，我得回去了！"

"你等等小伙子！"蔡卓知道这其中肯定有事，换了个口风说道，"叔叔我这刚到嘉峪关，等着吃药却没了水，可不可以带我到你们村里要点水喝？"

"水？那就更别提了，防着你们的就是水，你们……"话到嘴边小伙子又咽了回去。

"防着我们，还防水，这话咋说的？我们能偷水不成，你这小子今天可得给我说清楚！"孙新安说。

"新安！"蔡卓使了一个眼色，而后从口袋中拿出几块糖递了过去，"小伙子，我身上也没什么好东西就有两块糖，你和妹妹许久没吃糖了吧？"

小伙子看着花花绿绿的糖直咂么嘴，一把抓过来塞到妹妹手里，继而从怀里掏出一个破军用水壶递给蔡卓，"你给我糖我给你水，算是咱俩换的！"

蔡卓也确实口中干渴，接过水壶猛喝了两口，发现这水十分甘甜。见他喝完，小伙子又一把夺回了水壶，转身就走。边走边说道："水你也喝了，我劝你们还是别进村了，弄不好得挨顿打！"

蔡卓和孙新安仍不明白这其中的原因，在去往肃钢建设指挥部的路上警卫员道破了其中的原因，原来就在这嘉峪关城楼的南侧不远有一个嘉峪关村，其中有十几个泉眼，被称为"九眼泉"，冬夏澄清，碧波不竭，凛冽甘甜，是村里唯一的水源，供养当地人世世代代在此繁衍生息。可自从去年建设肃钢的队伍在工地上打了几口井之后村里的泉眼就熄了两眼，剩下的水流也眼见着小了。村里有人说这就是肃钢给影响的，现在才刚刚打地基，要真建起来打他几十口井那就一丁点水也剩不下啦，庄稼都得旱死，人和牲口都得渴死。如此一来大家伙儿害了怕，村长还特意安排人日夜盯着泉眼，随时汇报，还说但凡是再熄了一个泉眼就要带人到肃钢去讨个说法。

"原来如此，这地界土地贫瘠，那泉眼就是老百姓的命，果真是没了水喝那再大的钢厂对他们来说又有什么用呢！"蔡卓低声道。

三

嘉峪关始建于明洪武年间，北依祁连、文殊二山，临黑山、后墩山，中为玉泉盆地西缘，地势狭长，戈壁万里，是古军事要塞和丝绸之路必经之地，千百年来都被视为边塞重镇，素有"河西咽喉""天下第一雄关"之称。然而，就是这样一个不毛之地却蕴藏着丰富的宝藏。1955年秦士伟发现桦树沟铁矿后，先后有1500多名地质勘探人员到此进行深入考察，最终确定这里有一座蕴藏量巨大的铁矿山。

1958年1月，冶金部派人实地勘探，最终确定要在玉泉城西22

公里，嘉峪关城楼以东 6 公里的戈壁滩上建立一座西北最大的钢铁厂。当年 3 月，冶金部上报上级部门，正式提出《关于建设西北玉泉县钢铁厂的报告》，与此同时将建设任务交给了正在建设宁钢的宁山冶金建设总公司，设计任务交由北京黑色冶金设计总院、宁山焦化耐火设计院和宁山矿山设计院承担，并在北京、玉泉两地设办事处和筹备组。5 月，宁建公司经理赵克西带领 8 人工作组赴玉泉实地探察。同行的 8 人中还有温良贤、慕光三、程世通、乔石、张巨达等，他们成为肃钢历史上最早的也是重要的奠基人，而赵克西、温良贤、乔石和张巨达都来自宁钢，同为宁钢"五百罗汉"。6 月，上级正式批准了冶金部在西北玉泉县建设钢铁厂的设计任务书，同意初步按年产钢锭 200 万吨的规模建设，使其成为继宁钢、江钢、蒙钢之后的新中国第四大钢铁厂。

对于这一重大决策，当时的《甘肃日报》在报道中流露出了狂喜之情：玉泉县钢铁公司联合企业即将兴建，建设肃钢不仅可为西北各省提供大量钢铁，而且对迅速提高全国钢铁产量的水平将起到重大的作用。

时值大炼钢铁期间，建设肃钢的消息鼓舞了全国，各地纷纷响应，积极支援，"老大哥"宁山毫无疑问地挑起了大梁。当年 7 月，宁建公司下属的一公司、二公司、机械化公司和矿山公司作为先头部队，从宁山奔赴玉泉县城，短短几个月时间里全国各地三万建设大军汇集于此，运送物资的车队络绎不绝，排起了长龙，筹备组的一位负责人在汽车卷起的飞尘中指着兰新公路 75 公里里程北侧的一片戈壁滩兴奋地说："看呀，这里就是肃钢！" 8 月 1 日，肃钢在玉泉县"祁连剧院"举行组建仪式。肃钢经理赵克西宣布公司成立。仪式上，省

委书记焦善民同时宣布成立地级嘉峪关市，赵克西被任命为玉泉市委
第一书记和嘉峪关市市长。12月15日，在开工奠基仪式上，意气风
发的肃钢经理赵克西还写下了《祝肃钢开工》：

　　　东风吹上嘉峪关，红旗招展戈壁滩。

　　　祁连群山争献宝，钢花怒放耀山川。

　　　千军万马誓言壮，苦干巧干建肃钢。

　　　排山倒海创奇迹，铁水奔放放红光。

　　　正是从这一天起，肃钢的建设步入了正轨。

四

　　嘉峪关这个戈壁荒滩上的关隘千百年来从没这么热闹过，肃钢工
地打桩机"叮叮当当"震天响，卡车来来往往昼夜不停，工程进展
十分迅速。这样的建设速度极大程度上得益于国家和各兄弟单位不计
回报的倾力相助。就拿宁山来说，宁建公司只有百分之五的有特殊困
难的人员留守原地，其余三万多人整建制奔赴肃钢，人员和资产也全
部无偿交予肃钢管理。人们都说这是倾家荡产帮别人，然而在宁建人
看来这似乎是理所应当的，全国一盘棋，当年全国支援了宁山，现如
今宁山再支援全国，这再正常不过了。宁建自然是建设的主力军，可
宁钢依然是支持其未来发展的最强有力的后盾。为了帮助"小老弟"
茁壮成长，宁钢这个"老大哥"同样是尽其所能，承诺建设肃钢物
资自不必说，无论什么时候需要什么样的干部，哪类人才和多少人员
都无条件立即输送。一时间，肃钢干部处处长韩显沛跑断了腿，一刻
不停地往返于西北和东北协调调人，初期从宁钢里调来的同志就过了

千人，以至于后来宁钢的人一看到他就"烦"，肃钢的人一看到他就乐。

在钢铁行业里面还有这样一个小趣谈，说如果全中国通用的是普通话的话，那么在钢铁企业甚至是冶金行业里通用的就是东北话，更具体一点说那就是宁山话，这种说法一点也不夸张。自打 1948 年宁钢复工复产一直到"三大工程"，大江南北支援到宁山的人数以十万计。东北人热情奔放，东北话上口好学，无论是哪儿来的都能说上几句，有的甚至改了乡音。而后这支建设大军又奔向全国，宁山话自然也随之传播到各地大大小小的钢铁企业里，成为钢铁企业里的"普通话"。就拿这嘉峪关来说，本地人很少，一下子涌进来三万多的宁建人，说的话自然就都是宁山话了，吃穿用也都变成了东北人的习惯。

"新安啊，麻利点，别磨叽，咱俩趁着车闲下来了赶紧去趟嘉峪关村！"蔡卓这个地道的南方人操着一口宁山话喊道，刚刚他才带人查点完了一批刚运来的建材。话说蔡卓这个冶金专家本是以肃钢生产副经理的职务被调来的，可目前工厂还处于建设阶段所以他就临时抓起了物资保障和后勤。而孙新安原本是宁建公司保卫处的副处长，来到肃钢之后担任起了保卫处处长。现阶段，对于嘉峪关这个正在建设的新城市来说，肃钢就是嘉峪关市，嘉峪关市就是肃钢，如此一来，肃钢的领导干部也承担起市里面的工作，比如肃钢经理赵克西就是嘉峪关市的书记兼市长，蔡卓这个副经理就是副市长，而在尚未成立市公安局的情况下孙新安实际上就承担起了维持整个地区治安的工作，说他是嘉峪关市第一任公安局局长也不足为过。

既然是副市长，自然要为当地老百姓负责。蔡卓自打来这里的第一天起就始终牵挂着嘉峪关村的老百姓和他们的饮水问题，也曾多次在工作会议上提到过此事，"工程建设不影响百姓生活"这一点也是公司上下形成的共识。但由于工地上用水量巨大不可避免地要影响到周围几个村子，而且随着春夏到来，农业活动的增多这种问题会愈加突出，所以公司研究决定要在春耕到来之前率先为几个村子打井供水，所有费用及设施由肃钢无偿提供，并由蔡卓牵头实施。于是蔡卓找来了勘探队打算亲自到嘉峪关村实地勘察一番。

蔡卓带着孙新安和几个勘探队的同志乘着卡车工夫不大就到了嘉峪关村，刚一进去就被村口正守着泉眼的两个年轻小伙子拦下。

"停停停停停！"小伙子拦在小路中央叫嚷道，"干啥的你们是？"

"小伙子，我们是肃钢的！"蔡卓下了卡车解释道。

"肃钢的？不能进！"

"嘿，你这小伙子，我又不是坏人你拦着我们干啥？"孙新安问道。

"你们是不是坏人我不知道，脸上又没写着，但我们村长可有话在先，谁都让进就是不让肃钢的进！"

"这是为啥？"

"为啥，揣着明白装糊涂！我问你，你们来这干啥？"

"我们带来了勘探队，要来打水井！"蔡卓解释道。

"还真是来打井的！我们村长算得可真准，他说你们是贼心不死，想往死里弄我们村！你们还是赶紧回去吧，要是一会我们村长来了你们没准儿还得挨打！"小伙子说着四仰八叉躺在了路中间。

"贼心，怎么成贼心了？"蔡卓觉得这其中肯定有大误会，便让队友们从卡车上卸下勘探工具证明一下。小伙子哪见过什么勘探工具，

"叮叮当当"一作响以为这边要动家伙，"噌"一下从地上蹿起来，操起个木棒就比划上了，边比划边对身边的同伴喊道："赶紧地，我在这顶着，赶紧回去找村长就说这边干起来啦，都见血啦！"

同伴一溜烟跑回了村，不大会的工夫就见腰间别着烟袋锅的村长背着手疾步而来，后面跟着十几个血气方刚的壮小伙儿，个个手里提着扁担。蔡卓正在跟那小伙子解释，看来了这么一帮人也是一愣神儿。

"村长，别看他们人不多可都带着家伙呢，一卡车的家伙，让我一个人给拦下来啦！"小伙子看见村长有了底气。

村长倒也稳重，打量一番对面二人，压着火说道："二位领导，到我们嘉峪关村有啥事嘛？"

"村长同志，我们俩是肃钢的，来这是想勘察一下村里的地下水，为你们打井！"蔡卓解释道。

"打井就打井嘛，说啥子为我们！这两个月我们村的泉眼又熄了三个，去你们肃钢反映情况也没个回应，现在又要来，这是想把我们村里人往死里逼啊！"村长话里带着怨气。

"对，对，不能让他打，这是要渴死咱们！"

"是啊，打井打到家门口了，这不是骑在脖子上拉屎嘛！"后面的小伙子们喊了起来。

"村长同志，村民们，你们都误会了，我们这次是专程来为村里打井的，打了井以后村里别说是喝水喂牲口了，种庄稼那都绰绰有余，旱涝保收！"

"鬼才信，好事能轮到我们这儿？就见着井越打越多，水越来越少，依我看这是惊动了龙王爷，打坏了我们村的水脉！咱们村里人没能耐，之前吃了大亏我们认了，可今天你就是说出大天来这井也不能打！"

"惊动了龙王爷，打坏了水脉？村长同志，这世上哪有什么龙王爷，咱们可不能再搞那些封建迷信啦，打深水井是科学技术！"

"迷信不迷信的你不用管，科学不科学的我也不知道，还是那句话，这井你不能打！"

"村长，关于这个井我要具体给你讲一讲，实际并不是你想的那样！"蔡卓上来了读书人的那股劲儿，非要掰扯掰扯不可，"咱们嘉峪关村的地下有暗渠，村里泉眼里的水就是从那里涌上来的。这个暗渠连接着北大河，咱们勘探队初步测算流量是 0.6 立方米/秒，水量很丰富！这个暗渠也流经肃钢一部分区域，工厂要建设就得用水，那边一抽暗渠里的水位势必降低，泉眼自然没水，所以我们来是要给村里打口深水井，要打到地下四十米的位置，直通暗渠深处，这样一来不但水量充足而且还干净！"

蔡卓本以为自己讲的够浅显易懂了，不成想村民们你看看我，我看看你，挠着脑袋谁都不太明白，最后又都看着村长。村长合计了好一会也没大明白，直接问道："你说的这些……我们都懂，都懂，不过还是不行！"

"对对对，不行，肯定不行！"大家伙儿一听这话又活泛起来。

解释了半天等于白说，蔡卓脸涨得通红还要再解释，一旁的孙新安看出了门道上前解围。

"老村长，你好啊，你还认得我不？"孙新安上前搭话。

被这么一问村长才注意到这个个头不高、穿着军装带着军帽，三十上下的小伙子。村长一开始没认出来，仔细一打量发现这小伙子一个袖筒子是空的，突然想起前些日子村里一户人家的牛走丢了，肃钢派人帮忙寻找，最后就是这个独臂小伙子带人给送回来的。

"想起来了，想起来了，你不是保护牛的那位领导嘛！"村长说着上前握手，态度瞬间缓和了不少。

"您记性不错啊，当时我来的时候黑灯瞎火的，还认得我！不过我可不是啥领导！"

"不是领导是啥？"

"你看我像什么人？"

"看你这一身军装，是解放军！"

"对，以前是，还打过大仗！"

"啥仗？"

"和美国人的仗！"

"抗美援朝？"

"对喽！"

"那你这胳膊？"

"哈哈，都说那美国大兵厉害，武装到了牙齿，我看也不咋地，这不，我只搭上一只胳膊就把他们打得屁滚尿流！"

闻听此言大家伙儿一阵哄笑，气氛瞬间缓和了不少。

"我说老少爷们，我是东北人，实在，咱们西北汉子也实在，咱们说话就不藏着掖着了！你们告诉我，刚才这位同志说的话你们谁也没听懂吧？"孙新安说着看了蔡卓一眼。

"没听懂，没听懂，反正就知道他要打井！"大家伙儿傻笑着摇了摇头。

"不瞒大家伙儿，这位领导是个读大书的人，我没念过几年书，他讲话我也听不懂！可是现在无论咱听没听懂，我就想问问咱老乡们，你们信解放军不？"

"信，那咋不信！"大家异口同声。

"那信共产党不？"

"那更信啦，没有共产党哪有咱们今天啊！"大家又异口同声。

"既然大家伙儿都信那我再问，共产党和解放军能害咱老百姓不？"

"不能，那自然是不能！"

"好，既然老乡们这么说我就跟大家伙儿交个实底，站在你们面前的两位不是什么领导，我们就是普普通通的共产党员，今天来到村里不是为了肃钢，就是为了嘉峪关村，就是想给大家伙儿打一口井。这井打完了有什么好处呢？无论冬天夏天，无论旱季雨季，无论肃钢那边怎么抽水，只要有了这口井咱们嘉峪关村就不能缺水！我们以党员的身份担保！"

孙新安的一席话让大家伙儿都安静了下来，你看看我，我看看你，挠着脑袋不知道咋办。

"把路让开！"隔了好一会村长突然说了话，大家伙儿一时没反应过来，愣在那里，"把路让开，让这些同志进村！"

村长又大喊一声，大家伙儿一个激灵缓过神儿来让开了路。

当天，嘉峪关村可忙活开了，村长四处张罗着，壮小伙子们帮忙扛勘测工具，年纪大一点的帮着寻泉眼，小娃娃们则跟着汽车后面打打闹闹，公社食堂热气腾腾特意蒸了一锅白面馒头，欢声笑语中活儿就干得差不多了。

傍晚收队时，老乡们一直把蔡卓他们送到了村口，不停挥手道别。蔡卓从车上探出身子和老乡们道别，直至人群渐渐模糊，而后他陷入了沉思。

五

虽然进入了三月，但西北大地上仍十分寒冷。长空万里，净得出奇，蓝的出奇，没有一丝云。遥远的天边与雄奇的祁连山相接，相接处有一道洁白刺眼的银光，那自然是山峦上终年不化的积雪反射出的亮光。近处稍低矮的山头上没有雪，也没有任何附着，只有裸露的沙砾和石头。山脚下，嘉峪关城楼成了这狭长荒滩上的唯一突兀，千百年来同那群山一同经受着风霜雪露和太阳的灼晒。

说这嘉峪关城楼是唯一的突兀在如今看来已不准确了，因为就在它的不远处，肃钢的高炉、焦炉、机总的厂房都已建了起来，成了群，连了片，初具规模。工地上热火朝天，这群不怕苦不怕累的建设者们再一次展示出了崇高的精神和忘我的热情——宿舍不够就挖个地窖子，没通电就点油灯，没炉子取暖就生堆火，实在累了倚靠在哪儿眯瞪一觉，渴了喝凉水，没有水就在房檐下撅个冰溜子嚼一嚼。这帮人活得糙，可要说他们是没有感情只会劳动的机器那可就错了，他们心里热得跟火炭儿一般，干起活来可是斤斤计较，分毫不差。在他们眼里这正在兴建的钢铁厂就如同他们的孩子一般，自己苦着累着没什么，就盼着他们快点儿长大好为国家建设添砖加瓦。

工人们干得起劲儿，赵克西也不闲着，哪里忙活奔哪去，哪里人多往哪里钻，有时候看着着急了撸起袖子也跟着干。虽说是肃钢经理还兼着嘉峪关市市长，可他还是一身老八路的做派，没官腔，人实在，讲情义，句句话都掏心窝子，所以工人们都信他，愿意跟着他干。他是 1952 年来到宁钢的，作为副经理分管工程建设，"三大工程"结束之后宁钢一分为三，他担任起了宁建经理一职。几年间他带着这只新中国第一支冶金基建队伍到过汉江、鹿城、北京、湘潭，去过河南、安徽、四川、福建……跨越东西，转战南北，为建国初期的冶金基建事业立下赫赫战功。兴建肃钢消息一出，他第一个请缨，于是这个不到五十正值壮年的汉子拿出了"不破楼兰终不还"的决心带着三万大军到了嘉峪关下。

有时候工人们和他打趣说，你这个赵经理，气派的办公楼不呆，漂亮的小洋房不住，上下班车接车送你也不要，来了大西北还得跟人家地质队借六间土坯房办公，吃住就在那屁大的地方到底图个啥？赵克西同样打趣说，自己这名字叫"克西"，命里注定就得来这大西北，除了他谁也镇不住这里！还说自己就是没命享受宁山那好生活，可大家伙儿不也都是舍近求远，背井离乡，千里迢迢来到这里，也没差啥。眼下大家伙儿紧点儿累点儿国家就能松点，越早"赶英超美"大家伙儿的好生活就越早来到。

赵克西这话说得豪放又提气，可他也心疼这帮跟着自己走南闯北的兄弟们。以前无论去哪儿搞建设好歹有个探亲假能回到宁山看看家人，可这次三万多职工整建制调往大西北就算是彻底在这扎下根儿了。眼见着大家伙儿住地窖里，手脚生了冻疮，嘴唇脸蛋干裂流血，他心里不是滋味。他和大家伙儿打了包票，说这嘉峪关虽说荒凉，但也有好的地方，就犹如一张白纸，画什么画，画得漂不漂亮全凭自己。咱们工人虽不是画家，但是能让平地之上起万丈高楼，就是有斗天斗地的魄力，就像那口号里喊的那样"让祁连山低头，让北大河让路。让镜铁山献宝藏，让戈壁滩变天堂！"赵克西可不是为大家伙儿画饼，实际上他这个嘉峪关市市长早在心里谋划好了，第一批在建的百货大楼、医院和"白帽子"楼等都要参照北京或是兰州建筑，标准一定要高，一定要提气，不能辜负到这里的第一批建设者和当地百姓，更要让全国都看到这座新兴钢铁城市的生机和朝气。

六

四月间，嘉峪关村唯一的水源"九眼泉"全都熄了，池塘里的水消了一大半，看水的小伙子也不见了踪影。这天，村口聚了不少人，排起了老长的队伍，有人肩挑着扁担有人手提着水壶，一个个探着头踮着脚朝前看，村长站在一个小水泥台阶上指挥道："不要挤不要挤，挤啥嘛！看到没，只要我这一拉电闸，水呀就'哗哗'地往外流，要多少有多少，谁都不用挤！"

村长说着看了一眼旁边的孙新安，孙新安满脸兴奋朝他点点头，示意可以拉闸。村长头一次摆弄这带电的东西还有些紧张，把烟袋往腰间一别，运了口气，执行任务一般把电闸往上用力一推，水泵立刻"嗡嗡"响了起来，瞬间井口喷出一股泥浆，工夫不大就变成了清水，渐渐注满了水池。孙新安拿着搪瓷缸接了满满一缸"咕咚咕咚"喝了个精光，缓了一口气说道："好喝，咱嘉峪关的水又清又甜，好喝！"

听这么一说大家伙儿更着急了，你一桶他一瓢过来盛水，有的娃娃着了急直接把脑袋伸进了池子里喝。

"老乡们，不用挤也不用急，现如今我们只打了这一口井，过段日子还要打第二口，第三口，第四口……到时候咱们就不用到村口排队了。再往后咱们家家户户都能通上自来水那就更好啦！"

"领导，你说的那自……什么水是啥意思？"一个老乡问道。

"那东西我当年去兰州的时候见过，就是家家通个水管子，要喝水都不用出屋，自家接就行！"村长抢着回答道。

"哎呀，那可好啊，能不能把水管子引到炕上，不下地坐在炕头就能喝水？"一个懒汉问道，引得大伙哈哈大笑。

"别说是引到炕头上，就是引到那祁连山上也行啊！但咱们不能总想着在炕头上混日子，咱们得共同加把劲儿早日把肃钢建起来，早日把嘉峪关市建起来，那好日子可就来啦，你想挡都挡不住！"孙新安说。

"对，对，领导说的对，今后咱们得多多支持肃钢，要是需要咱们也得过去上工，帮忙搞建设，众人拾柴火焰高！"村长动员大伙。

"去，必须去，为了能在炕头上喝到那个什么自己来的水咱也得去！"懒汉大喊道，人群里又是一阵哄堂大笑。

这时水池旁探出一个脑袋，拿着搪瓷缸舀了一缸水，边喝边咂么，边咂么边点头，而后又到了电井边上连摸再看，拍拍打打。村长一眼就认出了这是隔壁黄草营村的会计小汪。

"小汪，你咋来了，找我有事？"村长问道。

"没事，没事，我……我就是来看看，看看……"小汪满脸不自在，边说边往后退。

"没事你来看啥，有啥好看的？"

"我这……这不是听说今天你们村电井出水嘛，村长就让我过来看看。"

"呦呵，我可听说当初人家蔡领导和孙领导也到你们村说打井的事了，你们倒好，鼻子不是鼻子脸不是脸的给人家轰走了，现在又要来看看，咋了，眼红了是不？"

"不眼红，不眼红，那眼红啥啊，怎么还不是喝水，这东西怪费电的……再说了，当初谁知道这电井是个啥，是你魏村长知道还是他赵懒汉知道？你们不也派人看着'九眼泉'嘛！"小汪一句话把村长顶了个大红脸，半天回答不上来，得亏孙新安解围说道："我说汪会计，当初不知道那现在知道了不？"

"知道知道，这都看到了！"

"好不好？"

"好，好，真好！"

"好那还不赶紧回去！"

"回去，得回去……不是，孙领导，你这是啥意思，赶我走啊？"

"今天我和蔡卓蔡经理兵分两路，我来嘉峪关村开井，蔡经理带人去你们黄草营村勘探！"

"你这意思我们黄草营村也要打电井了？"

"没错，就这几天的事儿！"

"也是肃钢出钱白给打？"

"没错，全由肃钢出！"

"哎呀，好事呀，天大的好事，我得赶紧回去看看！"小汪乐得一蹦多高，撒开腿就往回跑。

当天晚上，顺利完成勘测的蔡卓从黄草营村回到了肃钢宿舍，上衣兜里满满登登的都是老乡们送他的烤花生和煮鸡蛋。其实，孙新安本打算等今天嘉峪关村这边出了水隔天再陪蔡卓去黄草营村，可蔡卓非要自己去，说是在群众路线这方面欠账太多得往前撵一撵，去之前还有点担心，不成想这般顺利。眼见着老乡们帮忙寻地点抬东西忙前忙后，喜气洋洋，他这心里有着一股说不出来的高兴劲儿。

可能是因为过度兴奋，蔡卓今天觉得格外饿，台灯下就着凉水一口气吃了四五个煮鸡蛋和一大把花生，吃得那叫一个香。

七

"副队长，咱这工程进展可真快啊，一天一个样，照这个样子看不出仨月这大桥肯定能合拢！"卡车司机小张刚拉来一车粮食就迫不及待爬到桥头看看工程进展。他口中的副队长叫做栗清波，就是当年王立群刚到宁钢那天在火车道旁边遇到的火车司机，而后他参与了宁钢的护厂和抢运，找回不少老工友成立了宁钢第一个铁路班，修火车建铁路，入了党还成了劳模。1958 年，他作为第一批建设者抵达嘉峪关，参与建设嘉峪关到镜铁山的铁路，并成了工程队的副队长。

嘉峪关到镜铁山一线要过戈壁、越峡谷、穿群山，一路攀爬直至海拔 4000 多米的祁连山腹地之中，路途的艰险程度不言而喻。就拿这司机小张来说，第一次到镜铁山是送兰州话剧团去慰问演出，车开到了一半他突然停了下来趴着方向盘上"哇哇"大哭，众人赶忙上前询问，小张边哭边说这路太险了，腿直哆嗦不敢开，怕害了大家伙儿。而后大家伙儿给他加油打气，还唱起了歌，小张瞪大了眼睛万分小心，结果工人们多等了大半天时间才盼来慰问团。

慰问演出可以多等，肃钢的建设不能等，打通嘉镜线铁路刻不容缓。但是想要在这高海拔的崇山峻岭之间建铁路谈何容易。虽说路程不长，只有短短的 70 公里，但得开山得架桥还得钻隧道，新中国铁路建设在此之前还从未如此集中地遇到过这么多难题。当时有几套不同的修路方案，总工程师选了顺着北大河河谷修建的方案。苏联专家十分不理解为什么要选一个最不可能完成的方案。来实地考察时，注视着这条如深渊一般的河谷他直截了当地说这条路根本不可能打通，建议他再重新考虑。然而我方总工程师并没有改变计划，其实大家伙儿心里都清楚，这条线路虽然艰险，但却是投入最小见效最快的。"国家现在还不富裕，肃钢建设也等不了那么久，这个重任咱们咬碎后槽牙也得扛下来！"总工程师动员大家说。

要修桥就得先勘测，可这个峡谷刀剁斧砍一般陡险，水流湍急又无法横渡，几次尝试均以失败告终，还险些造成人员伤亡。工期在即不容耽搁，于是勘探队急中生智，在最冷的一月份上了山，腰绑着绳子顺到了谷底，爬上了随时都可能崩塌的冰盖上才最终完成了测绘。

今天是五一劳动节，此时，栗清波就站在了当年苏联专家来实地考察时所站的位置。这段时间工程进展十分顺利，脚下山谷里那座高达 78 米的巨型水泥桥墩马上就要完工，这意味着嘉镜线一号桥工程中最艰难的部分将在劳动节这天完成，算是工人们给祖国的一个节日献礼。

这时，食堂的师傅们来工地上送饭，每人三个窝头和一碗菜叶汤，汤上面微微泛着点油花。栗清波端着碗眉头一皱问道："就这些？"

"啊……就这些……"

"我都已告诉食堂今天要做点好的犒劳犒劳大家伙儿，你这做的是啥？"

"这不……放了点荤油了嘛……"食堂师傅说话没底气。

"浮着点油花就叫犒劳？"

"副队长，你别怪刘师傅！"小张帮忙解释，"我是司机我最了解，你看我最近天天开卡车来回跑，可上面也没多少粮食。不瞒你说现在整个肃钢本部物资都供应不上了，也说不上是咋了！"

最近工地上各种物资都吃紧这个栗清波心里也有数，可这荒山野岭的条件本来就恶劣，工人们每天就靠着窝头菜汤度日吃不消，他这心里不是滋味。

"小张，明天你拉我回趟肃钢，我得提提意见，这样下去可不行，就算是有困难也得可着咱们这先供应！"栗清波一脸阴沉，毫无胃口，把馒头塞到小张手里转身而去。

同一天，兰州话剧团前往刚刚落成的肃钢"五一"俱乐部慰问演出，表演高潮迭起，精彩至极，工人们喜气洋洋，掌声震天。当晚，蔡卓代表公司宴请慰问团，可只有演员们的桌上摆着一盘白面馒头和一盆肉丸汤，其他桌上都是窝窝头和没有油水的青菜。蔡卓代表公司向大家伙儿表示感谢，而后只是喝了几口酒，吃了几口咸萝卜，之后就没再动过筷子，生怕演员们不够吃。

八

1959 年是新中国成立的第十个年头，这一年由于全国性的自然旱灾，导致粮食大幅减产，粮食供应捉襟见肘。加之帝国主义经济封锁和中苏双方关系的破裂，国内经济出现了巨大的困难，全国性的供应短缺正在形成。

肃钢有着全国的支持情况要相对好一些，但是过了 1959 年秋季问题也逐步显现了。起初，对于肃钢建设的资金出现了大幅缩减，不久后就几乎到了停滞的状态。而后，各地对于肃钢的支援也逐渐减少，这其中包括建设物资和生活物资。对于消息相对闭塞的肃钢来说，一开始大家都以为中央财政只是暂时遇到了问题。到了年底，肃钢乃至嘉峪关市的建设已近乎全部处于停滞状态。赵克西沉不住气了，亲自去了趟北京，一路上所见所闻不禁让他大吃一惊，猛然发现原来国家经济出现了问题。

打北京回来之后赵克西愁眉不展，心事重重，在公司工作会上他对各个部门强调要对当下的困难形势有所准备，做到心中有数，能省则省，切不可大肆宣扬，更不能有什么悲观论调，以免在群众中造成消极影响。另外，他特意嘱托副经理蔡卓一定要统筹安排生活物资，做好最坏的打算，避免产生粮荒。

关于物资的实际情况蔡卓心里是最有数的，实际上无论是建设物资还是生活物资都在当年夏天就发生了紧缺，当时他也误以为那只是暂时性的问题，万没想到有这么严重。眼下且不提嘉峪关市，单单肃钢的工人就有五万之众，对于粮食的消耗是巨大的。当天晚上他找来负责后勤的同志们开了个会，商量着如何能在保证健康的前提下让现有粮食坚持得更久。负责后勤的会计当场拿着算盘算了又算，划了又划，叹着气说顶多能熬到春节前后。

蔡卓心里盘算着，春节在二月上旬，距离春耕还有段时间，按照现在的粮食供应量再紧一紧熬一熬，过了青黄不接的时段就好了。

"宋会计，那按照现在外部的供应，加上库存的你再给好好算算，看看能不能多熬上两个月？"蔡卓又问。

"这……恐怕……"宋会计一脸为难，扒拉着算盘又算了起来。

九

蔡卓万万没想到，实际情况远比他估计的还要严重。

自打经理赵克西开完那次紧急会之后运粮食的车就几乎没再来过嘉峪关，没再到过肃钢。玉泉和嘉峪关的老百姓已经出现了饥荒，公社食堂之前还能供应点米汤面糊糊，如今只能见到糠饽饽了。饥肠辘辘的人们一开始吃地瓜粥、南瓜粥和烂菜叶，也就是所说的"瓜菜代"，再后来开始吃来年的种子，还有的饿红了眼要杀公社里的牛马，听外面回来的人说河南那边已经饿死了人。为了避免嘉峪关饿死人，经理赵克西决定将肃钢的粮食划拨给市里一部分以缓解饥荒，可实在是杯水车薪，况且肃钢的状况也极为困难。

临近春节，肃钢也几乎断了粮，吃了上顿没下顿，不少人饿出了浮肿。但比起饥饿更让人感到痛苦的是这座还远未完成建设的巨大工厂。由于国家断了资金如今肃钢里的各项工程基本全部停滞下来，这帮来自天南海北的建设大军当年豪情万丈，背井离乡，远赴千里之外的大西北只为了能在这戈壁滩上建起一座现代化的钢铁厂，于是他们忽略了乡愁，忘记了疲惫，全身心投入到了建设之中。可年关将至，一切戛然而止，以至于离家的忧愁，身体的疲倦，生活上的不适等等问题都一股脑涌了出来。

悲观情绪如同疾病一样开始在工人中蔓延开来。

这天晚上，下弦月斜挂在嘉峪关城楼的一角，那白光微弱而惨淡。没了打夯机的隆隆声，整个嘉峪关都静得出奇，让人心慌。在肃钢建设工地上，孙新安带着保卫处的几个同志巡了一大圈，就近去了工地一个简易宿舍里看一看。说是宿舍，其实不过是个没窗户的大土坯房，工人们也没睡，裹着棉袄围在小火炉旁发呆，火都要熄了也浑然不知。见孙处长来了大家伙儿一激灵，赶忙起身给让座。孙新安和大家一一点头，而后说要坐下来歇会儿，实际上他是想借机了解一下眼下工人们的状态。

土坯房里冷得邪乎，呵气成冰，一个师傅捧来劈柴把火又烧了起来，坐上了水壶，屋里才渐渐又有了点热乎气。这个过程足有十分钟，可屋子里始终鸦雀无声，大家伙就那么发着呆，没一个人张嘴说话，甚至连一句寒暄都没有。孙新安知道大家伙儿士气低落，实在无话可说。

水烧开了，呼呼直冒热气，孙新安拿出自己事先特意带着的一小包茶叶说道："来来来，我带了包茶叶，天这么冷咱喝点茶唠唠嗑，暖和暖和！"

孙新安这边忙活着倒水泡茶，可围着一圈的师傅们面面相觑，面露难色。

"怎么了，这可是好茶，还是我宁山的同志托韩先沛韩处长捎来的呢，自己都没舍得喝，都来尝尝！"

"孙处长别忙了，咱们不喝茶，不喝茶……"一个师傅说道。

"怎么，不爱喝？"

"不是不爱喝，是不敢喝！"

"为啥？"

"肚里……肚里没油水，喝完了茶更饿得慌！"说话间几个师傅肚子里就已经"咕噜咕噜"作了响。

孙新安恍然大悟，觉得自己实在是多此一举，转而想和大家伙儿说点什么缓解一下气氛可又真觉得无从说起。

"孙处长，你给咱们讲讲形势吧，咱肃钢不会就这么一直停下去吧？"一个小师傅终于忍不住问道。

"同志们，怎么会一直停下去呢？我看这个宿舍里的几乎都是从宁山来的，有的是宁钢的，有的是后来的宁建的，还有当年老修造部的师傅，你们想一想自打1948年起，咱们宁钢，咱们宁建遇到过多少困难，哪一个情况不比现如今的严重，咱们工人们啥时候怕过，啥时候退缩过，手里的活儿啥时候停过？没有吧！为啥，因为咱们身后有党和国家，还有全国人民支持咱啊！"孙新安想趁着这个机会激励一下大家伙儿的士气，"我不瞒大家伙儿，现在困难确实存在，而且形势不乐观，可不光是咱肃钢，全国各地都困难。我还告诉大家伙儿，咱们的情况比其他地方要好，因为他们宁可自己饿着肚子也要支援咱们肃钢，就凭这一点咱们有啥理由垂头丧气！我合计这困难永远都是暂时的，多大的风浪咱们都过来了，能在柴米油盐的问题上被难住？咱们再熬一熬，蔡经理不也说了嘛，等开了春熬过了青黄不接的节骨眼儿就没事了，咱肃钢就又能恢复建设了！所以咱们现在得好好歇着攒足了劲儿，到时候再吃得饱饱的，把这冬天耽误的活儿都给撵回来！"

"孙处长，合着你这意思咱们开春儿以后就能开工呗？"

"我合计着四月份，最迟五月，一准儿能开工！"

孙新安这话说得提气，大家伙儿瞬间就觉得浑身上下有了热乎气，又有了信心，你一言我一语，宿舍里顿时热闹了起来。

"对了孙处长，你口琴带着没？都说你口琴吹得好，让咱们也听一听呗！"刚刚那个小师傅提议。

"带了带了，我这人口琴不离身，来一个？"

"来一个，来一个！"大家伙儿起了哄。

"行，来一个，但是我可有言在先啊，我这两下子还是当年抗美援朝时猫在战壕里跟战友学的，属于半路出家，当时吹得还凑合，可后来这不……"孙新安说着看了一眼自己那条空荡荡的袖子，"使不上劲儿还漏气，一吹总跑调，大家伙儿可不能笑我！"

"哈哈哈，别谦虚啦孙处长，你吹啥样咱都爱听！"

孙新安从上衣口袋掏出了口琴，思索了片刻，单手吹起了《松花江上》。

"我的家在东北松花江上，那里有森林煤矿，还有那漫山遍野的大豆高粱……"有人不禁跟着哼唱起来。

静静的深夜，伴着冷艳的月光和深邃的夜空，一曲悠扬的独奏在广阔无垠的荒滩之上回荡着，回荡着……

"真想家啊，真想吃一口猪肉炖粉条！"摇曳的油灯下，年轻的小师傅红着眼眶说道，不知不觉间宿舍里起了微弱的抽泣声。门旁，赵克西不知何时进了屋躲在黑暗处，静静地听着口琴声和那些微微的啜泣声，伤感与愧疚填满心间。

十

第二天一大早，司机小刘哼唱着军歌开着吉普车到了宿舍楼下，车后排放着他刚刚从保卫处领的两支步枪和四十发子弹。工夫不大赵克西步履轻盈出了宿舍，身上穿的是当年在部队时的军装，还戴上了军帽。

"嚯，赵经理，你穿军装可真精神！"小刘是个退伍兵，看到穿军装的就感到格外亲切。

"不行啦不行啦，年纪大了身体缩了，这军装有点挑不起来了！"赵克西说着还打量着身上的军装转了一圈，笑呵呵问道，"枪领来了？"

"领到啦，车后面呢！"

赵克西许久未碰过枪此时还挺兴奋，拿过步枪打量一番，拉开枪栓，看看枪膛，拖起来瞄了个准儿，动作一气呵成，一看就是个训练有素的老兵。"不错不错，这两杆枪挑的不错！"

"赵经理，昨晚你安排完任务之后我兴奋了大半宿，还找个当地师傅好一顿打听，他说打嘉峪关城楼往南40里，翻过那个山头总有成群的野驴和野山羊，咱要是运气好说不定真能弄两头回来！"

"那这个可就得靠你了，我可听说你当年在部队里是个神枪手！"

"见笑了，我哪敢在您这老红军面前提枪法，这不是关公面前耍大刀嘛！"

"行啦，别耍嘴皮了，赶紧出发！"

正当要出发时，又一辆吉普车从宿舍后面开了过来，车里坐着蔡卓和孙新安。

"你们俩这一大清早要干啥去？"赵克西问。

"你这也够早的，开会去？"孙新安反问。

"昨晚开过会啦，我坐在后排，还捎带脚听了一段口琴独奏！"

"昨晚被你听到啦！"

"我恰巧路过听到了，回去我合计了半宿，当初是我老赵把这个队伍拉到了大西北，工程停了那是没办法的事，可是到了年根儿底下工人们连肉汤都喝不上那我这脸可就真没地方放了！现如今有困难，咱不能等着挨饿，得主动出击，赵克西说着挥了挥手里的步枪。

"巧了，咱们想到一块儿去啦！"孙新安说着也拿了步枪挥了挥。

"呦呵，英雄所见略同啊！不过怎么着，咱们的大专家蔡卓同志也会舞枪弄棒？"赵克西调侃道。

"可别羞臊我了，你们俩一个老红军一个战斗英雄就够了，我就是来搭把手凑热闹的！"

"哈哈，好，咱们赶紧出发！"

当天，两辆吉普车朝南面走了40多里果真在山头上遇到了一群野山羊，赵克西一枪未中，惊跑了山羊，孙新安那边开车沿着山坡开追，待其中一只停下后单手把枪架在车窗上，屏气凝神扣动扳机，巨响一声，只见那山羊打着滚翻到了山下。

一天下来，孙新安打了两只羊，老红军赵克西打了十几发子弹一无所获，反倒是他的司机小刘打到一只。三只羊也算是收获不小，送到食堂时大家伙儿眼睛放光，乐得直蹦。赵克西特意叮嘱食堂师傅要先收起来，谁也不许动，但要把风声传出去，告诉大家伙儿过年肯定有肉吃，有羊汤喝。而后他又安排孙新安明天再从保卫处里挑几个枪法好的退伍兵去打猎，争取年前多弄些野物回来。

春节之前的十来天里孙新安唯一的工作就是每天带着保卫处去打猎，收获还不小，一共打了三头野驴，二十来只野山羊，还有几十只野兔子，可谓收获颇丰。蔡卓不会用枪但也没闲着，跑了趟玉泉和兰州想去要粮，可眼见着政府里的人也饿得浮肿他这话到了嘴边又咽了回去。最后实在没了办法他就直接把电话打到了宁钢，别人不找专找经理李达，也不寒暄就说要粮。宁钢的粮食也吃紧，可李达心想以蔡卓的性格能拉下脸求人肯定是真坚持不住了，合计了一会说道："妥了，这事你放心，我老李给你办了！"

大年二十九这天，一辆卡车拉来了五十袋白面和一百袋大米到了肃钢，工人们放起炮仗欢迎，小孩子跟着车后跑跳着喊着"宁钢宁钢"，大家脸上都浮现出了久违的欢笑。

虽说有了米面有了肉，但对于五万名职工和家属来说这些实在是杯水车薪，更何况还要分一部分给市政和村里，余下的再分发到各个食堂真是少得可怜。靠着分的那点面和肉肯定是没法包饺子了，于是各个食堂商量着统一把仅有的面搀着之前攒下来的豆粉和地瓜粉做成了杂面馒头，蒸熟后又回了锅再蒸一遍，这样看着能更松更大些。肉也太少只能连着骨头一起炖汤，还得多放水，这样才能保证每个人都能尝到点肉味喝到点油水。

大年三十这天，大家伙儿早早放完了鞭炮、拜完了年就赶忙到食堂门口排起了长队，生怕落在后面喝不到羊汤。肃钢干部宿舍的食堂里，大家伙儿也都早早到齐，小孩子们踮着脚把整个脸贴在了玻璃上往食堂里面看，有任何动静就和大家伙儿宣布一下。十点刚过，赵克西和蔡卓就让师傅们打开了门，一阵夹着肉味的蒸汽涌了出来，孩子们撒了欢地冲了进去，大人也紧随其后，打饭窗口被围了里三层外三层。食堂的大师傅举着勺子出来维持秩序，扯着大嗓门喊道："大家伙儿赶紧排好队，小孩在前大人在后，不排好队就不开饭！"话音一落大家伙儿便迅速又自觉地排起了长队。

那边，窗口里已经并排放好了几大盆羊汤和杂面馒头，每个羊汤盆旁边还放着一个小盆，里面是一块块指甲盖大小的肉。按照规定，大人三个馒头一块肉，小孩两个馒头两块肉，饿出浮肿的无论是大人小孩都分三块肉。所以，领肉汤的时候大家伙都要在胳膊上按一下，手指印半天不消失说明是浮肿，就可以放三块肉在碗里。

大人们心疼孩子，领了肉也是留着，有的饿出了浮肿也不多要，可孩子们就不一样了。一个面黄肌瘦的小小子看着有的人领了三块肉都着了急，在胳膊上使劲儿按，都按出了血印，而后让盛饭的阿姨看说自己也浮肿了。阿姨看着可怜给了三块肉，其他小朋友红了眼也都跟着学，都朝着胳膊连掐再按，有的疼得流了眼泪，哀求阿姨给三块肉。一旁的大人们看着既觉得孩子们天真可爱，可也着实觉得心疼，有的母亲低下头在那偷偷抹眼泪。

孩子们都哀求，可肉实在是不够，食堂师傅们看着赵克西想征求意见，赵克西也犯了难，看了看大家伙儿。

"赵经理，咱们大人没事，不吃肉了，孩子们正长身体呢都给孩子们吧！"一个女同志带着哭腔说。

"对啊，对，都给孩子们吧！"大家伙儿纷纷同意。

赵克西这个爱动情的人看着可怜的孩子们眼圈也泛了红，挥挥手表示同意，继而转身走开了，背后的孩子们高兴地一个劲儿喊谢谢赵叔叔。

这是1960年的春节，在大西北的嘉峪关，建设大军们都喝上了久违的肉汤，浑身上下觉得热乎乎的，他们内心十分满足也充满了希望，大家伙儿都期盼等开了春饥荒过去了建设就能重新开始了，嘉峪关和肃钢也能恢复生机了。

十一

三月上旬，就在肃钢要弹尽粮绝之时从兰州运来了一批建材和粮食，虽然不多但足以让人精神为之一振，与此同时蔡卓带着家家户户在宿舍前后开了荒地种上了瓜菜，还抽调了 3000 多人在附近黄泥堡和黑山湖建了农场。等了老久，几个工地终于又开始开工了，工人们闲了一冬天早都不耐烦了，甩开膀子干了起来，心想非要把落下的工期追回来不可。这下子，肃钢里又传出了机械的隆隆声，大家伙儿听着心里甭提多踏实了。

这天，蔡卓从工地上回来时正遇到爱拉话的韩先沛。韩先沛刚从东北回来，风尘仆仆，见到蔡卓就上前打招呼："呦呵，蔡副经理，好久不见啊！"

"可不是嘛，你这大忙人天南海北地来回跑，谁能逮到你啊！"蔡卓打趣道，这段时间他也十分思念东北和宁钢，无奈这里消息闭塞，唯独这老韩知道得多，所以一遇到他就忍不住聊上几句。"说说，这回你又把谁给'忽悠'来了？"

"人啊是没弄来，咱们精兵强将这么老多你还嫌不够？"

"不对啊，你老韩能空手而归？"

"那哪能！这不，宁钢又给咱批了一批物资，我顺便给拉回来了！"

"又来物资了？好啊，好！"

"另外，宁钢那边又闹出大动静了！"

"好动静还是坏动静，多大？"

"当然是好动静，要问多大，那可是大的没了边了！"

"这么邪乎，你老韩可别拿忽悠宁钢人事处那套本事来忽悠我！"

"你看，自家经理我哪敢忽悠，吃了豹子胆不成！"

"到底是啥事？"

"你这曾留过苏的大专家肯定知道'马钢宪法'吧？"

听韩先沛这么问蔡卓差点笑了出来，心想岂止是知道，自己当初还因为这个被打倒过呢。"知道，知道的还不少呢，怎么了？"

"那'马钢宪法'名声大吧，够邪乎吧，可宁钢提出来个管理企业的办法，上级领导看了那叫一个高兴，称它是另一个企业管理的'宪法'！"

"曜，这可是天大的好消息，什么时候的事？"

"就这两天的，宁钢那边正高兴着呢，估计用不了几天全国就得蜂拥着报道啦！"韩先沛说着从皮包里拿出来一封信，"对了，炼钢厂书记马德成和你关系不错是吧？他特意找到我，让我带封信给你，里面说不定就和你讲了这件事呢！"

蔡卓一阵惊喜，下了班后赶忙回了宿舍伏案启信。

蔡卓：

见字如面！宁钢一别一年有余，一向可好！

最近这几天，哪怕就是在提笔书信这一刻我内心都是极度亢奋的。想必肃钢那还没得到消息，这里我提前和你分享一个喜讯——咱们宁钢又取得了一次伟大的胜利，但不同以往的是这次胜利不是产量，也不是技术，而是在企业管理制度上取得的重大成绩！

我激动得有些语无伦次，冷静片刻我再次提笔，为你讲讲这件事的缘由。

当年我对你有看法，后来在炼铁厂搭了班子后矛盾就更尖锐了，最后竟到了水火不容的地步，有那么好几次我被你气得吃不下饭睡不着觉，现在想起来也真是有意思。记得那年在你家小院子里我俩的对话吧，你说我们俩的矛盾并不是个人矛盾，而是生产力和生产关系之间的矛盾，这句话实在是振聋发聩，让我一下子开了窍。很多时候我也在思考，作为一个基层的党员，一个企业里的干部，需要怎么做才能解决这个矛盾呢，科学技术的进步固然是主要途径，但更重要的是企业的管理制度。

管理制度一直以来都是关乎企业发展的最为关键的问题，特别当下国内外形势复杂艰巨的情况下就显得更加突出了，尽快走出一条符合本国国情的道路迫在眉睫，我想这一点你比任何人的认识都深刻。

平心而论，"一长制"和党委领导下的厂长负责制都是适用于企业的管理制度，二者本身并没有对错之分，但关键要看谁来用，在什么情况下用。有些同志仗着资格老，好独断专行，好搞"一言堂"，加之文化程度不高，管理水平又不够，一旦这样的人当了厂长那就自然搞起了"一长制"，如此一来不但会破坏民主氛围，企业也会因此受到巨大损失，这样看的话党委领导下的厂长负责制确实有优势，毕竟凡事可以党委商量着来嘛！但后者是不是就十全十美呢？我觉得也不尽其然，如果党委书记是个老好人不管事，或者处于某种压力不愿管不敢管，党委其他人也不愿意冒尖儿得过且过，大家管就成了没人管，那党委不就成了摆设了嘛！之前我不就犯过这种错误嘛，一味地尊重某些群众的意见以至于规章制度都被烧了。说白了，无论什么制度我们总逃离不了"左"和"右"的问题。

这个也不好那个也不行，企业岂不是要干等死？

实际上，对企业管理制度的探索从来就没停止过，当初我俩之间的争论又何尝不是一种探索呢？我们底子薄没经验，都是在摸着石头过河，这个过程中不免会走弯路，这个不可怕，但问题是要从错误中找到经验。这次，咱们宁钢又走在了前头。

五九年刚一开年，宁山市委就为此召开了几次研讨会，并派调研组深入宁钢各厂开展调研，范围涉及各个层级的干部及一线工人和群众，在深入研究和总结以往工作经验教训的前提下形成了一些初步成果，并撰写了报告。今年3月，也就是不到一个月前，宁山市委以"双革"和企业管理经验为主要内容向上级提交了一份《关于工业战线的技术革新和技术革命开展情况的报告》。而后，上级高度肯定了宁钢广大工人阶级在生产建设中实行"两参一改三结合"，大搞技术革新和技术革命的基本经验，称赞它是与"马钢宪法"不同的另一个企业管理的"宪法"。

说到这里你高兴吧！岂止是你，消息一传回宁山全市人民都沸腾了。通过深入学习我也认识到这套管理制度内容之丰富，可以说形成了一个完整的企业管理体系。党的领导是党和国家的根本所在、命脉所在。坚持政治挂帅是指要用正确的理论和思想教育群众，武装群众，统一认识；大搞群众运动是党的群众路线的体现，是全心全意依靠工人阶级来办社会主义企业；技术革新与技术革命是核心，技术革新与技术革命是两个不同的概念——技术革新是经常性的，大量的，由众多职工群众的技术改进和创新活动经过一定时间量的积累和质的飞跃，达到技术上的重大突破就形成了技术革命。我再说说这个最具有独创性的"两参一改三结合"，"两参"是指干部参与劳动，工人参与管理；"一改"是指防止企业僵化，随时做出适应于生产力发展而改革不合理的规章制度；"三结合"是领导干部、工程技术人员和工人三结合。"两参一改三结合"是社会主义国家协调企业内部生产关系的重大措施，是防止领导阶层的官僚化，提高劳动者素质，促使领导阶层劳动化，劳动阶层知识化的重要方法。

为什么说这个是独创性的呢，其实我觉得这一点体现出了领导与工人之间的相互融合，也可以说成相互的牵制——个人见解总有差异，难免会做出错误的判断，但干部充分实践在工人阶级中，工人也能参与企业的领导，一旦谁出了问题也可以互相协商，互相牵制，这不就最大程度避免了偏差了嘛！

关于咱们宁钢的这套管理制度我越想越觉得有意思，越琢磨越觉得有滋味。我想这些制度的根本目的不就是要保持企业的纯洁性与民主性嘛，倒是有点像当年的延安和老解放区里，一方面群众拥护党，跟党走，一方面"革命工作只有分工不同，没有高低贵贱之分"。你看看，咱们党以往总结下来的宝贵经验在企业里不同样适用嘛！

虽然我也参与了《报告》的调研和起草，但还是觉悟太低，对它的理解还停留在一个很肤浅的层面，和你说的也都是我的一些不成熟的见解，日后还需要继续学习和实践。我相信随着不断的推广，定会有不少兄弟企业到咱们宁钢来了解和学习这套属于我们自己管理制度，说不定哪天你蔡大专家也能代表肃钢回来呢！

说完了大喜事，也说一说忧心事吧。去年一年全国经济不景气，农业普遍受了灾，就连宁山这风调雨顺的地界都遭遇了大旱情，粮食短缺。听说年前你直接找了李经理要粮，以他的性格才给你们送去五十袋白面，那实属囊中羞涩。而且，中苏关系持续交恶，我们与苏联专家也闹出了很多不愉快，这些时日已经有部分专家启程回了国。

"二五"计划正在实施中，我担心一旦他们全部撤走会对国家经济建设产生不利影响，但这也又一次说明了我们必须要自力更生，不能被人牵着鼻子走。我相信困难都是暂时的，日本鬼子都被赶跑了还有什么是我们解决不了的问题呢，我相信到了夏天情况一定会有所好转，到时候你和老赵得带着肃钢加劲儿地干，快点撵一撵宁钢！

　　不知不觉写了这么多，就此收笔吧，祝工作顺利，祝肃钢建设顺利！

马德成

1960. 4. 1 夜

十二

　　肃钢建设在物资极度匮乏的情况下仍在艰难进行着。

　　1960年5月8日，肃钢一号高炉基础正式浇筑，随即进行炉皮吊装和焊接工作，结果仅用时52小时零6分钟就完成了全部安装，破了同类工程的全国最快纪录。这个纪录来之不易，为了在最大程度上节省耗材和能源，公司提前集合各个工种的师傅们开了不下十几次协调会反复讨论，几乎用上了之前工程中总结出的所有快速施工法才得以实现。嘉峪关市的建设零星恢复了，但也是举步维艰。建设之初，豪情壮志的建设者们希望能把嘉峪关的建设标准搞得高一些，如今能恢复施工的也几乎都进行了简化处理。比如肃钢医院，设计之初采用了北京积水潭医院的布局，可刚打下地基就停建了。而仿造兰州邮电大楼建起的嘉峪关邮电大楼，施工到了后期也因资金不足不得不削去了一层。

粮食供应和大家所期盼的也截然相反。1960 年全国再次遭遇大旱情，各地粮食继续大幅减产，饥荒严重。嘉峪关的粮食情况大抵如此。这里农业原本就脆弱，加之灾害严重就更谈不上什么收成了。想去外省采购，可眼下谁都没粮。五万多职工勒紧裤腰带，坚持"低标准，瓜菜代"，十二月的口粮按照十三个月吃，罐头和猪肝粉这些东西成了"代食品"，孩子们饿了就爬到树上吃榆树钱。入了秋，情况更严重了，饥肠辘辘的人们开始吃骆驼草、猪扒草和菜根来充饥。

"老张，我们这里实在是困难，五万多口人等着吃饭呢，你再给想想办法，想想办法……喂……喂?"蔡卓这一上午已经打了无数个电话，都为了催粮，可没一个有结果的。

"咣当"一声，他把电话摔在桌上，只觉胸中有一股闷火发泄不出来，气得背着手在办公室里来回踱步。其实他心里也清楚并不是上级不拨粮，也不是兄弟单位不借粮，只是大家伙儿现在都自顾不暇，救济不起。他靠着窗台来回抚摸着胸口让自己消消气，又喝了口水压压火，可半天也缓不过来。话说，蔡卓本也不是易动怒的人，无奈前段时间得了甲亢控制不了自己。这病本来就由火而生，得了之后又易怒易饿，他经常埋怨自己说本来就管后勤，又闹饥荒，这个时候得甲亢简直就是跟着添乱。

缓了半天这口气总算是喘匀了些，蔡卓打算继续打电话催粮，心想实在不行还得拉下脸找宁钢。这时，秘书小郑一脸阴沉进了办公室，话也不说"扑通"一屁股坐到凳子上。

"小郑，回来啦，家里那边怎么样?"蔡卓问道。

小郑默不作声。

"小郑，问你话呢，怎么了这是?"

被这么一追问小郑"哇"的一声大哭起来。

"怎么了怎么了，有事说事，你个大小伙子哭什么？"蔡卓赶忙上前询问，可这小郑还是大哭不止，好一会才抽噎着说出一句："蔡……蔡副经理，我……我爸、我妈还有我哥哥都死啦！"

"死了？"闻听此言蔡卓脑袋"嗡"的一声，"你不就回家探探亲吗，怎么弄成这个样子，怎么弄的？"

"他们……他们……"小郑有所顾忌。

"急死我了，到底怎么弄的，你倒是说啊！"

"他们都得了'瘟疫'！"

"啥，'瘟疫'，一家三口都得'瘟疫'了？"蔡卓被惊得一屁股坐在了凳子上。他清楚，小张口中的"瘟疫"并不是真正的瘟疫，而是指的饥荒。"别人家得'瘟疫'的多吗？"

小郑带着哭腔"嗯"了一声，而后又忍不住大哭起来。

蔡卓一脸惊愕，痛苦不堪，茫然不知所措，他也听说河南饥荒严重，但不成想已经到了这般地步。

十三

这些日子着实不太平，嘉峪关的几个村里也饿死了人，听说附近还起了土匪专挑粮食抢，闹腾得不轻。肃钢情况稍微好那么一点，但饿出浮肿的人也占了四成以上，这几天也连续有工人昏在工地上，无一例外都是饿昏倒。说出来都有些令人难以置信，就在昨天肃钢的经理赵克西也饿昏了。不过也没什么不正常的，如今大家的口粮都一样，而且还都由原先每月26斤减到了22斤，赵克西自己又捐出2斤给职工家属食堂。一个年富力强的汉子就靠着 20 斤粮过活换作是谁也受不了。

得知赵克西病倒了，蔡卓翻出了两罐麦乳精要拿去探望，妻子说什么也不让，眼下这东西可是稀罕玩意，高级营养品，是多少钱都买不来的，就这两瓶还是北京的首长给邮过来的，自己孩子瘦得皮包骨都没舍得拿出来。讨论再三，蔡卓退让了，说那就拿一罐走，妻子本也不是小气刻薄的人，只是赶上这困难的年月没办法，咬着牙勉强同意了，可心里还跟割了肉一般的疼。

医院病床上，赵克西面如土色，一个劲儿埋怨自己这身体不争气。"你看，我这经理都躺下了，要昏在家里也无所谓，偏偏昏在工地上，多伤士气！"

"眼下就这情况，你心气儿再足骨头再硬也还是个人啊，一个月 20 斤粮是个人就受不了！这样，你少捐 1 斤，我给你补上！"蔡卓说话间肚子就"咕噜咕噜"叫了起来。

"得，你可别胡来，你自己什么情况心里没数吗？我这顶多是饿昏，换作是你就得活活饿死！"

赵克西说的确也是实话，在他的带动下全公司的党员干部都减少了口粮捐给食堂，唯独蔡卓要捐他不同意。得了甲亢这病本来就食量惊人，这边刚吃完饭回过头就又饿了，何况肚里都没油水就靠着"瓜菜代"，再减口粮这人真能活活饿死。多加口粮是不现实的，为了照顾蔡卓，赵克西特别嘱托医院给他拨了点葡萄糖，以便挺不住的时候顶一下。

"另外，这麦乳精你赶紧拿回去，你家还有孩子！"

"不瞒你说我还留了一罐，这个你留着吧，谁倒了都没关系唯独你老赵不能倒下!"

"倒不倒下也不在你这一罐子东西,赶紧拿回去!"

"我都拿来了就肯定不能拿回去!"

赵克西知道蔡卓这个人轴,但凡是他决定的事谁也改变不了,于是不再推辞,继续说:"行,那我留下,还给食堂,明天冲上一大盆,给每个孩子都来一碗!咱们大人怎么都成,可就是苦了这群孩子啦,一个个脸蜡黄皮包骨,看着都让人心疼!"赵克西说着眼圈泛了红。

"成,成,怎么都成!"

"对了,最近保卫处孙新安他们还去打猎吗?怎么不见动静!"

"去,可是打不着,也说不上这动物是迁徙了还是被惊到了,反正就是打不着了!再有,最近周围闹了土匪,保卫处那边也派了一些人维持治安,所以人手也不够。"

"我也听说闹土匪了,什么来头?"

"啥来头也没有,据说就是附近一群没爹娘吃不上饭的孩子围拢到一块儿小打小闹!"

"那就好!但无论如何打猎还是要继续,你告诉孙新安就说我说的,眼下这已经不是吃肉喝汤的问题,而是得让工人和孩子们有点盼头,看到希望!"

蔡卓"嗯"了一声。

第二天一大早,蔡卓揣好了药,备上两个杂面饼子,找上孙新安一同进山打猎。之前都往南面走,估计活物都被吓跑了,这回二人准备调头往北走。汽车过了北大河不远就不好再开了,二人连同司机小张一同背着枪上了山。

高原上的阳光本就强,这光秃秃的石头上也没个遮挡,刺得睁不开眼，大风又呼呼地吹，没地方躲没地方藏。三人翻了好几个山头也没寻见什么，到了下午司机小张才在对面半山腰上发现两只野山羊。仨人猫着腰小心翼翼摸了过去，发现这两只羊一大一小，看样子是母子，蔡卓一旁嘀咕道这一大一小的打死哪个都不太合适，孙新安心想这读书人就是读书人太矫情，朝着小张使了个眼神，二人架起步枪一人瞄准一只。

"啪"的一声，两枪几乎同时响起，只见小羊应声倒地，大羊被打伤了屁股，踉踉跄跄，歪歪扭扭逃跑了。蔡卓被惊得一激灵，见打中了羊也顾不得别的，大喊一声"追"。

这大羊倒也顽强，带着伤跑了老远，三人寻着血迹绕过了一个大山包又听见了"咩咩"声，爬过去一看发现那受伤的山羊被五六个人围拢起来，绑住了四条腿准备扛走。

"站住，你们谁啊，那是我们打的羊！"小张大喝一声，把对面那几个人吓得一缩脖，回过身来一看这边三人都拿着枪，还有两个穿着军装，吓得连滚带爬放下羊就要跑。

"一群杂碎，跑什么，给老子回来，回来，列队！"突然，大石头后面蹦出来一人，提了提系着麻绳的破裤子大喊道。

"大当家的，他们有枪，是真家伙，是解放军！"

"真家伙？真家伙咋了，我们家伙也不差！"大当家的说着打了个响哨，眨眼的工夫从周围的大石头后面又蹦出来十多个人围拢上来，有两个端着破土枪，有几个举着大片刀，还有的拿着破菜刀。

蔡卓三人也被弄了个冷不防，定神仔细这么一看对方清一色都是十六七岁的半大小子，为首那个稍微大点可也就是二十左右，一个个稚气未脱，破衣烂衫，蓬头垢面，骨瘦如柴。蔡卓心想这肯定就是那群"土匪"了。

"呦呵，还有埋伏，一个个小子不回家照顾爹娘，拿两杆破土枪就装土匪来吓唬人？"司机小张年轻气盛，说话间把枪栓"卡卡"这么一拉端了起来，就这么一个动作就把这群"土匪"吓得一缩脖直往后退。旁边的蔡卓和孙新安赶忙拦住，低声道："胡闹，这些都是十里八村吃不上饭的穷孩子，你要干啥？"小张放下来枪，低声说自己就是吓唬吓唬他们。

小张这么一收枪，对方大当家的又来了底气，站在石头上嚷嚷道："烂怂，我们手里也有枪，还这么多人，怕什么！还要吓唬我，老子自己亲二叔都敢杀还能怕你们这几个，你说对不对二当家的？"

大当家的把话抛给二当家的，这是俩人的默契。一旁的二当家提高了嗓门说道："那还有假，我亲眼看到的，我们大当家亲手剁了自己二叔，一点都不含糊！你们三个给我老实点……不然一起都剁了给兄弟们开开荤！"二当家的说着话奔前走，要打量打量对面那三人，可这一看不要紧吓得一缩脖，赶忙回去对大当家的低声说，"我说大当家的，赶紧把羊给人家送回去，你知道对面的人是谁不？"

"谁？"

"那个戴眼镜的是肃钢副经理，也是咱嘉峪关的副市长，就是给咱们嘉峪关村打电井的，没短了给村里发粮食，大好人！那个一个胳膊穿军装的是肃钢保卫处的领导，整个嘉峪关的治安都人家管着呢！你这不是往枪口上撞嘛！"

闻听这话大当家的也吓得一趔趄，差点从大石头上掉下来，可当着这么多小弟的面认怂太折面子。转念一想这也是个天赐的机会，要是真镇住了这几个人那以后在嘉峪关这地界就算是彻底立了号了，谁见了他不得叫一声大哥。

"富贵险中求，何况还有那一只大山羊！"大当家的在心里给自己打气，故意腆着胸脯迈着方步往前走，边走边说："别以为我不知道你们仨的来头，但那都不管用，这是老子的山头，头顶的天，脚下的山，就连山上的石头那通通都是老子的，更别说是这只羊！我本想直接剁了你们仨，可刚才二当家的给你们求情了，也看在你们对老百姓还不错，今天就饶了你们，赶紧走，我这人可爱反悔！"

此时，蔡卓和孙新安端详着那个传话的二当家觉得有些面熟，猛然想起就是当初刚来嘉峪关时在城楼下遇到的带着妹妹的小子。

"嘿，你们几个毛头小贼还蹬鼻子上脸了是吧，我可告诉你们打死土匪可算立功！"这时小张来了火，又举起了枪，合计开一枪吓唬吓唬他们。

"小张！"孙新安一把把枪夺过来。

"呦呵，你要干啥，真要来硬的是不！来呀，把这几个都给我绑了！"大当家的吆唤着小弟们可谁也不敢上，情急之下他自己一步窜了过去扑倒了小张。小张被打个冷不防，又不敢下狠手，竟被夺了枪。后面那群半大小子们看到大当家占了上风备受鼓舞，一拥而上把三人都给按住了五花大绑起来。

"大当家的，这些都是好人啊，咱们可不能这样啊！"二当家的着了急过来劝阻，可被大当家的一脚端倒，嘴里还嘟囔道："都要开枪崩我了是什么好人？就是狗官！老子得立威，得养活这帮兄弟，老子要吃羊肉喝羊汤！"

"大当家的，那三人都绑结实了，现在咋办？"一个半大小子问道。

"这个……"大当家的犯了难，挠着那擀毡的头发合计了半天说，"先押回去再说！"

蔡卓三人被这群小子押到了山寨里，说是山寨其实就是北大河边上一个背风的山窝窝，窝窝里有一个三间房大小的山洞。这"山寨"位置还挺好，居高临下正对着嘉峪关通往镜铁山的山路，来人来车一目了然。"山寨"外用木头和破麻袋片儿支起个伙房，里面有个石头垒起来的炉灶，一口黑黢黢的铁锅和十几个破碗，旁边一个麻袋里放着点烂土豆和黑豆。当天晚上，小土匪忙活开了，抬水的抬水，磨刀的磨刀，拾柴的拾柴。按照大当家的指示要先把小羊吃了，大的留着以防不备。忙活到天大黑，锅里热气腾腾出了香味，小子们围拢一圈假装烤火，眼睛都盯着锅里，嘴里直咽吐沫。大当家的故作镇定，用勺子搅合搅合舀了点油汤，吧嗒吧嗒嘴，又故意放慢动作往里撒了把盐，而后点点头说道："行了小的们，开吃！"

大当家的发了话，小的们一拥而上，抢不到勺子的直接用碗去舀，一个个烫得呲嘴獠牙，抓把地上的雪就放嘴里，凉快凉快继续吃。一旁大当家的煞有其事地讲起了话："弟兄们，今天就是我们山头儿历史上最大的一次胜利，抓了三个领导还缴获了三支枪两只羊，这方圆几十里谁干过这么大一票？我话放在这里，以后继续跟着我干保证你们天天有肉吃！"大当家的讲的欢，可大家伙儿只顾着喝汤吃肉也没人回应，大当家的自己肚里也"咕噜咕噜"直叫，见没人搭理便也惺惺挤了过去盛肉吃。

小土匪们吃得欢实，蔡卓三人却被绑着晾在了一块大石头后面，旁边还有个小的端着土枪站岗放哨，边转悠边探头探脑往伙房那边看，生怕自己捞不到肉吃。

被绑着的三人也饿得够呛，特别是有甲亢的蔡卓，这一下午肚子始终"咕噜咕噜"的，药也没了，虚弱得很，但他还打趣道："我是个副经理兼着副市长，新安是抗美援朝的英雄，小张是部队神枪手，给咱们仨绑了够这些臭小子吹一辈子的了！"

"蔡副经理，都这个时候了你还有心思开玩笑！"司机小张憋着一肚子气，"孙处长，要我说落到这个地步主要赖你，当时我没要开枪，就合计吓唬吓唬他们，结果你给我拦住了。现在可倒好，羊被他们吃了咱们还成了俘虏了！"

"哈哈，不也挺好，就当是再感受一下当年行军打仗，野外扎营！"

"能一样吗，咱这还被绑着呢！咱们可当了俘虏了，丢人啊！再说了，这群小子要真胡来那可咋办！"

"不能，肯定不能，都是一群吃不上饭的苦孩子，八成都是没爹娘的，我了解，都没坏心，只是没人管……"孙新安并不生气，反而十分同情，从这群小子身上他俨然看到了自己当年的影子，"蔡副经理，小张，你们都不知道吧，其实当年我也和他们一样是我家那片儿的孩子头儿，手底下也有着一帮小兄弟呢！"

"还有这事？"

"蔡副经理，李长青你熟悉吧，你们厂七号高炉炉长！"

"当然熟悉，老工人了，有两把刷子，当年不还因为护厂有功被表彰了嘛！"

"那你知道他是咋立的功，立功之前是干啥的不？"

"这还真不清楚！"

"他是帮着抓了特务立的功，在那之前他被人糊弄进了'国民党特勤队'，专门偷宁钢里的东西，他手下有一批小兄弟，我就是头头，哈哈哈！"

"没看出来啊，新安！"蔡卓觉得挺有意思。

"孙处长，合着你也是大当家的？"小张问。

"什么当家不当家的，就是一群命苦的野孩子，晚上睡没窗户的破学校里，白天就是街溜子闲逛，干些小偷小摸的勾当，从来没有吃饱饭的时候。当时李长青大哥也是看我们可怜，为了带着我们吃口饱饭才走了弯路，但其实都没坏心，说白了有爹有娘有饭吃谁愿意干坏事！"

"哦，我说你为啥不让吓唬那帮小子，原来就是因为这个！"

"我同意新安的做法！你看那个二当家的就是我们刚来嘉峪关遇到的小伙子，有糖先给妹妹，劝我们别进村子，还给了我水喝，是个好小伙子！"蔡卓感叹道，"再说了，这些孩子吃不上饭我这当副市长的也有很大责任！"

"小狗子，喝羊汤去吧，我换班！"这时大石头后面传出来一声吆喚，那个看守的小子闻听赶忙扛着土枪一溜烟跑了，接着二当家来了。他摸摸索索从怀里掏出几块肉骨头塞到三人嘴里。

"我就顺出这点来，赶紧吃，别被发现了！"

"我一猜你就能来！"孙新安说。

"为啥，因为你们给过我糖？早吃了！"

"你叫啥？"蔡卓问道。

"虎子！"

"姓啥啊？"

"没爸，没姓！"

"那你妹妹？"

"捡的！"

"也在这？"

"一个女娃怎能让她来这，家呢，我隔三差五给送点吃的回去，要是在村里都得饿死！"

"你们这可是违法啊，抓到是要进监狱的！"

"这……其实我们也没干啥坏事，村里容不下我们，猫在山里挂个野兔套个羊对付着饿不死，遇到往镜铁山送粮食的就爬上去弄点下来，杀人放火的事咱们可没干过！"

"那个大当家的不是杀过人吗？"

"那都是吹牛的，别人都不知道咋回事，也就是我应和着帮他壮壮威风，吓唬吓唬人！"

"我猜你们也干不出那事！"蔡卓听完这话放了心，"怎么，打算就这么押着我们，还要撕票不成？"

"这……大当家的也没发话，其实咱们也是头一次绑人，他也是懵了不知道咋办才好！"

"你们一共多少人，都多大？"

"二十多个，大当家的最大，20岁，最小的13岁！"

"这样，你去跟大当家的说，把我们放了，我让你们去肃钢当工人，别在这装土匪了！"

"啥，当工人吃公粮，你不糊弄人？"

"你这小子，这可是肃钢的副经理，嘉峪关的副市长，能骗你？"小张说。

"太好啦，太好啦，你们是不知道啊，我做梦都想进肃钢当工人！

我这就去说，这就去！"

虎子绕过大石头，穿过伙房进了山洞。洞里面点着火，格外的旺，这群半大小子们美美吃了顿羊肉此时都互相倚靠着听大当家在那吹牛呢。虎子把进肃钢当工人的事这么一说，大家伙儿一个个都坐了起来乐得直拍大腿。最小的兴奋道："二当家的，那可太好啦，去年我娘活着的时候还告诉我将来长大了争取进肃钢，当工人饿不着，还光荣！要是真能进肃钢我可得去我娘坟头磕头去，告诉她一声让她高兴高兴！"

"是啊是啊，当工人好，当工人好！"

"咱们啥时候走啊？"

小子们都来了精神，恨不得马上就走。

"都闭嘴！"大当家的站起身来大喝一声，"那三人真说让我们进肃钢？"

"那还有假，是那个戴眼镜的副经理说的！"

"没点别的要求？"

"没有，告诉咱们把他们放了就行，然后就跟着他们一起走！"

"难不成想招安……"大当家的也动了心，可还半信半疑，合计了半天一拍大腿说道，"奶奶的，我差点都信了，他们这是骗咱呢！"

"啥？"大家伙儿问。

"你们想想，咱们是啥？是贼……"大当家的刚说出半个"贼"字觉得不对劲赶忙改了口，"是绿林好汉，不进官家门不吃官家饭！再说咱们绑了他们，他们能轻易放过咱？这是引咱们回去然后来个瓮中捉鳖！"

"啊，是这么回事，还是大当家的聪明！"

"大当家的，你想多啦！"虎子赶忙解释，"你想想，人家是解放军还带着枪，要不是让着咱们能那么轻易就被绑了？"

"少长他人志气灭自己威风！我看他们也不怎么样，一个没胳膊的，一个戴眼镜的，就一个像样的还被我按倒了！再说了，咱们啥也不会，现在肃钢里也都没饭吃，让咱进去干啥？"

"这……"虎子也被问住了，合计了半天答道，"就算你说的对，那现在咋办，就这么绑着？人家肃钢发现人没了能不来找，到时候都带着枪过来咱们咋办？"

"这……"

"是啊大当家的，肃钢那么老多人，要是找来了得打死咱们！"

"对对对，咱们之前去偷粮的时候也都看见了，保卫处的都有枪！"

"你……你们这群怂包，你们怕我……我可不怕，真要是来了老子就和他们拼了！"大当家的心里也害了怕，可就是不松口。

"大当家的，咱们跟着你就是想吃饱饭，不想干伤天害理的事，现在肃钢要咱了，你要是不愿意去就不去，放过我们，我们不想当……绿林好汉啦，我们想当工人，想住宿舍，想吃公粮！"最小的说着起身就要走。

"烂怂，说来就来，说走就走，你当这是你们家？"大当家的说着把土枪举了起来对着大家伙儿，"丑话放在前头，我身上可是有人命官司的，不差你们一个，谁要是敢走老子毙了他！"

"你可别吹牛啦！你杀什么人了，你二叔怎么死的你心里没数嘛！"虎子来了脾气，转而对大家伙儿说道，"我尽帮着他吹牛来着，其实根本就不是那么回事！我和大家说实话吧，那天我和大当家的饿得红了眼，去他二叔家偷鸡蛋，结果鸡炸了满院子跑，他怕被发现把鸡给掐死了。他二叔出来看鸡死了，拿着棒子就追他，脚底下一绊脑袋撞到了墙上死了！我俩害怕，这不就出来当了贼！说他杀了亲二叔那是吓唬你们壮威风呢！"

"你闭嘴，再说老子毙了你！"大当家的被当众揭了短，恼羞成怒，举枪对着虎子胸口。

"你个怂包，有能耐你毙了老子，你有那胆子还用偷鸡摸狗？跟着你尽挨饿了，现在能进肃钢你还在这拿架子，饿死你个怂包！"

"老子打死你！"大当家的被呛了肺管子，气得把土枪一摔抡起胳膊给了虎子一嘴巴。虎子被打得满嘴是血，啐了一口转身说道："老子不跟你混了，走了，不当贼了！"

大当家的打完虎子就后悔了，赶忙问道："不是……你要去哪这大半夜的！"

"我回村，咱们俩算是完了！"

"别介……别呀……那你要是回村给我爹捎块肉回去！"

虎子头也不回消失在了夜色里。

"大当家的，那咱们回不回去……"最小的斗胆问。

"这……明天再说！"大当家的心乱如麻没了主意。

"那……那三个人咋办？"

"给生一堆火，送点肉汤过去……别让他们冷着饿着！"

第二天临近中午，大当家的被一巴掌打醒，他蒙头转向扑腾着坐起来，揉着眼睛一看，见到一个骨瘦如柴、满脸蜡黄、病病殃殃的老汉站在自己面前，旁边是昨晚跑走的兄弟虎子。

"爹……爹，你咋来了！"大当家的一激灵，没反应过来是咋回事。

这老汉不搭话，上去又是一巴掌，打完之后自己气得坐在地上咳嗽了半天。

大当家的捂着脸说道："虎子，是你把我爹找来的？他身上有病，大老远你把他弄来不得折腾死他！"

"少废话，三个领导呢，还不带我去找！"

大当家的不敢再吱声，耷拉着脑袋捂着脸前面带路。

原来昨天晚上虎子连夜跑回了嘉峪关，开始想到肃钢去报信可又怕两伙人真打起来兄弟们吃亏，于是找到了大当家他爹，又偷了公社的驴载着他连夜赶了过来。见到了爹，大当家的彻底怂了下来，乖乖放了蔡卓三人。蔡卓一天一宿没吃药，脸色蜡黄，虚弱得很，有气无力地微笑着告诉这帮小子赶紧下山跟他去肃钢。

正当下山的时候远处起了烟尘，工夫不大十几辆吉普车拖着烟尾开了过来，紧接着几十号人扛着枪齐刷刷下了车——肃钢派了人来找蔡卓三人。半大小子们见这架势慌了神，吓得调头就往回跑，都被小张拉了回来。只见前方赵克西带队一路小跑过来，看了看蔡卓又看了看那群小子，一脸疑惑问道："蔡卓，这……这是咋回事？"

"这……我们仨遇到土匪了，这帮'绿林好汉'救了我们，具体的咱们回去再说！"蔡卓边说边使了个眼色，赵克西心领神会，招呼着大伙儿挤一挤，坐着吉普车都回了肃钢。

当天下午，蔡卓和孙新安带着这群半大小子们回了肃钢，登记时发现大当家的没了影，他爹说这小子准是没脸回来自己偷着跑了。司机小张不高兴了，说那小子是禀性难移，肯定还想继续做山大王。

当天晚上孙新安躺在炕上翻来覆去睡不着觉，心里就惦记着那大当家的，觉着他就是当初的自己。他本人如不是遇到了党说不定现在也是个流氓无赖。他不能不管，说什么也得去把那小子找回来，让他好好改造重新做人。孙新安这么合计着没有半点困意，殊不知这一夜蔡卓也因此辗转反侧难以入睡。

第二天一大早，家属楼食堂前面围拢了一大群人，指指点点，议论纷纷。蔡卓见了赶忙过去，分开人群一看地上放了一只羊，羊的后屁股上还有个弹孔。孙新安也在一旁，看着这只羊咧嘴笑道："我就说这小子不赖吧！"

"新安啊，给你个任务，尽快把他找回来，这小子我要定了！"蔡卓笑着说。

"妥了，保证完成任务！"孙新安大笑道。

十四

自打入冬后不知从哪传出一阵风说肃钢要下马停建，工人们也要分流遣散回原籍。对此大多数人都是不以为意的，心想肃钢这么大的摊子，国家投入了那么多资金哪能说下马就下马，纯属谣传。但也有一部分人坚定地相信这小道消息，认为无风不起浪，起码得有人研究过这事才能传出风吧。有心细较真的人为了佐证这消息还特意算了一笔账，说国家原本计划为肃钢投资 8 亿元，一年准备四年建成，可 1958 年的投资还不到 3000 万元，1959 年投资 4000 万元多点，今年不到 1 个亿，按照这个进度来看要建成投产本就遥遥无期，更何况现如今国家又这么困难，下马也是情理之中的事。

这种风言风语赵克西是根本不相信的，心想这肃钢可是国家重点工业项目，未来全国四大钢铁企业之一，更是西北地区经济的希望，这样的项目怎么可能会下马。况且眼下肃钢的一高炉结构工程已经完成，五号焦炉也即将竣工，再努努力就能出铁见利润了。他在大大小小的会上也没少强调，让大家不要再传这种伤士气的小道消息，要一心扎在建设上。"大家伙儿放心，延工期是有可能的，但不可能下马，就算全国就留下一个工业项目那也得是咱肃钢！"赵克西对大家伙儿打了包票。

话说赵克西这个人哪都好，唯独爱感情用事。他一心想建设好肃钢，建设好嘉峪关市，所以选择性地忽略了很多不利于肃钢的消息。1961年初，中共中央西北局召开兰州会议，讨论解决西北地区若干个迫在眉睫的问题。肃钢是一个重点议题。现如今全国经济极度困难，甘肃地区情况更严重，多地都出现了饿死人的情况，工作重心必须要从工业转到农业上，所以玉泉县钢铁厂这个用钱粮的大户必须要下马，并且要疏散职工移地就食。听到这个决定后赵克西愣了半天没敢相信，缓过神来后拍案而起，坚决反对，情绪竟一度失控，会议也因此暂停了半个钟头。

走廊里，几个领导都来劝赵克西要认清当下形势，要体谅上级的困难更要顾全大局，肯定了他对肃钢作出的巨大贡献，并承诺会安排他到其他重要岗位任职。赵克西知道自己刚刚失了态，也知道这么大的决定肯定是经过中央决定的，不是他闹闹情绪就可以改变的，无奈只能叹了口气低下了头。

会议重新开始，肃钢下马的事被最终敲定，赵克西表示拥护组织上的决定，但要求自己留守肃钢。领导们一愣，都知道他这人爱意气用事，过了劲儿就好了，所以没有表态只说择日再研究这事。

那一天，会议一直持续到了晚上才结束。万念俱灰的赵克西久久呆坐，待人都走尽了他掏出了烟点上，一根接着一根，最后号啕大哭起来。

下马的消息一出整个肃钢炸了锅，大家伙儿堵到公司办公楼下要找领导问个究竟，问问为啥好好的说下马就下马，到底怎么疏散职工，到底啥叫移地就食。有个刚入厂不久的工人喊道："现如今全国都闹饥荒，苏联人也走了，工程建设差不多都停了，往哪疏散，挪了地谁还给你饭吃？离开肃钢大家伙儿就都得饿死！"大家伙儿听到这话就更激动了，推推搡搡要往公司大楼里冲。

工人们正一拥而上时赵克西推门而出，身后跟着蔡卓、孙新安、韩先沛等领导干部。

"赵经理出来啦，赵经理出来啦，咱们让赵经理给讲讲！"大家伙儿闻听立刻安静下来。

赵克西自打从兰州回来后连续失眠，几乎一眼未合，满眼血丝，面色阴沉。其实秘书早就给他写好了安抚情绪的发言稿，可他看也不看，不想说那些不咸不淡的官话，就想说点掏心窝子的。"肃钢的工友们，兄弟们，消息你们应该都听说了，可那都是从外面传回来的，大家伙儿这会儿心里肯定犯嘀咕，心想这么大的事情他赵克西怎么不站出来解释解释？不瞒大家伙儿，我也想说，前天一回到肃钢我就想说，但为啥挨到了今天才露面？是因为我赵克西没脸和大家伙儿说啊！咱们肃钢现如今有五万多工人，东北、华北、东南、西南哪的都有，特别是老宁建的三万多兄弟是我从几千公里外的宁山整建制给拉过来的。他们为啥过来，因为他们信了我老赵的话，当时在动员大会上我夸下海口说要去西北的嘉峪关，要在那荒无人烟的戈壁荒滩之上建起全国第四大钢厂，要在那人迹罕至的大漠上建起一座新兴城市！

咱们建设工人不怕苦，觉悟高，有魄力，二话没说就跟着来了，没有房挖地窨子，没有水嚼冰溜子，劳动的号子高又亮，非要让嘉峪关天翻地覆，我打心眼里敬佩咱们工人，感谢咱们工人！可现在国家遇到了问题，巨大的问题，经济困难，老百姓们饭都吃不上了，肃钢这边顾不上了，咱们……咱们得下马了！"赵克西情绪激动，声音颤抖，停歇片刻稳定稳定情绪继续说，"我迟迟不通知还有另一个原因，就是希望给咱们大家伙儿一个像样的交代。咱们肃钢下马了可工人还在，我必须想办法让咱们的兄弟离开了肃钢同样有饭吃，有一个算一个，这一点我赵克西用肩膀头上这个脑袋做担保！"

如果说工人们来之前还抱有一线希望的话，听了赵克西的讲话后便彻底心灰意冷。吃饭固然重要，但对于这批背井离乡的建设者们来说这座钢铁厂是他们的命根子，更重要，说不要就不要了，他们在情感上接受不了。可不离开，又能怎么办呢？

"赵经理，咱肃钢还能恢复建设吗，咱们这帮老工人还能回来吗？"突然，一个嘶哑的声音问道。赵克西一眼就认出这是当年宁钢修造部时期的老师傅。

"能，一定能！等困难过去了咱们肃钢必定会恢复建设，而且我赵克西不走，我就守在这里，等大家伙儿回来的时候我就站在大门口迎着你们！"说话间爱动情的赵克西眼眶泛了红。

"赵经理，有你这话我们就放心了！请你也放心，无论我们到了哪儿还都是肃钢人，到时候只要你一吆唤我们就回来！"

"对，对，吆唤一声就回来！"

"是啊，得把肃钢建完！"大家伙儿呼喊起来。

话讲完了，事定下来了，悬着的心落了地，可大家伙儿谁也不愿意走，就那么呆呆站着。赵克西也不劝，就陪着大家伙儿那么呆呆地站着。

远处的祁连山山脉还是那么静谧，低矮的云浮动着，遮住了高原上刺眼的阳光，斑驳了那枯黄的群山。群山下，热闹了近三年的肃钢工地上寂静了下来，静得出奇，静得让人心慌。一阵凄冷的风略过戈壁荒滩，略过嘉峪关城楼，略过肃钢建设工地，发出低沉而悲凉的，犹如哭泣一般的声音。也许，也许发出那低沉的哭声的并不是风，而是那群久久伫立的钢铁汉子。

十五

"敦刻尔克"式的大撤退开始了。

自打那天赵克西讲完话肃钢就彻底涣散了，工人们惊恐着争先离开，有的工地上混凝土还在搅拌机里没有倒出来车上就没了人；有的马还架着鞍子赶马的师傅就走了；还有的宿舍里炉子上还烧着水，人就背上大包小包赶忙离开。火车站里人乌泱乌泱围得水泄不通，列车员关了车门扯着嗓子喊没空地了等下一列，急了眼的人们就扒着车窗往里爬；有的顺着窗户跌了出来人仰马翻；有的妈妈还落下了孩子，隔着车窗哭喊道："儿子，跟着你张婶等下一列，妈在兰州火车站等你们！"

大家伙儿奔着命地要离开肃钢，离开嘉峪关，生怕落在后面。可上了火车又都趴在玻璃上朝后看，望着那孤零零的城楼和硕大的厂区，丢了魂一般，心里空落落的。

离开的人何去何从呢？在当前形势下，肃钢的五万多工人如何妥善安置确实是个巨大难题。按照上级指示，三万多老宁建的职工撤回宁山本部，可剩下两万多小规模招来的工人实在无法安置。谁都知道移地就食实则就是遣返回原籍自行谋生，可工人们在老家多半是房无半间地无半亩，这年月回去就得饿死。

经理赵克西这边真是铁了心，他给自己定下两个目标，首先要留在肃钢守摊儿直到重新上马。其次要妥善安排所有肃钢工人，一个都不能让没饭吃。眼下最火烧眉毛的就是工人的安置问题，这些天他带着几个主要领导东奔西走，找人找关系，其中最忙的要数韩先沛。当初他全国各地到处跑，没少从兄弟单位要人，现如今来了个一百八十度大转弯，开始往回送人了。可要人容易送人难，各个单位都有困难，所以地方跑了不老少却不见成效。有的单位给了老大的面子才勉强接收十几个人，杯水车薪，根本解决不了什么问题。韩先沛这边跑了一大圈没什么进展，一股急火加上营养不良病倒了。赵克西这边急了眼，心想实在不行就得自己拉下脸去北京找老领导。正巧这时农垦部王部长来到肃钢，为新疆建设兵团要钢材，赵克西合计着说什么也不能让王部长"白来"一趟。

赵克西和王部长在延安时就认识，是老相识，见面寒暄了几句他就开门见山道："老王，眼下全国但凡有一个地方能吃饱饭的那就得是新疆建设兵团了，都说那'肥得流油'。这钢材今天你要多少拿多少，但肃钢还得有两万多工人移地就食，你不能见死不救！"

"呦呵，你老赵和我谈起条件来啦，上级可只要我来要钢铁没让我来收人，这个我可管不了！"王部长佯装严肃道。

"怎么，都不和我还个价就给否了，你老王现在可真是'为富不仁'啊！你要是不管那钢材也别拿，这门你也别出，咱俩就这么耗着！"赵克西说着拎着板凳往门前一横，往上面一座耍起了赖。"你老王横我知道，可我老赵现在是不要命的主儿！"

"呦呵，这太阳是打西面出来了，你老赵这顶天立地的汉子开始撒泼打滚啦，像个娘儿们！"王部长看赵克西这个样子不禁大笑起来，"好，我帮你，就帮你这一回，我也得留条后路不是！"

"真的？"赵克西"噌"地一下站起身来，"你能带走多少？"

"一个都不带走！"

"嘿，你这拿我开涮呢？"

"你别着急呀老赵，人我是一个都不带走，但是我给你批地，你们去那开垦荒地办农场，人员自行管理，你看如何？"

"多少地？"

"八千亩怎么样？"

"八千亩，不许反悔！"

"那还有假！"

听到这话赵克西激动得满屋子乱走，心想这回可是解决一大批工人的吃饭问题了，真是及时雨。转念又一合计觉得有些不对劲儿，瞪着眼睛对王部长说道："老王啊老王，你个老狐狸，你吃准了肃钢早晚能复工，到时候咱们工人一回来那垦出来的地就都归你们农垦部了是吧？"

说完二人对视一笑。

王部长一下子为肃钢解决了七八千人的活路问题，可饭也没留下来吃就直接走了。回去之后他心里还是惦记着肃钢工人的事，而后又找到了新疆农八师，协调他们接收一批工人，安排到化肥厂和水库参与工程建设，这一下子又要走了七千人。

王部长雪中送炭，一下子解决了近一万五千人的吃饭问题，可还有将近一万新招不久的工人面临被精简回家，赵克西实在无计可施，最后拉下脸又去冶金部"撒泼打滚"，说肃钢太大，下了马也得有人护厂，至少得留下一万人，可冶金部不同意，只让留下 1500 人。赵克西心里老大不满意，赖在冶金部不走，好话说尽了也不顶用，最后他急了眼，瞪着眼睛顶撞道："那么大的肃钢说下马就下马，五万多人说解散就解散，到头来就给我留 1500 人？别和我说国家困难，解散了就不困难了，工人回家就能吃饱饭了？"

"老赵，你的心情我们理解，可这也是经过层层研究后作出的决定。经济好了怎么都行，可眼下这形势就得精打细算，一个人一个人往下减，这也是没有办法的事！工人精简回到农村可以种地，产出了粮食还能支援全国，在下马的肃钢能干什么，就得等农民养活，你算算这里外里差多少？"

"这……"道理虽然都懂可赵克西还是不甘心，继续讨价道，"就算你说的对，可肃钢实在是太大，那么点人顾不过来，多留一百人，1600 人！"

"不行！"

"1550 人？"

"老赵，你就别讨价还价了！"

"两个，给我多留两个警卫员总行了吧，我赵克西这张老脸怎么不值两个人？"

"老赵，不是不给你面子，多留一个都不行！"冶金部领导面露难色，"而且就连你也留不下！"

"啥，你这话啥意思？"

"啥意思，就是字面意思！上级准备调你去江钢担任党委书记！"

"江钢？不去，不去，我高低不能去！我说上级是不是往死了羞臊我，我要真去了成了啥人了，肃钢工人们得咋想，说我老赵把肃钢祸害黄了，一拍屁股去了江钢另谋高就了，那我还是人了嘛！"

"老赵，你怎么尽说孩子话！那肃钢下不下马是你能决定的吗，和你有什么关系！"

"不去，我没那能力！"

"你没能力谁有？"

"蔡卓……对，蔡卓！他是专家，级别也够，让他去，我要留在肃钢！"

"我们要的是党委书记，不是经理，蔡卓他不合适，何况他……"

"我不管合适不合适，总之我不能去！"

"老赵，你冷静点！"领导也急了眼，拍案而起，"你看你现在是什么样子，还像个党员干部嘛！肃钢下马了你以为就你一个人难受嘛，你大包大揽了，倒好像我们在一旁看哈哈笑，难道我们就不心疼吗？现在江钢也出现了问题，你是老革命，老党员，工业战线上的老同志，你不顶上去谁顶？实话告诉你，你去江钢担任党委书记上级已经拍板了，蔡卓同志留守肃钢，这是命令！"

赵克西垂头丧气，无言以对。

由于种种原因，蔡卓更早得知了关于赵克西和自己工作安排的事，只是闭口不提。这天晚上他拎了一瓶酒，兜里揣着一小布袋炒黄豆来找赵克西。赵克西家里已经收拾得差不多了，空空的就剩下一铺炕，二人就盘腿坐在炕上，对着瓶子一人一口喝了起来。赵克西满眼血丝，还没喝几口就借着酒劲儿哭了起来，说自己对不起肃钢也对不起蔡卓，本想守着这里不成想被调走了。蔡卓不停宽慰，说自己本来就是管后勤的比他更适合留下来，更何况自己还是个犯过错误的人扛不起书记的重任，说着说着，他这一向严肃冷峻的人也跟着红了眼圈落了泪。

酒过三巡，二人面色见红，开始说起肝胆相照的话。赵克西拎着酒瓶满屋子边走边喊："我说蔡卓，你可给我老赵守住了肃钢，一个螺丝都不能少，你放心，肃钢肯定能恢复建设，到时候我老赵肯定还回来，我还要当你经理，别到时候叮叮当当的犯毛病！出了问题我是要处理你的！"蔡卓坐在炕上，迷迷糊糊，只管微笑着点头不说话。

"你别嬉皮笑脸的，还有没有点党员干部的样子，严肃点！你可是老革命，是老党员，工业战线上的老同志，这是命令！"赵克西模仿起了冶金部领导对他说的话，说着说着自己也大笑起来。到了最后二人都喝多了，醉醺醺地倒在炕上鼾声如雷。

这一晚成了经理赵克西在肃钢的最后一晚，他睡得很沉，睡得很香，梦里他看见工人们背着行囊都回来了，肃钢又恢复建设了。

十六

肃钢经理赵克西走了，绝大多数干部也都走了，眨眼间五万多建设大军从戈壁滩消失了，只留下一个硕大而凌乱的厂区。

有些事情蔡卓始终没对赵克西说，其实打肃钢下马消息刚传出来上级就曾询问过他未来工作意愿，鉴于其背景和工作经历提议他到冶金部就职，可蔡卓说要继续留在肃钢，在得知赵克西要去江钢任职后他就更坚定了这个想法，他总觉着但凡是有一个能守住肃钢的也就是他这个管后勤的副经理了。就这样，蔡卓又一次放弃了去北京任职的机会，留在了前途未卜的肃钢。同他一起留下来的还有保卫处处长孙新安。

　　肃钢下马过于仓促，偌大工程建设未半，大量建设物资和设备就那么凌乱地堆放在镜铁山、西沟矿、大草滩水库、北大河和主厂区上百平方公里的工地上，毫不夸张地说如今的肃钢简直就是个巨大无比的"设备坟场"。最近周边又起了贼，开始从厂里偷东西出去变卖，可眼下整个肃钢就剩下了1500人，其中一部分还得兼顾农场的活儿，无论如何也照看不过来。眼见着盗窃越来越猖獗，新成立的保卫处愣是束手无策。说白了，现如今肃钢里到底有什么，有多少，丢了什么，丢多少，都没人能说得清。这天半夜，保卫处的唯一一部电话机也被偷了，大家伙儿都傻了眼，要知道眼下整个肃钢的电话机不超过五部，保卫处的一丢厂里有点什么突发情况可就都联系不上了。

　　清早蔡卓和孙新安照例分别打电话到保卫处询问夜里的情况，可都没能打通。孙新安急忙赶来，一看这贼都偷到保卫处了实在太过嚣张，气得直跺脚，又批评了一顿值班的，说这是当官的看不住印，当兵的看不住枪。大家伙儿一个个垂头丧气像霜打的茄子。蔡卓心里也着急，其实他早就盘算着要回收各厂区的设备物资，无奈人手根本不够，眼下这盗贼闹得凶护厂都不够就更别提回收设备了。可不回收设备丢得更多，真是两头堵。

　　"都怪我，撒泡尿的工夫就被偷了，这贼太不是个东西！"昨晚值夜班的师傅一个劲儿埋怨自己。

　　"得了，大家伙儿别互相埋怨了，先把我办公室那部拿来用，保卫处不能没有电话！"蔡卓宽慰大家。

"那可不行，大事小事都得找你，你那怎么能没有电话，我那部用处不大，拿来用！"孙新安说道。

突然，值班室的门"咣当"一下被撞开，继而一个破衣烂衫的人被推着趴在了地上，后面跟着进来一个身材健硕的小伙子，手里还拎着一部电话机。

众人一惊不知这是咋回事，蔡卓和孙新安看着那小伙子觉得眼熟，但就是想不起来。

"呀，大当家的！"虎子一眼就认出了对面这人。蔡卓和孙新安一看，确实是那年和他们抢羊的小土匪头子。只见这小子个头又长高了，身体也壮硕了，剪了头发，端正了，衣着打扮也干练了不少。话说这小子本名罗根生，那年绑了领导后自知有罪，怕"招安"后被穿小鞋，更怕进了工厂不能逍遥自在，于是第二天送回那只羊后独自一人去兰州闯荡，集结了一群小兄弟在火车站扛包，靠卖膀子力气也混得有模有样。后来听说肃钢下马停工，他这心里不是滋味，看到工人模样的人就打听这边的情况。最近见兰州火车站这边不少人私下倒卖零零碎碎的机械设备，也有的大包小包要往外地扛，据说都是肃钢那边偷出来的，罗根生坐不住了，带着这些小兄弟回了嘉峪关，路上正遇到个以前村子里游手好闲的街溜子，鬼鬼祟祟的，抓过来一看怀里揣着一部电话机，给了两巴掌就承认是从肃钢偷的，于是押着送了过来。

"呦呵，我还以为你小子又猫进山里当土匪了呢，看样子不像啊，出息了！"孙新安笑着说。

"当年吃你们一只小羊，不能白吃，今天我还上！"罗根生说着把电话机扔到桌子上，"路上这街溜子都和我招了，偷东西那伙人都是周围的小毛贼，不成气候，不少以前我都认识，我来了你们就放心吧！"

"这么说你是回来帮我们的？"蔡卓问。

"不光是我，还有二十个弟兄，都是好样的，你们还要不？"

"欢迎啊欢迎，但有一点，暂时没编制，没有钱，只供饭！"

"怂包是为了钱，我是为了嘉峪关，为了这大钢厂！至于编制不着急，等日后肃钢恢复建设了再说！"

"行，我拍板了，你是肃钢的人了！"蔡卓兴奋道。

"大当家的"罗根生的加入确实解决了大问题，他带着虎子和那帮兄弟们也不在厂里护厂，直接找到了那帮毛贼，能说的说，顽固不化的就踹上几脚，吓唬吓唬，还对外喊出话，谁再敢进肃钢偷东西那就是和他姓罗的作对，叫他吃不了兜着走。孙新安听说后气笑了，心想这小子野性不改，在肃钢里支起山头了。与此同时，罗根生还通知兰州火车站那边的兄弟们，但凡是见到倒卖设备的就抓起来送派出所，出来之后再拉走打一顿叫他长长记性。没出半个月偷盗的情况大有改善，一个月不到基本就没人再盗窃了。

护厂这边有罗根生和虎子盯着，农场那边也初见规模，于是蔡卓和孙新安研究着要尽快组织人力回收设备物资。可东西实在是太多，得分门别类，划出个轻重缓急才行。这回孙新安提出了不少切实可行的办法，什么好卸什么难拿，什么怕风什么怕晒都安排得妥妥当当。大家问他怎么这么有道道，孙新安拍着胸脯说肃钢里这阵势和当年宁钢抢运物资时比起来差远了，他当时就跟着李长青干这活来着，轻车熟路。而后，蔡卓亲自担任总指挥，肃钢里一场"回收大会战"开始了。在食物和各种物资极度匮乏的情况下，饿得浑身浮肿的留守工人们用了半年时间将能够集中起来的数十万吨设备和材料分门别类回收到库房中妥善保存。在他们看来，肃钢必定会再上马，而这些都是肃钢未来上马的本钱。

"到底啥时候能恢复建设呢？"这些日子罗根生只要一见到蔡卓就追问，"我也想当工人炼钢铁！"

"快了，快了……"

"快了是啥时候？"

"少则一两年，多则三五年，肯定能！"

十七

时光荏苒，斗转星移，一转眼五年时间过去了。

1966 年 10 月 15 日，东边的天空刚刚泛起鱼肚白，一支人数庞大的特殊部队接到命令紧急集合，急行军至 5 公里外的会场参加授勋大会。

会场前空地上，训练有素的战士们挪动着小碎步迅速将排面拉得笔直整齐，老兵一声令下各个方阵放下背包，齐刷刷地坐着纹丝不动。

这时，太阳露出了头，雾气渐渐消散，战士们猛然发现所谓的会场其实就是一望无际的戈壁荒滩，前面不远就是嘉峪关城楼，而这群战士们即将在这会场上被授予"中国人民解放军基建工程兵第一纵队第二支队"的称号。

这支新组建的 27000 余人的部队也被称为 02 部队，是冶金部第九冶金建设公司及援建肃钢的北京第二建筑公司、北京市八角混凝土

构件厂和刚刚从四川征集来的 9600 名新兵整编的，其中还包括从新
疆生产建设兵团调来的 300 多名军队干部和原酒泉导弹发射基地 8120
部队的 800 多名二次入伍的老兵，可谓是生机勃发，兵强马壮。此时
这支队伍正集结在素有天下第一雄关的嘉峪关脚下，这番场景犹如汉
唐时边关沙场点兵一般恢弘。

　　然而这支雄壮的队伍并非为了征战沙场，而是为了建设肃钢。

　　正如当年蔡卓所料定的，肃钢的重建少则一两年，多则三五年。
1964 年时，国民经济逐步好转，又逢中苏关系破裂，"大三线"建设
迫在眉睫，肃钢上马被提上日程。这一年，已是省冶金局干部处处长
的韩先沛又被调回了肃钢干回了老本行，开始各处招兵买马，为肃钢
建设做人员上的准备。次年 2 月，中共西北局作出决定，要求西北各
省、自治区各单位部门全力支持肃钢建设。

　　此时的嘉峪关，万里无云，壮美异常。城楼下，用木板和高粱席
子搭建的主席台虽有些简陋，但被彩旗装点得喜气洋洋。会场前的空
地上，27000 名基建工程兵一个个表情肃穆，屏气凝神，等待着大会
的开始。主席台上，已被任命为肃钢经理的蔡卓难掩心中的狂喜——
整整五年时间，1800 多个日日夜夜，他吃苦受罪，盼星星盼月亮就
是为了等待这一天。

　　这一天终于来了。

　　但是，蔡卓还在等另一个人，他不停地看表，时不时就朝着远处
的公路上扫一眼，显得十分焦急。已经过了既定的开会时间，主持人
又来询问，一旁的孙新安摆摆手示意主持人再稍微等等，他知道蔡卓
在等谁。

　　"来啦，来啦！"警卫员一路小跑上了主席台大喊道，"来啦，终

于来啦！"

一听到"来了"，蔡卓立刻站起身来向公路上眺望。只见远处两辆吉普车一前一后拖着烟尾狂奔而来，驶下公路直奔嘉峪关城楼。车上下来一个人，他刻意从会场前的基建兵队伍中走来，一路走，一路看，一路看，一路笑，笑着笑着就流出了眼泪，抹了抹眼泪又大笑起来。这个人就是蔡卓等的人，他也为了这一天足足等了五年，他就是前来赴约的原肃钢经理赵克西。

第五章

—— 钢 铁 红 流 ——

一

　　十一月的上海算不上寒冷，只是风有些湿有些硬，但赶上了好天气那和东北的春天也差不了多少，十分舒服。这是 1965 年的冬天，上海瑞金医院的一个凉亭下，冷亦水拿着一张《文汇报》看得入神，上面是姚文元的一篇文章，题目叫《评新编历史剧〈海瑞罢官〉》。

　　1960 年，冷亦水参与宁山市调研报告的起草任务，随后工作就有了调动。当时正处于三年困难时期，宁山市和宁钢内部都出现了严重的食物短缺，冷亦水临危受命抓起宁山市的农业生产，深入到周边条件艰苦的农村开展工作，一干就是两年整。这两年间她奔波于农民家和田地里，喝凉水睡凉炕，日积月累得了肾炎。1962 年她代表省里参加了中央的"七千人大会"，其间病情突然加重，在北京阜外医院治疗半年后返回省内修养，养了三年多竟未见明显好转。正当冷亦水因身体原因考虑离休之际中央组织部来了人，要调她去中央人民银行担任党委书记兼政治部主任，并提议先安排她去上海接受更好的治疗，于是冷亦水就来到了上海瑞金医院。正巧此时省里的省委周恒因为严重的神经衰弱也在这里养病，两人本来也熟悉正好凑成了伴儿，闲来无事他们就坐在"暖洋洋"的院子里晒太阳看报。

"《海瑞罢官》这出剧当年我在北京也看过，没问题啊，这个姚文元怎么看出这层意思的，有点颠倒是非的意味！"周恒看着这篇文章疑惑道。

"谁说不是呢，这文化人不比咱们带兵打仗的，肚子里墨水多爱咬文嚼字，发表点不同意见也实属正常！"

"可这回是刊登在《文汇报》上的，还用了两个整版，文章又有些故意拔高之嫌，依我看已经完全上升到了政治高度了，这个弄不好是要出大问题的！"

"老周，依我看这文化界里搞搞运动也是好事，这段时间资本主义思想有所抬头，那文化界是重灾区，也该给他们泼泼冷水了！"冷亦水话说的也是实情，是心里话。

"冷大妹子，我觉得这事情绝对没那么简单……"凭借着敏锐的政治嗅觉，周恒隐隐感到这件事非同寻常，他手拿着报纸思索了许久突然说道，"不行，这病可不能养了，我得赶紧回省里，不然就有可能出大乱子！"

周恒说完把报纸折上揣进兜里，疾步离开去打电话。

几天过去了，除《文汇报》外其他主要报刊并没有转载姚文元的文章，事情也没有扩大，冷亦水还调侃周恒太过敏感，难怪得了神经衰弱。又过了几天，省宣传部部长刘异云来到了上海接走了周恒。送别时冷亦水还劝他别太多心，养好了身体再回去也不迟。周恒皱着眉说他还真希望是自己多心。

事情确实没有冷亦水想得那么简单，甚至远超出了周恒的想象。

实际上当时任何人也没料想到姚文元的这篇不太起眼的批评文章成了导火索，在全国范围内掀起一场持续了十年之久的大运动——"文化大革命"。

6月初冷亦水的病基本康复，于是离开了上海赶赴北京中央人民银行上任，下了火车猛然发现这里大街小巷贴满了大字报，游行的青年一波接着一波。冷亦水一路走一路看到了中央组织部，乔副部长一脸阴沉对她说如今这里的局势很动荡，运动很深入，群众已经被全面发动起来了，建议冷亦水先回省城，离开这暴风眼，等风头过了再回来任职。冷亦水原本也担心宁山出什么乱子，心中焦急想回去看看，只怕耽误了北京的工作，听乔副部长这么一说立刻就动身回了省城。到了省城后发现省委机关大门紧闭，人去楼空，门前被贴上了"打倒一切牛鬼蛇神"的标语。一打听得知省委基本已转移至省城大厦了，在那里办公，勉强维持着政府工作。而后，周恒电话告知她，现在宁山的形势也很乱，很多党员干部已受到了冲击，让她最好先在省城避避风头，以观形势发展。于是，冷亦水也住进了省城大厦，每天看报纸打电话，逢人便问，就盼着能得到点宁山和宁钢的消息。

二

如同全国其他地方一样，"五一六通知"后"文革"也在宁山大爆发了——各个学校的学生率先被发动起来，撕了书本，砸了教具，冲进了校长办公室，宣布占领了学校。短短几天时间里，更广泛的人被发动起来，加入"运动"队伍中。他们写大字报，上街游行，冲击市政单位和市政府，整个城市陷入了混乱之中。反观宁钢，这里相对封闭，又是工人阶级聚集的地方，各厂持续生产，工人和干部们情绪相对稳定，但随着形势的不断发展，这里也开始变得阴云密布，暗流涌动。

话说宁钢经理李达五月份被调离了原岗位，前往贵州盘城筹建盘钢。兴建盘城钢铁厂是"大三线"建设中的重要一步，早在二月份上级就决定由宁山和宁钢包建盘钢，而后，宁山和宁钢先后调派出9000多人以及大量设备物资到盘城支援建设。

然而，李达的这次调动让很多人都看不明白，表面上看都是钢铁厂经理，似乎没什么区别，可一个是全国最大的中央直属钢铁企业，副部级单位；一个刚刚开始筹建，省直属企业；一个在东北平原，交通便利，一个在偏远的西南山地，山高路远，各方面条件都有着巨大的差距，所以这个调动其实是降格调动。实际上，这样的安排的确是降格使用，但却又是出于对他的保护。早前，冶金部的领导已经预感到一场大风暴的来临，宁山和宁钢又一向是政治运动的风口之一，而李达这些年以"肩膀宽，脑壳硬"著称，工作上的成绩虽有目共睹，但也因此树敌不少，一旦有了运动他必先遭受冲击，所以这个节骨眼上把他调往偏远的盘城筹建盘钢，既可以加强那里的领导，同时也平复不少人的情绪，可谓一个以退为进的良策。

李达的调离确实在很大程度上起到了化解矛盾的作用，造反派一时间找不到了攻击对象，使得"运动"一开始在宁钢内部表现得相对平静。接替李达的人未安排之前由原主抓生产的副经理马光明代理经理一职。马光明本身就是个冶炼专家，一向只关心生产不参与政治，虽然之前被打为了右派，但早已被平反，所以从各方面权衡都是个合适的人选。可随着事态的不断发展，工人队伍里也有一小撮人不安定了，开始上蹿下跳，其中蹦跶最欢的就是炼铁厂七高炉李长青班中的牛德胜。他们这一小撮人有个共同的特点就是平日里偷懒耍滑，见风使舵，眼睛里一向没活儿肚子里却满是牢骚，心里就盼着哪儿出乱子跟着起哄看热闹。就拿这个牛德胜来说，当年大炼钢铁时就胡乱提合理化建议，被厂长蔡卓稀里糊涂拿了上去，结果造成了重大生产事故。事后大家埋怨他华而不实，异想天开，给厂里造成了损失，可他非但不自我反省还一直耿耿于怀，怀恨在心。轮到这次他又返了活，最开始他偷偷摸摸在各个高炉上吹风传话，煽动情绪，没几天见外面动静越来越大他就有了底气，开始公开鼓动工人们造反。炉长李长青看他这样的气不打一处来，指着鼻子责问道："你这个臭小子，技术不咋地煽风点火倒是一个顶十个，外面愿意闹就闹他们的，你跟着瞎起啥哄！"

"咋叫闹呢，这叫革命，'文化大革命'！再不革命咱们就完啦，咱们就得被资产阶级颠覆啦！"

"还革命，毛都没长全还和我提革命？我问你，这里是哪儿，这里是宁钢，是工人阶级说的算的地方，你要革谁的命？"

"这……敌人无处不在，也可能隐藏在工人阶级中……"

"来来来，睁开你的眼睛四处看一看，你告诉我谁像是阶级敌人？"李长青继续没好气地数落着，"宁钢里上至领导下至工人，有一个算一个，成天大棉袄二棉裤，吃食堂住宿舍，一心只想炼钢铁，你告诉我到底哪个像资产阶级？"

"这个……"牛德胜被噎得说不出话，合计了好半天才回答，"那我捍卫党中央没错吧！"

"你……"这句话说得太大，顶得李长青也没了话。牛德胜见自已嘴上占了便宜得意起来，"没话了吧，没话了吧，对，我牛德胜就要革命，就要造反，就是要与阶级敌人做斗争！"

牛德胜说着一溜小跑上了高炉，逢人便喊："还干啥活啊，一个个没心没肺的，资产阶级都要复辟啦，生产出来也是便宜了阶级敌人啦，咱们得革命！得造反。"

牛德胜就这么叫着喊着，高炉上车间里没有他去不到的地方，没几天的工夫还真出了效果，得到了一撮人的响应。这些人基本都是那些平日里游手好闲的人，巴不得天下大乱好看热闹，或是趁着搞运动的幌子旷工不上班。还有些是平日里老实巴交没主见的工人，听他这么一忽悠不知如何是好，干起活来三心二意，一来叫就跟着走。

有那么十多天的工夫炉长李长青就已经管不了这牛德胜了，他把情况汇报给了马德成，可此时的马成德也犯了难，原因是上个月他已被通知调往工业部任职，人事关系已不在宁钢，只是因为北京出了乱子迟迟没动身，所以炼铁厂的事他已经没法管了。最要命的是新厂长还迟迟没定下来，炼铁厂一下子成了三不管的地方，人心惶惶，没收没管，如此一来牛德胜这帮人闹得就更欢了。

在牛德胜的鼓动下，炼铁厂一时间成了宁钢这帮造反派的中心，其他厂的工人都到这里报个到，算是加入了"运动"的队伍。像牛德胜这样的毕竟是宁钢里的少数，绝大多数工人都坚守岗位搞生产，踏踏实实搞生产，对于这群人嗤之以鼻，嫌弃得很，一个老师傅禁着鼻子说："一个个游手好闲的除了正事儿不干啥都干，聚到了一起还吵吵着要打倒什么'牛鬼蛇神'，我看他们就是牛鬼蛇神！"还有的师傅讽刺道："斗大的字不识一箩筐，比文盲没强上多少，还老要捍卫这捍卫那，捍卫个屁！"

老师傅们看着这群小子们成天折腾，不是捍卫这个就是捍卫那个，于是就嘲讽他们是"老捍卫"，叫着叫着就叫成了工厂里随处可见的"老焊条"，于是牛德胜这群在厂内搞运动的人就得了"老焊条"这么个外号。

这"老焊条"在宁钢这个工人阶级聚集的企业里没根基，处处遭冷眼挨埋怨，实在是闹不起多大风浪，于是就跑到了市里要和造反派们搞串联。市里这"运动"闹得邪乎，本也想扩大到企业里，无奈此前宁钢里铁板一块难以渗透。此时来个急先锋牛德胜真可谓是喜从天降，于是两伙人一拍即合，"大串联"迅速形成了。

有了"大串联"的支持，牛德胜算是彻底支愣起来了，开始大张旗鼓组织各厂的"老焊条"们写标语，写大字报，粘得满厂房都是。与此同时，市里的领导干部也遭受到了冲击，首当其冲的就是市长佟克文。佟克文是1962年调往宁山的，担任市长兼市委书记，早年也是搞工业出身，这些年把整个宁山的工业搞得有声有色，成绩斐然，深得民心。可眼下市政各单位、各工厂就被闹得底儿朝天，生产生活受到严重影响，佟克文坐不住了，公开批评这些以搞"运动"为名，影响和破坏生产的行为，不少老干部纷纷站出来声援。眼下市里支持和操纵"大串联"的是第二书记宋同辉，也就是当年的工业部部长，他一口一个政策，一口一个路线，满嘴是理，噎得大家伙儿说不出话，最后还捎带着给佟克文扣了个走资派大帽子。当天晚上，诋毁佟克文的大字报就被贴到了市政府的大门上，上面都是些子虚乌有的罪名。而后的几天里，对佟克文的反对和抨击之声一浪高过一浪，还有人拿他的名字做起了文章，说什么"佟克文"就是"铜"克"文"，明显是要借用"工业"的名义来抵制"文革"，天理难容。这样的毫无逻辑的诬陷实在是让人啼笑皆非，可他们就硬生生拿这个来诋毁老干部，屡试不爽。

市长佟克文被批了，宁钢紧接着受到了冲击，第一个倒下的正是一向支持佟克文的代经理马光明。实际上宋同辉一直对马光明耿耿于怀，当年大炼钢铁时虽然都在痛批蔡卓，可他清楚这个马光明才是蔡卓的坚强后盾。在宋同辉看来，马光明信奉的那套是苏联修正主义，走的是资本主义路线，是必须要被打倒的。于是，宁钢大白楼也被贴上了"打倒马光明"之类的标语。

听说马经理也要被打倒，宁钢的领导干部和工人们可不干了，大家伙谁不知道那"马光明"三个字和"保生产"三个字是等同的，打倒了马光明那就等于毁了宁钢的生产，于是纷纷站出来声援马光明，声援佟克文。

在持续的声援中，市里迅速形成了"保佟派"和"保宋派"两派。"保佟派"实际上就是想保证生产，力求稳定的大多数人，其中又以老党员干部和绝大多数的工人阶级为主。"保宋派"也就是造反派，以学生和年轻人居多，当然也包括各个企业里的"老焊条"。"保宋派"实际上是少数，但这部分人多是年轻人，闹腾起来比谁都邪乎，而"保佟派"虽然人数众多，可基本都是温和派，目的在于保生产，力量散，声音弱。更何况"保宋派"发起的运动，背后有强大的支撑，所以几轮交锋后"保佟派"渐渐败下阵来，老干部们接连受到诋毁和冲击，学生们进一步罢课、打砸、游行，"保宋派"们开始冲进各个工厂动员工人们造反，"打倒一切牛鬼蛇神"，一时间宁山这座在全国范围内举足轻重的工业城市陷入了半瘫痪状态，形势极其混乱。

1966 年 6 月，上级领导到宁钢视察，针对眼下混乱的生产情况指出，定要保证，不要斗群众，基层干部要安定下来，不要像大学一样全面开花。然而，这次指示并没有起到实质性的作用，宁山的形势大有愈演愈烈之势。7 月，宁山市委向上级发出了电报，请求上级党委派工作组来宁山控制局面，可问题迟迟没有得到回复。情急之下，宁山市委的同志开始通过个人关系寻求上级的支援，身处省城的冷亦水也接到了宁山方面的电话，希望她能和上级部门反映一下这里的情况。冷亦水得知后心急如焚，没少向上反映，可都石沉大海。此时大家也已经意识到，不是上级不想管，而是事态已到了没法管的程度。

三

自打"运动"发动起来以后，宁钢各个厂矿陆续开始有一部分人擅自离岗脱岗，搞游行、贴标语、斗党员干部，一开始确实也挖出了一些存在问题的人，但随着"运动"的不断扩大，更多的人是安上了莫须有的罪名，这其中就包括一向受到众人拥护的宁钢经理马光明。

前几日，马光明最终被定成了"大走资派"，"老焊条"们扯着拽着把他拖出大白楼五花大绑，胸前还戴上了牌子游街示众。炼铁厂的牛德胜咋咋呼呼前面开道，嘴里喊着："这个马光明是个顽固走资派，是个反革命，老早我就看出来了！坚决打倒马光明，坚决打倒'保佟派'！"老工人看到了气得直骂，想替马经理鸣不平可又势单力薄，无可奈何。

马光明一被打倒，整个宁钢就都没了主心骨，人心惶惶，担惊受怕，生产受到了很大影响。就拿炼铁厂来说，这两个月里产量直线下降，不仅仅因为干活的工人少了，上游厂矿的原材料供应也大幅锐减，甚至有几座高炉无料可用，面临停炉的危险，生产状况最好的要数李长青盯着的七高炉，但也仅能维持在原产量的七成左右。除了产量外还有一件事让李长青头疼不已，他发现最近半个月自己那在八高炉当炉前工的儿子李存金和那"老焊条"牛德胜走得近乎，咋咋呼呼地也要跟着搞"运动"。他私底下瞪着眼睛训了儿子几次，让他别和那群"老焊条"扯到一起，本本分分搞好生产比什么都强。每次儿子被训都是沉默不语，一声不吭，眼睛打着转嘴上也不表态。

此时，李长青刚从高炉上下来，正碰见牛德胜背着手走来。只见牛德胜穿着土黄布军装，带着军帽，胳膊上套着红袖箍，提高了嗓音离着老远就喊道："老李，忙着呐！"说着又装模作样地四下看了一圈，打着官腔道，"别光顾着生产，也要提防着阶级敌人！"

李长青一脸嫌弃道："小牛啊，你这不忙着贴标语喊口号来这干啥？对了，我才想起来，你也是七高炉的，还是我班里的，你这旷工旷的我都快忘了！"

"怎么说话呢，什么叫旷工？革命分工不同，我现在是在挖阶级敌人，就好比打仗的战士一样，比起你这炉前工不重要百倍！"牛德胜一脸不屑，"再有，你别总小牛小牛的，我已经不是当年的牛德胜了！"

"对对对，你不是牛德胜了，你出息了，现在你是'老焊条'了！"

"什么'老焊条'，嘴上给我放尊重点！实话告诉你，我现在可宁钢'运动'宣传队的小队长，负责老大一块了，别说区区一个七高炉，炼铁厂这一大块儿的宣传工作都归我，权利老大了，以后和我说话办事都注意点！这一点你儿子存金可比你强多了！"

"一提到存金我想起来了，你以后离他远点，自己臭就行了，别熏到了别人！"

"嘿，李长青，你越说越来劲了是吧！"

正说话间李存金夹着卷彩纸一路小跑过来找牛德胜，离老远就要喊，看到他爸在又憋了回去。

"咋了耷拉个脑袋，刚才挺欢实，看到你爸咋就蔫儿了？"牛德胜问。

"没事牛队长，标语都写好了！"李存金岔开话题，把标语递给了牛德胜。牛德胜看了看，觉得挺满意，拍着李存金肩膀说："小李啊，字写得不错，口号也响亮，是个人才，以后跟着我牛队长好好干肯定有出息，别像某些人不思进取，就会拿个钎子捅炉子！"

"瘪犊子，你写啥了，是不是又写大字报了？"李长青见儿子又和牛德胜搅和到了一起，火"噌"地一下就起来了，要上前扯拽可被牛德胜拦下。"老李，你这是要干啥，动完了口又要动手，反天了是不？"

"老子教育儿子，关你什么事，你谁啊你！"

"我是老焊……是宣传队长，小李在跟着我们抓阶级敌人，你反对我们就是反对路线，就是敌人，就得把你也抓起来！"

"你抓，抓你奶奶！"李长青破口大骂，"你们这群瘪犊子连马经理都给抓了，还是不是人了！你们说是敌人就是敌人了？什么东西！我李长青见过的人多了，顶数你们最犊子！"

"好你个李长青，竟然敢骂我这个宣传队长，我看你是不想好了！我还就告诉你了，别说是他大走资派马光明，就算是马德成我想挖也能挖出来，有一个算一个！你别和我俩嘚瑟，等我倒开工夫非得给你也戴上个大帽子不可！"

"给我戴帽子，今天我先让你脑袋开瓢！"李长青说着就抡起手中的管钳子就要砸，得亏儿子李存金及时上前扯拽着牛德胜才勉强躲过。

牛德胜被吓得满脸煞白，夹着标语赶忙逃跑，边跑着嘴里还不认怂："李长青，你等着，你给我等着，有你好瞧的！"

"老焊条"牛德胜差点被开了瓢儿，这事一下子就传开了，大家伙直呼痛快。罗明听说后，当天晚上带着其他几个师傅到七高炉来找李长青研究件事。话说最近这帮"老焊条"闹得实在太邪乎，连最老实巴交的工人都看不下去了，想治一治他们。于是各厂矿里一些少壮派开始组织工人带头对抗"老焊条"，替遭他们诬陷的领导说话。可这"老焊条"如今与市里面挂上了钩，有人在背后撑腰底气足，所以工人们就研究着要在宁钢乃至全市的工人团体中搞大联合，团结起来保生产、保秩序、保护无辜老干部。

李长青是当年的护厂功臣，又是七高炉的炉长，在工人队伍里相当有威望，所以不少人都想让他站出来号召宁钢工人搞大联合，罗明也劝了不少次，可他一直有些犹犹豫豫，说跟着搞联合倒是可以，但自己能力不够牵不了这个头。这样的话不免让大家伙觉得丧气，觉得他不够硬气，可李长青心里有自己的难处和想法——一方面他媳妇大莲如今已是调到了市委宣传部工作，抓的正是"运动"的宣传工作，他要是牵头搞大联合就和媳妇唱了反调，俩人非得打起来不可。另一方面，他觉得现在不仅仅是炼铁厂，各个厂矿都缺安心干活的，他们这群老工人若是再搞个大联合什么的那非得把生产彻底逼停不可，所以他一直不愿意牵这个头。

"老李，今天的事咱们可都知道啦，听说你差点给牛德胜那小子开了瓢？"罗明满脸兴奋，拍打着李长青肩膀，"行啊你，那群'老焊条'就是欺软怕硬欠收拾，得给他们点厉害看看！"

"是啊，李师傅，这小子嘚瑟得邪乎，大家看着都来气，你这下算是给大家伙儿出了气了！"

"谁说不是呢，动真格时还得看咱李师傅！"

大家伙儿一个劲儿夸，李长青只是咧嘴笑不说话。

"我说老李，今天我把大家伙儿也都带来了，牵头的事你合计得怎么样了？我看其他厂子也都憋着劲儿呢，就差那么一口气，这口气还真就得你来给提一提！"

"我……我有啥能耐……我的外号你忘啦，我叫'二赖子'，赖货一个！"

"这话咋说的，当年你可是斗过国民党特务的护厂英雄啊，你没能耐那谁有！"

"那都是过去了，过去了……"李长青一个劲儿搪塞，可大家伙儿围拢一圈就盯着他看，非逼着他同意似的。他也有点抹不开面子继续道，"咱们工人搞大联合我举双手赞成，但我就负责保生产这块儿，游行什么的还是你们来！"

"老李，你打了退堂鼓了是吧，合着你考虑好几天就这个结果？"

"这……跟你们说实话吧！"李长青一拍大腿道，"搞工人大联合这事我有些看法，政治上的事咱们工人是外行，搞不懂，不能跟着瞎掺和，但生产的事可全都指靠着咱们呢。'老焊条'这么一闹腾，干部被斗了不少，工人们心里也没了主心骨，你们看看现在咱炼铁厂都成什么样了，咱们宁钢都成什么样了，咱们再搞个什么大联合出去和他们对着干，能不能干过他们我说不准，但这厂里的生产肯定得废。再有一点，咱宁钢是企业里的老大哥，别说宁山这一堆一块儿，全国的兄弟单位那都看着咱呢，咱要是闹腾起来了其他企业没准儿也得跟着学那不就彻底乱了套了，这么一来国家经济建设咋办？咱们是工人阶级，保证生产才是天大的事，你们说是不是这个理儿？"

听李长青这么一说大家伙儿都静了下来，你看看我，我看看他，想要说点什么可又说不出来。过了好一会儿罗明老大不甘心地说道："合着咱们就看着'老焊条'那么折腾，看着老领导们被扣大帽子什么也不做？我可听说那个牛德胜肚子里一直憋着坏屁呢，要给咱们马德成马厂长扣帽子，咱们能看着不管？"

"是啊，不能让他们这么胡作非为！"

"你们瞅着吧，说不定最后都得从工人堆里抓人！"

大家伙儿又议论开来。

"这样，大家再等等，前一阵子上级不都来宁山强调生产了吗，我觉着上级还是十分重视宁钢的，肯定不能让这里这么乱下去，咱们再等等，要是真没什么动静咱们再搞大联合也不迟！咱们工人阶级要相信党，识大局，沉住气，但眼下还得以生产为重，不能给国家添乱帮倒忙！"

几经讨论，大家觉得李长青说的也在理，也希望这动乱赶紧结束恢复正常，于是纷纷散了，各自回了岗位。

然而没过几天马德成就出事了。

牛德胜被李长青打跑后第三天就带人去了台町绑了马德成。至于扣什么帽子还真让他搜肠刮肚想了一阵子，原因是这个马德成真真是没什么污点可挖，没什么帽子好扣。最后牛德胜一拍大腿说当年大炼钢铁时他马德成反对过工人提的合理化建议。"大串联"的人一听犯了难，心想拿掉不好的合理化建议别说是书记厂长，就连班长都有权利，实在算不上什么罪名。牛德胜眼珠子一转调转了话锋，说他马德成搞过一刀切，合理化建议为的是大炼钢铁，是总路线，反对合理化建议搞一刀切那就是反对总路线，是大大地反动。大家伙一听高了兴，称赞这个能解释得通。于是，马德成被五花大绑游了街，胸口挂的牌子上还写着"反总路线惯犯"。

8月末，一群"大串联"的人冲进了宁钢路东医院砸"四旧"，闹得底儿朝天，还绑了好几个养病中的宁钢老干部，正赶上罗明和几个工人去看住院的工友，和这帮人遇了个正着，发生了冲突。而后，"大串联"又调来了人，罗明也让人回炼铁厂找人，李长青终于坐不住了，带了不少工人急忙赶来，而后各个厂子闻风赶来，双方人越聚越多，形成了对峙。这件事被称为"八二八"事件，至此宁山正式形成了"大联合"与"大串联"两个相互对立的群众组织，实际上就是所谓的"保佟派"与"保宋派"。

四

这段时期里省城的形势不容乐观，甚至可以说十分严峻。此前，被暗中保护在省城大厦里的冷亦水接到了口信，被告知到人民银行任职一事被搁置了，并建议她千万不要前往是非之地以免受到牵连。而后，省委以养病之名将她转移保护起来，秘密住在南山宾馆。可没过几日宁山的"大串联"不知道如何得到了消息，竟找上门来将她逮捕，还给她扣了不少帽子，最大的帽子是在主抓农业时犯了"左"倾错误，伤害了农民的利益，"迫害"了基层干部。另外，她也被划成了走资派，原因是有人举报她早年间戴洋围巾，戴大金镏子。其实但凡了解点冷亦水的人都知道，她那围巾是当年苏联专家马林科夫送的，金镏子则是尚世杰留给她的遗物，如今这两样东西竟成了打到她的铁证。

无论如何帽子是被扣上了，冷亦水有口难辩，被押解着回了宁山，直接关进了宁山钢铁学院的一间小屋子里，门外有两名军人昼夜把守。透过一扇小窗户，她看见院子操场上聚集着一批又一批年轻人，想必是钢铁学院和其他学校的学生，他们拿着标语喊着口号，一队一队出了校门，不知又要去抓谁。

"宁山也乱成了这个样子，不知市里和宁钢的同志们都怎么样了。"冷亦水心中焦急难耐。

宁山的形势确实很乱，佟克文被彻底打倒了，隔三差五就要被压着游街，每次同他一起游街的还有马光明。其他的"保佟派"的几乎都受到了冲击，不少人转而加入了"保宋派"，这直接导致了宁山所有工业企业几乎都陷入了半停产状态。此时，宁山市的工人大联合已经形成了气候，多次与造反派发生冲突。三月中下旬，军队进驻宁山。

四月份，"老焊条"带着一大群"大串联"直奔宁钢，闯入了大白楼，踢开各个办公室的门，镜子脸盆见什么砸什么，椅子、电话还有各种文件顺着窗户都扔到了外面，而后把各个部门的干部和工作人员都赶了出去，占领了宁钢的指挥中枢大白楼。

像宁钢这样巨大的钢铁联合企业，从采矿到运输，从炼焦到轧钢，每一个环节都要相互协调，密切配合，环环相扣，牵一发而动全身，大白楼对于宁钢人来说，既是指挥中枢，又是精神象征，被突然霸占后公司层面的调度和管理瞬间处于瘫痪，致使原本就处于半停产状态的厂矿彻底失去了领导，陷入了各自为战的局面——矿山的矿石拉不出去，钢厂的钢坯不知道给谁，炼焦厂的焦炭堆在那里没人要，大家伙如盼春雨那般盼着上级的指示，可心中又明镜一般知道那是遥遥无期的事。没几天的工夫各个厂矿就陆续停产，不少工人们没了活儿干直接回了家。工厂不生产了，烟囱不冒烟了，工人们闲得心慌，在窗台上一趴，眼巴巴看着宁钢里，就盼着那大烟囱冒起烟来，他好赶紧回去上工搞生产。有时候想出去转一圈那还得让孩子替他看着，临走时还嘱托一旦烟囱冒了烟就立刻去告诉他。

这一天炼铁厂机关也被占了，十座高炉有八座熄了火，只剩下了罗明的二高炉和李长青的七高炉勉强维持。炼钢厂24座平炉停了18座，12个轧钢厂停了10个……没矿石没焦炭，更没有上级的指示，再等下去最后两座高炉也得停炉，大家伙急得团团转，问李长青咋办。李长青一拍大腿道："活人还能让尿憋死，没公司的调度咱就自己上，缺啥就去要啥，有啥就往外送啥!"大家觉得这个方法好，一拍即合分头行动，李长青去了矿山，罗明去了炼焦厂。

李长青骑着自行车径直奔了矿山，那里的工人师傅也火急火燎，说眼见着矿石堆在那里就是运不出去。见炼铁厂来了人乐得一蹦多高，说这矿石有的是要多少拉多少。当天下午，工人们在高炉上各自忙活着，隐隐听见南面有动静，眯着眼一看，原来有趟火车隆隆驶来。

"大家伙儿看啊，来火车啦，矿山那边来的！"

"真的，真是火车，李长青拉回矿石啦！"

大家伙一路小跑下了高炉等在一旁，只见李长青上半身弹出了驾驶楼朝着这边摆手，身后十几辆车皮里满满登登装着铁矿石。

李长青这边要回了矿石，可罗明那边迟迟未归，不知是啥情况。到了晚上大家伙都坐不住了，有人提议去炼焦厂看看咋回事。李长青担心老罗是遇了麻烦碰了钉子，决定自己亲自过去看看，可他这自行车刚推出来就见远处门灯下面一个人弯腰驼背，缓慢走来，上前一看那人正是罗明。此时罗明拽着一辆推车，累得满头大汗浑身哆嗦，身后的车斗上装的都是焦炭。

"老罗，这是咋回事？"李长青问道。

"炼焦厂的焦炭有……有不少，但是汽车都被……都被'老焊条'们给征用了！"罗明上气不接下气道，"所以就只能用手推车运了，我合计着能运多少是多少！"

"那么老远的路你硬拉回来的？快快快，你歇会，我来！"

"不用管我，你赶紧回去找人，越多越好！"

"干啥？"

"后面还有人！"

罗明说着往身后一指，李长青顺着一看，发现昏暗的马路上还有十几个人跳动的身影，只见他们浑身冒着蒸汽，衣服被汗水湿透，头上爆出了青筋，手上磨出了水泡——他们是炼焦厂的工人师傅，他们都拉着推车，走了十好几里的路为炼铁厂送焦炭来了。

接下来的几天里，炼铁厂其他高炉的师傅们都被调动起来了，加入到运输焦炭的行列中。有的师傅从家里推来了推车，有的找不到的就在自行车后座上横条扁担，再在两头挂上土筐，有的干脆就拎一条麻袋直接从炼焦厂往回扛。"老焊条"们不敢惹这些老师傅，在一旁连撇嘴再翻白眼，可他们哪理解得上去，这群老师傅们手里推的，身上扛的每一块焦炭都是一团炽热的火，它不仅能融化矿石烧出铁水，更能在这灰暗的时候给人以光亮和希望。它更像是一种宣誓，他们在用工人阶级最为质朴的方式告诉所有人，宁钢高炉中的火永远不会熄灭。

"大白楼"事件发生一周后，宁钢的机关干部和工作人员组织起来回了大白楼，看着破碎的玻璃和满目的狼藉不少人红了眼眶。几个同志怒火中烧要往里闯，被守在里面的人连推再打赶了出来，要再次去闯被老领导拦下。这老领导刚被批斗回来，嘴角还留着瘀青，衣服掉了几个扣子，眼镜也碎了一片，整个人显得疲惫而憔悴。

老领导眼中含着泪，欲言又止，打了个哀声，而后径直走到楼下，沿着窗户边开始捡东西，大家也跟着动了起来。先可着文件和资料整理，然后挪动还能用的桌椅板凳，可东西太多人手太少，忙活了一上午也没弄出多少来。下午，炼铁厂的李长青和罗明带着一群工人来帮忙，接着炼钢厂也来了，而后是炼焦厂、大型厂、小型厂、氧气厂、发电厂，大家伙儿都来了，一时间大白楼前面的广场上聚集了二三百的工人师傅，大家伙都忙活起来了，你抬凳子他搬桌子，忙得不亦乐乎。老领导见此景动了情，泪水在眼眶里打转，见有人过来赶忙摘下眼镜揉眼睛，边揉边说道："这破眼镜看东西太累，一会儿就把它换了！"

第二天，天空中淅淅沥沥下起了毛毛细雨，雾蒙蒙的大白楼出现了感人至深的一幕——从楼前的空地一直到正门，工人们在一夜之间支起了几十个席棚子，摆上了捡回来的桌椅板凳，每一个席棚前或是用木板或是用纸壳写着标牌"财务处""物资处""工会""生产处""生产调度室"……这天早上白楼里的工作人员都回到了工作岗位上，穿着雨衣带着草帽，不声不响开始在这棚子里办公，这里分明成了"席棚子大白楼"。工人们听说了高兴得不得了，一传十，十传百，两天的工夫就都知道了，赶忙回到工厂里。各个单位的人跑到白楼前，排着队在席棚子外等待安排生产任务，队伍排得老远，热闹非凡。这下子各个部门之间通信也用不着打电话了，直接一路小跑过去就成，实在忙不过来扯着嗓子大喊一声也成。还有几个年轻腿快的小师傅自愿帮忙跑腿，谁需要取点什么送点什么召唤一声就成，百十米的距离不闲腿的来回跑。一到了中午，就近食堂的师傅就挑着扁担来送水送饭。又过了两天，宁钢里各个厂的烟囱又开始冒了烟，那些趴窗户望着烟囱的工人们一看到这情况嘴里嚼着饭就奔着工厂跑，生怕生产落了自己。

在极度艰苦和动荡的条件下，"席棚子大白楼"承担起了指挥整个宁钢生产的任务，宁钢又开始恢复了生产。虽然恢复生产的不多，产量也十分有限，但工人们实在是感觉心里踏实了不少。

五

在当前的形势下宁钢部分工厂恢复了生产实在是一个令人鼓舞的事情。这有赖于工人阶级的强力支持和机关干部极其负责任的态度。其间，上级也曾多次强调要保证工业生产，所以"保宋派"对于

"席棚子大白楼"也不敢进行过多的干涉。就这样，宁钢的生产得以在这种条件下艰难维持。

可好景不长，五月的一天，占据着白楼的"保宋派"突然全体行动，趁着夜色把沿路两旁的席棚子都给点着了，各种文件资料也烧得一干二净。同样是在当晚，一位老师傅扛焦炭回炼铁厂时累死在了半路上。

第三天，李长青和罗明带着工人们捧着去世老师傅的遗像聚在大白楼前喊话，要求所有"保佟派"立刻离开，可里面的人哪听这些，没等这边喊完话就开始从楼上扔玻璃瓶子砸人，砸得一个师傅头破血流。李长青急了眼，让人围住了大白楼，还安排人昼夜值班与"保佟派"对峙，直至里面的人出来为止。

大白楼里外两伙人就这样僵持不下，持续了十多天也不见缓和的迹象。这天牛德胜从后门溜进了大白楼，站在二楼的平台上喊话，又臭又长的套话说了一大堆，李长青让工人扔一块石头吓唬吓唬他，不成想这时李存金也跟着上了平台，竟然指名道姓劝起了他爸，虽然怯生生，语言也没什么过激之处，但也气坏了李长青。工人们认识那是他儿子就没扔石头，李长青气得自己捡起一块朝着二楼就撇了过去，险些砸到儿子。牛德胜吓得一蹦高，想跑又抹不开面子，想再讲两句可又有一块石头飞来，吓得他赶忙回了楼里。

楼里的人看样子也是做好了长期僵持下去的准备，软硬不吃，汤水不进。可工人们人多办法也多，一到天黑就开始轮着番儿地敲锣打鼓，可着劲儿地弄出动静，还有师傅扯着嗓子唱二人转，搅得楼里的成宿成宿睡不着觉，几天下来就有点熬不住了，开始派人出去搬救兵。

　　这天，一辆吉普车进了宁钢正门，停在了大白楼前的工人堆里。从车上下来一个中年妇女和一个年轻小伙子。大家伙儿一看傻了眼，李长青也愣在那不动了——原来这俩人一个是她媳妇张大莲，一个是她儿子李存金。

　　话说李长青的媳妇张大莲一向富有工作热情，从八家子宣传队一直干到了市委宣传部，可谓风生水起。但这个人思想偏左，好冒进，冷亦水当初没少和她提到这一点，但她自己却不以为然，心里还埋怨冷大姐右倾。后来她的工作作风被更左更冒进的宋同辉看重了，一路拽着小辫儿往上提，成了他的左右手，现如今已经是市委宣传部的宣传处长。

　　自打"运动"以后，大莲没少整市委和宁钢里的老干部，冷亦水戴洋围巾和金镏子的事就是她捅出来的，牛德胜也借着李存金的关系搭上她这条船才耀武扬威的。至于她和李长青的关系早就破裂了，李长青怕媳妇是出了名的，但在大是大非的问题上还是有立场的。搞"运动"是中央的决策他拥护，抓阶级敌人他也举双手赞成，但是无缘无故就给人扣帽子定罪名这个他看不过去。他曾指着鼻子问大莲，马德成马书记都让你们给斗了，天底下还有比他更纯洁的老干部吗，人可以斗，但不能不分青红皂白。大莲一脸不屑说丈夫觉悟太低，看不清形势，分不清敌我，就是个只会闷头炼铁的傻大黑。

　　没过几天，李长青开始组织工人大联合成了"保佟派"，与大莲这个"保宋派"站在了对立面，俩人开始水火不容。一天，大莲当着儿子的面儿破口大骂李长青是反革命，是人民的敌人，要和他划清界限，还扯着儿子的耳朵告诉他那不是他爹，是敌人。李长青气得直蹦高，指着娘俩说不用着急和他划清界限，他要先和这俩人划清界限，而后卷着铺盖卷住进了工厂。

昨天，儿子李存金和牛德胜来找大莲告状说这李长青带着工人大联合闹腾得邪乎，请求支援，大莲转而汇报给了宋同辉。其实市里早就知道工人围堵大白楼的事，但双方始终未发生实质性冲突，而且工人们要求恢复生产也是响应了国家的号召，无论如何都不该干预，思来想去宋同辉建议让大莲以个人的身份去先劝一劝，于是大白楼前就出现了李长青与妻子儿子对峙的一幕。

此时的大莲横眉立目，气势汹汹，倒背着手站在李长青面前。李长青看着这娘俩心中来气，不甘示弱瞪了一眼。"李长青同志，这摊子支起来足有半个月了，差不多得了，见好就收吧！"大莲强忍着不满压低了声音说。

"收，随时可以收啊，我们巴不得赶紧收呢，在这耗着有啥用！"

"那就赶紧收！"

"那得等里面的人全部都出来才行，你也说了得见好才能收嘛！"李长青故意阴阳怪气道，"宁钢不恢复生产我们回去了还能干啥。我是个傻大黑，就知道炼铁，可不像你会斗人！"

"李长青同志，请你不要再胡闹了！我们这是在搞运动，是在向阶级敌人宣战，是要'打倒一切牛鬼蛇神'，你现在的做法就是一种反革命的行为你知道吗？"

"打呗，我赞成你们打'牛鬼蛇神'，可你们占了大白楼是啥意思，里面有'牛鬼'还是有'蛇神'？"

"里面现在还真就有一群'牛鬼蛇神'赖着不走！"罗明一旁应和，逗得大家伙哈哈大笑。

"你们……你们严肃点！"存金见妈受了气赶忙出来帮忙，可见旁边李长青瞪了他一眼又缩了回去。

"张大莲同志，无论怎么运动，国家总还是要建设吧，建设就得需要钢铁吧，让你们腾出这大白楼咱们工人好赶紧生产，这个不违背政策吧，怎么到了你这就成了反革命了？"

"对啊，你给解释解释！"工人们向大莲发难。

"你们……"大莲被噎得没了话，气急败坏道，"你们必须马上回去，我怀疑你们这里有人打着要求恢复生产的幌子搞破坏，我要挨个查你们，挖你们的老底！"

"大莲妹子，你这话可就不对了，咱们都是宁钢的工人，抬头不见低头见，谁不认识谁，哪有啥幌子，你要挖啥，你又能挖出啥？"罗明气不过站出来说。

"是啊，祖祖辈辈都是农民，你们能挖出啥来！"

"就是，那帽子咱们可不稀得戴，也戴不上！就是可惜了那些老干部了！"

大莲理亏又犯了众怒，可又找不到台阶下，只能对着李长青恶狠狠来一句："二赖子，别给脸不要脸，你们到底是回还是不回？"

"瘪犊子回去！"李长青回了一句。

"对，谁回去谁瘪犊子！"大家伙儿喊道。

大莲自知再待下去也无益，拉着儿子气呼呼上了车。李长青后面跟了一句："李存金，你给我记住了，你爸是工人，你永远是工人的儿子，少跟着做伤天害理的事，不然我打断你的腿！"

李存金听爸这么骂自己敢怒不敢言，鼻子里喘着粗气，脸涨得通红，眼里露出一丝怨恨。

六

市里面"保佟派"和"保宋派"之间的矛盾不断升级，形势愈演愈烈。

这天早上罗明一路小跑到了大白楼前来找李长青，告诉他坊间都传宁山要军管了，叫他赶紧想点办法把里面的人弄走。李长青一听心里着了急，合计办法时正赶上一个小师傅来送饭，他灵机一动提议可以把大白楼彻底围住，里不出外不进，只让送水不让送饭，不出两天他们就得撑不住。大家伙儿一听这办法好，又不必动手，免得再造成伤亡，纷纷赞同。而后，李长青安排人把大白楼东西南北四个门都给卡死，几伙儿人来回巡逻，凡是来送饭的直接给拦下，自己吃饭的时候故意敲盆敲碗弄出动静，可着劲儿地吆喝着饭菜香。这楼里的是年轻人居多，还有不少是正长身体的学生，这一断了粮没两天的时间就扛不住了，眼见着门里几个站岗的抱着扎枪靠着墙也熬不住了，工人们心想这下子差不多了。

第四天一大早，工人们在大白楼前的空地上生起了火熬上了粥，桌子上摆上了馒头和咸菜，一个工人喊话让楼里的下来吃。里面的人饿得实在扛不住，"咕咚咕咚"直咽吐沫，有人挨个屋动员喊话要坚持住，可还是禁不住一个劲儿往窗外看。有几个受不了的开了门出来要吃的，工人们顺势就把他们推到了一边，分了馒头和粥后不让再进。临近中午，只见楼里一个中年人叫嚷着阻拦却被一下子推开，紧接着几十个年轻人跑了出来抢馒头，李长青和罗明高了兴，心想早用这招儿何必还熬这么多天。

可就在这时，一辆带蓬的卡车疾驰而来，一脚刹车停在白楼前，紧接着从后面跳下来几十个年轻人，统一穿着白背心绿裤子，一个个身手敏捷，健步如飞，迅速进了大白楼，布置在门口和各个楼层。工人们被弄了个冷不防，愣了半天不知这群人是什么来头。

"八成是军队的！"一个小师傅说。

"咋知道的？"李长青问。

"我弟弟是当兵的，就穿着这样的白背心。"大家伙儿一合计也是，除了当兵的谁能有这么统一的着装还坐着卡车来。

"那既然是当兵的为啥不穿军装戴军帽呢？"另一个师傅问。

"支左归支左，但不也得支工嘛，咱工人就想要恢复生产有啥错！人家都说了，军管是来稳大局的，还能反过来对付咱工人阶级不成？那不能够！"一个老师傅回答。

这群白背心小伙子的到来确实化解了两派的对抗，当天下午一个同样穿着白背心的中年人来到白楼前找到李长青，告知李长青要尽快把人带走。

"那不行，不空出白楼，生产不得到恢复我们说啥也不能走！"李长青回答。

"对，不能走，要走让里面的人先走！"众人声援道。

"他们当然要走，大白楼会另有人接管！"

"谁接管？"

"无论谁接管，目的都是为了稳定形势，尽快恢复宁钢生产，这是上级的指示，你们大可放心！"

大家能猜得出来这位中年"白背心"是个干部，他说的话自然相信。但李长青还是多了个心眼，收队时故意让大家伙儿磨蹭着点，盯着白楼里的情况行事，眼见着里面的人都撤退了他才放下心，吆喝大家手脚利索点，赶紧回工厂准备开工。大家伙儿高了兴，一路小跑回了各自的工厂。

1967 年 6 月 27 日，解放军进驻宁钢大白楼，"保佟派"和"保安派"持续了近一个月的对抗终于得到化解。三天后，军队撤出。紧接着，上级决定对宁钢实行军管，撤销了宁钢党委及公司机构，各厂党组织及生产行政机构全部解体，成立"宁钢抓革命、促生产"指挥部，此后，宁钢的生产在一定程度上得到了恢复。

这一天，好几个厂子的烟囱冒了烟，家中窗户边趴着的孩子看见了赶忙出去告诉爸，这工人师傅一听高兴得一蹦多高，扯着嗓子满街喊道："老少爷们儿们，别在家窝着啦，烟囱冒烟啦，赶紧收拾收拾回去生产啦！"

七

宁山和宁钢的接管工作是同时开展的，这意味着原有的市政各部门也要重新确立，而诸如佟克文和马光明这些原市委的老同志则几乎都被替换了，宁钢里的情况亦是如此。

这段时间冷亦水几乎每周都要被拉出去斗上几次，多数是在市内游街，有时也回到宁钢里接受'老焊条'的批斗，还有几次被拉到了当年她负责土改的农村。不过她多少还是受到了一些照顾，原因是眼下宁山的军代表是当年她出生入死的战友，所以尽量少安排她接受批斗。不过其他人就没这么好的待遇了，特别是原宁钢代经理马光明，因为他去苏联留过学身上有些洋派头，所以这"走资派"的罪名是坐实了。抄他家时又被翻出不少俄文书信，也不知道哪个"大文化人"给翻译的硬是说他信中涉及了国家机密，结果又被扣上了"大叛徒"的帽子。这下子可好，两个大帽子扣得结结实实的，但凡是有个批斗会都少不了被五花大绑戴着大尖儿帽子的马光明。同马光明一样被斗的还有马德成。

马光明和马德成这"二马"始终咬着牙挺着。不久后，对干部的批斗又升了级，不少已经离开宁山的干部都被从外地接回来挨批，就算是单位里机关科室里的普通干部也有九成以上受到了冲击，被下放到车间里接受劳动和改造。

这一时期，宁山成立了个"干部学校"，老干部们又被集中到这里接受学习、劳动和教育。在这个党员干部聚集的学习班里大家伙儿表现的不尽相同——有些老同志一开始想不通，和造反派对着干，可三番五次之后棱角也被磨平了，有委屈只管咽到肚子里去，扣什么帽子只管承认就是了；有的老同志特别是像冷亦水这样当年行军打仗出身的，虽然更觉得气愤但吃得了苦也想得开，挨完批回来就吃饭，得闲了躺下就睡觉；还有一些同志就十分消极了，愁眉不展，万念俱灰，熬得一身病。现如今大家伙儿私下里几乎都杜绝了交谈，顶多是寥寥几句鼓励的话，更多时候互相之间的交流仅仅是点点头或是一个眼神，因为这样最保靠，最安全。

八

李长青一直就是"老焊条"们的眼中钉，但像他这种打根儿上就是穷苦人出身，立过大功，当过劳模，还受工人们拥护，谁拿他也都没办法，就连牛德胜那样的见到他都得绕着走，不敢招惹。可李长青做梦也没想到就是他这样一个一心朴实的老工人也被扣了大帽子，成了"反革命"，而且给他扣帽子的竟是自己的儿子李存金。

话说李存金现如今不在炼铁厂了，已经进了宁钢机关当上了保卫科科长，成了牛德胜的领导了，这主要靠了他妈大莲的关系。大莲告诉儿子要好好干，等干出了成绩再把他弄到市里去。存金当然知道他妈这个"好好干"指的是什么，也当然想到市里面工作，可眼下这宁钢的干部都被斗得差不多了，工人不好斗，也斗不出什么成绩来，更何况搞这大联合的工人还有他爸爸李长青在后面撑腰，这样下去啥时候能弄出动静熬出头。李存金为此愁眉不展。

这天牛德胜来找李存金诉苦，说自己在炼铁厂斗一个工人遇了阻，被围了起来险些挨了揍。李存金心说不用想，现在敢这么干的不是他爸李长青就是罗明，于是也没搭话。

牛德胜被晾在了一边下不来台，心想一不做二不休，干脆把之前自己划好的道道直接说出来："我说存金啊，我比你大着十多岁，按理来说你得叫我大哥，要是按辈分来讲那还比你大着一辈呢，叫我牛叔也不为过，所以有些话我得说说。你看现如今咱们老焊……咱们'大串联'在工人堆里挖，雷声大雨点小，迟迟没弄出什么动静，这样下去可不是好事。时间久了，人家可就要说你这科长是占着茅坑……"

"在工人队伍里挖本来就不容易，也没什么可挖的，总不能给工人们硬扣帽子吧！眼下这情况也是没办法的事！"

"没办法咱得想办法啊！存金，你妈大莲现在在市里可算是个人物，我都看出来了，你以后进市里那是板上钉钉的事，眼下还窝在宁钢里不就是差点成绩嘛！咱就退一万步说，你存金高风亮节，不想往上爬，可也不能给你妈丢人不是？"

"谁不想进步谁是瘪犊子！"闻听这话存金激了动，像个孩子一样反驳，可片刻之后又软了下来道，"可眼下就这情况我是干瞪眼没办法……"

"我这倒是有个法子，保准你能弄出大动静，一炮走红！"

"啥法子？"

"啥法子……"牛德胜开始故作为难，用余光观察着存金的表情，"好是好，可就是有点……有点那个！"

"哪个？"

"就是不太地道……"

"不太地道……违反原则不？"

"那自然不，而且有力有礼有节，谁都没话说！"

"那怎么说不地道呢？有这样的早该挖出来啊！"

"这不是……"

"你倒是说啊，对待敌人用吞吞吐吐犹豫不决吗？"

"好，我说了你可别怪我！"牛德胜一拍大腿装模作样道，"我说的这个隐藏的最深的敌人不是别人，正是带头搞工人大联合的李长青，你爸！"

"我爸？"存金"噗呲"一声笑了出来，"我爸咋了？我爸可是当年的护厂功臣，还是厂里的劳模，戴过大红花的人！再说了咱们家往上倒五辈儿十辈儿那都是农民，就有个李世民的当过皇帝，要不你往那挖一挖？"

"对对对，你说的都对，你爸是功臣，是劳模，可那是以后的事了，再之前干过啥你知道不？"

"干过啥？"

"算了不说了，家丑不可外扬！"牛德胜故意卖关子，"当老子的哪能和儿子提那些事，丢人！"

"不行，你说，你给我说！"存金脸上挂不住了。

"好好好，我说我说……"牛德胜脸上痛苦，心中暗喜，"你爸他手不干净……上面还……还沾着血！"

"啥，你说啥？"存金一惊。

见李存金彻底上了套，牛德胜赶忙再加把火，抻着脖子凑到耳边低声道："实话告诉你吧，你爸当年是国民党'特勤队'的，专门帮着往宁钢外偷东西搞破坏，后来看清了形势弃暗投明，这才立了功！说白了，你爸当年就是个反革命！"

"你他妈的放屁！"一听这话李存金火冒三丈，一拳头把牛德胜怼坐在地上，"我看你牛德胜是想立功想瞎了心，扣帽子扣到我们老李家头上了！"

"我说李存金，你这话咋说的，我怎么就扣帽子了，我牛德胜嘴里有一句假话我出门被雷劈死！不信，不信你出去打听打听，但凡是个岁数大点的谁不知道你爸当年那点破事儿！这样，别人说的不信那你回家问你妈去，她说的你总该信了吧？"

"问就问，白的黑不了，香的臭不了！"

"好，那你今天就回去问，明天我来找你讨个说法，我这一拳头可不能挨得不明不白！"牛德胜说着一激灵起了身，继而又压低了语气故作语重心长道，"存金，我说的那都是千真万确，也是为了你好，你要是能把你爸扳倒，那动静可就大了，工人大联合一下子可就垮啦，以后就没人和咱们对着干了，而且你还落下个革命彻底、大义灭亲的好名声，去市里工作还不就水到渠成了！"

李存金低头听着，没再愤怒也没再言语——牛德胜这句话说到了他的心坎儿里。

当天晚上回到家的李存金心乱如麻，搓着手踱着步一个劲儿看钟。十点多大莲忙完回来了他立刻迎上，问妈饿没饿，工作忙不忙。大莲多聪明，三五句之后就看出儿子不对劲，问他到底怎么了。存金打小最怕他妈，被这么一问就把白天和牛德胜的事都说出来了。大莲听完气得一拍桌子呵斥道："我说存金，咱俩和你爸是有矛盾有分歧，他最近思想上确实也有所退步，但也不能挨斗啊！"

"可阶级敌人不分远近，亲爹犯了错也得批评，这还是你教我的！"

"别的能耐没见涨，这套学的倒是挺厉害！我们和你爸的矛盾往小了说是家庭矛盾，往大了说勉强算是人民内部矛盾，你还整出个阶级矛盾！你这哪叫分清远近，你这叫敌我不分！糊涂，无知，忤逆！"

"那当初不还是你叫我和我爸划清界限的嘛，现在咋又说我不对了？"

"这……那是气话，气话懂不懂！"大莲被气得呼哧呼哧直喘，缓了好一会才稍微平静下来，见儿子被骂得低着头不敢吭声，哆哆嗦嗦的像个犯了错的小孩子，她有些心疼，转念一想存金也二十多了，总把他当个孩子，家里的事情其实也该让他知道知道了，也怪自己工作太忙，从来没和孩子好好聊聊天，交交心。

想到这里，大莲缓和了情绪，进了厨房下了两碗面，娘俩一边吃面一边谈起了老年间的事，从她如何认识的他爸李长青谈到怎么忍饥挨饿，从她怎么进的宣传队谈到日后怎么积极工作，一直聊到了下半夜，李存金困得睁不开眼，趴在桌上睡着了，朦朦胧胧中还听妈说他爸是个好人，是个护厂英雄更是个好工人，以后无论怎么样都不能斗他，要好好孝敬他……

九

不怕没好事，就怕没好人。牛德胜这小子肚里一直憋着坏水，原本合计着李长青人横资格老，那他就压着他儿子，从那里找平衡，不成想没多久李存金也成了领导，他越想越来气，心里开始琢磨着坏道道儿。其实他早就看准了李存金那小子是个生瓜蛋子，没主见又立功心切，于是设计了"窝里斗"这么一招儿，心想那二赖子李长青是工厂里闹得最欢的，扳倒他不但出了气立了功，还除去了一块绊脚石。其实那晚李存金被他妈大莲骂完后就已打消了斗自己爸爸的念头，可架不住牛德胜背后软磨硬泡，煽风点火，结果他一激动也没和妈商量直接就带着"老焊条"到炼铁厂七高炉绑了他爸李长青，而且当天就在炼铁厂开起了批斗会。

"老焊条"绑工人最近也时有发生，但绑人的是儿子，被绑的是亲爹，况且他爹还是牵头工人大联合的李长青，真是一石激起千层浪，不少厂里厂外特别是当初工人大联合的人都急忙赶来，想看看到底是咋回事。批斗会的会场就在炼铁厂机关楼前的空地上，现成的，几乎天天都能用上。"打倒"二字也是现成的，放着不动的，"李长青"三个字是牛德胜找"老焊条"现写的，字迹七扭八歪。台子正中央，李长青被按着跪倒在地上，工作服被扒了下去只留着件漏了洞的红背心，脖子上挂着牌子，头顶着大尖帽，他本人死气沉沉，呆若木鸡，像丢了魂儿一般跪着一动不动。

主持批斗会的是牛德胜，只见他挺胸抬头，满面红光，得意洋洋，打着嗓讲了一堆眼下四海皆准的套话，硬邦邦的倒也流利。而后，他又简单回顾了一下李长青这些年的"罪行"，又点了点身边有类似行为的人，杀鸡儆猴。最后他说了一句："只要你有那么一丁点对不起党和人民的事，无论什么时候做的，无论隐藏得多深，我们都会给你挖出来，扳倒你，搞臭你，有一个算一个！"

而后，雷打不动的几个"老焊条"逐一登场，开始痛斥李长青的罪状。这些人年纪都不大，宁山解放那年恐怕还是个不懂事的娃娃，可一提起当年的事一个个如亲眼所见一般，声情并茂，绘声绘色，恨得咬牙切齿，说到愤慨之处还上前给李长青来一嘴巴，踹上两脚。这批斗会气势足，"老焊条"们讲得也"精彩"，工人们起了议论，心想这李长青当年有那么邪乎吗，飞檐走壁，比那江洋大盗也差不到哪儿去。一个小伙子对身旁的师父说，那几个"老焊条"说的是评书里面的段子，现在都安到了李师傅头上。那师父听完赶忙瞪了徒弟一眼，叫他别瞎说。

按照牛德胜的安排，最后出场的是李存金。儿子批斗老子这事新鲜，得压轴。可李存金一见台下那么多自己当年的工友，腿一软打了退堂鼓，低着头挡着脸转身就往回走，心想儿子当众批老子，传出去指不定怎么被人戳脊梁骨呢。牛德胜见李存金要掉链子，一旁低声喊道："存金，你要想弄出动静就看这一回啦，是走是留你自己掂量着！"而后也不管不顾了，使劲推了一把又把他送回了台前。

李存金又回到了台上，他爸李长青嘴丫子流着血，转过头看着他，一脸怨恨，喘着粗气从牙缝里挤出一句："你个狼崽子，等我回去打折你的腿！"李存金心虚，看着自己爸被打成了那样也害了怕，再一看台下，只觉得工友们的目光如利剑一般向自己刺来，吓得浑身直哆嗦，干张嘴说不出话来。牛德胜急得直跺脚，朝着台下一摆手，挤眉弄眼，"老焊条"们心领神会，立刻高喊起口号"打倒李长青""打倒顽固反革命"。

　　被台上台下的这么一激，李存金来了劲儿，心想自己斗的是顽固反革命，在革命面前没什么长幼尊卑，只有正确与错误，今天自己还偏要跟这个阶级敌人划清界限，来个大义灭亲。于是李存金咽了口吐沫提高了嗓门大声道："同志们，台上跪着的不是别人，是咱家我爸，同时也是当年国民党特务的爪牙，后来虽然立了功但他秉性不改。现如今资本主义抬头，要窃取我们革命成果，所以中央号召我们挖出'走资派'，可这个李长青偏偏领导起'工人大联合'，这是什么行为？这是打着咱们工人阶级的幌子来搞反动，是个不折不扣的反革命！"

　　此话一出，台下前排立刻掌声响起，"老焊条"们摇旗呐喊，其他工人们彻底没了声响。李存金受到了鼓舞，信心倍增，看着跪在那里的爸临时起意说道："大家伙儿听听这个李长青当初给我起的名字，'存金'，这算是个什么名字，存金干嘛，要当资本家吗？他的反动就是骨子里的，而且妄图将我也带进去。今天我当着大家伙儿的面宣布，我要和这个'顽固反革命'李长青彻底划清界限，断绝父子关系，以后不叫李存金了，从今天开始我叫……叫文革，我叫李文革！"

　　此言一出，台下又是一阵掌声和口号声，比上一次更猛烈、更持久。

十

李长青死了。

这个炼铁厂七高炉炉长、当初护厂立过三等功的功臣、省劳动模范死了，是被那个和他断绝了父子关系的儿子李文革打死的，也可能是被活生生气死的。

话说李存金揪出"反革命"的爸爸李长青，当众宣布断绝父子关系，还把名字改成了李文革，这件事着实引起了不小的轰动，第二天街面上就都传开了。市里得到了消息后高度重视，并且紧急召开了专门会议研究此事，深刻总结，加以推广。出事当天大莲还不知道，会上得知后心里咯噔一下，头上见了冷汗。宋同辉那边精神亢奋，滔滔不绝，充分肯定了大莲和他儿子存金的行为，又带头鼓起了掌。再看大莲，浑身颤抖，欲言又止，眼里含着泪花脸上还强挤出了点笑容。

而后几天里，李长青被拉到了各厂矿、各单位进行公开批斗。有了领导的认可和支持，李文革斗他爸斗得就更理直气壮了，发言一次比一次长，慷慨激昂，声嘶力竭，看得大家伙儿直咂么嘴儿，心想这儿子是白养了，狼崽子一个。还有的人回家就教育自己儿子，说以后要是学李文革那么对老子，那就先把崽子腿打折。

这天，李长青被带到了宁钢大白楼前面批斗，这次批斗会的规模大，规格高，宋同辉亲自到场，就连李长青的媳妇大莲也"应邀出席"。观众席上安排了不少座位，但前五排和后五排都是造反派和"老焊条"们，中间夹着的都是当初参加工人大联合的师傅们。

批斗会开始了，程序照比之前没什么变化，还是由牛德胜主持，

"老焊条"们揭发，最后李文革表态。可因为台上坐着上级领导，这些人一个个义愤填膺，讲得格外卖力，打李长青打得也更狠了。李文革春风得意，慷慨激昂，引得宋同辉频频起身鼓掌，当场就提出了表扬，台下掌声和口号声一浪高过一浪。李文革之前没见过这么大的场面，被胜利冲昏了头，想再表现表现，于是走到他爸李长青面前抡起胳膊上去就是一嘴巴，继而恶狠狠地问："李长青，你这个'顽固反革命'，你认不认罪？"

李长青这些天被打习惯了也被打皮了，可但凡是个当爹的也禁不住儿子这般忤逆。他怒火中烧，"噌"一下站起身来破口大骂道："你这个王八犊子，我他妈的造了什么孽生了你这个混蛋东西，你们这台上台下的没一个好东西！我认什么罪，我认你姥姥！"李长青说着又瞪了一眼台上的大莲。大莲被吓得脸色苍白，赶忙低头不敢直视。

李文革本想当着领导的面表现一下，不成想受到这般大的侮辱，脸瞬间涨得通红，气得直蹦高，顺手操起身边的话筒杆子就抢了过去。那杆子可是根铁管子，他这一猛劲儿直接打折了李长青的腿，皮开肉绽，小腿骨撅了出来，顿时血流满地。李长青疼得"啊呀"一声晕死过去。大莲一惊，也吓得昏了过去。儿子李文革见状，吓得倒退了几步靠在了主席台桌子上，尿顺着裤腿就流了下来。

李长青苏醒过来时发现自己被关在炼铁厂七高炉底下的一个黑屋子里，门口有"老焊条"看守。断腿被接上了但没打石膏，只做了简单的包扎，也没留下一点药。之后的几天里他不吃不喝，目光呆滞，死人一般。高炉底下又闷又热，伤口发了炎，化了脓，他开始高烧不退，折腾得没了人样子。大莲曾偷偷来探视，见到丈夫这个样子

"哇"的一声哭了出来，可怕人听到说她同情反革命，又赶忙憋了回去。她扶着丈夫喝了点水，吃了拿来的消炎药，强忍着哭声转身离去。至于他的儿子李文革根本就没来过。

连续一周汤水不进，高烧不退，李长青油尽灯枯。那天深夜他回光返照了，开始号啕大哭，哭得伤心欲绝，痛彻心扉，而后说起了胡话，翻来覆去只重复一句话："尚厂长，你说这到底是为啥呀，为啥呀……"

第二天一早，"老焊条"来送饭时发现李长青已经断了气。

十一

1968年3月22日，宁山军事管制委员会撤销，革命委员会同时成立。革命委员会主任仍由军方代表担任，第一副主任则由宋同辉担任。而后，为了恢复宁山的工业生产，革委会决定成立第一和第二工交组，第一工交组全权负责宁钢生产，第二工交组负责全市其他企业。宋同辉同时也兼任着第一工交组组长，这个职务实际上就相当于宁钢的经理兼党委书记。

宋同辉在工人心目中形象一向不佳，甚至可以说意见很大，谁都知道这是造反派的头子给不少老同志扣过帽子，对他不信服，所以由他兼任第一工交组组长的事招来许多反对之声，正赶上李长青被斗死了，工人们的情绪就更逆反了，于是举报信雪片一般飞到了省革委会。四月初，经省革委会研究决定不再由宋同辉兼任第一工交组组长一职。

第一工交组组长一职空了出来，谁来接任是个大问题，这一人选既要考虑到未来的生产，又要考虑到群众的意见，当然更要有坚定的政治立场。几番研究后一致认为原炼铁厂厂长兼书记马德成是最好的人选。当然，对于这个决定宋同辉本人也是同意的，毕竟马德成为人忠厚老成，对他威胁不大，而且技术过硬，在老同志和工人队伍里威信都很高。

话说马德成这天还在学习班里接受改造，突然被押送到了市革委会接受谈话，接待他的正是革委会副主任宋同辉。宋同辉把事情简单陈述了一遍，告知要把他结合到第一工交组，并反复强调是自己极力推荐的，也是组织上给他的一次戴罪立功的绝佳机会。马德成闻听后迟疑片刻后立刻咂么出了滋味，嘴上说事发突然要回去考虑考虑，可心里已经做出了决定——决不能跳这个火坑。

实际上就目前来看第一工交组确实是个火坑，且不说现如今宁钢里复杂严峻的形势和被严重破坏的生产秩序，单从他本人来讲也是过不去心里这道坎儿。马德成觉悟高，党性强，嘴上又有把门的，错话从来不说，可心里始终对那帮人抱有很大的意见，如果他被结合进了革委会那不也成同样的人，而且他这么一来让其他老干部怎么看，说他马德成是个软蛋，怕挨斗受罪，"缴枪投降"了？这个打死他马德成也做不到。

马德成要被结合的风声迅速传开了，私底下议论纷纷说什么的都有，看他的眼神都和以往不一样了。一个直肠子的老同志没好气地说："马德成这老小子要真敢去，我就天天堵门口骂他八辈祖宗！"议论之声传到了马德成耳里，他不气不恼，不言不语，装得跟个没事人一般。三四天过去了他这边没什么动静，宋同辉那边着了急，派人来询问，马德成只是说还在考虑，反复两次过后对方也就知道了他的心思，十分不满。

这天，学习班的小领导把马德成叫来谈话。平日里像马德成这种错误轻表现好的老同志待遇相对较好，起码谈话时有个座，可今天这个小领导一脸阴沉没好气，让马德成原地站着，上来劈头盖脸地训斥了一通，说马德成是臭"走资派"，不知悔改，顽固不化也就算了，害得他也挨了上级的批评。马德成也不管对方说啥，只是听着不表态。小领导那边越说越气，也是见马德成人老实直接骂道："说白了你们就是贼，反革命的臭贼，也就是仗着年纪大倚老卖老，不然能结合到你头上，你不去，不去就在这继续改造，啥时候死了再离开！"

一个"贼"字可激怒了马德成这"老实人"，他两眼冒火一拍桌子大骂道："你这个小造反派满嘴喷粪，你当你是和谁说话呢？站在你面前的是一名老党员，老红军，他打过鬼子抓过特务，参加过保厂护厂还领导过'三大工程'，不仅仅是我，你们斗的那些干部都是国家的功臣，他们立功时你们这群崽子还穿开裆裤呢，什么时候轮到你们在这耀武扬威，算什么东西！我还就告诉你，咱们这些老干部始终都是国家要倚靠的，等有朝一日'运动'过去了我第一个收拾你这崽子！你给我转告宋同辉那老小子，我老马就是被他斗死也不当那个什么破组长！"

自打马德成被斗之后他从来没发过火，甚至都没闹过情绪，造反派们只当他是个好欺负的老好人，不成想发起脾气来这么吓人。小领导被吓得脸色惨白，头上冒了虚汗，瘫坐在椅子上不敢动弹。马德成瞪了他一眼转身离开。

马德成痛骂小领导的事一下子就在干校传开了，当天晚上趁着饭后放风的工夫冷亦水和马光明把他拉到一个角落偷偷说话。此时马德成仍余怒未消，愤愤不平，这般盛怒就连他的老友冷亦水也未曾见过。

"行了老马，咱们什么风浪没见过，土埋半截子的人了至于和那些小造反派们生气嘛！"冷亦水劝解道，"不过你老马到底有没有想法？"

"有，咋没有，岂止是想法，我恨不得给那小造反派两嘴巴！"马德成愤愤说道。

"谁问你这个想法了，我说的是那事！"

"结合我的事？"

"想不想去？"

"瘪犊子想去！"

"可是我倒是觉得你应该去当这个组长！"马光明说。

"我说老马，你这是啥意思，还真要我往火坑里跳啊！"马德成嗔怪道，"要论起这个组长我倒是觉得你最有资格，换你你去？"

"他要是让我去我还真就去！"

"你看看，亦水你看看，这是站着说话不腰疼，诚心拿我开涮！"

"老马，光明没拿你开涮，他头上扣帽子比你大，结合不了，你就不一样了！"

"啥意思，合着我老马活该呗？"

"老马，马德成，你是个老同志了，冷静点！"马光明严肃道，"这四下都有眼睛盯着，你以为我们俩吃饱了撑的拿你开涮啊！这是我和冷亦水还有其他几名老同志考虑再三的结果！"

"你俩……你俩到底啥意思？"马德成一脸不解。

"我俩，不，我们的意思就是希望你能去担任第一工交组组长！"

马光明说。

"实话告诉你们吧，要是放在三年前我干，那可是宁钢啊，全国最大的钢铁联合企业的党政一把手啊，何等的光荣！现在情况不一样了，我可不去，丢不起那人！"

"老马，我知道你精神上有压力，思想上有包袱，可说白了不就是怕一些人背后戳你脊梁骨嘛！"冷亦水说。

"这还不够？我老马活了多半辈子不能临了毁了名声！要我和那帮人同流合污混在一起，扯淡，直接枪毙了我算了！"

"老马你糊涂呀！"马光明愠怒道，"我问问你，是名声重要还是宁钢的生产重要，是你个人利益重要还是集体利益重要？你说说，大联合的工人们为啥和'大串联'的对着干，工资照常发在家歇着不好吗？大家伙儿为啥要替咱们老干部说话，少惹点麻烦不好吗？还不是为了宁钢，为了生产嘛！现在形势动乱，可无论怎么乱经济总得发展，国家总得建设，这时候咱们宁钢不顶上谁能顶上！"

"可是……"

"你别和我俩可是可是的……"马光明继续说道，"说到思想包袱我还要批评批评你，远的不说就说咱宁钢的这批老干部里当年有多少是潜伏在敌后的，又有多少人成天被人戳脊梁骨，就拿李维民来说，在伪满政府里隐藏了七八年，其间还和组织断了联系，被骂汉奸忍的时候还少吗，人家忍辱负重的思想包袱不比你重？再说了，现在是新中国了，都是党内的事，用得着你拔到这个高度？依我看你这就是得了'安乐病'！"

"我说光明，你这话咋说的，我怎么就'安乐病'了嘛！"马德成被马光明激得红了脸，一旁的冷亦水赶忙缓和道："老马老马，光明他说得有点过!"转而又对着马光明佯怒,"我说马光明,你可是大知识分子嘴里咋没个把门的,怎么就'安乐病'了!老马,别听他胡说,消消气!"

片刻之后,冷亦水又说了:"不过我说老马呀,人家光明话糙理不糙,你想想党和人民付出了多少代价才使得宁钢有了今天的成绩,总得有个让大家伙儿都放心的人守着吧。咱退一步说,让那帮人去管着宁钢你老马心里就高兴了,就放心了?他们要是真把宁钢糟蹋了到时候挨埋怨的还是你老马!"

"对呀老马,有你看着咱们宁钢这些老同志都放心,至于闲言碎语肯定会有,你大可不必在意,公道自在人心,一切留给时间去证明吧!"

"你俩呀你俩,这一唱一和的……"马德成叹了一口气低声道。

这天一大清早,宁钢的正门一直到大白楼前的路两旁站满了工人师傅,他们一声不响,目不转睛地盯着门口,似乎在热切期盼着什么。

就在这时,一人骑车转过了三孔桥,进了宁钢正门,看路两旁这么多人有些吃惊,再仔细一看还认出来不少,这其中有些是当年在炼钢厂和炼铁厂与自己一起摸爬滚打的老工友,有的是得过厂里、市里、省里乃至全国荣誉的劳动模范,更多的是各个厂子的技术骨干——这些都是宁钢工人阶级中的顶梁柱。

"来了,来了,马厂长来啦!"见马德成来了,工人师傅们开始按捺不住内心的激动之情,彼此握手,相互庆贺。

马德成刚刚还眉宇紧促,满脸愁云,见到这一幕瞬间舒展了眉梢,泪水在眼眶里来回打转。他站在原地看了看人群,又看了看大白楼，看了看大白楼又看了看人群，往事如过电影一般一幕幕浮现在脑海中。过了好一会，他用袖口擦了擦眼眶，长舒了一口气，开始推着自行车向前，极为缓慢地向前，没经过一处都要和两边的师傅们点头示意。

"马厂长，您回来啦！"一个老师傅眼含热泪喊道。

"回来了，回来了！"马德成深情地回答。

"马厂长，您回来啦！"又一个老师傅喊道。

"回来了，回来了！"

"马厂长，你回来啦……马厂长，您回来啦……"人群中此起彼伏地响起同样一句话，马德成则一直在回答，"回来了，回来了……"

一路喊，一路回答，一路喊，一路回答，直到大白楼前。

"马厂长，您说点什么吧！"人群当中的罗明大喊道。

"对啊，说点什么吧马厂长！"大家伙异口同声道。当然，所有人想听的话都是一样的，想这位宁钢的老领导给大家讲两句提气的话——他们太需要鼓励了，宁钢太需要鼓励了。

"宁钢工人师傅们，宁钢的老少爷们儿们！"此时，马德成也知道自己确实该说点什么，他也太想对大家说点什么了，可又觉得对于这群质朴而单纯的工人来说，一切措辞都显得那么苍白无力。

"回吧，都回吧，回去搞生产！"停顿了好久，马德成说出了这句话。

工人们等了许久就等到了这么句简单的话，可也不知道怎么地，这么简单的一句话就好像有魔力一般，工人师傅们立刻感到精神焕发，浑身有了似乎用不完的劲儿。

"回吧，马厂长说的对，咱们赶紧回厂搞生产！"罗明吆喝一声，大家伙跑着跳着，说着笑着回了工厂。

马德成也笑了，笑着笑着就哭了，哭着哭着又笑了。过了好一会，他蓦地把车梯子一踢，把自行车一立，阔步进了大白楼。

在动荡的 1968 年，全国钢产量为 904 万吨，而这一年宁钢在极其困难的条件下仍生产了 330 万吨钢，超过全国总产量的三分之一。

十二

川黔铁路上，一辆绿皮火车已经"闷头儿"行驶了二十多个小时，已翻过了无数座高山，穿过了无数个隧道。前面的路还很远，它气喘吁吁，疲惫不堪，但仍负重前行。

这是 1969 年年底，由重庆开往贵州盘城的列车上乘客不少，形形色色，有的穿着当下最流行的"人民装"，有的穿着学生装或绿军装，绝大多数都是穿着传统服装的沿途的村民。有的膀大腰圆，五大三粗，像是东北或是西北的汉子，有的眉清目秀，细皮嫩肉，看似来自鱼米之乡。按理来说，这样一辆连通着西南复地与云贵高原的列车上应该是南腔北调，有说有笑，喜气洋洋，可实际上车厢里除了"隆隆"的火车声和竹笼子里鸡鸭的叫声外几乎听不到有人交谈的声音，或许是相互间不愿说，也可能是不敢说。

"曲折婉转，忽高忽低，忽明忽暗，死气沉沉，遥遥无期……"火车靠窗坐着一个人，自言自语反复重复着这几个词。旁边，一个知识分子模样的老者哑摸着这句话，怀里的小孙女问是什么意思，这老者说那人是感叹路途遥远。老者打量一番对面这人，他大约五十岁上下，身穿洁净发旧的人民装，灰白相间的头发十分浓密，被梳理得一丝不苟。黑框大眼镜下是一对深陷的眼睛，颧骨很高，面颊消瘦，长相颇为洋气。一看这人就是个知识分子，老者不免产生几分好感，而后打了个唉声，也跟着自言自语道："死气沉沉，遥遥无期……"

这时，车厢里走过两个"红袖箍"四处巡视，老者见状故意清了清嗓子说道："快了，快了，眼看着就要到了，别再念叨了！"这话给窗边那自言自语的人提了个醒，他听到后赶忙端起搪瓷缸假装喝了口水，把"红袖箍"对付过去了，而后向老者道谢。

"萍水相逢，只因见你是个读书人所以奉劝一句，高山终能跨过，雾气终将散去，但之前可是要步步谨慎，否则就可能坠入万丈深渊！"老者重心长道，那人思索片刻后再次道谢。

老者不知道，他刚刚帮助的那个知识分子不是别人，正是当年的宁钢炼铁厂厂长，后来的肃钢经理蔡卓。

话说此时的蔡卓已不再是肃钢经理。1966 年"运动"刚一开始他就遭到了猛烈的冲击，被打为"大走资派"，斗了半年多后被那位首长暗中保护了起来，躲过一劫。第二年调去了冶金部任职，并很快参与到了统筹"大三线"建设的工作中。

花钢和盘钢是"三线"建设中的重头戏，都由宁山和宁钢包建，建设一开始搞得轰轰烈烈，而后同样受到了"运动"冲击，各项工程严重迟滞。蔡卓以调研员身份已经走访了宁钢、江钢、蒙钢等钢厂，掌握了实际生产情况，此一行旨在了解"三线"冶金企业的实际建设进度。前几日他刚刚在重庆参加了西部冶金会议，而后去了花钢，现在又日夜兼程奔赴盘钢。

列车又行驶了八九个小时终于停在了盘城，下车时这里下起了雨夹雪，湿冷异常，负责接待的小同志操着一口地道的宁山话交谈起来，蔡卓顿感亲切，详细一问得知小伙子是个地道的南方人，因为工厂里几乎都是宁钢支援来的同志，时间久了自己也就满嘴的宁山话。

小伙子十分热情，拿来了雨衣和雨鞋，并介绍说在盘城有"三件宝"——雨衣、雨鞋、大棉袄，没有这三样冬天夏天都不好过，赶上这几天天气不好，嘱托蔡卓一定要穿戴好。而后的几天里，乌云始终占据着天空，大雪时下时停，落地便融化。蔡卓踩着一脚深的泥泞走遍了盘钢各个厂区。

盘城这座小城位于云贵高原的乌蒙山区，毛主席《七律·长征》诗中"乌蒙磅礴走泥丸"就是指的这一带地方。这里海拔在 1800 米以上，峰峦起伏，地质构造复杂，气候阴冷潮湿，经常大雾弥漫，细雨绵绵。会战队伍刚进场时住的是自己亲手搭砌的"三棚一垒"，吃的经常是"上边熟，下边糊，中间还硬"的夹生饭，喝的是溪中坑中的"自然水"，当然"三件宝"更是必不可少的。然而就是在这样艰苦的条件下，建设者们硬是建起了座座工厂。然而此时，工厂在动荡中几乎完全停止了建设。

雪越下越大，这天一大早蔡卓就独自进了一座工厂。

高大厂房里空空荡荡的，冷冷清清，脚下还是泥土地面，还没来得及安装的设备和材料被整齐地堆放在了一旁，上面都盖上了苫布。不远处，厂房的天棚漏了一个洞，风雪顺着洞灌了进来。下面，两个工人正挥舞着扫帚清理着设备上的积雪水。

"蔡厂长？"苫布上一个汉子蹦了下来，操着一口地道的宁山话问道，"你是蔡卓蔡厂长吧？"

"我……我是！"

　　"哎呀，我一看这派头就觉得像是咱们蔡厂长！徒弟，快过来！"汉子满脸兴奋，叫来徒弟介绍道，"快来见一见，这就是我经常跟你提到的，当年咱们宁钢炼铁厂的蔡卓蔡厂长，大专家，咱们现在的冶炼方法都是人家总结的！"

　　徒弟见了蔡卓更是高兴得手足无措，鞠了个90度的躬后激动道："我可没少读您的著作，您可是我的偶像！"

　　"你是……"蔡卓扶了扶眼镜，觉得面前这中年汉子十分面熟，可无论如何也想不起到底是谁了。

　　"我是七高炉的陆应生，小陆啊，我被调来盘钢啦！"

　　"小陆，我想起来了！"蔡卓猛然间想起，"李长青班中的，当时还是个小伙子，愣头青一个！"

　　"哈哈哈，那时候啥也不懂，您忘啦，高炉上还被你教训过好几回呢！"

　　"哈哈哈，对对对，有这事！"一向不苟言笑的蔡卓见到了当年炼铁厂的同志也满脸兴奋。

　　"我师父经常说，要是没有当年蔡厂长那么严格的要求，他也不可能当上劳模！"小徒弟说道。

　　"嚯，小陆是劳模了？"

　　"没啥……没啥……"陆应生难为情道。

　　"我师父谦虚了，蔡厂长，我可得和您说说，当年支援盘钢建设，宁钢来了9000多人，我师父是第一批到的，啃土豆喝雨水，逢山开路遇水搭桥，谁见了都得挑起大拇指。后来我师父成了盘钢第一位劳模，李达经理亲自给戴的大红花，还背着他绕着会场跑了一圈！"

　　"是嘛，好样的小陆！"

"嘿嘿，在家里咋的都行没人笑话，可一旦出来咱代表着宁钢，是老大哥，啥事不都得冲在前面才行！"

"对，你说的对，咱们宁钢是老大哥，凡事都要起带头作用！"蔡卓越说越兴奋，突然又想起了盘钢的现状转而问道，"小陆，这个工厂停建多久了？"

"这个……得有一个月了……"

"其他工厂呢？"

"有好有坏，时干时停。"

"工人们的状态都怎么样？"

"工人们都着急啊，想当初我们工地上的口号声'小雨当晴天，大雨不停干，赶早上工地，夜晚当白天。'那真是恨不得一天能有30个小时，多干一会是一会，可眼下……"陆应生说着打了个唉声，"现在我们就都盼着'运动'赶紧结束，盘钢早点建成，早点为国家炼出钢铁！"

"是啊是啊，我这光看书学理论了，就盼着早点上高炉炼铁动点真格的呢！"徒弟急切道。

蔡卓听完只是点了点头并没有回答，似乎在思索着什么。

"蔡厂长，要不我带您走走？"见蔡卓沉默了好一会，陆应生提议道。

"好啊，那今天你就给我当向导了！"

十三

几天下来，蔡卓走遍了盘钢的每一个厂区，每到一处就坐下来和工人们谈话，每谈过一次话后的内心都会增加一份感动和信念，因为即使处在十分艰苦和动荡的环境中，每一个工人仍都保持着工人阶级的本色，坚守着自己的岗位，热切期盼着工厂能早日竣工，盘钢能早日为国家做贡献。

最后一天，蔡卓迎着大雪，走上了一处山，视力所及处炼铁、烧结、焦化、动力、炼钢、轧钢、机修等车间厂房鳞次栉比，伫立在台阶一般的煤田和坝子上，这是一幅何等恢宏壮观的画面，风雪朦胧中他俨然已经看到了盘钢那热火朝天的生产场面。

"高山终能跨过，雾气终将散去……高山终能跨过，雾气终将散去！"蔡卓不断重复着老者那段话，内心升腾起一股强烈的愿望。

这天，在蔡卓的强烈要求下，钢厂方面同意他见一见李达。话说李达自打一年前就不再担任盘钢经理一职，这也是两人始终没能见面的原因。想当年，李达被调往盘城建设盘钢，表面上看是降格任用，实则是上级对他的一种保护。不成想这场政治风暴如此剧烈持久，即便是在这偏居一隅的贵州盘城也躲避不过，李达被打倒了。

当天晚上九点多，蔡卓深一脚浅一脚踩着泥泞到了一个"宿舍"见到了李达。

对于受到冲击的老干部来说"宿舍"多半是仓房地下室之类条件差的地方，真住牛棚的情况不多。可现如今这个当年八面威风的宁钢经理李达住的真是牛棚，而且与牛为伴，唯一庆幸的是这是盘钢的牛棚，地方大得很，还有很多稻草，而且还点着几盏白炽灯。

刚从"干校"学习回来的李达事先不知有人要来，已经窝在稻草铺里了，裹着破被半睡半醒，浑身打着哆嗦干咳不止，听到了动静立刻起身，本以为又是要拉他出去接受批斗，不成想对面来者竟是自己当年的手下爱将蔡卓。

李达一眼就认出了蔡卓，蔡卓可是打量了许久才敢认这位变了样的老领导。回想当年李达刚接手宁钢时不满四十，年富力强，精力充沛，走路生风，两眼放光，讲起话来铿锵有力，底气十足。十多年里，他带领着这全国最大的钢铁企业一路高歌猛进，战功赫赫，那是何等风光。现如今，他年近花甲，面如土色，弯腰驼背，两腮塌陷，骨瘦如柴，眼神黯淡，哪还有半点当年的影子。实际上这三年里，李达大大小小的批斗会参加了不下百次，隔三差五就被绑着游行示众，推推搡搡，拳打脚踢，浑身常是青一块紫一块，还得了严重的肺气肿。

见到蔡卓，李达下意识地直了直腰板，抹了抹两鬓那几缕头发，不想这么一抻又猛咳了起来。蔡卓见状心中一揽，赶忙扶着李达靠着墙坐下。

"见笑了，见笑了……"咳了许久又缓了许久李达才说出一句话。

蔡卓不应答，只是陪坐。

"哈哈，好你个蔡卓，还是老样子，惜字如金……"李达突然爽朗地笑道，"你这个冶金部的领导怎么溜达到盘钢来了，有什么精神要传达？"

"你可别取笑我了李经理……我就是来看看你！"

"可别叫李经理，我可受不起，我这头上可扣着大帽子呢！"

"要论帽子那我可比你资格老，我可是五八年时就被扣上啦！"

讲罢两人大笑起来。

"说真的李经理，你可变了模样了，快认不出了！"蔡卓又说。

"哎……一言难尽，但又能一语概况……不说我了！我听说这半年全国的钢铁企业你都走遍了，到底是个什么状况你快和我讲讲!"

"这个……总的来说是逐步向好的，宁钢、江钢、蒙钢这些钢厂都在加快恢复生产，照比去年钢产量足足多了400万吨，眼看着就要年底了，不出意外能超过1965年的水平。"

"超了那么多，这可是个大好事!"李达一激动又咳了起来。

"但也有一些问题，政策上摇摆不定，斗争不断，人心惶惶。肃钢又下马了这你也是知道的，而且国际形势也不容乐观，不知道未来还会发生什么……李经理，我有些个人的事情想问你!"

"个人的事……"李达下意识地朝着四下看了一圈，见没人继续问道，"什么?"

"我记得当初你对我说过，企业里党员之间所谓的矛盾只是生产力和生产关系之间的矛盾，这句话你现在想收回吗?"

"这个……这个怎么是个人问题?"李达被问得一愣，听出了这句话的意味，沉默许久后严肃道，"蔡卓啊，你是个难得的人才，但思想上总爱消极，爱钻牛角尖，还总有些读书人的酸臭劲儿!我老李各个方面都比不上你，但唯独一点比你强，就是我从没怀疑过工人阶级，更没怀疑过党!是，咱们党内现在是出现了一些问题，但你想想新中国建立才几年，社会主义才有几年，就像小孩子生病一样都是正常的，不能这边一咳嗽那边就要张罗后事了嘛，那是对党极度的不信任与不负责!"

又是一阵咳嗽。

"说到病，无论是它苏联还是咱们新中国那都是摸着石头过河，左倾和右倾是永远也绕不开的同时也是避免不了的问题。特别是我们，刚刚从战争中走出没多久就更容易犯'左'的毛病了。好在我们党内还有那么多意志坚定的老同志顽强抗争着，还在不断地纠正和总结，根本方向没有变，况且还有我们先进的工人阶级作为坚强的后盾，这个根基是谁都撼动不了的。咱就拿钢铁企业来讲，都搞了二十年了，什么困难没遇到过，什么风浪没挺过来？你可能觉得我老李现在这模样挺惨，可我老李代表不了工人阶级啊，我们只是其中一员，况且我老李也不是一点错误都没犯过嘛！我听说现在宁钢那边马德成牵头了，你说他被结合了也好，说他怕挨斗也罢，可生产恢复了，产量上来了，就凭这一点我就打心眼里佩服他老马，也佩服咱宁钢工人！说一千道一万，无论怎么动乱怎么折腾，咱们工业都没垮掉，还在负重前行，这就是咱们国家的脊梁，这就是我能始终坚定思想的原因，同时也是你始终没有想明白的问题！"

蔡卓不言不语，认真倾听，就好像当年在李达办公室接受谈话一般。

"咱们中国的工人阶级好啊，说他是全世界最先进最优秀的阶级都不足为过！但为什么会这么好呢，你这个大知识分子有没有想过这个问题？"李达接着说，"我这晚上睡不着觉的时候也在想，咱们新中国第一代工人出在哪里？出在宁钢，出在东北，那是当年日本压迫最多的地方，同时也是抗战胜利后延安干部团最先到达的地方，更是咱们党的红色火种在工业体系里第一次大规模播撒的地方！从宁钢的保厂护厂、抢运物资、献交器材、立功竞赛再到后来的'三大工程'，我党的党员干部完成了从指挥军事作战到指挥工业建设的第一次大规模实践，'延安精神'第一次在工业领域中的大规模传播。而工人团体则在全国最大的工业企业中学到了世界上最为先进的冶炼设备，掌握了世界上最为先进的冶炼技术，拥有军人般的作风，更秉承着我党的优良传统。'三大工程'后中央一声令下，宁钢人不计得失，不谈条件，义无反顾奔向大江南北，支援起了全国，更把宁钢人的精神播撒到了全国。从那一年开始，新中国工人阶级开始不断发展壮大，逐步成为国家经济建设进程中的中流砥柱！有党的领导，又有这支伟大的工人队伍，你还担心什么？"

这一席话过后，蔡卓眼睛里闪烁着光芒，内心里一下子亮堂了起来。实际上，刚刚的问题他已经想明白了，只是不确定，而此时，同样的结论从满身病痛的老领导口中说出，他便深信不疑，不再有任何疑惑了。

正当兴头上，牛棚里那盏惨白的电灯灭了，四周一片漆黑。

"牛马吃完夜草了灯就关了。"

"我去点一堆火？"

"不用，这样挺好，夜越黑就说明离着天明越来越近哩！"

这一夜寒风呼啸，可两人在黑夜中越聊越欢，忘却了时间，忘却了寒冷，最后蔡卓也住在了牛棚里，睡得那叫一个香。

一周后，李达深夜咳出了一摊血，死在了牛棚里。

得到消息时蔡卓已回到了北京，那天晚上他朝着西南的方向点了三颗烟，又撒了三杯酒，脑海里始终回荡着李达的那句话："夜越黑就说明离着天明越来越近哩！"

十四

这是 1979 年，是"文化大革命"结束的第三年，经历了十年动乱的国家已逐步从阴霾中走了出来，时值改革开放的大发展，一切都重新步入了正轨，大步向前，欣欣向荣。

这是 1979 年，是宁钢成立的第三十一个年头。这年五月一日当早，天气格外的晴朗，微风徐徐，白云朵朵。宁钢里，一座座高大的工厂沿着铁路一侧向东北延伸，绵延十几公里，星罗棋布，壮观无比。其间火车、汽车往来穿梭，昼夜不停。高炉、平炉火光冲天，终年不熄。中央大道两旁，泛着新绿的柳树随风拂动，无数面彩旗迎风招展。

宁钢大白楼前，庆祝"五一国际劳动节"的主席台已经搭建好，格外高大气派，上面装饰了醒目的彩旗和标语。距离庆典开幕还有一个多小时，会场里有几个小同志还在忙着布置座椅，发现来了一群白发苍苍的老者。

"快看，来了一群上年纪的，应该都是请来的大领导，肯定有省里的，有中央的也说不定！"一个小同志说。

"不能，肯定不能，大领导哪这么早就来等着的，说不定就是群退休老员工来凑凑热闹！"另一个小同志说。

这两个小同志都说对了一半也都说错了一半，年轻的他们不会想到那一旁站着的没有什么官架子的老者们既是他们的老工友，又是他们的老领导，有的在省里和中央任职，有的也已经离休。

这群老干部中站最前面的是当年那能骑马使双枪的，威震辽南的冷亦水冷大姐，现在她是宁山的市委书记，顺理成章成了东道主。她身后站着马德成、蔡卓、王立群、石友刚、刘异云、李建国、岳青峡、李大璋、华明、闫志尊、丁耀轩，还有路政、李力权、林光、殷渊、耿如章、郭玉梓、曾杨清、陈则进、谷正荣、纪华、申东黎等。他们回来了，昔日的"宁钢五百罗汉"回来了，在"五一"劳动节这个特殊的日子里他们特意从全国各地赶来，回到当初摸爬滚打过的宁钢。如今他们都已白发苍苍，面颊上早没了年轻时的棱角，取而代之的是慈祥与和蔼。他们就是那么站着看着，笑盈盈的。

他们这样笑盈盈的是因为打心眼里高兴，高兴上一年里宁钢将1957年错划的右派分子全部给予了更正，将"运动"中的冤假错案全部平反；高兴上一年，宁钢钢产量超700万吨，占全国产量的四分之一；高兴上一年国家决定大力支持宁钢引进先进技术，创新发展。他们还有更高兴的事，他们高兴宝钢等一批更现代化的钢铁企业正在筹建之中；他们高兴宁钢培养的人才已经在全国遍地开花培养出了钢二代甚至是钢三代；他们高兴新中国的钢产量冲破了重重堰塞，破了3000万吨大关，钢铁洪流奔腾向前；他们高兴在党的领导下，这个国家朝气蓬勃，蒸蒸日上。

"一转眼呀一转眼，三十多年就过去了！"冷亦水感叹道。

"是呀，回想四八年接收宁钢的事仿佛就在昨天一样！"王立群说。

"一转眼我们就成了老头子了，咱们当年的冷大妹子也成了冷老太太了！"马德成打趣道，众人起了笑声。

"真想再干他三十年，总感觉浑身这劲儿还没使完！"李建国说。

"得，我可不想干了，咱们这帮老家伙该让位就得让位！"石友刚说。

"呦呵，这话可不像是从你老石嘴里说出来的！"蔡卓说。

"我觉得老石说的对！"冷亦水边回答着边注视着南面，大家都朝着那边看去，只见远处成千上万的宁钢工人穿着工装、戴着工帽迎着朝阳从三孔桥鱼贯而入，或骑车或步行，并肩接踵，络绎不绝，犹如潮水一般沿着中央大道涌入宁钢，拐过大白楼后分散开来，奔向各个工厂，好一番壮观的景象。他们经过大白楼前都不禁望上一眼那气派的主席台，看一眼那群陌生的老者，脸上洋溢着笑容，闪烁着光彩——这群年轻人是新一代的宁钢人，是新一代的工人阶级，他们身上秉承着红色的基因，继承着老一代钢铁人的优良传统，掌握着更高的专业知识，学习着更先进的生产技术，他们如同这春天一样朝气蓬勃，光芒万丈，他们同全国无数年轻产业工人一样，是国家经济建设的主力军，更是祖国腾飞、民族振兴的希望。

"是啊，是啊，老石说的对，老石说的对……"蔡卓口中含笑，默默低语。

尾　声

　　初秋的东北,碧空如洗,满山金黄。

　　在宁山台町的一栋日式洋房外,罗双沏上了一壶好茶,等待着四位远道而来的重要客人。说是重要客人一点也不假,因为这四位都曾受邀参加过 1942 年的延安文艺座谈会,都在中国文坛里有举足轻重的地位,会议发出了号召:"中国革命的文学家艺术家,有出息的文学家艺术家,必须到群众中去,必须长期地无条件地全心全意地到工农兵群众中去,到火热的斗争中去,到唯一的最广大最丰富的源泉中去。"

　　从那以后,几个人就一头扎在了工农兵队伍里,为他们去讴歌去创作。全国支援宁钢时几个人又都来到了宁钢,成了"宁钢五百罗汉"中的一员。

　　"你好呀,罗双同志!"广东"小老太太"草鸣首先进了院儿。

　　"呦呵,让草鸣抢了第一了,可没见过作家走这么快的,腿脚麻利的可以参加老年运动会了!"

　　"是啊是啊,看着瘦小走路可是挺带劲儿,我和老余眼看着你在前面就是追不上!"紧接着余敏和苏群二人你一言我一语地也跟着进了院儿。

"哈哈，你们俩走着路不是研究剧本就是研究小说，能走得快嘛!"草鸣说。

"快快快，请坐请坐!"罗双热情招待，"四个人来了仨，我们的大作词家宫木呢?"

"对，宫木怎么还没来，我还想听听他这个词作者唱一唱《英雄儿女》呢!"苏群说着自己先哼唱了起来："烽烟滚滚唱英雄，四面青山侧耳听。晴天响雷敲金鼓，大海扬波作和声……你听听，这词儿写得多好!"

"人家宫木现在是吉林大学的教授，桃李满天下，来宁钢的也不少，没准走路就遇到了学生，叙旧呢呗!"苏群应答。

"来啦来啦，我刚下火车就一路小跑奔这来，心想罗双请客可是稀罕事，说什么也得来!"宫木应声进了院儿，一看桌子上只有茶，嗔怪道，"这都要十二点了，饭菜呢? 合着就有茶啊，我岂不是来亏了!"

"哈哈哈，到我老罗家就不要想着好吃食啦，我和那犯冲。我这肚子装不了油水，只能勉强装一些墨水!"罗双打趣道。

"这个确实是，他老罗就是吃糠咽菜的命!"余敏奚落道，"你们忘啦，那年延安文艺座谈会结束时大家合影留念，结果他因为之前嘴馋多吃了几口闹了肚子，去茅房的工夫我们就把合影照完了!"

一提起这事情几个人忍不住大笑起来。

"哈哈，就不要揭我老罗的短啦，这是我心灵上的疮疤啊! 今天的聚会无珍馐美酒，无美味佳肴，我们只焚香品茗，舞文弄墨!"

"好，难得'无丝竹之乱耳，无案牍之劳形'啊!"

"对了草鸣，前两天我又读了一遍你的《乘风破浪》，好，实在是好，越读越有味道！"宫木说。

"人家草鸣不光是小说写得好，学生带得也好，咱们宁钢的作家李云德的名气那现在也是相当的大！"苏群说。

"李云德——《沸腾的群山》作者是草鸣的学生？哎呀，我忙于工作很少打听其他的，不曾想你俩还有这一层关系，好啊，后生可畏，后生可畏！"宫木感叹道。

"说真的宫木，你不作词岂不是可惜了，当年的《八路军进行曲》，还有之前的《英雄儿女》传唱大江南北，歌词朗朗上口，写得真叫好！"草鸣问。

"我呀，我是江郎才尽啦，莫不如好好培养下一代。在学生堆里多好，觉得自己都跟着年轻了不少，还得继续'泡'着，越'泡'越年轻，越'泡'越有味儿！"宫木说着看了一眼身旁的余敏问道，"老余你说对不？"

几个人都知道，"泡"这个字是余敏最常挂在嘴边的，并赋予它更深的含义。这个来自延安的剧作家在抗战胜利后最先到了东北电影制片厂，创作出新中国电影史上第一部以工人阶级为主人公的剧本《桥》。而后为了在工人队伍中寻找创作源泉，他来到了宁钢，还当起了厂长，其间创作了《无穷的潜力》《我们是一家》《工地一青年》《平常女人的故事》《炉火正红》等电影剧本和报告文学。"运动"以后他回了北京从事电影事业，还参与开创了电影"金鸡百花奖"。他有一句名言：作家与生活，就像是白菜和萝卜，泡在菜坛子里，泡得越久，味道越好。而他这位剧作家在这宁钢一"泡"就是26年。

"对对，得继续'泡'着，你看苏群的《这一代人》写得那叫一个生动贴切，就是'泡'出来的结果！"余敏笑着回答。

"可别抬举我，要说好那还得是老罗的《风雨的黎明》，写得带劲儿，现在我看还觉得热血沸腾呢！"苏群说。

"这么说来，我们几个人对工业文学的贡献也蛮大的嘛！"草鸣说。

"是啊，工业题材外表冷冰冰，内心红彤彤，不好写，能用文学的形式展现出来更不容易，我们几个人可以说在这方面作了些许贡献，至少可以让未来想了解这段历史的后辈们有章可循嘛！"余敏说。

"长江后浪推前浪，我们也算得上是抛砖引玉了，让后辈们去追赶！"

"你们说，未来能不能有人为新中国钢铁工业，第一代钢铁工人，甚至说是咱们'宁钢五百罗汉'写本书？"罗双突然问。

"能有，肯定能有，这段恢弘的历史不写出来岂不是天大的可惜！"宫木说。

"那书得叫什么呢？"草鸣问。

"后来人的事让后来人去决定吧！"苏群说。

"如果要我起名字的话，我觉得应该叫《钢铁洪流》！"罗双说。

"《钢铁洪流》这个名字好，不过我想改一个字，把'洪'改成'红'！"余敏说道。

"《钢铁红流》！"几人听后琢磨了片刻，而后相互对视，会意地笑了。

下部完

2021 年 12 月 17 日